Gran Café Boulevard

Tomas Lieske

Gran Café Boulevard

AMSTERDAM
EM. QUERIDO'S UITGEVERIJ BV
2003

Voor het schrijven van deze roman ontving de auteur een beurs van het Fonds voor de Letteren.

Copyright © 2003 Tomas Lieske
Voor overname kunt u zich wenden tot Em. Querido's
Uitgeverij bv, Singel 262, 1016 ac Amsterdam.

Omslag Anneke Germers
Omslagfoto Anoniem, Parijs 1900
Foto auteur Friso Keuris

isbn 90 214 7293 7 / nur 301
www.boekboek.nl

INHOUD

III

Geen zomer spreidde over de graslanden tussen de Wijde Aa en de drie poelen zo'n sterk, bijna verend geluk als die zomer van 1924. De dagen wilden niet eindigen; de zon bleef hoog in het zenit stralen. De kinderen bouwden zeewaardige vlotten, voeren naar eilandkusten, spraken met glok-glok-klanken en tooiden hun naakte huid met kransen van gele lis en zwanebloem. De eilandbewoners toonden met kleurige veren hun ongastvrijheid, de zeelieden waanden zich met hun denkbeeldige bijbels onoverwinnelijk. Thuis lagen de kinderen in bed te woelen omdat hun fantasieën niet wilden bedaren. Het veen raakte begroeid met het prachtigste klaverrood en botergeel. Opzij van de paden zag je putten in de grond, kleine monden die een laagje water onverklaarbaar in en uit lieten wippen. Kleurrijke luchtbellen uit zo'n mondje deinden aan de voet van het gras en spatten dan uiteen. Alsof een weidegroot, plat dier onder de veenlaag ademde en ritmisch in zijn slaap bewoog.

Taco Albronda voelde dat hij een eeuwig leven had ontvangen. In elk geval wist hij zich verzekerd van ruim honderd jaren zonder noemenswaardige ziektes. Hij beleefde het ritme van de zomerdagen en de zomernachten als de proloog van die eeuwigheid: dit gelukkige jaar 1924 kende geen einde; de dagen waren de tel kwijt; het kon 37 juli zijn.

Alleen de zondagen (kleren die in je lies en nek schuurden; de hele dag op een stoel in de schouwkamer; steentjes gooien naar een parelmoervlinder; op een autobank op weg naar Groningse tantes die muffe chocola serveerden) vormden hinderlijke hekken in de weiden van de eeuwigheid. Zondagen en alle avonden bracht hij door met zijn vader en moeder, met de kleine Fedde, die toen al koolbladoren had, met Pieke, die nog oninteressant was en op geen enkele wijze de voorafschaduwing van het mooie meisje dat ze zou worden, en met Hanna, die net zo heftig als hij de vrijheid van het grasland miste. Iedere avond zat hij tegenover Hanna aan tafel; steevast beroerden ze elkaars benen, schoppend, wriemelend, liefkozend, totdat moeder waarschuwde dat ze stil moesten zitten. Na een korte pauze voelde Taco de besokte voeten van zijn zusje opnieuw langs zijn benen glijden.

Taco Albronda, nieuw in deze omgeving, bracht zijn dagen door met de schooljongens, die hem accepteerden en soms, ouder gewoonte, pijnlijk zijn plaats wezen. Het waren vreemde schooljongens; Taco kreeg de verhalen te horen en de sterkste staaltjes te zien. Zo was er Dries Roest, kampioen varkensfietsen, die ooit een geitenhok had gebouwd met scharnieren van schoenzolen. De geit vrat de zolen op en de oude Roest liet de jongen aan de arm rukkend het kapotte hok zien onder grote belangstelling van de anderen. Dries vond dat niet hij, maar de geit de schuldige was. Direct na zijn vernederende behandeling tilde hij het beest op, en terwijl ze hem allemaal volgden, benieuwd wat hij zou doen met die geit zo liefdevol in zijn armen, wandelde hij naar de Zuidzijdervaart en gooide hij het dier vanaf een houten brug pardoes het water in.

Zo was er, andere schooljongen, Jan Ramp, op Taco na de oudste van de groep. Taco was door zijn verhuizing achterop geraakt en bij de jongere kinderen geplaatst, Jan

Ramp was niet in leren geïnteresseerd en werd door de meester 'gammerkop' genoemd. De anderen beroofden hem bij het zwemmen altijd van zijn zwembroek, zodat naakte Jan Ramp in draf achter de dief aan moest, waarbij zijn grove lichaam woest heen en weer zwaaide en zijn al behaarde geslacht in galop meesprong. Zelf beschouwde hij die kwispel niet als een bijzonderheid, maar de anderen zagen een kampioensslinger waarmee oorlogen gewonnen konden worden en vrouwen definitief gevloerd. Daarbij bleef het niet. Gestoord in zijn opzet de urine verzaligd dwars door de dikke stof van de zwembroek in het water te lozen, bleef Jan Ramp na een paar minuten vergeefse achtervolging staan. Met zijn grote handen klauwde hij naar zijn geslacht en terwijl hij alles bijeenwrong, spatte zijn water naar buiten. Hij spoot met zo'n kracht dat er tussen zijn vingers door fijne stralen geperst werden die alle kanten op spritsten. Hij veranderde in een naakt fonteinbeeld, een faun met openhangende mond, waaruit een laatdunkende straal met een grote boog had moeten spuiten; helaas was de onderbuik op verschillende plaatsen doorgeroest zodat het water voortijdig het standbeeld in een sproei van dunne stralen verliet en er uit de openstaande mond helemaal niets meer vloeide, op een enkele kwijldruppel na.

Bovendien waren daar de gebroeders Verlaat. Als jachtluipaarden altijd samen, altijd elkaar de bal toespelend, altijd dezelfde lome maar doelbewuste gang. Hoe ze werkelijk heetten wist niemand. Door iedereen werd de een Kleine Teun genoemd en de ander Smak. Hun vader bezat een loonbedrijf met een paardenmachine. Smak had dit jaar de meester in elkaar geslagen, die door Kleine Teun was opgevangen, anders zou hij met zijn hoofd tegen de kachel zijn gevallen.

De eerste keer dat Hanna haar broer Taco opzocht en hem aantrof samen met de vreemde schooljongens aan de kant van de Zuidzijdervaart (alle acht in zwembroek), zaten de jongens een beetje in met dat vrouwelijke bezoek. Er moest iets leuks verzonnen worden. Jan Ramp was de laatste week met rust gelaten; Jan was nergens op bedacht, de roofdieren van Verlaat konden de zwembroek buitmaken. De gebroeders manoeuvreerden op zo'n sluwe manier dat ze uit de handen van Jan Ramp bleven, en tegelijk zorgden zij ervoor dat de kampioensfaun telkens klotsend voor Hanna langs rende want daar was het allemaal om te doen.

De anderen hielden nauwlettend Hanna in het oog. Als zij weg zou lopen, konden ze haar opvangen, als zij de handen voor de ogen zou slaan, zouden ze haar dwingen te kijken naar dit stierengevecht. Maar Hanna keek met wijdopen ogen naar die blote Jan Ramp die voor haar danste en zij was bij de finale van het ballet getuige van de geweldige leidingdruk van Jan Ramp die zelden in zo'n spattende sater getransfigureerd was. Hanna moest achteruit om niet nat te worden.

Dit alles veroorzaakte jeugdige hersenspinsels. Het gezamenlijk pissen werd een kwartslag gedraaid. Dries Roest bekende dat hij verliefd was op Hanna Albronda.

Na een week verhoorde Hanna alle onuitgesproken smeekbeden. Samen met de zevenjarige Fedde kwam ze met Taco mee en sloot zich aan bij de jongens. Aanvankelijk was de sfeer erg gemoedelijk. Dries Roest viel achterover in een plotselinge lachbui. Jan Ramp trok rustig zijn zwembroek aan. De gebroeders Verlaat lagen in het gras met elkaar te smiespelen. Verderop stonden een paar vetweiders naast een groepje stoofwilgen, of kopstoven zoals ze hier zeiden. De zomer was halverwege. Een rode waterjuffer vloog langs en Dries riep dat hij die zou vangen.

'Ga jij ook zwemmen?' vroeg Jan Ramp.

Dat Jan Ramp het onderwerp zou aansnijden, had niemand verwacht. Hanna was twaalf jaar. Geen nimfje meer. Dat stadium was ze aan het verlaten. De jongens keken met buitengewone belangstelling uit naar alle tekenen. Met een grote bek ter bescherming had ze evenwel in hemd en onderbroek kunnen zwemmen.

'Nee,' zei ze stuurs. Als ze het daarbij gelaten had, was ze te redden geweest. De onzekerheid bij de anderen was gegroeid. Ze waren blijven springen als ontheemde kikkers, plots overgebracht naar zout water. Ze hadden hoogstens Jan Ramp gevraagd voor haar langs te wiebelen. Maar Hanna voegde eraan toe: 'Ik heb geen zwempak.'

Tijdens de ongerijmde taferelen die elkaar schoksgewijze opvolgden, voelde Taco zijn hersens bevriezen, waardoor het hem onmogelijk was op het ene incident te reageren voordat het volgende plaatsgreep. Zelfs de houding van zijn lichaam vermocht hij niet te wijzigen.

Het eerste dat hem met verlammende temperatuursdaling sloeg, was dat Jan Ramp ogenblikkelijk zijn zwembroek uittrok.

'Hier, alsjeblieft.'

Jan Ramp die zo vaak gepest was, bleek met Hanna erbij geen enkele schaamte meer te voelen. Dries Roest duwde Jan, die de wollen broek in zijn uitgestrekte hand hield, naar Hanna toe.

Direct daarna een volgend schokkend toneel. Hanna griste de broek uit de handen van naakte Jan, riep: 'Jullie denken zeker dat ik niet durf,' en rende weg.

De jachtluipaarden veerden op. Binnen vier tellen hadden ze haar ingehaald. Hanna gilde dat ze niet vluchtte, dat ze niets wilde stelen, het was alleen omdat iedereen keek. Ze kon nauwelijks de paniek in haar stem onderdrukken. Ze werd teruggeduwd. Niet als een buit gedragen, niet aan haar pols meegetrokken. Kreeg ze een duw, dan kon die best voor vriendelijk doorgaan.

'Iedereen de andere kant op kijken,' riep Dries.

Alleen bevroren Taco bleef kijken, maar dat was haar broer. Hanna had in deze zomer luchtige kleren aan. Hanna, die wist dat ze in een gevecht zou verliezen, koos voor snelheid. Ze stond met een paar grepen in haar ondergoed. Ze pakte de zwembroek, legde hem klaar, aarzelde een seconde en trok snel haar onderbroek uit.

Op het moment dat zij de zwembroek wou aanschieten, zoefde, als was de rode waterjuffer weergekeerd, een hand over het gras en de zwembroek vloog een kant op die Hanna niet in gedachten had. In plaats van dat ze vliegensvlug haar kleren aantrok, gilde Hanna van schrik en ze kon maar één impuls volgen: het terugveroveren van het wollen kledingstuk. Op het moment dat ze die passen deed, griste de andere cheetah de meisjeskleren bijeen en sprong weg.

Hanna keek om, probeerde het hemd over haar onderlichaam te trekken; gaf die poging op toen ze dacht de wollen broek te kunnen grijpen. Ze was te laat, en alleen gekleed in een hemd moest ze achter Smak Verlaat aan rennen, voor de andere jongens langs, die hees begonnen te juichen. Stampvoetend langs het groepje jongens, vóór de wind, blazend, klauwend naar de peen aan de hengel, dan de andere kant op, half struikelend, in ademnood. Dat ze allemaal konden doodvallen, dat het kinderverkrachters waren, dat ze hoopte dat ze zouden wegrotten in het veen, dat ze stuk voor stuk mochten verzuipen. Niemand luisterde. De jongens keken. Ver voorovergebogen tuurden zij naar het onderlichaam van Hanna waar de broderierand van het hemd gul omheen zwaaide, dat aan de driftig trillende achterkant zachter en molliger was dan hun eigen botten, en dat aan de voorkant, onder de buik, een bloemzoete, lichtschuwe bolling vertoonde waarop een kaneelkleurig dons te zien was.

Dries Roest zei dat het de mooiste muis was die hij ooit gezien had. Jan Ramp vroeg zich af hoe zij als fontein zou werken. Hanna trok bij het langslopen het hemd met één hand omlaag, maar dat openbaarde aan de andere kant kwistig bibberend vlees. Op die manier ging de vaart er helemaal uit en na een aantal rondes stond zij stil, nog net niet jankend, zinnend op wraak, biddend om een vuurstorm uit de hemel of om een splijting van de aardbodem.

Toen volgde weer zo'n staaltje van samenwerking tussen de Verlaat-boys. Smak liep met de zwembroek in zijn hand en met de belofte in zijn ogen dat haar per slot gegund werd haar lijf te bedekken, naar Hanna toe. Achter haar hurkte, bliksemsnel, Kleine Teun. (Taco's hersenen waren met gekraak van glas op glas tot ijskristallen geklonterd. Hoelang had dit allemaal geduurd, van het weggrissen van de zwembroek tot nu: een opgekropt leven dat ligt tussen jeugd en ouderdom, een eeuwigheid die ligt tussen onwetendheid en schuld.) Smak trok op het laatste moment de zwembroek weg en gaf Hanna een duw. Zij verloor haar evenwicht en viel ruggelings over Kleine Teun heen.

Op deze truc van de Verlaats volgde een tweede. Nauwelijks lag zij op de grond of Kleine Teun kroop onder haar benen uit en hij schoot naar haar hoofd. Hij pakte haar armen en drukte die in het gras. Smak, die de broek waar het allemaal om ging van zich af slingerde, greep haar benen zodat ze niet meer kon trappen. Kleine Teun trok haar hemd over haar hoofd en hij zette zijn knieën aan weerskanten op het hemd. Iedereen staarde naar de nieuwe, sidderende kussentjes onder haar tepels.

Wat nu?

13

Iemand duwde Jan Ramp naar voren. Jan liet zich onder ritmisch gejuich en luid gelach tussen de benen van Hanna zakken en plofte bovenop haar waarbij zijn wonderlijk geslacht als een kluit natte groente tussen de twee lichamen werd geperst, wat een doodsreutel ontlokte aan het hoofd van Hanna. Taco had samen met de anderen vorig jaar het nest van een steenuil gevonden, hoog in een oude schietwilg. Ze hadden allemaal hun hand naar binnen gestoken. Dat blind tasten tussen warme prooimuizen en wriemelende uilskuikens, kwam hem in herinnering toen hij de kluwen van Jan Ramp zag liggen op het donkere geheim van zijn zusje. Alsof een ijspriem zijn hersens binnen drong; glasklanken in zijn hoofd wekten hem. Hij speurde de hemel af op zoek naar een inktzwarte onweerswolk die een laag hagel of een wolkbreukregen zou uitstorten. Maar de hemel was zinderend blauw.

Een van die rotjochies kwam op het idee om een sigaar van de taaie en lange lisdodde bij haar naar binnen te steken. Jan werd weggestuurd om er een te halen op een toon alsof ze een bijzondere slak hadden gevonden die uit zijn huisje moest worden gepeuterd. Wie durfde het muisje van Hanna (dixit Roest) aan te raken? Taco keek in de richting van Hoogmade. Kon die groene, spitse kerktoren niet exploderen? Kon er uit de vuurspattende roetwolken geen gras-brandende en Verlaat-vretende griffioen tevoorschijn komen?

Taco bad. Jan Ramp zwaaide met een prachtsigaar. Taco plofte bijna in zijn kom-mij-te-hulp-gebed.

En zie: magnificat en gloria, verdomd, het wonder verscheen.

Dit wonder zou Taco voor de rest van zijn leven het idee geven dat hij, hoe krankzinnig zijn gedachtevlucht ook was, hoe leugenachtig zijn woorden ook zouden zijn, de wereld en het leven naar zijn hand kon zetten. Dat hij zijn bestaan als een amusant blijspel kon regisseren.

Eerst werd een laag gebrom hoorbaar, als het geluid van een zwerm simultane, trage bijen. Het werd luider en luider. Dries Roest was de eerste die omhoogkeek.

Diep in het blauw, rechts boven de nog puntgave toren van Hoogmade, verscheen een vliegtuig. Een hoekig toestel met één grote vleugel over het toestel heen gemonteerd; op de onderkant van die brede vleugel stonden de raadselletters ABD. De jongens beweerden dat ze de piloot hadden zien zwaaien. Een wist zeker dat dit een Fokker was. Een ander opperde de mogelijkheid dat het een KLM was; die werd hartelijk uitgelachen. Smak Verlaat en Dries Roest, kenners, twistten over de vraag of het een F-II of een F-IV was. Er bestond een F-VI, wist Dries. Iedereen stond rechtop, met de handen boven de ogen. Een vliegtuig dat arriveerde of dat vertrok, dat een bemanning en waarschijnlijk passagiers vervoerde (altijd vijf, wist Smak) die slechts een glimp zouden opvangen van acht bolvormige jongens, die rond een bloot, streepvormig meisje stonden (en verderop een kind dat iedereen vergeten was). Een vliegtuig dat met een machtig motorgeronk naderde. De schaduw sloeg hen met een gevoel van kleinheid. Ze zagen de luchtverplaatsing. Ze roken de brandstof. Na afloop beweerde Dries dat uit het staartstuk benzine sproeide en dat hij die vloeistof op zijn tong had geproefd.

Intussen stond Hanna op, omdat ze besefte dat haar beproeving voorbij was. Ze trok het hemd over haar bovenlijf, flapperde het weiland uit haar muis, richtte één steelse blik naar boven om te zien welke hemelse lawaaimaker haar leven gered had en raapte haar kleren bijeen. Wild sjorrend aan haar rok en met ingehouden tranen haar bovenkleding rechttrekkend, liep ze over de kreekrug in de richting van het spoorlijntje, op weg naar haar eigen vluchthaven.

15

De jongens merkten dat het geluid hun schaamte had losgetrild. Ze wilden elkaar om het hardst om de oren slaan met details en weetjes; het ging niet; ze kregen er geen vrolijk woord uitgeperst. Om Taco eerst te vragen of híj misschien wist wat ABD betekende en hem vervolgens op de schouder te kloppen met de verzekering dat zijn zus het best leuk had gevonden, daarvoor waren ze te ver gegaan.

Te midden van die schaamte (Jan Ramp hinkte in de verkeerde broekspijp; de broertjes Verlaat kregen een korte, klauwende ruzie) zette de kleine Fedde het op een brullen. Niet eens om wat zijn zus overkomen was, maar omdat zij zonder hem naar huis liep. Eigenlijk was iedereen het kind zo'n beetje vergeten.

Toen volgde de tweede beproeving voor de Albronda's. Taco zag dat Dries leuk wilde doen. Dries liep op de kleine drein af, pakte het kind bij zijn extreme oren, hield het hoofdje op die manier vlak voor zijn eigen vellenplot[erskop en schreeuwde:

'Jij hebt niets gezien. Jij vertelt niets over je zusje. Jij vertelt helemaal niets. Aan niemand. Jij zegt niets meer.'

Dries rukte aan de handvatsels en sloeg de makaakschedel tegen zijn eigen voorhoofd.

Thuis zei Fedde niets. Letterlijk. Geen woord. Pas na een dag merkten de bezige ouders dat Fedde zo stil was. Taco reageerde humeurig; hij poogde zich te concentreren op een martelende crayontekening. Het aanhoudend zeuren beloonde hij met de snauwende opmerking dat er een vliegtuig laag was overgekomen. De dokter kon niets vinden, noemde de stomme in aanleg een lui kind. 'Of hij is in hevige mate gealtereerd,' voegde de arts eraan toe. Of dat door een laaghangende vliegmachine kon komen. Dat kon zeker, zei de arts.

Taco maakte Hanna deelgenoot van zijn angst dat er

iets vreselijks met Fedde aan de hand was.

'Hij heeft alles gezien.'

'Jij ook,' beet ze hem dubbelzinnig toe.

Tot ieders opluchting brabbelde Fedde na een week of drie enkele onverstaanbare woorden; de dag daarop praatte hij gewoon. De ouders spraken 's avonds laat hoofdschuddend over zo'n bulderend, laagvliegend toestel; kleine Fedde moest mogelijk met een traumatische angst voor alles wat vloog door het leven.

I

1 Alexander Rothweill

De sneltrein van zondag 25 juni van het jaar 1944 arriveerde niet om 17.04 uur precies op het Estación del Norte, zoals de grauwe vellen van de dienstregeling in Bilbao aangaven, maar pas in de ochtend van de maandag daarop. De exacte tijd van aankomst bleef onduidelijk. Alle stationsklokken stonden stil op tien minuten over drie. Tussen de gehaaste reizigers liep Alexander Rothweill.

Kort na vertrek was de trein tot stilstand gekomen. Het gesis en het gedreun van de wielen waren weggestoven over het dorre, grijsbruine heuvelland. Na ongeveer een halfuur was de trein in een doodse stilte uit zichzelf gaan rijden. Enkele kilometers verderop klonk een reeks knallen, waarna de trein in nieuwe stilte over de rails gleed, totdat de wagons elkaar botsend op de plaats hielden en tenslotte in een siësta verzonken. Tegen het eind van de middag tufte op het parallelle spoor een locomotief langs met een werkwagen. Kerels klommen op de trein, schroefden dekplaten los en gingen dapper aan het werk. De reizigers, die de duisternis zagen vallen, berustten erin dat ze minstens een deel van de nacht in de trein moesten doorbrengen. In het stervensdonker trok de trein bijna sluipend van schaamte verder. De stapvoetse voortgang, die men eerst interpreteerde als een voorzichtig testen, bleef het tempo waarin gereisd werd.

Alexander Rothweill werd aangestoten door een man met ruige wenkbrauwen en kleine, diepliggende ogen, die met bezorgde knoflookstem opmerkte dat vertraging beter was dan zo'n treinongeluk, januari, de tunnel bij Leon. Alexander knikte. De daaropvolgende vraag, waar hij vandaan kwam, veinsde hij niet verstaan te hebben.

'Honderden doden,' wierp de man er als een troefkaart achteraan.

Veel reizigers in deze dure wagon waren in slaap gesukkeld. De trein bereikte een dorp en een langswandelende conducteur toeterde rond dat men desgewenst de trein kon verlaten. Iedereen bleef zitten. Wat moest je in het donker in een kolenbrandersdorp waar iedereen met messen rondliep, zei het apengezicht. Alexander gaf hem groot gelijk.

Tegenover Alexander Rothweill zat een jonge vrouw in een paillegele lange mantel, een hoed in dezelfde kleur. Een voile lag stug over haar hoed. Ze droeg dunne kousen, wat in deze armoedige tijd hoogst ongewoon was. Ze was te kwetsbaar voor het ruwe vervoermiddel, te chic voor de zwarthandelaren die om haar heen zaten. Haar Rival-lippenstift kon katholieke en fascistische fanatici uitdagen, die de vrouwen hardhandig de Spaanse moraal bijbrachten en van de mode van het frivole en joodse Frankrijk afhielden. De nacht sjokte naast de trein verder en na langdurige, onverstoorbare lectuur, kaarsrecht op de houten bank, had ze haar hoofd tegen de harde leuning gelegd. Het gezicht kreeg per kilometer een vochtiger uitdrukking, haar mond zakte open. De angstvallig knellende greep om haar tas verslapte. Het boek bleek een Duitse roman te zijn.

Het zal tegen middernacht geweest zijn dat Alexander Rothweill, in een dommel die met een lichte schok versprong naar een staat van stille waakzaamheid, opmerkte dat de onopvallende man schuin tegenover hem met nau-

welijks zichtbare schokjes opschoof tot vlakbij de lichtge-
kleurde jas van de jongedame. Uit een versleten colbert
kroop een hand. Om beurten functioneerden de vingers als
voelhoren. De hand gleed over de mouw van de jas, verdween in de tas die het laatste halfuur onbeschermd op de
dij van de vrouw rustte, nam in de tas een bocht, stuurde
alle voelhorens op dwaaltocht en kwam er met hetzelfde
minutieuze slakkentempo uit als waarmee hij erin gekropen was. Tussen twee vingers zat een portemonnee. De
hand voltooide zijn tocht en schoof in het colbert van de
eigenaar. Alsof het afgesproken werk was, wierp op dat
moment de chimpansee zich op zijn andere zij. Er schoot
een fleppende wind los. Niemand reageerde. Iedereen
sliep. De slak met de portemonnee raakte diepgevroren.
Na vijf minuten sloop de onopvallende weg.

Omdat Alexander Rothweill, buitenlander, die met hoge toestemming in Spanje verbleef, er beter uitzag dan de
inwoners van deze streek en omdat zijn driedelig kostuum
en glad geoliede haren indruk maakten, slaagde hij erin
de dief met een zacht, autoritair gesist bevel op een tussenbalkon staande te houden. De man droeg zijn broek
zonder riem zo hoog opgetrokken, dat de lange gulp strak
stond over een enigszins bollende onderbuik. De slecht
geknoopte stropdas was in de broekband gestopt. Zijn colbert hing open. Om zijn hoed zat een brede zwarte band.

Alexander haalde een leren hoesje uit zijn vestzak, tikte
het met zijn duim geroutineerd open en toverde een iden-
titeitskaart naast zijn rechteroor. In wat slordig Spaans zei
hij dat hij 'lidmaat' was van de Franse politie. Een stap
naar voren zodat hij intimiderend dichtbij de Spanjaard
stond. Hij drukte zijn vuist naast het Spaanse hoofd tegen
de wand. Alexander sloeg het voorpand van het colbert
open, waarna hij het gestolene voorzichtig (vingerafdruk-
ken!) te voorschijn trok. Tien seconden moest Alexander

zijn aandacht bij de portemonnee houden (wie reisde er in dit land in godsnaam met zoveel geld op zak?), voordat de dief de sprong naar het volgende rijtuig waagde. In de mening dat hij de Franse politie te slim af was, klapte hij de tussendeur hard achter zich dicht. Alexander glimlachte; de buitloze dief moest zich verschuilen in een rijtuig vol stinkende armoe. Dubbel vol, dubbel stinkend, want het rijtuig daarachter was afgesloten in verband met een gevangenentransport. Hij schoot een toilethokje in, stak het geld uit de volle portemonnee in zijn colbert, gooide het compromitterende voorwerp zelf door het gat op de rails en stak het politiedocument in zijn zak. De jonge vrouw sliep. Dat scheelde hem een moeizame uitleg.

Tegen het ochtendgloren schokte de trein de slapende passagiers wakker. Alexander greep naar zijn hoofd. Plakten zijn ingevette haren elegant op de juiste plaats? De vrouw tegenover hem graaide in een korte paniek om zich heen, vond de hengsels van haar tas. Hij schatte haar op een jaar of achttien, hoogstens twintig. Haar gezicht deed hem denken aan Japanse doorschijnende kommetjes. Een voor deze landstreek opvallend lichte huid.

Omdat enkele reizigers, kennelijk van buiten de stad, de streek herkenden (een wijnhuis in een bocht, een geitenpad, de vorm van de heuvels), zocht iedereen zijn bezittingen bijeen. De bestolen dame keek naar buiten, terwijl haar handen, als lazen zij braille, over het leer van haar tas liepen. De apenwenkbrauwen schoten omhoog en omlaag. De man rekte zich uit. De linkerelleboog stootte Alexander in het gezicht. Chimp zette zich schrap op zijn hielen. Met een bons viel hij op de houten bank terug. De vingers van de dame tegenover Alexander stopten midden in hun lectuur, deukten onderzoekend de tas in en schoten naar binnen. Daar sprongen ze rond, driftig op zoek, totdat ze uiterst traag uit de tas werden teruggetrokken. Alexander verbaasde zich erover dat de vrouw gedurende de hele scène naar buiten bleef kijken, haar rug strak tegen de houten leuning gedrukt.

Ofschoon ze bijna struikelde over de benen van de aap en door de schokkende bewegingen gedwongen werd zich vast te grijpen aan vreemde reizigers, en aldus naar links, naar de kop van de trein stuntelde, liep zij bij terugkomst veerkrachtig en zelfbewust door naar de staart van de trein. De man stootte Alexander aan en ontblootte het wasgele wit van zijn ogen. Die zoekt iets, zeiden de knikkers.

Alexander Rothweill aarzelde. Hij berekende de kans in een hysterische beschuldiging verwikkeld te raken. Hij dacht aan een lastige conducteur. Hij overwoog de mogelijkheid van 'grises', leden van de Policia Armada die de gewoonte hadden uit de lucht te vallen. Zijn buurman draaide zich naar hem toe, legde een hand (dikke vingers, olijfolie, manchegovlekken) op de dij van Alexander, terwijl hij hem op de man af vroeg of mijnheer uit Frankrijk kwam. Hij keek alsof hij een trigonometrisch probleem had opgelost. Zonder te antwoorden stond Alexander op. Omdat de zwarte, gevlekte schoen schuin naar voren stond, zette Alexander, niet eens per ongeluk, de hak van zijn eigen karamelbruine full-brogue op de wreef, wankelde zijn lichaam een andere kant op zodat zijn volle gewicht op de voet rustte en hinkte met de schommel van de trein mee. Hij bood zijn verontschuldigingen aan. Het gezicht van de ander vertrok in een zuigende beweging.

Helemaal achterin de trein trof Alexander zijn medereizigster aan. Een groep boeren had plaatsgemaakt voor haar en kauwend op eikenbladeren zaten ze op hun in doeken geknoopte spullen in een halve cirkel om haar heen, hinderlijk starend naar die chic. Zij keek naar de rails die traag onder de trein te voorschijn kropen. De ketting waarmee de laatste deuren waren afgesloten, rinkelde in een constant traag tempo. Alexander sprak zacht. Hij wilde zich niet opdringen. Hij had gemerkt dat er iets mis was. Het kon zijn, dat zij liever alleen gelaten werd. In dat geval speet het hem dat hij gestoord had. Als hij kon helpen, zou hij graag horen op welke manier. De zwijgende boeren bewogen op dezelfde cadans.

'Ik ben bestolen,' zei zij.

Hij zag dat ze jonger dan twintig moest zijn. Wist zij door wie?

'Ik verdenk die reiziger met die zwarte hoed. Die zat naast mij. Ik kan hem nergens meer vinden.'

'Waarom roept u de conducteur er niet bij?'

Het koor kauwde eikenloof. De trein reed wat sneller. De twee hoge tikken van de ketting volgden met korter interval op de lage bonk. Had ze genoeg geld over om thuis te komen? Ze bleef stil. Alexander haalde een biljet uit zijn portefeuille. Ze moest er niets achter zoeken. Ze tuurde naar buiten waar enkele snelwegen uit de heuvels daalden. Hij drong aan. Ze accepteerde het met een glimlach.

'Mag ik u trakteren op een kop koffie? Ik weet wel een adres. We nemen er broodjes bij. Of die heerlijke canutillos.'

De boeren raakten in grote opwinding toen de chabolas, de uit afval gebouwde krotwijken, in zicht kwamen. Hoogste tijd voor Alexander zijn koffer te halen. Hij stelde zich voor. Zij heette Pili Eguren.

Omdat hij besloten had zijn koffer voorlopig in het bagagedepot achter te laten en omdat hij tijd verloor met het aanwijzen van de geschiktste plaats voor het loodzware kreng (een snelle blik in een spiegelende reclame of hij er niet erg verfomfaaid uitzag), had hij eerst niet in de gaten dat zij de hal overstak als een voortvluchtige die een aangename reisgenoot had getroffen, maar na de reis liever haar anonimiteit terugkreeg. Vlak voor een paar bedelaars sneed hij haar de pas af. Ze wist zeker dat ze niet een conducteur wilde inlichten? Voor ze antwoord kon geven, klonken er politiefluiten. De trap naar de zijgevel werd vrijgemaakt voor het vervoer van de geketende gevangenen.

De stad lag niet ver van de zee. De rivier kroop slingerend langs de villawijken en de fabrieksterreinen. Een geur van zilt en schelpdieren hing tussen de hoge gebouwen. Alexander vatte met zachte hand haar elleboog. Met haar vrije hand frommelde ze aan haar ketting. Terwijl hij haar langs de bedelaars loodste, stelde hij het Gran Café Boulevard voor.

Aan een zuil midden op het Plaza Circular waren de bovenleidingen van de tram vastgemaakt; de stenen vrijheidsheld bovenop had de taak de trams met zijn uitgestrekte rechterarm butsvrij over het kruispunt te leiden; op de sokkel was met zwarte verf het portret van de huidige vrijheidsheld gespoten, 'Caudillo de Dios y de la Patria'. Net toen Alexander zijn commentaar op Bilbao wilde afronden met een cynische telling van de lange rij wachtenden verderop bij de ambtenarij (vergunning, stempel, handtekening), rukte Pili Eguren zich los, riep iets over de tram en stak gehaast en niet zonder gevaar het plein over.

Hij zag dat zij door behulpzame handen het afgeladen voertuig in getild werd. Op de achterbumper kleefden vijf mannen aan de buitenzijde van het voertuig, de vingers klem achter de strips van de ruiten. Op de vraag waar die lijn 1 heen ging bromde een man met een ingepakt hondje dat er voorlopig geen lijn 1 reed. Elektriciteitsbesparing.

Op het dek van het hondje stond de waarschuwing 'oneetbaar' geborduurd; er dwaalden veel wanhopigen die hondjes als lekkernij beschouwden.

In Gran Café Boulevard keek hij een uur lang naar haar uit. Daarna bestelde hij koffie. 'Cortado.' Hij voelde zich langzaam ontspannen. Een opzichtig geklede man liep het café binnen, wandelde de zaal door en verdween door een deur achterin. Enkele minuten later een volgende. In korte tijd zeven. Navraag bij een kelner leverde een onderzoekende blik op en de dooddoener: 'Vergadering.' Interessant, dacht Alexander Rothweill.

Hij liep naar zijn kamers vlakbij de rivier. Hij trok zijn jasje uit, knoopte zijn vest los en pakte voorzichtig zijn haren beet. Toen hij zijn met Trumper's Pomade ingevette pruik op het marmeren blad van de wasbak had gelegd, wreef hij driftig over zijn glanzende schedel die al uren verschrikkelijk jeukte.

Terwijl Alexander Rothweill de scheerzeep aanbracht, dacht hij aan Pili Eguren. Aan wie moest zij verantwoording afleggen? Hoe zou zij het tekort verklaren? Had zij een telefoonverbinding aangevraagd en wachtte zij gespannen op de barse stem van een hooggeplaatste? De interlokale stoorgeluiden konden haar mogelijk troosten: lokkende takadoem- en zz-zzz-ritmes van Jenseits, gespreksflarden over olijfolie tegen een achtergrond van oceaangeruis. Of werd de bestolene op adequatere wijze getroost? Sloot zij de gordijnen? Wierp zij haar jas met de kleur van muskuseend over een stoel? Hoe zag diegene eruit, die zij naar zich toe trok, van wie zij accepteerde dat hij haar jurk harmonicagewijs over haar heupen omhoogschoof? Pili Eguren.

Gran Café Boulevard. Vergadering. Dat betekende:

machtsverdeling, kwetsbaarheid, manipulatie, eigendunk. Werk aan de winkel. Pili Eguren verdween naar de achtergrond.

~

De ruimte van het Gran Café Boulevard was ingericht in de stijl van de late negentiende eeuw met glanzend notenhout in veelhoekige vormen, spiegels en lichten in schalen van amberkleurig en rosvaal glas. Bij de uitstalkasten met de glas-in-loodpanelen las een man de *Correo Español*. Nadat Alexander de onbekende krantenlezer een tijd geobserveerd had en hem als prooi geschikt had gevonden, liet hij hem een brandy bezorgen. De man kwam met hautaine blik overeind.

'U moet zich vergissen.' De Spanjaard, met het glas in de hand, monsterde het kostuum van de schenker. 'Kennen wij elkaar?"

Alexander stond op. 'Van vanmorgen. U had zeer pijnlijk over mijn uitgestoken been kunnen struikelen. U had uw vergadering kunnen missen,' blufte hij.

'Ik herinner me 't niet...'

'Ik hoop dat u een prettige bijeenkomst heeft gehad.'

Terwijl Alexander en de onbekende, middenin de ruimte tegenover elkaar pronkend, tot drie keer toe op bijna komische wijze uiteen werden gedreven, omdat een kelner met vol blad erlangs moest, waarna ze weer als tapdansers naar elkaar bogen, en terwijl Alexander midden in een zin stokte omdat hij dacht dat Pili alsnog binnenkwam, voerden zij een schijngesprek, waarbij de een volhield dat hij die ochtend lomp in zijn stoel had gehangen en de ander zich verwonderd afvroeg met wie hij verward werd.

'U accepteert mijn brandy in elk geval,' drong Alexander aan. Zij stelden zich voor. De ander keek op bij het horen van de buitenlandse naam. Even een stilte. Enrique Poza gaf de tip dat dit tafeltje ongunstig stond. Straks zou het veel drukker worden. De tafel bij de kasten stond prachtig in de luwte. Alexander hoorde dat Enrique Poza een niet onaanzienlijke collectie archeologische en etnografische bijzonderheden beheerde. Niet altijd toegankelijk voor publiek in verband met de franquistische bepalingen voor de regionale talen. De waardevolle boeken moesten wel bewaard worden. Onder toezicht uiteraard. De geïnteresseerde luisteraar bood een tweede consumptie aan.

De kennismaking werd bezegeld met gambas a la gabardina en met donkergele wijn. Alexander werd uitgenodigd de collectie te bekijken. Hij accepteerde direct en haalde, terwijl hij opstond, uit zijn vestzak een duur gedrukt visitekaartje. 'Dr. Alexander Rothweill. Universität Köln. Gründung 1388'. Wat hij aan die oude universiteit uitvoerde, vermeldde het kaartje niet. Enrique Poza vergat te vragen of de 'Universität Köln' niet allang gesloten en mogelijk zelfs platgebombardeerd was. Hij stak het kaartje behoedzaam weg in zijn portefeuille.

Het water van de rivier stond laag. In de modder zochten mensen naar stervende schelpdieren. Een oude man schoof met een stok propjes uit het portiekje voor zijn winkel.

Enrique Poza leidde zijn gast langs oude scheepsmasten met kunstig ingesneden bijbelse of erotische voorstellingen naar een directiekamer. Op een wagentje lagen boeken over Baskenland in het Latijn, een van de eerste drietalige woordenboeken (Castellano, Bascuence y Latin), boeken met getekende handelsmerken en zegels, Bonapartiana en waardevolle oude zeekaarten. Doctor Alexander Rothweill mocht de interessante werken inkijken. Enrique Poza gaf graag uitleg. Na korte tijd kondigde de directeur aan dat hij zo terug zou zijn, de kostbaarheden waren in goede handen. Alexander duwde de deur iets verder open, haalde een mesje uit zijn colbert, trok met zijn nagel het vlijmscherpe lemmet naar buiten en sloeg de boeken open. Hij zocht snel. Kaarsrecht trok hij het mes over de pagina vlakbij de band. Het blad vouwde hij enkele keren samen en stopte het in zijn zak. De snee was zo aangebracht dat een bezoeker die het boek niet al te argwanend doorbladerde, de weggesneden pagina niet kon missen. Zijn warme belangstelling hadden bladen met officiële zegels, met stempels, met precieze formuleringen; één pagina met ingekleurde stadswapens, 'realizados por R. Medel en 1859'. Toen Poza bij terugkeer snel zijn ogen over de stukken liet gaan, zat Alexander gebogen over een certificaat uit 1819.

Hoewel hij, vooral bij openluchtig weer, de ochtenden vrolijk doorbracht in Gran Café Boulevard waar hij de ijdele Enrique Poza ontmoette en waar hij lange tijd luisterde naar diens opschepperijen over de collectie Baskiana, over de gieren waar hij jacht op maakte langs de oevers van de Taag, over de guerrilla in de Valle de Arán, van waaruit die verdomde communisten Spanje opnieuw lastig vielen, liep Alexander tijdens de middagen in een gespannen stemming over de Gran Via in de richting van Pili's laatste tram, waar de dure gebouwen vanaf de achterzijde uitkeken op het park, op de rivier beneden en op de groene heuvels aan de overzijde en waar in een van die gebouwen met de onverschillige namen Basterra, Regoyos en Salazar, Pili Eguren zich schuilhield. In zijn verbeelding werd haar gezicht bleker en smaller. Haar uiterlijk onderging een El Greco-achtige uitmergeling.

Tegen het eind van dat jaar zag hij tussen de gazons van het Plaza Elíptica het paillegeel van haar jas verdwijnen achter de kegelvormen van de ligusters. Voordat zij een straat in kon draaien, had hij haar ingehaald. Op het laatste moment aarzelde hij. Hij bleef tien meter achter haar aan lopen. Links, een plein over, een woonblok van roze steen, donkere houten erkers, balkons en boogramen. Alexander wachtte tot zij naar binnen was.

Pas in het begin van 1945 belde hij aan in de Colón de Larreátegui. Een meisje deed open. Of hij wilde wachten. Het kind knalde de deur in het slot. Pili Eguren droeg een donkere jurk. Iets met pastakrullen. Zij moest hem meteen herkend hebben. Zij was niet verbaasd dat hij haar had teruggevonden. Wel zag hij een blos opkomen. Wat zijn zelfvertrouwen herstelde. Zij maakte geen aanstalten hem binnen te nodigen.

Nee, ze had dat bedrag nooit teruggezien. Nee, het was haar niet bijzonder kwalijk genomen. Nee, ze had die man met die zwartgerande hoed nooit meer gezien. Allemaal ultrakorte antwoorden van haar kant, de ogen gezwart, de lippen vol glans, het donkere haar feilloos gekapt. Of zij de afspraak wilde nakomen in Café Boulevard?

Stilte. Zij wenste de vraag niet te verstaan.

Op de terugweg nam hij zichzelf een verhoor af. Haar gezicht stond in zijn geheugen gebrand, de rest vervaagde snel. Van de woning had hij niet meer gezien dan een halletje. Vaalwitte muursaus, saai gordijntje om een slordige hoek af te dekken, deur met matglas. Hij moest toegeven dat de jurk ook versierd kon zijn met 'sacrale peplosbiezen', of met 'guirlandes van ereprijs'. Hij betoogde dat de twee volle minuten stilte dan wel zeer pijnlijk waren geweest, maar dat hij in elk geval niet als een of andere importune rozencavalier had staan wauwelen.

'Ik zal zien,' had haar vage belofte op het laatste moment geluid.

Tot zijn verbazing verscheen Pili niet lang na zes uur in Café Boulevard. Hij vond haar mooier dan ooit. Zij liep tussen de tafels door waar mannen mus speelden, een populair kaartspel dat op late, halfdronken uren kon omslaan in de gevaarlijke alles-of-niets-gok-variant órdago. Zij glimlachte naar hem.

De kelners bedienden achterin een gezelschap, hij liep zelf wel naar de bar. Hij zag in de spiegels dat hij er messcherp uitzag. Aan hem niets gekreukts, niets kartonnerigs, niets te vaak gewassen, wat alle anderen zo kenmerkte. Rond Pili was een kring ontstaan. Men besefte dat het geen pas gaf een dergelijke dame alle zicht te benemen. Met zijn bestelling (wijn, olijven, een paar dure artisjokharten) begaf hij zich in de lege cirkel.

'Het was geen vlucht. Ik moest snel naar huis.'

Alexander knikte. Laat het geen gesprek over banaliteiten worden, bad hij. Laat ik in godsnaam het lef hebben iets wezenlijks aan te snijden.

'Ik wist niet dat het de laatste tram was. Zo vol. Zo vol. Iedereen duwde.'

Hij nam een artisjokhart, manoeuvreerde de prikker voorzichtig, hield zijn hand als lekbak onder de druipende olie.

'Overal kerels. In de bocht tolden we over elkaar heen. Net kermis.'

Terwijl hij de artisjok proefde en een slok nam van de naar sherry smakende wijn, bekeek hij de vrouw tegenover hem die tussen de olijven zat te prikken. Het café raakte leger, men trok verder. Hij raakte haar hand aan. Reageerde ze schichtig, dan werd het niets. Ze liet haar hand (tussen twee vingers veiligheidshalve de prikker geklemd) door hem betasten. Hij draaide zijn wijnglas. Hij verzamelde moed. Hij had twee inleidende zinnen nodig. Meer niet. Twee zinnen om haar reactie te peilen, om in die tijd de juiste woorden te vinden voor wat hij daarna werkelijk wilde ontvouwen. De eerste zin zou luchtig zijn, een vrijblijvend intro over oude cafés, waar ook ter wereld, die als ze eenmaal uitgekozen waren als decor van een eerste ontmoeting, vaak levenslang bezocht werden en die dan almaar weemoediger getuigen werden van een onwankelbare trouw, of ze Quadri heetten, of Les deux Magots, of Gran Café Boulevard, of De vergulde Turc.

Tijdens het uitspreken van die eerste inleidende zin kwam een man het café binnen. Hij droeg een donker hidalgokostuum met in zijn revers een insigne, had een militair geknipt kapsel, probeerde kaarsrecht te staan als een toonbeeld van de sterke, nieuwe mens. Nadat hij met korte rukken van zijn vogelkop om zich heen gekeken had, liep hij door naar het tafeltje bij de donkerhouten kast met de kleurtjes, waar Alexander Rothweill juist ademhaalde voor het uitspreken van zijn tweede inleidende zin.

De nieuwkomer marcheerde naar de zijkant van de tafel. Met zijn rug naar het licht van het Arenal nam hij alles scherp waar. Terwijl die twee op het punt stonden hun wederzijdse verliefdheid uit te spreken, zagen zij zich plompverloren overschaduwd door een reusachtige lammergier.

'Profesor Alexander Rothweill,' takketakte de roofvogel. Hij sloot de groet af met zijn hakken.

Alexander begreep dat hij er niet onderuit kon Enrique Poza te woord te staan. Omdat deze zag dat 'profesor' in gesprek was met een dame, gaf hij zelf de toon aan om bij het voorstellen de informele sfeer te benadrukken. 'Mijn vriend Alexander. Mijn vriend,' riep hij.

Dan Pili Eguren. Zij was geschrokken van de harde stem. Zij draaide zich naar de donkere figuur. Alexander zag een uitdrukking van ongeloof over haar gezicht vliegen. Ze trok wit weg.

Poza stond met uitgestoken hand. In zijn verwarring dacht Alexander: eerst die klauw grijpen. Hij kwam zelfs overeind. Op hetzelfde moment zei hij haar naam, want hij wilde haar vragen wat er in godsnaam aan de hand was. Enrique Poza die, te laat, merkte dat hij stoorde bij een gesprek, verbaasde zich over de onelegante manier van voorstellen en keek de vrouw aan. Omdat hij een stap in de richting van Alexander had gezet, zat Pili in het volle licht. Een halve seconde had hij nodig om haar te herkennen. Hoorbaar snoof hij door zijn neus zijn adem naar binnen. Een ander licht in zijn ogen, een draai van de tafel af en een gearticuleerd 'perdone', wat als een vloek klonk. Hij liep rechtstreeks het Café Boulevard uit.

Alexander wist precies hoe gespleten het land was. Dat Pili Eguren en Enrique Poza tot twee verschillende partijen behoorden, zou hij afgaande op hun uiterlijk niet gedacht hebben. Dat ze elkaar kenden, dat zij persoonlijke vijanden waren, god in de hemel, hoe had hij daar rekening mee kunnen houden? Dag in, dag uit liep hij risico's. Het toeval, die ongrijpbare duivelse figuur, kon hem altijd parten spelen. Wanneer hij een valse aanbeveling overhandigde en op basis daarvan een vergunning voor een of ander wilde verkrijgen, kon hij een ambtenaar treffen die op de hoogte was van een achterlijk symbooltje of van een historische handtekening. Wanneer hij een vals echtheidscertificaat overhandigde, kon de klant een onwaarschijnlijk uitgebreide kennis van kunsthistorische jaartallen en feiten hebben. Die toevalsduivel, dat angstaanjagende zwavelmonster, was onder de klakkende hakken van Enrique Poza ontvonkt en hing als stinkende rook tegen het plafond.

Pili stond op. Ze pakte haar jas en haar tas, draaide zich om en liep naar buiten. Op zijn roepen reageerde zij niet.

Alexander stond naast de tafel. Hoewel elk detail van

zijn verschijning elegantie uitstraalde, hadden verschillende gasten begrepen dat hij ruzie met zijn vriendin of vrouw had gemaakt. Men nam hem afkeurend op. Alexander draaide zijn gezicht terug naar de tafel. Hij bleef staan als bevroren, omdat hij afgekapt was op het moment dat hij alles voor elkaar dacht te hebben. Met zijn onderarm over de rugleuning van de stoel, de vuist van zijn andere arm in zijn zij gedrukt, zijn colbert wijdopen, zijn vest van boven tot onder geknoopt, keek hij met een uitdrukking van intense spijt naar de plaats waar Pili gezeten had. Er verschenen rimpels in zijn voorhoofd vlak onder de plaats waar zijn haren vastgeplakt zaten. Naast hem stelde iemand aan zijn tafelgenoten voor een spelletje órdago te spelen.

2 Pili Eguren

De villa lag hoog tegen de helling. Van de tuinrand tot aan de weg liep een parkje steil naar beneden: een sluiproute voor gehaaste voetgangers die de helling voor lief namen. Balspel en genietend wandelen waren in het bijna verticale park onmogelijk. Hier, bij de grote bocht van de rivier, begon Algorta, een nagenoeg aan de stad Bilbao vastgegroeid dorp.

Dr. Eguren, directielid van de middelgrote spoorwegmaatschappij F.C. Norte, had, dankzij de hoge ligging van zijn huis, een fascinerend uitzicht over het water. Hoewel iets van de staalindustrie viel waar te nemen, lagen de omvangrijke Altos Hornos-complexen verder stroomopwaarts; zo werd in Algorta een evenwicht bereikt tussen industriële bedrijvigheid en de veel luchtiger pleziervaart. Boven het onstuimig spattende water hing altijd de dreigende bewolking.

Politiek noemde Dr. Eguren zich liberaal. Hij adoreerde Ortega y Gasset. Diens politieke uitspraken leerde hij van buiten. Zo oordeelde hij, mét zijn leidsman, mild over die man in Italië, hoe heette die...

'Mussolini. Ja, ach. Die heeft de spoorwegen gereorganiseerd. Knap werk. En de Pontijnse moerassen.'

'Wat is daarmee?' vroeg zijn zwangere vrouw.

'Die heeft hij drooggelegd.'

'Gelukkig maar,' verzuchtte zij.

In 1926 werd een dochter geboren. Pilar Dolores Eguren.

In de loop van 1929 verklaarde Dr. Eguren, in navolging van de bewonderde Ortega y Gasset, zich tegenover vrouw en vrienden sympathisant van de oppositie tegen dictator Primo de Rivera. Die had hij toch bewonderd? Goed, goed, maar nu bleek die Primo de Rivera een anti-intellectueel die alle jongeren en studenten tegen zich in het harnas joeg. Wie de jeugd verliest, verliest de toekomst, sprak Dr. Eguren serieus. Eind januari van het jaar 1930 moest Primo de Rivera aftreden; Dr. Eguren ervoer dat als een persoonlijke triomf. In maart bracht *El Liberal* het bericht dat Primo de Rivera in Parijs was overleden. Eguren staarde een tijd met de krant in zijn handen voor zich uit. Hij raapte een speelgoedbeest op voor zijn dochtertje. Het huilen van het kind maakte hem pas na een tijd duidelijk dat hij de oren van het ezeltje had zitten vernielen.

Behalve de villa in Algorta bezat Dr. Eguren een kleine woning, een soort boerderij, in de Ribera. Op de weg van Pamplona naar Tudela, vlak voor de kruising met de weg naar Logroño lag het dorpje Arguedas. Rechts van het dorp stroomde de Ebro, links begonnen de weilanden en steenterrassen van de Bardenas Reales. Vlakbij dit agrarische dorp met weinig meer bijzonders dan het kerkje van Esteban en vier kilometer verderop de Basilica de Nuestra Señora del Yugo, had Eguren ooit een oude hoeve gekocht. Hij had de woning laten opknappen. Wanneer zij in het begin van het seizoen kwamen, toverde zijn vrouw de boerenwoning om tot een snoezig burgermanshuis. De pachtende boer woonde in de zomertijd met zijn gezin in de verderop gelegen schuren. Vooral als het een droog seizoen was, konden die een menswaardig verblijf bieden. In het voorjaar en de vroege zomer kwamen er herders langs met jassen van schapenvacht om hun schouders en kruiken op hun rug gebonden. De norse jonge kerels met zonderlinge hoofddeksels slaakten onverstaanbare kreten als ze met hun kuddes van het zuiden van de wereld naar het granieten noorden trokken. In de zomer reed iedere dag een volgestouwde kar langs met twee ossen. Het klakken van de horens tegen elkaar hoorde bij de warmte van die dagen. Op het eind van de zomer verschenen de jagers. Stadse mensen zoals zijzelf met overhemden en colberts en leren jassen en met metalen gordels vol patronen. Zij zagen rijen dorpelingen met vierkante vorken zo groot als stoelen het land winterklaar maken, de mannen in een grauw hemd, de vrouwen met witte doeken om het hoofd gewonden. Tijdens de tweede of derde zomer bood een lachende jonge vrouw een mand vol boerenproducten te koop aan als manchego, chorizo, brood, een fles groene txacolí-wijn; zij werd gevolgd door een stoet gillende kalkoenen.

Voor de kleine Pilar Dolores, door de ouders liefkozend Pili genoemd, was het leven in de Ribera een feest. Ze werd door de dorpelingen geknuffeld, ze kreeg lekkernijen als brokjes kaas, een puntje van de turrón, churros. Ze klapwiekte achter alle huisdieren aan. Het kind ontwikkelde zich als grootgrondbezitster, zei Dr. Eguren lachend over de driejarige. Op een dag bracht ze een jonge zoetwaterschildpad mee met feloranje strepen. Hoe ze aan dat beest kwam, kon ze niet vertellen. Het moest haar door iemand geschonken zijn, want om het schild was vakkundig een touwtje geknoopt zodat het dier uitgelaten kon worden. Als het dier in de lucht driftig met zijn pootjes bewoog, liet Pili het touwtje zakken. Dat gewriemel betekende volgens haar, dat het dier op de grond heen en weer wilde lopen. Haar vader legde uit dat ze voorzichtig moest zijn. Ze mocht er niet mee gooien, want dan zou hij breken en heel veel pijn hebben. Ze zochten een bakje waar de kleine schildpad in kon baden.

Ortega y Gasset en Eguren sloten zich ten tweeden male bij een oppositie aan, tegen Alfonso XIII. Na de verkiezingen stond Eguren, deftig of niet, lid van de directie van F. C. Norte of niet, met gejuich de proclamatie van de republiek te vieren. De mensenmenigte vanaf het theater tot het stadhuis, langs de rivier en op de beide bruggen, maakte bij hem als republikein een opwindend gevoel van trots los. Bovenop de muziektent, bovenop de marktkramen stonden mannen met de republikeinse kleuren te zwaaien. Daarna raakte Dr. Eguren het spoor snel bijster. Hij las dat bij een stakingsoproer in Sevilla eenendertig mensen gedood waren. De schuld van de Guardia Civil, zei de een; de republiek was fout, zei de ander. Zijn vrouw kwam uit de kerk met berichten dat kardinaal Segura de republiek had veroordeeld.

In het jaar 1933 sloten zijn vrienden zich aan bij een nieuwe partij. Iedereen uit de middenklasse zat erbij. Hij hoorde dat de leider van die nieuwe partij gesproken had op nazi-congressen in Nürnberg en Oostenrijk. Omdat op het eind van dat jaar de nieuwe partij overtuigend de verkiezingen won, zaten zijn vroegere vrienden in Café Suizo feest te vieren. Hij droeg meesmuilend een rondje bij. Twee of drie hoefden dat drankje van hem niet en schreeuwden hem toe dat het verkeerd met hem ging aflopen. De nieuwe CEDA-partij leverde drie ministers. In de krant werd een vergelijking getrokken met Duitsland, waar drie nazi's in de regering zaten en waar Adolfo Hitler kanselier was geworden.

Terwijl de achtjarige Pili hand in hand met haar vader met vrolijke springpassen naar huis liep, zagen ze een groep mannen in blauwe uniformhemden over het pad dwars door het park marcheren. Een paar mensen in het midden van het park bleven staan om met de vingers gestrekt naar de lucht de Romeinse groet te brengen. Allemaal tegelijk staken de blauwhemden de arm omhoog. Zo jong, zo jong, zei Eguren thuis, padvinders. Ze liepen rechtstreeks naar een als klassieke tempel gebouwde school. Eguren maande zijn dochtertje aan tot spoed. Ze gingen naar huis. Bij het bordes van de school treuzelde hij; nieuwsgierig probeerde hij naar binnen te blikken. Voor hij de brede straat kon oversteken, stormde de groep naar buiten. Niets padvinders, niets kwajongens. Ze sleepten een man de trap af. Beneden lieten ze hem los, de man sukkelde een paar kornoeljehagen in, ze schopten hem het pad op. Een meisje van een jaar of zestien, zeventien verscheen in de deuropening van de school. Ze schreeuwde naar de blauwhemden. Eguren stond iets opzij, Pili tegen zich aangedrukt. Een blauwhemd schoot langs. Met enkele trappen van zijn laarzen tegen de Florentijnse stenen trok hij zich op aan de twee meter hoge bordesrand en slingerde zich over de ballustrade. Voordat het roepende meisje naar binnen kon springen, was de jongen bij haar. Hij greep haar beet, trok aan haren en kleren en gooide het lichaam zonder te kijken waar het terecht zou komen over de rand naar beneden. Het meisje stond op. Schreeuwend. Duidelijk verstaanbaar: 'Moordenaars, moordenaars.' Drie blauwhemden schoten op haar af. Terwijl anderen de bloedende man op het pad recht overeind hesen, trokken ze het meisje uit de struiken dichterbij. Ze hielden zowel de bloedende man als het schreeuwende meisje vast en ketsten met grote kracht het hoofd van het meisje tegen de schedel van de man. Eguren hoorde de kraak. Het schreeuwen van het meisje hield middenin een woord op. Eguren was zo volkomen ontsteld dat hij niet bemerkte hoe het zijn dochtertje verging. Hij hield het kind tegen zich aan gedrukt in een heftig, bijna pijnlijk gebaar van bescherming. Hij had het beter achter zijn rug kunnen verbergen. Of haar gezichtje tegen zijn jas kunnen drukken. De kleine stond met de rug tegen haar vader aan en voelde zijn machteloze handen in haar schouders dringen. Eguren had niet in de gaten hoe diep het beeld van laarzen, trappend tegen een bloedende man en een bewusteloos meisje, via haar wijdopen ogen haar ziel in druppelde.

Die zomer hoopten de ouders dat Pili in de doodstille, boerse nachten minder vaak door het huis zou zwerven, dat ze niet meer gillend wakker zou worden. Op een uitslaapochtend in augustus hoorden ze beneden stampen en toen ze gingen kijken, zagen ze hoe Pili het ijl fluitende schildpadje, altijd liefderijk verzorgd, altijd hartelijk begroet als ze na een najaar en winter terugkwamen, op de vloer had gegooid of gelegd en met grove werkschoenen aan haar voeten krakend kapot stond te trappen.

Op 16 februari van het jaar 1936 won het Frente Popular de verkiezingen; er kon opnieuw een linkse regering worden gevormd. Eguren had zijn twijfels. Op achttien juli van datzelfde jaar kwam het antwoord van generaal Mola in het noorden, generaal Goded in het oosten en generaal Franco in het zuiden.

Bilbao viel tegen de avond van 19 juni 1937 in handen van de vijfde Navarrese Brigade. De laatste Baskische tank had met een vertwijfeld schot een balkon kapotgeschoten, voor hij zich omdraaide en wegreed.

De toestand bleef redelijk stabiel. Onder de voorlopig weinige burgers die ogenblikkelijk werden weggehaald van huis, behoorden tot hun grote verontwaardiging doctor Eguren en zijn vrouw. De villa in Algorta werd geplunderd. Het dochtertje was onvindbaar.

De triomferende generaal Franco, caudillo van het leger, caudillo van Spanje, enzovoorts enzovoorts, bezocht op negen november het bevrijde noorden. Ter gelegenheid van dat persoonlijk bezoek van Franco, enzovoorts, werd een aantal executies uitgevoerd, eerder dan strikt juridisch was toegestaan, eerder dan de termijn van volledige klaarheid was verstreken.

~

Na de burgeroorlog slaagde het Spaanse militaire bewind er snel in het beloofde paradijs te realiseren, zoals elk paradijs slechts toegankelijk voor de uitverkorenen. Een groot gedeelte van de bevolking werd buitengesloten. Dat kreeg te maken met represailles, met een distributiesysteem, met een zwarte markt, met een tbc-epidemie: velen hielden zich in leven met het zo smakelijk mogelijk bereiden van wilde klaver en andere vlinderbloemen, wat blijvende verlamming en blindheid veroorzaakte. Zwerfkinderen bekwaamden zich in bedelen en hoereren. Omdat dat laatste absoluut niet kon, verschenen in de grote steden enkele hulporganisaties.

Een van die goyeske, filantropische stiefmoeders van Auxilio Social, afdeling Bilbao, zag vlak na de oorlog een vervuild kind van een jaar of twaalf aan de oevers van de Ebro bij een kudde varkens hurken. Terwijl het meisje schel beweerde dat ze de varkens verzorgde, een kleine honderd hoog op de poten staande, zwarte slimme dieren, verzekerde de werkelijke varkenshoeder dat hij niets met de zwerfster te maken had. De mevrouw bracht het scheldende kind naar het Auxilio-gebouw bij de San Vincentekerk aan de Jardines de Albia. Het personeel, gewaarschuwd dat ze kon bijten, trok de varkenshoedster uit haar vodden en spoot haar in een betegeld hok een kwartier

43

lang schoon. Ze slaagde erin zich los te rukken en rende spiernaakt de gang door. Net op tijd kon de oude portier haar bij de arm grijpen. Toen ze hijgend, gekleed in een niet-passende vaalblauwe liefdadigheidsjurk in de kamer van de directrice stond, wilde ze op geen enkele vraag antwoorden. Ze sloten haar met papier en potlood in een kamertje op. Uren later troffen ze de kleine slapend aan. Het kind werd naar een bed gebracht. De verzorgsters bestudeerden zorgvuldig de papieren, waarop driftige krassen stonden, de onpeilbare zielsgeheimen van een kind, met een volwassen woede in het papier gedrukt. Iedereen kreeg instructie de nieuwe pupil in vertrouwen te nemen. De vorderingen waren minimaal. 's Nachts was de kleine aan het spoken (met de metalen beddenpan de kalk van de muur bonken, de deur kaal schoppen, om water gillen, alles uitspugen), overdag viel ze in slaap in de kast waar ze opgesloten zat. Op de vijfde dag viel een medewerkster hijgend de directiekamer binnen met de mededeling: 'Ze zegt dat ze Pili Eguren heet.' Ze wonnen informatie in en de directrice kon het kind laten merken dat ze alles van haar af wist, want achter de gegevens van een twaalfjarige assistent-varkenshoedster konden ze moeilijk komen, maar de dochter van de hoge bestuurder van de F.C. Norte kende iedereen.

Hoewel het meisje agressief bleef tegenwerken, deed ze alles met een loerende attentie: iemand zou kunnen vertellen langs welke raadselwegen ze terug moest kruipen naar een vorig leven. Voorlopig werd haar niet meer meegedeeld dan ze zelf wist. De dames vonden het niet raadzaam het onevenwichtige kind te schokken met nieuwe berichten.

Na een paar weken van uitbraakpogingen, streng regime en preekjes over de damesgoedertierenheid kondigde de directrice een 'experimentele demarche' aan. Met enig geweld werd het kind in de auto van mevrouw gezet, deuren op slot en over de Gran Via. Pili zat waarschijnlijk voor het eerst in een auto. Ze moesten toeteren om de mensen van straat te jagen. Bij het grote plein draaiden ze over de brug naar Deusto. De kleine Pili keek of de auto vanaf de brug niet het water in donderde. Een kwartier later, toen ze bij Algorta de weg naar de rivier namen, hing het kind stomverbaasd tegen de zijruit aan. Voor een villa boven een klein, tegen de helling aangeplakt parkje stopte de auto. De villa stond leeg, de ruiten waren ingeslagen, er had brand gewoed op de benedenverdieping. Het kind trilde en rukte aan de kruk van het portier. Mevrouw stapte uit, liep om, pakte het kind bij de hand. Ze keken door een raam naar binnen. Alles was weggehaald, het behang hing in repen gescheurde huid naar beneden, geknakte boeken lagen op de grond tussen scherven van een lang geleden gestorven servies. Het in een hoek gesleurde kleed hing uitgeput tegen de kast aan. Het kind trok de mevrouw mee naar de voordeur. De deur was door de Guardia Civil verzegeld. Terug voor het kapotte raam, begon het kind hikkend naar adem te huilen. De mevrouw hield het handje stevig vast en merkte met psychologische triomf, dat de kleine zich zo heftig tegen haar aan drukte, dat haar changeantzijden jurk over haar corselet verschoof. Zo stonden die twee, de kleinste wild jankend, de volwassene meewarig glimlachend en de jurk onder de ceintuur terugdraaiend, voor de bouwval van doctor Eguren, burchtheer van het F.C.Norte-station Abando met de beroemde kleurige glaswand, voorstellende stad en arbeid, klok en stadswapen in het midden, die god mocht weten waarvandaan verbindingen verzorgde naar alle steden in het Baskische deel van Spanje. Het huilen van het kind hield in de auto niet op; tot drie keer toe klampte Pili zich vast aan de bestuurster met loeiende uithalen, zodat mevrouw rukkend met het stuur moest dansen om het voertuig goed op de weg te houden.

Terug in het kantoor zei de mevrouw dat Pili gezien had dat er geen enkele mogelijkheid...

'Ik wil naar pappie en mammie terug,' snikte het kind zacht.

'Dat is onmogelijk.'

'Waarom?'

'Wij weten absoluut niet waar die zijn.' De mevrouw kon het niet over haar hart verkrijgen het kind de waarheid te vertellen.

'We kunnen toch zoeken?'

De mevrouw bladerde papieren door, mompelde dat de ouders misschien al heel lang door Spanje zwierven op zoek naar Pili. Zij maakte een aantekening. 'Pili, het komt allemaal in orde,' zei ze ter afsluiting van het gesprek. Een opmerking die even bemoedigend als onzinnig klonk.

Ze moest de dag daarop uitvoerig vertellen hoe haar leven verlopen was vanaf die dag dat Bilbao bevrijd was van de communisten. Waarop Pili vertelde dat zij in het parkje had gespeeld, dat zij zich verstopt had toen er mannen aankwamen, mensen van de trein, of soldaten, dat kon ook wel, met lange jassen, dat haar vader en moeder naar buiten kwamen, dat haar vader en moeder zo lang wegbleven, dat de deur op slot was, dat zij boos geworden was omdat ze zo stom buitenstond, dat die avond alles donker was en zij had de hele nacht gewacht en nog een dag, dat zij had gedacht dat haar vader en moeder naar het andere huis waren gegaan, in de Ribera, in het dorp Arguedas. En zij had geen andere oplossing kunnen bedenken dan naar Arguedas te lopen, langs de kerk van Franciscus en dan San Adrian en ze was ontzettend moe geworden, het huis in Arguedas was veel te ver weg geweest. Ze had geslapen in schuren. Ze had niemand gesproken. Als er iemand aankwam, was ze angstig weggedoken.

Hoelang ze zo gezworven had?

Wist ze niet meer.

Mevrouw rekende uit dat dat ongeveer twee jaar geweest moest zijn. Dat was toch godsonmogelijk.

Pili ontkende ten stelligste dat ze ergens in huis gezeten had. Niet bij vreemden, niet bij familie.

Hoelang ze die varkenshoeder kende?

Wist Pili niet. Tijd was geen werkzaam begrip voor haar. Hoe ze bij die varkens gekomen was, wist ze niet meer. Gewoon omdat ze lag te slapen en die beesten aan haar stonden te knabbelen. Zoiets.

Pili kwam voor het eerst aan het ontbijt. De methode van de directrice werd zeer geprezen door de medewerksters die telkens naar de directiekamer glipten om te melden dat Pili zonder kokhalzen at, dat Pili met de afwas hielp, dat Pili met de medewerkster had gesproken, dat Pili haar auxiliojurk had aangetrokken. 'Het gaat goed, mevrouw,' verzekerde iedere glunderende medewerkster.

Pili bleef twee weken in het huis aan de Jardines de Albia. De boodschap dat er een vast tehuis voor haar gevonden was, een school in de stad Burgos, verbonden aan het Convento de la Virgen la Real de Cantabria, deed de oude opstandigheid de kop opsteken.

'Ik ga niet,' zei Pili.

'Pili! Je zou toch gehoorzaam zijn?'

Pili maakte duidelijk dat ze wilde blijven. Haar voet stampte.

'U zou mijn pappie en mammie opzoeken.'

'Wij kunnen geen ijzer met handen breken.'

Pili keerde zich om en knalde de deur achter zich dicht. 's Avonds meldde een medewerkster dat Pili onvindbaar was. Tegen middernacht werd ze gevonden in een kelder-

47

kast. Ze gilde het hele huis wakker toen ze eruit getrokken werd.

De nonnen in Burgos waren gewaarschuwd. Een driekoppig comité haalde haar uit de auto. Terwijl Pili zich verbaasde over hun flapkappen als platliggende zeilschepen, duwden ze haar als een weerspannig kuiken voor zich uit, een beetje op een holletje en het hele rijtje kukelde zo het convent in. Een naar soep ruikend ontvangstkamertje, terugtrekkende buiging, geluid van sleutel met zenuwhoest. Voor Pili het besefte, zat ze opgesloten. Aan de andere kant van de deur hoorde ze niets dan een holle stilte en ver weg een klok tikkend in een traag tempo.

Toen de deur eindelijk openging, stond er een lang wit jasschort met een kordaat, kortgeknipt, zwart kapsel. Aan de voeten witte rubberen schoenen en schone witte sokjes.

'Kleed je je hier uit, of in de wasruimte?' De verpleegster had een harde stem.

'Uitkleden? Moet dat?'

'Je kleren worden verbrand en jij moet ontsmet worden.'

Pili had twee jaar gezworven. 'Twee jaar' zei haar niets, wel wist ze dat ze al die tijd haar ouders had gezocht. Eerst op weg naar Arguedas, later met de hoop op een toevallige ontmoeting. Niet dat haar iedere dag het doel 'ouders' zo duidelijk voor ogen had gestaan. Ze was lange tijd één geweest met de dieren, ezels, kalkoenen, varkens, die haar uit de goedheid van hun eetbaar, dierlijk hart warmte schonken en aan de trog uitnodigden. Het doel 'ouders', in alle omstandigheden stil gekoesterd, was met het bezoek aan de kapotte villa concreet geworden. Pili had de steun gekregen van een machtige organisatie bij het zoeken. Daarom, en daarom alleen, was ze bereid te gehoorzamen.

Tegelijkertijd rijpte de overtuiging in haar, dat ze zich

te weer moest stellen. Als ze binnengekomen was zoals in het Auxilio-gebouw in Bilbao, vuil, twee jaar niet gewassen, dan had ze de mededeling dat ze ontsmet moest worden en dat haar kleren verbrand moesten worden, wel begrepen. Maar ze was door Auxilio wekenlang schoon geschrobd en het jurkje dat ze droeg, bestond uit twaalfjarig fris aroma en het allerschoonste liefdadigheidsblauw.

Haar werd de vernedering bespaard dat ze in haar blote lijf door de vijandige gangen moest lopen. In een ruimte achter een van de bruine deuren liet de verpleegster haar alle kleren uittrekken. Ieder kledingstuk werd in een zak gepropt. Pili dacht aan doktersbezoek en trok haar laatste hemd uit. De verpleegster wees gebiedend op het broekje. Terwijl Pili onder de buizen stond die met een metalen klonk ploften, waarna uit duizenden gaatjes ijskoud water stroomde, herinnerde zij zich dat zij, iedere keer als ze iets gestolen had, de buit uit angst dat zij snel als dievegge achterhaald zou worden, omruilde tegen iets anders en dat dan in een verderop gelegen boerderij of in een dorpswinkel voor weer iets anders, en zo verder tot zij eindelijk iets had wat ze durfde te eten of aan durfde te trekken. Want, zo redeneerde ze, omdat ze het gestolen muziekinstrument omgeruild had voor een blik olijven, dát voor een horloge, dát voor een levensgevaarlijk scheermes, dát verpatst had voor een rieten mand die een kwart ham of een zigeunerrok opgeleverd had, was zij als dief van het oorspronkelijke muziekinstrument niet meer achterhaalbaar. Precies diezelfde witwastruc werd met haarzelf uitgehaald. Zij zou van liefdadigheidsinstelling naar klooster gebracht worden, overal ontsmetten, overal kleren inleveren, overal een ander uiterlijk, tot niemand, noch de mevrouw die haar ouders zou opsporen, noch haar ouders zelf, haar zou kunnen terugvinden. Daarom was ze bereid zich met hand en tand te verzetten.

Voorlopig was de verpleegster de sterkste. Die had een handpomp met een dwars reservoir tevoorschijn gehaald. Ze perste wolken sproei over Pili. Het stonk naar benzine.

Toen Pili tussen de stralen ijskoud water door gebaarde, dat het genoeg was met die prikspuit, zag ze iemand anders staan. Een non met een melkwitte kap en een zwart vestje dat ze strak om haar bovenlijf getrokken hield. Het mens staarde met ogen als naaktslakken naar het dansende jonge lichaam. Pili draaide zich om. De waterstroom hield op; kille druppels lekten na. De verpleegster wenkte met een kleine handdoek. De non was verdwenen.

Na het water volgde alsnog de schande dat ze zonder iets aan door de gangen moest lopen. Pili was als de dood dat een van de deuren zou opengaan. Zo had zij er nog nooit bij gelopen. Bloot was voor haar iets anders dan helemaal naakt. Bloot betekende altijd een hemd en een broekje. De verpleegster gebaarde ongeduldig. In een kamer waar ze naast een weegschaal (het plateau verbonden aan een lange gietijzeren paal met bovenop een reeks Chineesfysische schuifgewichten) moest gaan staan, zag Pili de non terug. Ze wreef achter een schrijftafel met haar platte handen loze cirkels over het inktblad. Ze zag hoe Pili op de weegschaal ging staan, ze vroeg met volkomen droge stem naar het resultaat. Net geen zevenendertig kilo. Ze stond op, kwam bij Pili staan, strekte haar handen uit ('Je bent een grote meid, niet?') en ze liet haar hoekige kalknagels over de kleine beginnende borsten glijden. De non onderzocht hoofdhuid, haargrens en sprookjesnek van Pili en waar haar gedachten heen golfden en waar haar blikken heen schoten, wisten buiten haar alleen haar god en de verpleegster. De verpleegster drukte Pili ruggelings op de houten bank.

'Er is al groeisel,' hoorde Pili constateren, en omdat ze samen, non en verpleegster, over haar onderlijf bogen, wat haar het idee gaf dat die twee haar in de kam gingen pikken, schoot haar maar één verdediging te binnen. Ze wachtte tot de kap als een stuk poolijs over haar kruis hing en stootte krachtig haar benige knie omhoog.

Hoewel Pili zeker wist dat ze iets geraakt had, iets breekbaars (een duidelijk geluid van pijn of plotselinge schrik) zag ze eerst geen beweging in de twee over haar buik gebogen ruggen. Heel langzaam kwam die ene rug omhoog. Tot verholen voldoening van Pili stroomde uit de slakogen een rijk slijm van tranen, tegelijk uit de neus een rode draad die snel in dikte toenam. De non drukte haar hand tegen de neus; het oudrode bloed kroop tussen de vingers door. In een vloeiende beweging verwijderde zij zich van Pili, ze hield haar hoofd voorovergebogen, liep de onderzoekruimte uit en sloeg de deur hard achter zich dicht.

Het bleef een tijd stil. Tot de verpleegster met zachte stem adviseerde geen ruzie te maken met deze zuster. 'Belangrijke zuster; houdt van gehoorzaamheid. Ruzie met deze zuster is niet handig. Onthoud dat, kleintje.'

Met twee lange watten in haar neus, die agressief naar voren staken en haar habijt vol natte plekken, liep de non de kamer binnen. Pili riep dat ze het niet expres deed, dat het per ongeluk ging, dat het haar speet, dat het een reflex was. Zuster Olifant keek haar deinend aan. Ze leek het gezichtje van Pili op te slaan in haar geheugen. Terwijl ze achter het bureau ging zitten, gebaarde ze dat het kind van de bank af moest komen. Pili zag de wat in het ene neusgat roze kleuren.

'Zeg eerst hoe je heet.'

Pili durfde niet verder uit te dagen. 'Pili Eguren.'

'Zuster,' zei de non, terwijl ze iets noteerde. Pili hief vol onbegrip het hoofd. 'Als je iets zegt, moet je met twee woorden spreken.' Pili haalde haar blote schouders op. 'Dus?'

'Pili Eguren.' Ze haalde diep adem. 'Zus-ter.'

'Wat is dat voor een naam: Pili?'

'Moet ik in mijn blootje blijven staan? Zus-ter?'

'Pili komt waarschijnlijk van je echte naam. Hoe luidt die?'

'Ik heet Pilar Dolores Eguren.' Ze telde de vijf woorden met de vijf vingers van haar omlaag gehouden hand.

'Pilar. La Virgen del Pilar. Je heet Pilar; de naam Pili hoeven we niet meer te horen. Luister goed, Pilar. Je komt bij ons wonen. Als je je goed aan alle regels houdt, krijgen we geen moeilijkheden. Brutaaltjes lopen het risico dat er streng gestraft gaat worden. Ik vrees dat je veel zal moeten leren, meisje.'

'Hoe heet ú dan, zuster?'

De non haalde diep adem door haar mond. 'Ik heet zuster Miguela de los Reyes. Als je tegen mij praat, kan je ook "moeder" zeggen.' De tampon in haar neus was verzadigd; er viel een druppel op de papieren voor haar. Moeder spreidde haar armen, mopperde iets als 'kijk nu eens'. Terwijl ze de verpleegster een wenk gaf, liep ze weg.

Wat kon de kleine Pili beginnen tegen een verpleegster die het goed met haar leek te menen en een non die 'toch geen dokter of verpleegster' was, zoals Pili wat schril opmerkte, die volgens de verpleegster een grote wetenschappelijke belangstelling toonde voor de medicijnen evenals voor de 'antropogie'. Moeder Miguela kwam terug met een nieuwe slagtand in. De verpleegster moest de injectie klaarmaken. Pili kon de trilling in haar stem niet bedwingen, toen ze vroeg waar dat voor was. Ze hoopte dat ze door vriendelijk gedrag het ergste kon voorkomen en ging braaf op haar rug liggen. Pili werd overal bevoeld; haar tong werd platgedrukt met een dunne lepel; haar smalle voetjes werden, terwijl ze op haar rug lag, door de non opgevangen en uiteengerangeerd; ze kreeg intussen te horen dat haar vader en moeder tegen Spanje en tegen de katholieke kerk gevochten hadden (haar vader en moeder!); ze moest op haar buik draaien; haar billen werden van elkaar getrokken en ze kreeg een gemeen pijnlijke injectienaald in haar bil.

Ze bleef huilen, terwijl ze met haar voeten in een gebutste emaillen emmer gezet werd. Ze schaamde zich, omdat ze niet kon ophouden met huilen. Haar voeten moesten ontsmet worden. Intussen mat de non met een meetinstrument haar oren, neus en mond.

'Ben je jodin?' vroeg ze. Pili schudde ontkennend het hoofd. 'En je hebt geen joodse opa of oma of tante?'

Pili werd helemaal gemeten, de verpleegster noteerde alles. De vraag over de joodse familieleden werd enkele malen herhaald. De non haakte het meetinstrument eveneens om de blote heupen en om de jonge borstjes van de nieuwe huisgenoot.

3 Alexander Rothweill

Alexander Rothweill bewoonde tijdens de jaren die voorafgingen aan de merkwaardige ontmoeting met Pili Eguren, twee kamers aan de Calle Ribera in Bilbao, tussen het Arriagatheater en de markt naast de San-Antónkerk. Eerste kamer: twee kleine balkonnetjes, openslaande deuren, twee lage fauteuils, grote werktafel. Tweede kamer, een slaapkamer, iets kleiner: bovenmaatse klerenkast, breed bed met degelijke houten ombouw. Tussen de kamers een klein keukentje en een badkamer, beide zonder ramen. Onder het bed, achter het behang, onder de gootsteen, tussen vet papier en kastplank was een verzameling rotzooi en gruis gestort door vorige anonieme huurders. Zo had Alexander behalve het echte gruis (spelden, perzikpitten, hoopjes gedroogde kruiden en talloze uitgeknipte en afgescheurde verouderde waardebonnen) onder andere gevonden: een adres op een muur gekrast dat vreemd genoeg luidde 'Holländareplan 9 Karlshamm', een landkaart van een merengebied in Schotland, speelkaarten, losse wijzers van een uurwerk, een linkerhandschoen, een waardevolle schaal die niet voorkwam op de inventarislijst, een pinupkalender tussen de hoge houten bedrand en de muur gegleden, een potje zuur ruikend smeersel waarop een naar azijn smakend vocht dreef met op het etiket een reeks Japanse of Chinese tekens. In de kamer hing een grote spiegel; de twee scheelmakend lelijke schilderijtjes, een maagd Maria en een landschap bij Orduña, had Alexander bovenop de kast gegooid. De kartonnen sierkokers onder de elektrische lampjes hadden de vorm van lekkende kaarsen. Omdat in deze tijd zo vaak de elektriciteit werd afgesloten, had de verhuurster een la in de grote kast gevuld met echte kaarsen. De dynamo-elektrische machine met filmlamp was uiteraard van hemzelf; het apparaat maakte het mogelijk 's nachts door te werken. De deur van zijn woonkamer kwam rechtstreeks in het trappenhuis uit. Hij hoefde niemand lastig te vallen wanneer hij op onregelmatige tijden thuiskwam of wanneer hij middenin de nacht na intensief tekenwerk naar buiten wilde gaan.

Was hij ijdel? In elk geval was hij bijzonder gesteld op een uiterlijk voorkomen waarmee hij in verschillende kringen kon imponeren. Met zijn kleding streefde hij naar de absolute top. Hij bezat een fraaie collectie overhemden van Turnbull & Asser, de meeste met de Amerikaanse 'pin collar'; het irriteerde hem dat hij door de oorlogsomstandigheden geen nieuwe kon kopen. Hij was verzot op de self-tipping dassen van Marinella. Zijn Italiaanse contacten wisten dit en zij zorgden ervoor dat hij bij ieder bezoek een nieuwe das van de Napolitaanse meester cadeau kreeg. In de keuze van zijn kostuums was hij Italiaan. Nooit Engels, dat paste niet bij zijn ego. Zijn kasjmier of scheerwollen pakken (knopen van buffelhoorn) kocht hij al jaren bij Caraceni in Rome. Hij droeg zelfs in de zomer driedelig. Aan zijn dasspeld prijkte een glasparel. Zijn manchetknopen bevatten een blauwe topaas (baguette geslepen). Aan zijn vingers schitterde nooit een ring. Wel droeg hij in het jaargetijde wildleren handschoenen. Nooit een hoed.

Zijn lichaam was sportief gebruind op een kleine schaamteonderbreking na. Hij was stevig gebouwd. Zijn gezicht was regelmatig, zijn neus en lippen waren vlezig. Zijn ogen keken vriendelijk maar konden plotseling een waakzame of ironische blik krijgen. In zijn voorhoofd liepen verschillende plooien. Hij schoor zich dagelijks met een mes en altijd met Donge-scheerzeep 'enrichi d'huile d'amandes douces'.

Nadat hij in 1941 weggegaan was uit Parijs, had hij zich in het uiterste zuiden van bezet Frankrijk gevestigd. Hij wist dat geallieerde piloten langs een vaste route vanuit Holland en België naar Gibraltar werden gebracht. Het moeilijkste traject van deze zogenaamde Komeet-route was het grensgebied tussen bezet Frankrijk en niet-oorlogvoerend, Hitler steunend Spanje. Bij Urrugne verliet het Komeet-netwerk de route nationale en via Rocher des Perdrix werden de Engelse en Amerikaanse piloten naar het Castillo del Inglés gebracht en verder via sluipwegen naar Rentería. De Basken waren perfecte mensensmokkelaars. Precies in Urrugne was Alexander neergestreken.

Alexander had zichzelf daar twee taken opgelegd. Allereerst moest hij het vertrouwen winnen van de tegenstanders van het nazi-bewind. Hij ontwierp voor zichzelf perskaarten en lidmaatschapskaarten. Toen hij dat vertrouwen eenmaal bezat, begon hij persoonsbewijzen te vervalsen voor de smokkelwaar die naar San Sebastian en Gibraltar vervoerd moest worden. In het begin kreeg hij geregeld te maken met over de grens gewipte Spanjaarden, die hem de oren van de kop lulden over arbeidersrevolutie, anarchosyndicalisme, Bakoenin en Stalin, die hem bovendien voor niets wilden laten werken. Hij kreeg onderdak en eten, hij hoorde erbij, wat moest hij meer?

Hij kocht paspoorten. Hij ontmoette kerels die handenvol paspoorten bezaten. De identiteitsbewijzen van gesneuvelden van de Internationale Brigade. Britse, Italiaan-

se, Franse, Duitse, Poolse paspoorten. Zelden Amerikaanse. Die waren bijna allemaal doorgestuurd naar de NKVD,
de geheime politie in Moskou. Konden ze gebruiken om
de vs in te komen. Later vestigde hij zich in Spanje (Oiart-
zum, San Sebastian, Bilbao) waar hij zijn steeds perfectere
vervalsingen voor veel meer geld kon verkopen.

Vanaf 1943 werd de mogelijkheid van een uiteindelijke
nederlaag van de As-legers groter. In 1944 wist Alexander
dat een groeiend aantal Italianen en Duitsers een nieuw
paspoort nodig had om op tijd weg te komen. Hij verlegde
zijn werkterrein. In Italië hielp hij Mussolini-aanhangers,
die de bui zagen hangen, aan zijn inmiddels peperdure
vervalsingen. Zij die in 1942 en 1943 voor de nazi's op de
vlucht waren, hadden ze doorgesluisd naar Gibraltar. Nu,
vanaf 1944, wilden degenen die aan de wraak van de geal-
lieerden en de naoorlogse machthebbers probeerden te
ontkomen, vooral naar Spaanstalig Zuid-Amerika. Spanje
bleef dus het valse-identiteitenparadijs; Alexander beschouwde Noord-Spanje en Noord-Italië als ideale werk-
plaatsen.

Het vervalsen van identiteitspapieren en paspoorten was
zijn belangrijkste bron van inkomsten. De opdrachten ontving hij in Turijn. Uit veiligheid maakte hij daar meestal
de eindproducten.

In Bilbao, waar Alexander tot diep in de nacht gebogen
zat over zijn papieren, zwetend vanwege het precisiewerk,
slechts gekleed in een broek en de platte soepele porte-
feuilletas die hij altijd op het blote lijf droeg, perfectio-
neerde hij zijn technieken en zijn hulpmiddelen.

Hij bestudeerde de stempels, de letters en de zegels van
zijn voorbeelden door een vergrootglas. Een speciale koffer
bevatte alles wat hij nodig had. Lijnwatermerken imiteer-
de hij in zijn beginperiode door heel geduldig op die plaats

het papier te schuren en te vijlen. Een vreselijk werk, om-dat zich altijd vezels vormden. Om meertonige schaduw-watermerken te imiteren bracht hij met grijze inkt het watermerk aan op een vel van halve dikte en plakte er dan zorgvuldig een tweede vel overheen. Hij bezat Talens-pot-jes Oost-Indische inkt; achtkantige buikige Gimborn-fles-sen met de stuiter in de hals; Redis-pennen van Heintze & Blanckertz. Hij beschikte langzamerhand over een groot aantal stempels van officiële instanties die hij uit stukjes bandenrubber had gesneden. Hij gebruikte voor droog-stempels een apparaat van de firma Pernuma uit Duits-land en hij bezat zes stempels in messing. Cijfers en letters kon hij drukken met behulp van uit kops perenhout ge-sneden vormen; de kraalranden die in de afdruk te zien waren, vormden authentieke kenmerken als gold het ech-te hoogdruk.

Hij vervaardigde in Bilbao wat hij zelf nodig had: valse en verzonnen aanbevelingsbrieven, waarmee hij een echt visum voor zichzelf verkreeg; valse uitreisvergunningen, visa en verblijfsvergunningen, die hij oningevuld liet en in reserve hield. Hij maakte bewijzen dat hij contacten had met de Bourbons in Lausanne, andere dat hij werkte voor de Falange, een ontslagbrief uit de gevangenis van Burgos, een dankbrief voor hulp bij overstromingen in de Biblioteca Municipal. Met deze niet van echt te onder-scheiden documenten verschafte hij zich overal toegang. Zowel door de macht als door het aarzelende verzet werd hij gezien als vriend en bondgenoot.

Dit werk leverde hem bovendien een redelijk nevenin-komen op. Als men vroeg naar zijn beroep, dan handelde hij in beeldjes, kaarten en andere rotzooi, die hij óf ge-woon stal, óf voor een habbekrats kocht op het zorgelijk, verpauperd boerenland, vervolgens voorzag van overtui-gende, valse kwaliteits- en oudheidsbewijzen en ze voor veel geld verkocht aan pronkzuchtige, triomffascistische stedelingen. Hij bedroog de obscure kunstverzamelaar in Deusto even hardvochtig als hij de Zuid-Amerikaanse snoever oplichtte die er hinnikend als een rodeoheld vandoor ging met een volslagen waardeloze 'Ecce Homo' plus echtheidscertificaat. Hij woonde rustig in Bilbao. Hij sliep weinig.

Met perfect kloppende visa reisde Alexander Rothweill eens per maand naar Italië. Eerst met de auto. Nadat de benzine schaarser was geworden en hij in een negorij vast was komen zitten, met de roodfluwelen eersteklastrein. Nadat de Vichy-minister Darlan in Noord-Afrika naar de geallieerden was overgelopen en de Duitsers Vichy-Frankrijk hadden bezet, reisde Alexander samen met twee gokverslaafde Basken die overal de weg wisten en die hem geruisloos in Turijn brachten.

In Turijn kende Alexander iemand die lange tijd in Spanje had gewoond en die voor hem van groot belang was. Signore Ferrucchio di Santo, wonend in de Via Savoia te Turijn, vlakbij het Palazzo Madama, handelde in kunst, had veel contacten met snel rijk wordende zwarthandelaren en, beduidend winstgevender, was zijn contactman inzake persoonsbewijzen.

Hij werd ontvangen in een ruimte, vol met vergeelde kranten, tijdschriften van jaren her, uiteengevouwen kartonnen dozen, boekomslagen, aaneengepinde oude rekeningen. Voor de ruiten hing een vuil vitragegordijn dat kapot was getrokken, omdat er een stapel papier op gezet was. Een wandelaar kon naar binnen kijken; waarom zou zo'n wandelaar dat doen?

Natuurlijk begon de sjacheraar over de moeilijke tijden te ouwehoeren. Beeldjes van de Madonna, zo mooi als de Madonna zelf, kreeg hij nauwelijks verkocht, caro signore.

Daar was men blind voor. Wat zat er verborgen in de koffer van signore Rothweill, vroeg hij met een vette knipoog.

Alexander liet hem twee kaarten zien van de Bajos Pirineos, gedateerd 8 de febrero de 1790, getekend om de verdeling in vijf districten en in veertig cantones exact aan te geven.

'Uit een boek gesneden, smeerlap,' reageerde Di Santo direct.

Alexander keerde de kaarten voorzichtig om en toonde de officiële zegels. Di Santo bestudeerde de keurmerken met een loep en grinnikte. 'Wat heb je nog meer?'

'Een kaart van Fontarabië, getekend door Nicolas de Fer. Het kustplaatsje Hondarabia. Allerlei militaire bijzonderheden. Begin achttiende eeuw.'

Di Santo bestudeerde de randen en het papiersoort. Alexander toonde hem een vrouwenbeeldje ('vruchtbaarheidssymboliek; de grotvrouw van Azaila') en een serie foto's van Manterola. Di Santo had belangstelling voor het beeld en voor de kaart van Nicolas de Fer. Alexander zei dat hij alles wilde verkopen, dat hij niet met twee kaarten terugging, trouwens, waarom Manterola niet? Nu niet bekend, nu niet duur, straks een pionier van Baskisch-Spaanse fotografie van het gewone leven dat snel tot het verleden ging behoren. Straks werd dit soort foto's onbetaalbaar. Ferrucchio di Santo moest wat durven, zei Alexander lachend. Uiteindelijk verkocht hij twee kaarten van Bajos Pirineos, uit boeken gesneden en voorzien van deskundig gemaakte valse stempels, één werkelijk oude kaart van het kustplaatsje Hondarabia in de provincie Guipuzcoa, op een onbewaakte zaal van een klein stadhuis ontvreemd, één gestolen beeld van weinig waarde met een duur uitziend certificaat, een aantal valse brieven en enkele foto's van Manterola. Over het totaalbedrag waren zij beiden tevreden.

Toen Di Santo wegliep, omdat de wijn in zijn ontstoken blaas een irritatie veroorzaakte, bladerde Alexander snel door zijn kaartenbak en schreef enige namen die hem van belang leken over in zijn persoonlijk aantekenboekje.

Di Santo nodigde hem uit voor een maaltijd bij Francesco, een klein restaurant, waar het heerlijk genieten was, deels omdat de bakstenen kerk aan de andere kant van het pleintje de hele dag in de zon had gestaan en in de avond, als de feeërieke straatverlichting aan ging en het wat killer werd, een warme, rode gloed leek uit te stralen. Ze namen spaghetti met vongole en daarna vogeltjes die Alexander kleiner leken dan kwartels, maar die zeer smakelijke gepeperde borstjes bleken te hebben.

Met een fles grappa bleven ze zitten tot de tafeltjes om hen heen leeg waren. Zij namen weinig risico omdat een heel andere kant van hun relatie aan bod ging komen.

'Heb je nieuwe opdrachten?' vroeg Alexander.

'Vijf gewone, één Nansen, twaalfmaal lidmaatschap.'

'Wanneer moeten ze klaar zijn?'

'Over twee weken.'

'Dat is te krap. Heb je alles? Gegevens, foto's?'

'Alles. Alles is betaald. Je geld ligt klaar.'

'Drie weken.'

'Goed.'

Di Santo haalde een dikke map uit zijn binnenzak. Alexander beoordeelde de kwaliteit en het formaat van de foto's, de staat waarin de officiële documenten verkeerden; hij bestudeerde de papieren. Hij aarzelde bij een reeks foto's met lichte kleding; hij gaf één paspoort terug omdat het vouwen had op plaatsen waar hij moest raderen. Di Santo keek bezorgd. Dat kon hij niet maken, merkte hij op. Dat zou de familie uiteenrukken. Alexander wuifde.

Niets wilde hij weten van de personen voor wie hij een paspoort vervalste.

'Zorg voor een ander document,' zei Alexander.

Hij hoefde geen kamer te huren. Hij kon gebruikmaken van de woning van Di Santo die dan zijn kantoortje afsloot en zolang bij een vriendin ging wonen. Het was een ruime woning met werkkamer en woon-slaapkamer in de buurt van het grote station. Hij bewaarde er instrumenten en materiaal. De woning lag boven een bordeel. Tot diep in de nacht klonk er dansmuziek en hij hing, als hij wilde pauzeren, vaak uit het raam vlak boven de ingang van het bordeel. Beneden hem liepen soms vrouwen naar binnen met een veroverd manexemplaar. Tijdens korte pauzes, als hij voor het openstaand raam of op het balkonnetje een sigaret stond te roken, zwaaide hij naar die meiden die hem onverschillig een blik gunden in een cabaretesk decolleté. Hij maakte als bovenbuurman wel eens een vriendschappelijk praatje. Eén keer zette hij zijn bewering dat hij een beroepsfotograaf was, kracht bij door tegen betaling van modellenloon een van de meisjes te fotograferen. Hij constateerde dat ze sierlijk ondergoed droeg van zachte, dunne stof.

De werkkamer had hij naar eigen idee mogen inrichten. Hij had een extra grote lamp laten bevestigen en de tafel, een oude metalen werktafel uit een glasslijperij, stond zeer solide en helde licht, zodat hij altijd een perfecte belichting had. In een platte muurkast bewaarde hij een grote hoeveelheid flesjes, Redis-pennen van allerlei formaat, mesjes, tangetjes, alles keurig geordend tegen de achterwand en aan de binnenzijde van de kastdeur.

Hij had hier een steendrukpers gebouwd. Alexander tekende op papier, liever dan dat hij direct op de steen werkte. Hij gebruikte extra vette overdrukinkt waar hij zelfs dierlijk vet aan toevoegde, om het beeld op de steen over te brengen. Dit vond hij de nauwkeurigste manier van werken. Zoals elke vervalser hield hij vast aan beproefde technieken, ook al waarschuwde Di Santo dat hij steeds moeilijker aan Arabische gom en etsvloeistof kon komen.

Hij beschikte over perfecte inkten. Een 'kennis', van tijd tot tijd verrast met een mooi antiek cadeau, werkte bij een drukkerij die zich gespecialiseerd had in het bedrukken van sigarendozen en sigarenbandjes in full colour via steendruk. Zelfs goud en zilver kreeg hij daar los, omdat de drukkerij stillag. Er waren toch geen sigaren meer.

Hij pakte een loep en bond die voor zijn oog. Met pincetten hield hij de documenten stuk voor stuk open. Hij bestudeerde het garen, maakte aantekeningen, haalde de officiële boekjes in losse delen uit elkaar. Alles werd bewaard. Hij gebruikte zoveel mogelijk echt materiaal dat hij mengde met valse pagina's of met delen van pagina's. Juist die combinatie maakte zijn documenten overtuigend. Zolang de ondergrondbedrukking bestond uit repeterende patronen, was het relatief eenvoudig om de valse pagina's van zo'n bedrukking te voorzien. Alexander bezat gefotografeerde stukken ondergrond van allerlei paspoorten, en verder was het knippen en plakken en drukplaten maken.

De manier waarop hij gegevens van de bladzijde waste, had Di Santo tot de overtuiging gebracht dat Alexander Rothweill de beste vervalser ter wereld was. Alexander was jeugdig en ijdel genoeg om zijn gastheer telkens te waarschuwen als hij de truc uithaalde. Hij opende de flesjes met salicylzuur, wijnsteenzuur en roodbloedloog. Hij drenkte de losse bladen in salicylzuur. Er verschenen bruine vlekken en langzaam werd het papier donker. De eerste keer was Di Santo vreselijk tekeer gegaan. Alles was door Alexander verpest. Het bloedloogzout eroverheen maakte het document nog smeriger. Met een zeker pathos gooide Alexander als laatste het wijnsteenzuur over het papier en alle bruine vlekken trokken weg. De inkt was op raadselachtige wijze meegenomen. Het geschrevene was verwijderd. Enthousiast applaus van Ferrucchio di Santo als hij van deze goocheltruc getuige was. Alexander moest daarna de papieren drogen en opnieuw belijmen.

Na uren werken strekte Alexander zich op het bed uit. Hij blies de rook van zijn sigaret naar het plafond van de kamer. In deze jaren vóór de ontmoeting met Pili Eguren verscheen hem op zulke vermoeide momenten de laatste vrouw die zijn leven een duw had gegeven. De rook van zijn sigaret ving het licht van buiten (een geile glurende maan, een stationslamp vol insecten) dat door de smalle openingen van de luiken drong, en nam de vorm van deze laatste vrouw, Lisa Fonssagrives, aan.

Zij hoorde thuis in een zorgeloos Parijs' geluk en was voor deze spookgelegenheid gekleed in een smal korset dat van de onderkant van haar borsten tot net over de welving van haar heupen reikte en dat van achteren samengebonden kon worden met lange veters. Korsetten zoals hij ze kende van vervlogen cabarets en van foto's en uit verhalen van zijn vroegere patroon Blumenfeld. De golvende rand van zachte stof stond open om het lichaam van de draagster elegant te serveren. Haar ogen glansden inktzwart, als de ogen van heel jonge, nieuwsgierige jachtluipaarden; hij fantaseerde een blinddoek. Hij lag doodstil, toen Lisa vanuit de sigarettenrook de kamer binnen stapte, wat ze met dezelfde lieflijke gratie deed als waarmee ze op Parijse avonden restaurants en bars binnen stapte en hem vervulde met een wellustige trots omdat iedereen zich omdraaide en gedurende een kort, door de bewondering verhevigd moment alle gesprekken stokten. Alexander rook haar licht parfum, hij rook haar huid (een herinnerde geur, allang overgegaan in de reële geur van zijn eigen huid), hij proefde speeksel op zijn lippen dat hij de smaak van haar kussen noemde en dat hem ogenblikkelijk een droge mond van verlangen bezorgde.

Omdat hij vaak lang onder lamplicht werkte en ingespannen op kleine vlakjes moest turen, zag hij altijd glasachtige lichaampjes voor zijn ogen zweven. Ze daalden in gestaag tempo; met zijn wil en met de stand van zijn ogen kon hij ze dwingen de daling te stoppen, naar links of naar rechts te gaan, zelfs te stijgen. Zij gehoorzaamden in vertraagd tempo, als schreden zij op somnambule wijze. Precies op diezelfde manier bewoog de uit rook en oogvocht geboren Lisa naar zijn wil. Hij dwong haar op de lage salontafel te knielen en voorover te buigen, als moest zij hem om vergeving vragen en niet hij haar, tot zij met het gezicht plat op het tafelblad lag en met haar fotomodellenkont in de hoogte. Haar korset kringelde los en gleed van haar af. De blinddoek bleef zorgvuldig zitten, zelfs in zijn fantasie durfde hij haar niet in de ogen te kijken. Hij boog haar achterover en trok haar handen naar boven. Ze bood de voorkant van haar lichaam aan. Haar witte, golvende huid om haar navel, haar pijlkruidvorm, haar herfsttijloze doorzichtigheid, haar prachtige pluimpje dat niet hoog boven de twee lipjes groeide, maar er als een polletje bijna brutaal uit piepte. Alexander merkte dat hij zichzelf tot gezwollen toestand had gefantaseerd. Terwijl hij opstond, de sigaret uitduwde in de asbak en de rook die in de kamer hing in de sliertvorm van de korsetveters uiteenwuifde, verdween Lisa. Zij maakte een paar geile, zwiepende bewegingen met haar heupen, werd aan haar handen uiteengetrokken en verloor zichzelf in enkele lussen en vage rookflarden.

Alexander Rothweill, geboren in 1910, volgens een in sierlijk, onleesbaar handschrift geschreven notitie in zijn paspoort 'intendant ener factorij' van beroep, droeg behalve valse haren bovendien een valse naam. Het paspoort zelf was echt; de geldigheid tot 1 november werd door hemzelf per jaar verlengd. Het bevatte visa voor vier landen in Europa.

4 Pili

Pilar meegerekend, woonden er tweeëndertig weeskinderen in het instituut. Zestien paren. Elk ouder meisje (vanaf negen jaar) droeg van minuut tot minuut de zorg over één speciaal toegewezen huisgenootje van onder de negen jaar en bemoederde dat kleintje soms jaren achtereen.

De jongste was drie, bijna vier jaar, een droevig cherubijntje dat nauwelijks kon praten en dat altijd aan het handje liep van de negenjarige pleegmoeder. De oudste was zeventien, een slungel met een dom gezicht en met plukken korte haren als verwaaide veertjes. Door de nonnen werd zij bestookt om alles door te brieven, hoewel in het verleden nooit was gebleken dat ze iets, al was het een kleinigheid, had verklikt. Het leven in het instituut van de Virgen Real was strak geordend en door de herhaling dodelijk saai. Even saai als de doordeweekse lange jurk (ceintuur, twee zakken, kraagje, knoopsluiting van voren), die in kleur varieerde van grijzig blauw als de stof tamelijk nieuw was, tot blauwachtig grijs als de jurk vele malen gewassen was. Alleen de zondag was anders. Op zondag waren de kinderen aangekleed als liepen ze in processie: een zwarte rok, een witte bloes met lange mouwen en een kanten sluier op het hoofd. Bloesjes, sokjes en kanten sluiers, alles in bruikleen gegeven door het instituut, alles van het allerblinkendste wit, moesten de maandag daarop gewassen worden. Een afgesneden stukje harde, Spaanse zeep, waar ze heel zuinig mee moesten doen, bleek het enige hulpmiddel. De oudste van elk tweetal moest maar zien hoe het zondagse goed als nieuw werd, wit als het uitgebeten zand op de Hondeneilanden boven de kust van Galicia.

De kinderen slapen in een langwerpige kloosterzaal, waar in vier rijen de bedjes twee aan twee aaneengeschoven staan. Tussen de bedden langs de muur en de bedden in het midden lopen twee paden. Daar surveilleert de non die dienst heeft. Met verf zijn op de grond lijnen getrokken. Nooit, nooit mag iets over die lijn komen, nooit mag na het opmaken een bed met zijn poot op of over de lijn staan, nooit mag kleding over de streep slingeren. Aan beide uiteindes van elke gang is een wasbakje gemaakt: niet groter dan een wijwatersvat, een uitholling in de muur. De kranen erboven doen het niet. Alleen als de zuster er-aan gedacht heeft, zit er schoon water in de bakjes. Op het eind van de zaal staat tussen de achterste wasbakken tegen de blinde achtermuur een kachel, een zwarte cilinder op drie poten met een rooster ernaast waarop kleren gelegd kunnen worden om te drogen. Uit de achterkant komt een pijp die na een bocht metershoog naar boven gaat en door een gat in het dak verdwijnt.

De kinderen worden gewekt met een koperen bel die ongenadig hun konijnendromen afschiet. Om vijf over zes moeten ze allemaal in de kapel zijn. Soms valt er een tijdens het gebed in slaap. In zo'n geval tikt een non met haar ring op de rand van de bank. Na de kerkdienst het harde ochtendbrood. Een kan water voor de dorst. Na het eten naar buiten.

De meisjes komen uit totaal verschillende streken: boerenkinderen uit de Rioja-streek, kinderen van vissers uit de kuststreek van Galicia, kinderen van mijnwerkers uit

Asturias, kinderen uit de steden Bilbao, Gijón en Santander. De ontwikkeling van de een is veel verder dan die van de ander. De zusters hebben een lesprogramma opgesteld: godsdienst (heel het 'España Oculta', alle Maria-verschijningen, alle details over lijdensprocessies, alle Spanjaarden die de Stigmata mochten ontvangen), geschiedenis (dat wil zeggen de gedetailleerde levensverhalen van de Reyes Católicos en van Franco, Mussolini en Hitler), Spaans en Duits, tekenen en huishoudelijke praktijk. Op zondag geen les en de huishoudelijke praktijk blijft beperkt tot afwassen, vegen en tafels boenen. De maaltijden zijn schraal en niet goed klaargemaakt. De situatie is moeilijk in deze tijd. Steeds wordt duidelijk gemaakt dat aan die situatie de communisten schuldig zijn en de republikeinen en de mijnwerkers van Asturias en de vissers van Galicia en de boeren van Rioja en de mensen van de spoorwegen. Soms eten ze kikkererwten. Soms bacalao. Aardappelen en brood altijd. Op vrijdagen krijgen ze gekookt gras te eten. 'Net als de boeren, die het veel en veel slechter hebben.' Een enkele keer, omdat de organisatie Auxilio Social zulke goede contacten heeft, krijgen de kinderen eieren of vruchten bij de maaltijd. Dan moeten ze een canon zingen voor de dames van het Auxilio Social.

De meisjes mogen nooit het instituut uit gaan. Ze mogen nooit overdag op de slaapzaal komen. Ze mogen nooit harder praten dan op fluistertoon.

In een verwilderde tuin achter de recreatiezaal, waar het grove keukenmateriaal geboend en geschuurd werd, lagen in een hoek de 'closets', zoals moeder ze placht te noemen, vijf houten hokjes op een rij, het laatste en grootste bedoeld voor de meisjes van twaalf jaar en ouder, omdat de nonnen begrepen dat die groep wat meer 'privaatruimte' nodig had, wederom een moeder Miguela-uitdrukking.

Nonnen kwamen hier overigens nooit. De meisjes zelf waren verantwoordelijk voor de hygiëne.

'Dit zijn de closets,' zei Mirèn, de zeventienjarige oudste, waarop Pili onverschillig reageerde, want dit onderdeel van de rondleiding vond ze niet interessant. Mirèn gooide de rammelende deur tussen zaal en tuin dicht en fladderde naar Pili toe. 'Je kan een geheim bewaren, toch?' Ze wrikte haar lange gierennek uit de blauwgrijze jurk.

Pili als bijna dertienjarige mocht gebruikmaken van het achterste hokje. Maar, nooit, nooit iets aan anderen vertellen. De goedaardige bevederde wapper Mirèn, die door de nonnen werd aangezien voor een klikspaan, kreeg een rebelse blik. Pili begreep de geheimzinnigheid toen ze de deur achter zich dichttrok. De muren, ooit witgekalkt, waren van boven tot onder volgekrast en nadat Pili op het stuk hout was gaan zitten boven een ammoniak-slootje dat lang niet genoeg vaart had om het kikkerspog en alle drek van de meisjes weg te spoelen, kon ze naast onopvallende berichten (Buenaventura rochelpot, Duitse les klote) kreten lezen, in brutale vrijmoedigheid diep in het kloosterlijke hout gegrift. Smeekbeden om je vosrode amandel te mogen likken, gericht tot een zekere Pepita; het bericht dat Franco een hoerenzoon was met de kop van een gekko; de opmerking dat Lola en Elena elkaars vinkie naaiden; een naamgrapje op Conchita waarbij de schrijfster blijk gaf dat ze wist dat 'concha' 'kut' kon betekenen; een bericht dat schrijfster bereid was zich te laten fleppen: één uur tomeloos genieten voor één tros druiven (kilo!) of voor één stuk turròn (godsdienstschriftgroot!). Lager, tot vreugde en vermaak van Pili, dat moeder Miguela een lesbische kutnon was. ('Lebiana'; een ander had er een 's' bij geschreven.)

Iedere dag Duits voor de groteren en kinder-Duits voor de kleintjes. Lessen van Schwester Tremp: een jonge non met een licht bollend gezicht en een montuurloze bril. Ze liep wat vreemd. Alsof ze in haar kont geknepen werd, dacht Pili. De non legde haar boek neer, maakte een wippende draai en riep: '¡Arriba!' Tot verbijstering van Pili stond de hele klas op en als op commando vlogen de armen schuin omhoog, de open handpalmen richting non. '¡España!' riep de Schwester; '¡Una!' riepen de kinderen; '¡España! (Schwester); '¡Grande!' (kinderen); '¡España!; '¡Libre!'; '¡España!; '¡Arriba!' riepen de kinderen. Iedereen ging zitten. Iedereen had gezien dat Pili niet was gaan staan. Pili zag spierwit.

'Hoe heet het nieuwe meisje?' vroeg de Schwester.

'Pili,' wist ze uit te brengen.

'Pilar,' riepen er twee, omkijkend naar de domoor die niet eens goed wist hoe ze zelf heette. Pili hoorde het niet meer. Zij was van Burgos naar Bilbao gevlogen en stond in een park. Platanen. Cumuluswolk. Ze zag een man geschopt worden; ze zag een Florentijns bordes waar een meisje vanaf gegooid werd; ze zag een groep blauwe mannen hun handen in de lucht steken. Ze voelde de handen van haar vader op haar schouders. (Dat schokte haar het meest.)

Of Lola de nieuwe leerling na de les de goede manier van groeten kon leren. Dat wilde Lola wel doen.

Pili hoorde niets van de les Duits. Evenmin van de geschiedenisles daarna. De tweede non dicteerde 'Les 18: De weersomstandigheden in Fatima', keek fronsend naar het nieuwe kind en vertelde de meisjes vervolgens dat het soms regende.

Ruim voor de middagles kon Lola aan iedereen die het horen wilde, een verhaal vertellen dat ondanks de handen voor de monden, hoge gedempte kreten losmaakte. Ogen

71

draaiden naar het nieuwe meisje dat Pili of Pilar heette. Schwester kwam binnen, liep verwachtingsvol naar de tafel en huppelde: '¡Arriba!'. De kinderen vlogen omhoog, het 'España' enzovoorts kwam niet, en de vijftien armen zegen schokkend en sissend ineen. Pili zat koppig in de bank.

'Wat is er aan de hand met Pilar?'

'Niets, Schwester,' zei ze zelf.

'Heb jij haar niets geleerd, Lola?'

'Ze wil niet, Schwester.'

De stilte werd doodser.

'Waarom wil jij nicht, Pilar?'

Pilar zei niets. Zat stil voor zich uit te kijken. Voelde de handen van haar vader in haar schouder knijpen.

'Is jou verteld hoe wij ongehoorzame meisjes straffen, Pilar?'

Pilar was niet bereikbaar.

De les begon zonder fatsoenlijke groet. Later, tijdens de huishoudpraktijk vroeg moeder Miguela Pilar haar te volgen. Moeder Miguela legde op de gang uit dat in het instituut streng gestraft werd. Lijfstraf. Ze had inmiddels gemerkt dat Pilar Dolores Eguren een lastig portret was, dat zij veel ellende over zich ging afroepen. Pili keek naar de vloer. Bij de volgende les moest ze meedoen met de groet, anders kreeg ze slaag.

Omdat de dag daarop een zondag was (uitslapen tot tien voor zes!) hadden ze geen Duits. Een oude non, zuster Buenaventura, trilde tijdens het voorlezen van het gebed, wat geproest van de kleintjes en vinnig getik met de ringen van de nonnen opleverde. 'Maria, koningin van de vrede, versla de aanhangers van het misdadig bolsjewisme en het joodse marxisme, bescherm de caudillo van het leger, de caudillo van Spanje.' 'Ora pro nobis,' zongen de stemmen hemelhoog en met hoorbare huiver.

Na het ontbijt boog Mirèn zich vertrouwelijk over Pili heen. 'Is dat waar van die bloedneus?' Pili vroeg zich af hoe Mirèn dat wist. 'Ze zeggen dat jij Miguela Reyes een bloedneus hebt geschopt tijdens het onderzoek.'

'Dat klopt.'

Mirèn gilde ingehouden, waarbij ze haar handen voor haar gezicht liet wapperen. 'Eerlijk? Een echte bloedneus?'

'Ze had twee watten nodig.'

Mirèn sloeg haar arm om de schouders van Pili. 'Doe nou gewoon mee met die groet. Wat maakt dat uit. Je krijgt anders grote ellende.'

'Nee,' zei Pili koppig.

'Je bent toch niet politiek? Daar heb je nou echt helemaal niets aan. De ouders van Maya: journalisten, nu zijn ze dood. De ouders van Lola: mijnwerkersstaking, dood. De ouders van Carmen: gevochten bij Santander, dood. Nou, die zijn er wat mee opgeschoten, zeg. En Maya en Lola en Carmen ook. Goh,' zei Mirèn snijdend.

Pili zweeg. Hoe moest zij duidelijk maken dat zij de handen van haar vader voelde, als zware epauletten op haar schouders die haar een hoog gevoel gaven van verantwoordelijkheid en van het ooit moeten afleggen van rekenschap, met duimen die haar masseerden en haar rug rechtten en vooral als voelbare verbindingen met een zorgeloos, lang voorbij verleden. (Een schildpadje, voor een geheim aantal zoenen gekocht van een boerenjongen; haar moeder die zorgvuldig geurige serranoham sneed; haar vader die haar aan de hand meenam naar de hoge uitkijkpost bij Galea, vanwaar ze over de oceaan kon kijken tot aan de Baskische vissersplaatsen bij IJsland en bij het Amerikaanse Newfoundland.) Wanneer zij 's avonds in haar bed lag, overspoelden haar dankzij die stevige handen op haar schouders, de golven, lichtplekken en kleuren, die samen de dierbaarste herinneringen aan haar vroegste jeugd vormden, en als zij die groet zou brengen, als zij zich solidair verklaarde met de blauwhemden, zou zij de handen van haar vader van haar schouders wringen en het contact met het paradijselijke Ribera-deel van haar leven definitief verliezen, want de Romeinse groet was een verraad aan haar vader, omdat die hoewel rillend van angst en afschuw en haar schouder pijnlijk knijpend, geweigerd had de groet te brengen.

Een rode kater in de verloederde tuin stiet een sirene-achtige jank uit, die overging in een smartelijk ritme van bijna menselijke klanken. Toen hij leeggekotst was, keek hij loerend rond alsof hij zich afvroeg hoe hij op dit ommuurde stuk land was terechtgekomen.

Als het 'vrijdag strafdag' was, werden de kinderen om kwart voor drie naar de zaal gestuurd en langs de kant opgesteld. Ze moesten doodstil wachten tot moeder Miguela de los Reyes binnen kwam zeilen. De uitdrukking op haar gezicht was een mengsel van plichtsbesef en triomfale vreugde. Een enkele keer bracht een kleintje de Romeinse groet; het armpje werd door een negen- of tienjarige verzorgster snel naar beneden gedrukt. Volgens moeder Miguela was dit een bijeenkomst vol treurnis, omdat een van onze zusjes God en de caudillo beledigd had. Men kon beter deemoedig buigen in plaats van trots te groeten. De moeder stelde zich op naast een tafel waar een stevige rotan stok op lag; zweeg een dramatische tijd en noemde in plechtige formule hoe en waarom. Werd een van de kleintjes gestraft, dan moest zo'n mussig meisje na het uitspreken van de formule haar jurkje uittrekken (van tevoren op de slaapzaal het ondergoed uit) en in haar blote lijfje op haar schoenen naar de zuster toe komen. Moeder Miguela sloeg niet heel hard, dat zag iedereen wel; toch was de angst vaak zo groot, dat de gierende jank begon voor de eerste klap gevallen was. Het aantal slagen was vijf. Altijd. Naar het aantal wonden van Christus. De meisjes in de groep vanaf negen jaar moesten eerst een strafjurk aantrekken, een slordig grauw hemd om het bloot te bedekken, een dunne stof om de slagen pijnlijk te houden. Als moeder na het straffen van een oudere rechtop stond, vlamde haar hoofd van de inspanning. Onder de oudsten gold het als een erekwestie niet in huilen uit te barsten; dat lukte zelden, na afloop had zelfs de allertaaiste de tranen in de ogen staan.

Die maandag handhaafde Pili op het 'Arriba' van Schwester Tremp haar weerspannigheid. De Schwester kondigde aan dat deze moeilijke nieuwe leerling op vrijdag, drie uur punctueel, gestraft zou worden. Het zou haar eerste straf zijn in dit Convento de la Virgen la Real de Cantabria, maar, zoals Schwester vermoedde, waarschijnlijk niet haar laatste. De les kon ze verder volgen achterin de klas, staande tegen de muur met het gezicht naar de muur gekeerd.

De non vervolgde haar lessen Duits. Ze sprak over onze Führer, over zijn oplossing in het Rijnland, over het belang van Nürnberg. Ze maakte duidelijk wat het grammaticale verschil was tussen Hindenburg, de president, en Hindenburg, de zeppelin. Das Ende der Hindenburg. Ze noemde alle provincies van Duitsland op. Mecklenburg, Brandenburg, Saarland, Holland, Hesse, Saksen. Pili voelde de handen van haar vader op haar schouders.

Zij was de enige die op die vrijdag straf kreeg. Om half drie sloop ze naar de stille slaapzaal om de strafjurk aan te trekken. Ze trok het vieze kledingstuk met een huivering over haar blote lijf. De kleine zuster Teresa stelde iedereen op in een rij, legde met dreigende ogen de vinger op de mond. Pili probeerde de blik te vangen van Mirèn tegenover haar; Mirèn bleef stug over haar heen kijken. Pili overwoog bij de eerste de beste gelegenheid weg te lopen.

'Vandaag straffen we Pilar Dolores Eguren...' Op datzelfde moment stapte Pili naar voren; te vroeg, wist ze; de vernederende situatie inkorten, dacht ze. Moeder Miguela raakte in de war, maakte met een verspreking de zin af en zei bits tegen het meisje, dat ze voortaan moest wachten op een wenk. Tot verbijstering van iedereen pakte Pilar Dolores Eguren zelf de rotan stok en gaf die aan moeder Miguela. Het was een gebaar van ongeduld, van schiet op met je komedie.

Het meest opvallende was dat de eerste slag misging. Het rotan sloeg dof in de strafjurk, de slag was veel te zacht. Moeder Miguela herstelde zich, greep de stof van de strafjurk, trok die strak en gaf de tweede slag. Pili dacht aan roodgloeiend ijzer, aan een scherp riet waar ze haar beide billen aan opensneed, aan kokende olie die op haar achterzijde spatte. Ze zei niets. Geen kreet, geen trek van pijn. Ze zag de arm omhoog zwaaien, de non sloeg uit alle macht. Pili maakte een eerste schokkende beweging. Na de vijfde (de vierde plus een mislukte) slag moest zij omhoogkomen uit een gewrongen kramp. Iedereen had gezien dat bij de nieuwe leerlinge de klappen veel harder gegeven waren dan anders. Pili liep langzaam naar haar plaats. Zelfs haar ogen waren droog gebleven. Wat de hele straf bijna vergoelijkte was de mondopenhangende bewondering op de gezichten van de anderen.

Na vier weken straf (waarbij een zekere moedeloosheid bij de nonnen groeide, die zich geen raad wisten met het hardnekkige kind; zelfs Schwester Tremp had voorgesteld te stoppen met de 'meisjesplaag' en het kind naar Duitsland te sturen, wat op een hautain veto van moeder Miguela gestuit was) gebeurde er iets dat de situatie totaal veranderde.

Pilar moest bij moeder Miguela komen. Of Pilar besefte

76

dat dit een uitzichtloze situatie was. Wat had de kleine gedacht? Dat moeder kon toestaan dat de Romeinse groet door iedereen gebracht werd, behalve door Pilar omdat die daar toevallig geen zin in had? Was dat mogelijk, zo'n uitzondering? Kon bijvoorbeeld Franco heel Spanje de goede kant op laten kijken, behalve één dorp dat vrolijk de communistische kant op bleef kijken en dat bezig bleef met het verbranden van Mariabeelden en het vermoorden van priesters en nonnen. Dacht Pilar werkelijk dat de caudillo dat kon goedvinden? En waarom bracht ze de groet niet? Had ze daar een reden voor? Pilar moest dat maar eens vertellen.

Pili kreeg het niet voor elkaar iets over Bilbao en over haar vader te onthullen.

Had ze soms een hekel aan Schwester Tremp? Moeder keek het kind onderzoekend aan. Pili schudde het hoofd. Niet speciaal.

Had ze dan een hekel aan haar? Aan Moeder Miguela de los Reyes? Pili antwoordde niet en de non liet het daarbij.

Ze zei als afsluiting dat Auxilio Social voorbeeldig werk deed. Dat de nonnen zich uitsloofden. Medewerking van de kant van de kinderen was toch geen onredelijk verzoek. Het bleef lang stil. Pilar kon gaan.

De anderen zaten in het leslokaal en Pili slenterde in haar eentje door de gangen, waar ze de verpleegster tegenkwam.

'Zo, hoe gaat het met jou?'

'Ik krijg altijd straf.'

'Dat is niet zo best. Wat heb je uitgespookt?'

Pili haalde de schouders op. 'Waarom zien we u zo weinig?'

'Ik heb nog ander werk.'

'Waar dan?'

'Jij bent nieuwsgierig.' De verpleegster moest een beetje lachen. 'Waarvoor krijg je straf?'

'Ik wil niet...' Pili bracht haar handje een beetje flauw omhoog en deed met maanziek verdraaide ogen en haar tong naar buiten de Romeinse groet na. De verpleegster schrok.

'Dat mag toch niet? Dat kan echt niet hoor,' zei ze verontwaardigd. 'De zusters stellen de wet en zeggen hoe het gaat en niet de weeskinderen. Regels zijn regels. Zij weten het het beste.'

De ogen van Pili dijden uit en stroomden vol met verwarring. De verpleegster prees in stilte haar eigen pedagogische tact, hoewel slechts één woord fluitend in de hersenpan van Pili bleef rondketsen.

Die middag vroeg Pili aan Mirèn of die een weeskind was.

'Ja, lekkere trut, anders zat ik hier niet.'

Niet anders dan weeskinderen. Mirèn begreep niet waar Pili heen wilde. Zelfs de vraag van bijna bijbelse eenvoud 'En ik?' werd door Mirèn achteloos beantwoord.

'Zijn mijn pappie en mammie dan dood?'

'Ja, dat betekent weeskind, domoor, dat je ouders dood zijn.'

'Is dat zeker?'

Eindelijk begreep Mirèn de kwelling van haar stoere onverschilligheid. Eindelijk zag ze de bal van hopeloos verdriet die pijnlijk zwol en zwol.

Pili rende naar de plee, waar ze uit elkaar spatte. Ze propte haar jurk in haar mond. Ze voelde zich zo gruwelijk alleen dat alle wanhoopskreten en smeekbeden op de muur buffo-gezellige dialoogjes werden, grinnikend te lezen, gezeten op de plee in de gepeperde stank. Haar smart had geen baat bij een gekrast opschrift, hoe woedend of blasfemisch of revolutionair of grofseksueel ook.

Mirèn stond er niet meer. Pili liep rechtstreeks naar

moeder Miguela. Voordat die kon zeuren dat dit onverwacht aankloppen geen pas had, vroeg Pili of ze een wees was. Aha, knikte Miguela, wringt daar de schoen. Dat klopte, ja, maar ze was in goede handen, want...

Pili onderbrak haar. Of ze zeker wist dat haar ouders dood waren. Dat wist moeder zeker. In Bilbao was de mevrouw van Auxilio Social haar ouders aan het zoeken en Pili wilde per se dat ze naar die mevrouw gebracht werd. Moeder Miguela greep uit een kast een stapel kadastrale en notariële papieren.

Ze pakte de telefoon. Na door verschillende telefonistes aan steeds verder reikende verbindingsdraden geknoopt te zijn, legde ze aan het hart van Auxilio Social uit dat de situatie ('ja, ja, goed, God zegene u') een beroep op mevrouw noodzakelijk maakte. Kende mevrouw Pilar Dolores Eguren...? Die wilde wat vragen.

Voor het eerst in haar leven kreeg Pili een telefoonhoorn in haar handen. Moeder Miguela wees hoe ze moest praten. Pili schrok van de stem die stellig beweerde dat zij bij de bedoelde mevrouw hoorde. Het onderzoek was afgerond, ja. Helaas waren haar ouders dood, ja. Dat was zeker, ja. Nee, er was geen hoop meer. Waar ze begraven waren? Moeder Miguela pakte de kletsnatte hoorn uit handen van de dertienjarige en bedankte de mevrouw van Auxilio Social uitvoerig voor de informatie en de hulp. Het kind bleef hulpeloos in de kamer staan, terwijl moeder Miguela het juiste papier zocht.

'Kijk, Pilar. Gestorven in de San Mames-gevangenis van Bilbao op 9 november 1937. Ter gelegenheid van het bezoek van Francisco Franco aan het noordelijk bevrijde deel van Spanje. Dit zijn de officiële papieren.'

Drong het na die voorzichtige formulering van moeder Miguela tot Pili door, dat haar ouders op last van Franco waren omgebracht? Na zo'n bericht over haar ouders had ze gepassioneerd tegen Franco kunnen kiezen. Maar dan? Als kind verzetsdaden plegen om te laten merken dat ze het in haar dertienjarig hart niet eens was met een wereld waar de caudillo naast God aan het hoofd stond? Volharden in haar afschuw van de Romeinse groet en zich wekelijks laten afranselen tot er iets onmisbaars brak? Toch waren het niet de schimmige gevolgen die haar van deze keuze weerhielden, het was veeleer het besef dat een reddingsoperatie noodzakelijk was.

Haar vader had in veel gevallen de kat uit de boom gekeken, had 'enerzijds-anderzijds' gedacht, had 'het-was-niet-helemaal-gek-dat-dit-maar-het-was-toch-vreemd-dat-dat' geredeneerd. Hij had geprobeerd de levensgevaarlijke, langs ravijn en kratermeer voerende Spaanse middenweg te bewandelen, hij had zijn keuzes voor zichzelf willen verantwoorden. Wat had hij ermee bereikt? 'Gestorven in de San Mames-gevangenis van Bilbao'. Moest zij dat eveneens? Zij was zo jong, zij moest alles zelf uitzoeken, hij kon haar niet meer helpen. Tegelijkertijd besefte zij dat zij hem nooit meer onder ogen zou komen, dat zij nooit rekenschap af zou hoeven leggen, hoe zij haar keuzes had beredeneerd, hoe zij ondanks haar angst net als hij geweigerd had de Romeinse groet te brengen. Zij had het gevoel of zij de handen van haar vader van haar schouders loshaakte, of haar vader alsnog door een vertraagde executiekogel van haar schouders af geschoten werd, of ze zelf vrij wegzweefde als een met lucht gevulde blaas. Mocht die blaas, genaamd Pili, oud dertien jaren, alsjeblieft ongeschonden blijven? Het contact met het gelukkige deel van haar leven was definitief kapot. Het had weinig zin de verdwenen paradijzen van de Ribera te zoeken, zij moest het geluk op een andere manier terugkrijgen. Pili wilde haar verdriet niet groter laten worden dan zij zelf was. Niemand mocht haar uitlachen, niemand mocht haar zo zien. Het leek of zij, net als de anderen, onverschillig was geworden, maar vanaf nu vocht zij om zichzelf ongeschonden te houden.

De oude zuster Buenaventura die met een stapel gloednieuw gehaakte superplies door de gang schuifelde, keek met muizige angst naar het dwaas stampende kind dat haar, een zuster nota bene, in het geheel niet leek te zien.

Werkelijk opzien baarde Pili in de volgende Duitse les. Op het moment dat iedereen omhoogkwam en Schwester Tremp 'España' huppelde, zag deze dat Pilar Dolores overeind was gekomen, haar arm naar het kruisbeeld voorin de klas strekte en op haar 'España' schallend '¡Arriba!' riep, wat weliswaar fout was, want het moest 'Una' zijn en het was zo krachtig geroepen dat de kinderen vóór haar zich rot schrokken en dat het lekkere stampritme wat Tremp altijd zo verheugde, eruit ging, maar ze deed het! Ze deed het! Van pure vreugde riep Schwester Tremp '¡Grande!' terwijl ze 'España' had moeten roepen. Alles ging door elkaar, ach wat gaf het.

'Du bist sehr gut,' prees Tremp even later en van opluchting liet ze zich ontvallen: 'Liebling.' Het kon Pili geen moer schelen.

Pili leerde de Romeinse groet brengen. Pili leerde gehoorzaamheid. Pili kon enkele maanden zelfs van een strafvrije periode genieten.

～

Wie in dat najaar van 1940 de closets verraden had, bleef onduidelijk. Het kan zijn dat een non, zuster Estedella bijvoorbeeld of zelfs die ouwe Buenaventura, in een dolgedraaide behoefte aan nederig werk ter ere Gods, besloten had de schuier over die vergeten hoek te halen; het kan zijn dat een kind, in de hoek gedrukt door Miguela de los

Reyes zich een uitweg kocht met de mededeling dat ze een geheim te verraden had.

Op die gedenkwaardige zondag verscheen tot ieders verbazing moeder Miguela in de zaal. Zonder groet liep ze door naar de glazen deur, duwde de verkeerde kant op, merkte pas na drie rammelende pogingen dat ze moest trekken, verdween in het achterste hok (terwijl iedereen was opgestaan en langs de ramen naar de plees gluurde, terwijl de jongeren niet begrepen wat moeder daar deed en de ouderen zich, doodsbang, één vraag stelden: hoe is ze hierachter gekomen?), schoof achteruit het oudstemeisjescloset uit, zeilde met een rood hoofd binnen en duwde zwijgend de oudste meisjes, te beginnen bij Mirèn en te eindigen bij Pili, bijeen.

Ze wenkte het groepje naar de closets en deed de deur naar de zaal secuur dicht, want de kleintjes mochten niets horen. Ze marcheerde naar het verste hokje. Ze zette de groep van zeven pulletjes dichtbij elkaar en begon sissend aan haar toespraak.

'Het is een ontoelaatbare beschadiging van de eigendommen van het Convento,' (dramatische pauze, snuivend ademhalen, vervolgen met zwaar geaspireerde baritonstem) 'ruïneus is de beschadiging aan jullie ziel. Ik wil niet weten hoelang deze smerigheid de toiletten ontsiert; ik wil niet weten wie dit allemaal in de muren heeft gekrast; jullie zijn alle zeven schuldig. De grove wijze waarop God zelf beledigd wordt! De lijdende Christus heeft zijn blik van jullie afgewend.' En zijn neus dichtgeknepen, dacht Pili. 'Mirèn, jij als oudste had zeker beter moeten weten. Lees hardop voor wat hier staat.'

'Franco is een hoerenzoon, zuster.'

De non verstond zogenaamd niets, liet de schimpscheut herhalen, zag dat het hoofd van Mirèn in brand vloog, sloeg een kruisteken.

'En jij, Maya, wat staat daar?'

'Ik houd van je, Pepita, ... je amandelkut likken.'

Moeder bleef langdurig stil. Het was de helft van het minnedicht, maar Maya kroop weg van schaamte. De kreten waren tot dit moment alleen in het halfduister gelezen door een eenling, die de lommer van de eigen ziel verwoord zag staan. Nu, in het bijtende daglicht, bleken ze, waargenomen door een groep van zeven meisjes (die moeite hadden hun gêne ten opzichte van elkaar te overwinnen) en een eeuwenoude non (die met hun grasgroene ziel niets te maken had, laat staan met de donkere schaduwkant), van een ontstellend blikkerende luidruchtigheid. De kinderen durfden niet meer te kijken en schrokken iedere keer als moeder Miguela de los Reyes iemand aanwees.

Toen ze bij Pili kwam, had ze al zes duivelse formules laten branden. Twee meisjes stonden zacht te huilen. Achter de ramen plakten de kleintjes die wel zagen maar niet hoorden en die er dus niet veel van begrepen. Moeder Miguela dwong Pili naar een kreet op kniehoogte. Een rijmpje op de caudillo in Bilbao. Bewust of niet bewust, Pili koos iets anders, net iets lager, alleen goed leesbaar voor wie op de houten plank zat. Pili kende het uit haar hoofd. Met harde, duidelijke stem las ze, dat 'moeder Miguela bij alle meisjes naar een nieuwe concha zocht, want haar eigen ouwe zat dicht met...' Met welk vocht die dichtzat, bleef onverstaanbaar, want scherp en hard riep de non: 'Ja, houd maar op,' waarmee ze liet blijken dat de scheelmakende openbaarheid van die kreten zelfs haar te veel werd. Nu pas, nu ze zelf betrokken werd bij alle vuiligheid, die ze misschien niet eens ten einde toe gelezen had.

De kinderen zagen hoe vlammend rood moeder Miguela haar hoofd droeg. Pili, die vreesde het slachtoffer te worden van een woedeaanval, riep: ''t Staat daar, 't staat daar. Ik moest toch lezen. Zei u zelf.'

Moeder Miguela de los Reyes liet een hamer halen en de grootste spijkers die er te vinden waren. Ze timmerde de deur dicht met een felheid, als wilde zij dwars door het hout een nieuwe tekst dreunen, een onwrikbaar pamflet met regels voor een veel strenger regime. Dat moeder Miguela zo loeihard spijkers kon inslaan, wisten de meisjes niet. Ze sloeg niet één keer mis.

De meisjes werden collectief veroordeeld tot drie strafmiddagen. Daar voelde Pili niets voor. Straf omdat zij de Hitlergroet (zoals Schwester Tremp de Romeinse groet noemde) niet wilde brengen: dat kon zij begrijpen. Straf voor het bekladden van een plee, waar zij part noch deel aan had? Nooit had zij één letter aan de geschreven teksten toegevoegd.

Toen Pili die vrijdag als laatste naar voren kwam en Miguela de eerste klap gaf, keek die vreemd op. Na de tweede klap legde ze haar stok weg. Ze trok de strafjurk opnieuw strak en gleed met haar hand over de heup van het kind. Toen sloeg ze de strafjurk terug. Iedereen zag dat Pilar een broek droeg, een zelfgemaakte strakke broek van de zwaar gesteven, spierwitte stof van een nonnenkap. Dat ze dit zelf, in het geheim, met geringe technische hulpmiddelen voor elkaar had gekregen, was op zich verbazend knap. Dat ze had gedacht dat moeder Miguela niets zou merken was verbazend infantiel. Moeder Miguela wist alles van het kletsen van rotan op huid.

Hoe ze aan die stof was gekomen, moest ze later uitleggen. Pilar zou de straf van voren af aan toegediend krijgen, ze zou behandeld worden als een klein kind. Zo kon het gebeuren dat een dertienjarig meisje, met 'groeisel', in het zicht van alle anderen haar onderlijf moest ontbloten, waarna dat meisje geslagen werd door moeder Miguela de los Reyes die zich op geen enkele manier meer inhield. En het gebeurde dat de dertienjarige opstond met haar straf-jurk hoog opgetild zodat iedereen haar groeisel kon zien en dat ze terugliep naar haar plaats en halverwege op de grond flauwviel.

De wereld vloog in brand. Spanje toonde openlijk warme gevoelens voor Hitler-Duitsland, vervolgens hield het zich officieel wat meer op de vlakte, omdat het idee van een Duitse nederlaag realistischer werd, en op het laatst vrees-de het dat het zelf zou worden aangevallen door de geal-lieerden. De doorsnee Spanjaard kende slechts één zorg: hoe scharrel ik mijn kostje bij elkaar; voor de burger of burgeres die niet bij de Blauwe Divisie hoorde (of een zoon of man had die daarin meestreed) bleven de werke-lijke oorlogshandelingen in die jaren buiten de grens.

Buenaventura kreeg een nieuwe kap. De verpleegster werd ontslagen. Mirèn ging weg omdat ze als dienstmeisje bij een gezin ging inwonen, waarna Lola de oudste werd. De Duitse les, met hysterisch enthousiasme gegeven in de beginjaren van de Tweede Wereldoorlog, omdat weldra in heel Europa alleen nog Spaans en Duits gesproken zou worden, bleef een dagelijks ritueel onder de bezielende huppel van Schwester Tremp, die erin slaagde de meeste kinderen behoorlijk Duits te leren spreken en begrijpen. De goede leerlingen wisten zelfs de verschillen toe te pas-sen tussen het officiële Hoogduits en het Mönsterlänner Plat dat zij, Schwester Tremp, van huis uit had meegekre-gen en dat ergens geplaatst moest worden vlak langs de Hollandse grens.

Verreweg de belangrijkste gebeurtenis uit die jaren was het verdwijnen van moeder Miguela de los Reyes. In augustus 1942 was zij uitgenodigd bij een herdenkings-plechtigheid in de kerk van Begoña. Het had een haar ge-scheeld of zij had Pilar Dolores Eguren, afkomstig uit het aangrenzende Bilbao meegenomen. De kerkdienst was net afgelopen toen er twee ontploffingen klonken, waarna er paniek uitbrak. Het eerste gerucht dat dit een actie was van een ondergrondse Baskische beweging woof het regime als totaal ongeloofwaardig terzijde en naderhand kwam vast te staan dat het om een wraakactie van falangisten ging. Er vielen enkele doden en veel gewonden, onder wie moeder Miguela die met granaatscherven in het hoofd in een ziekenhuis werd opgenomen en die niet meer terugkwam in Burgos. Met de nieuwe overste die de lijfstraffen fatsoeneerde en maar zeer zelden liet toepassen kon Pili – ze heette nu officieel Pili – goed opschieten.

Pili ging zich duidelijk onderscheiden van de anderen. Braken in de gezichten van de andere meisjes de trekken door van de ruwe vissers en boeren en van de grauwe mijnwerkers, bij Pili werd herkenbaar dat zij van goede komaf was. Ze kreeg voller haar, het gezicht kreeg een aantrekkelijke vorm, neus en mond kregen een fijne, delicate lijn. Haar ogen stonden meestal ernstig en hielden alle geheimen van haar ziel binnen. Zij gold bovendien jarenlang als de beste leerling.

5 Alexander Rothweill

Wie was Lisa Fonssagrives?

Alexander Rothweill had als ambitieuze jongeman een foto-opleiding gevolgd en hij was in Parijs assistent geweest van de succesvolle modefotograaf Erwin Blumenfeld. Lisa Fonssagrives was mannequin en showde onder andere de kleding van Lucien Lelong. Vanaf de eerste keer dat Lisa in de studio poseerde, had Alexander haar het hof gemaakt. Zij hadden van begin 1937 tot midden 1939 een onstuimige relatie gehad.

Alexander had gemerkt dat de laatste dag van die relatie hem niet was bijgebleven 'van minuut tot minuut', maar dat het vier, vijf brokstukken waren die niet uit zijn hoofd wilden gaan.

Eerder op die dag had Blumenfeld haar laten poseren in een nieuwe jurk van Lucien Lelong hoog op de Eiffeltoren met het vooroorlogse Parijs ongeschonden aan haar voeten. Dat was het eerste herinnerde brokstuk.

Het tweede brokstuk: op die laatste dag van hun relatie had zij hem bekend dat ze misschien zwanger was. Alexander had stomverbaasd gereageerd.

'Zwanger?'

'Ja. Ik ben over tijd en dat ben ik anders nooit. Ik ga van de week naar een dokter.'

'Zwanger?'

Ze had hem even aangekeken. Zacht had ze gezegd:

'Dat is toch niet zo heel erg vreemd? Je kunt er zwanger van worden, weet je.'

Dan de overige brokstukken die tijdens de maanden daarna Alexander als spoken bleven bespringen als hij in bed lag te draaien. Daar hoorde het beeld bij hoe ze op de bouwsteiger stond, hoe zij haar rok, die ze om gemakkelijk hoger te stappen, omhoog had getrokken. Daar hoorde het beeld van haar hand bij, elegant schuin omhoog in de avondlucht gestoken, vóór haar andere arm langs. Zij had haar strakke rok omhoog willen trekken en zij koos de verkeerde hand. De hand die de bouwsteiger vasthield. Zij viel naar beneden. Als een bak cement. Als hij dat zo mocht zeggen: die bak cement was het vijfde brokstuk. Lange tijd had Alexander, aangesnauwd door nachtelijke demonen, zich afgevraagd wat erger was: een invalide moeder en een kind, of een invalide vriendin die hem de miskraam ging verwijten.

Tussen het verdringen bleef hem die jaren levendig de bruuske wijze bij waarop hij de relatie met Lisa had verbroken. Hij had een portier meegedeeld dat verderop een vrouw lag, kennelijk gevallen, nogal ernstig gewond. Na die waarschuwing waren, als vanzelf, twee, drie stappen gezet met slechts één doel: weg van Lisa, weg van Blumenfeld. In paniek de tegenovergestelde kant op lopen, de volgende dag zijn woning opzeggen zonder een nieuw adres achter te laten, in een heel ander arrondissement een kamer huren onder een andere naam, op dat moment verzonnen: Mr. Alexander Rothweill.

De ogen van de nachtelijke demonen verloren na maanden hun brandendrode agitatie. De achterliggende jaren vatte Alexander samen als een niet geslaagde carrière als fotograaf met een eeuwigdurend assistentschap en een niet geslaagde relatie met een ongewenste zwangerschap. Van het ene moment op het andere was hij Mr. Alexander

Rothweill geworden. Bij die constatering kon hij het niet laten; hij moest wat doen. Zich die naam eigen maken. Zijn leven gaan maken. Als hij vliegtuigen in het azuur kon laten verschijnen om zijn zusje te redden, lag een tweede wonder beslist binnen de mogelijkheden. Langzaam stroomde op het nieuwe adres een nieuwe dadendrang zijn lichaam binnen.

Hoewel hij beschikte over een klein kapitaal, wilde hij het geld niet roekeloos opmaken. Zolang hij in Parijs verbleef, in dat laatste jaar voor de oorlog, ging hij huizen, kamers, appartementen verhuren. Niet dat hij bij een makelaar ging werken; hij verhuurde op de volgende wijze.

Hij kocht perronkaartjes voor het Gare de Lyon en het Gare d'Austerlitz. Daar, op die perrons, speurde hij naar echtparen die met vakantie gingen en die zeulden met koffers waar naam en adres op vermeld stond. Vond hij zo'n stel en had hij adres en naam goed in zijn geheugen geprent, dan haalde hij een verlopen ticket uit zijn binnenzak en liep de reizigers achterna. Als zij zich geïnstalleerd hadden in hun coupé, verscheen hij met zijn reservering en verzekerde de pater familias dat die op de verkeerde plaats zat, de zijne namelijk. Verontwaardiging, lachende zekerheid over die fout lezende mijnheer, controle van het kaartje en Alexander bood zijn excuus aan nadat hij had gezien welke datum op het terugreisbiljet van de familie stond. Zo verzamelde hij een lijst met huizen die voor enige tijd leegstonden.

Vervolgens sprong een andere truc uit de hoed. Hij ging de woningen langs, kondigde de gardienne aan dat hij kwam namens de Agence Application Centrale d' Hygiène en dat hij op verzoek van (naam reiziger die nietsvermoedend in Biarritz-badpak zat of in een besneeuwd skihotel in de hoge Alpen) de cafards zou verdrijven waar de familie last van had.

'Cafards? Kakkerlakken?' De geschrokken gardienne wilde met alle plezier meehelpen, helaas was de familie niet aanwezig. Dat was de Agence bekend, hij had eerder willen komen; als dat niet lukte, had de familie gezegd, kon hij bij de gardienne terecht. In een aantal gevallen kreeg hij de sleutel die hij in de woning in een doosje met was drukte. In een charmant gesprek met de gardienne vernam hij snel op welke uren haar kantoortje gesloten bleef en zij zelf boodschappen deed. Eén dag op het station kon hem de sleutels van twee, drie woningen opleveren, toegankelijk op tijden dat de bewaking haar maaltijden insloeg.

Hij zette een advertentie in de krant (Superbe 5/6 P. 140 m2. M° Duroc). Bijna altijd reageerden gegadigden binnen één dag, omdat hij de woning onder de marktprijs aanbood. Zelfverzekerde, goed Frans sprekende belangstellenden wees hij af. Hij nodigde uit wanneer zich een buitenlander aankondigde die niet of nauwelijks in het Frans uit zijn woorden kon komen of wanneer aan de zwetende kant van de telefoonlijn een haperende Fransman de verkeerde woorden stotterde. Hij sprak af op het adres, zorgde van tevoren dat duidelijke tekenen van bewoning (etensresten, halflege flessen, brieven, beddengoed, lijfgoed, make-up en tandenpoets, doeken en dweiltjes, enzovoorts) weg waren, dat wil zeggen hij liep langs met een doos of een zak, propte er alles in en smeet de boel op het balkon of in een vuilnisbak en hij ontving de gespannen gegadigde in de woning. Meestal hapte de woningzoekende direct toe. Hij wikkelde de zaak af in een naburig café, presenteerde kaartjes van een gerenommeerd makelaarskantoor (ooit bij een bezoek daar gejat) en dito briefpapier met lijsten van de 'inventaire' en de 'état des lieux' en maakte een berekening van twee maanden huur als borg, plus drie maanden vooruitbetaling, plus de honoraires voor het bureau (de klant kon korting krijgen door meteen en contant te betalen) en hij schoof de rekening tussen de koffiekopjes door terwijl hij twee valse sleutels en een in te vullen kwitantie op tafel legde. De klant ('seer ghelukkik met ghuis') betaalde direct of de klant betaalde tijdens een nieuwe afspraak de volgende dag, ontving de sleutels en voordat de klant in de gaten had dat de sleutels helemaal niet pasten, was Mr. Alexander Rothweill allang onvindbaar. Navraag in het gebrekkige Frans bij de gardienne die pas na enkele uren haar kantoortje opende of bij het makelaarsbureau, leverde uiteraard niets op. Alexander Rothweill ontving per bezoek van een klant een bedrag, gelijk aan driemaal een ruim maandsalaris.

Terwijl het hem financieel voor de wind ging, lag Alexander 's nachts te draaien. Als zijn piekeren ging dobberen, als hij zijn bed niet meer voelde en als hij opgenomen werd in een warme slaap (nu niet vallen of hard schokken met de nog niet ingeslapen lichaamsdelen), kwamen de dromen.

Een gang. Twee mannen achter hem. Een naam op een verroest bord in de gang. Palmayyid- of Palmayum-gevangenis.

In een betegelde ruimte moet Alexander zijn kostuum uittrekken, zijn overhemd, zijn hemd, schoenen en sokken. Alles uit zijn zakken op tafel neerleggen. Ook het laatste, zijn onderbroek moet uit en hij wordt gesommeerd rechtop te staan, handen naast het lichaam. Wat dit is, vraagt een man met een pistool aan zijn riem. Alexander legt uit dat dat een fileersnijder is, een apparaatje waarmee je teksten perfect langs de letters kan uitsnijden. Na een onderzoek krijgt hij een broek en een jasje van slappe gekreukte stof. Verder bootschoenen met akelig dunne zolen. Hij moet het stapeltje kleren over de arm dragen.

Hij wordt een roofdiergang van staaldraad in geduwd. Gebukt lopen en oppassen dat de kleren in zijn hand niet aan het staal blijven haken. Een man richt een straal ijskoud water dwars door het rasterwerk op Alexander. Een stank van lysol en chloor. 'Voorkeursbehandeling,' roept de cipier, 'bijna niemand krijgt het voorrecht te douchen.'

Alexander kan zijn kleding niet beschermen en die is binnen korte tijd doorweekt. 'Doorlopen,' luidt het commando. In een gebouw wordt hij opgevangen door twee cipiers. Gezicht naar de muur. Wat een meterbrede natte plek leek, blijkt een plakkaat met bruine krioelende kakkerlakken. Alle groottes en alle gradaties bruin lopen door elkaar. Iemand komt hem ondervragen. Een militair met een stok; naambord op zijn revers: Lisa Fonssagrives. Alexander ziet dat het gezicht van de officier een masker is en dat door de gaten in het rubber de ogen van Lisa blinken. Hij moet voor de tafel gaan staan, de dikke officier zet zich kreunend op een stoel en legt de stok voor zich neer. De punt wijst naar het ineengekrompen geslacht van Alexander. Alexander begrijpt zijn vraag niet. Hij spreekt de taal wel, maar de woorden zijn onthutst, of bespatterd, of vergroend. De man maakt een aantekening en stelt een tweede vraag. Iets over de bekaanse woelgrijzen. Het zweet breekt Alexander uit, al trekt zijn huid over zijn hele lichaam samen van de kou. Dan wordt hij opnieuw tegen de muur gezet. Zijn gezicht wordt in de vochtige kakkerlakkenplek gedrukt. Het krioelt over zijn gezicht, hij hoort het kraken van de schilden.

Als hij wakker schiet, voelt hij dat hij kletsnat is. Hij heeft zich half overeind gedrukt en hijgt.

6 Pili

De zee rond Bilbao lag stil. Wolken dreven traag boven de gebouwen; een lome wind woei speels in een zomerrok. De bewolking kleurde wit, duifgrijs en antraciet, het verzamelde vocht wilde geen regen worden. De golven braken plechtig op de havenhoofden en op de dammen die ver de rivier in staken; het water golfde nonchalant uit in de brede monding van de Nervion en op het verlaten strandje bij Algorta. De zwevende pontbak tussen Las Arenas en Portugalete hing stil op enkele meters voor de kade. Geen auto, geen voetganger kon de pont op of af. Onder de bodem van de pont viel de schaduw kabbelend op het water. Verderop, in de bergen rond Orduña hingen de gieren en de slangenarenden stil in de lucht. Het was de zomer van het jaar 1944. Pili Eguren zou op het eind van dit jaar achttien worden.

Zij zat in de trein die om 17.04 uur precies had moeten aankomen op het Estación del Norte, maar die een vervelend lange vertraging had opgelopen. Kort na het vertrek was de trein tot stilstand gekomen. Toen de werkwagen kwam, begreep zij dat dit een langdurige reis ging worden. In het donker reden ze verder, stapvoets. De conducteur had geroepen dat ze bij een volgend tussenstation een extra stop zouden maken en dat men desgewenst uit kon stappen; daar was schamper op gereageerd. Iemand had opgemerkt dat in zo'n kolenbrandersdorp iedereen met messen rondliep. Misschien was dat wel zo.

Pili had de tijd in het Convento de la Virgen la Real de Cantabria achter zich liggen. Niet omdat zij net als Mirèn en Lola door grootgrondbezitters in dienst was genomen als huisslavin zonder rechten, maar omdat het fortuin op raadselachtige wijze bij haar was teruggekeerd.

Niet lang na haar zeventiende verjaardag was telefonisch een verzoek binnengekomen of Pilar Dolores Eguren op woensdag 14.00 uur naar het Auxilio Social te Bilbao wilde komen. Ze kon eventueel per automobiel gehaald worden; het ging uiteraard om een gewichtige zaak. Pili voelde zich zeer gespannen; zij drong er bij moederoverste op aan, dat die Bilbao zou verzoeken de automobiel te sturen. Moeder vond dat de afdeling Bilbao van het Auxilio Social wel erg gewichtig deed en vroeg vriendelijk wat Pili met die afdeling te maken had. Pili vertelde dat een mevrouw haar bijna vijf jaar geleden voor de puinhoop had gezet die van haar jeugd was overgebleven en haar beloofd had haar ouders op te sporen. Een zinloze belofte omdat dat mens verdomd goed wist dat haar ouders dood waren. Moeder begreep wat er in de kleine was omgegaan en zei niets over het ruwe taalgebruik van Pili. Ze vroeg hoe die mevrouw heette. Pili staarde met vooruitgestoken onderlip een tijd naar het plafond; ze wist het niet meer.

Op het kantoor aan de Jardines de Albia werd ze ontvangen door een onbekende mevrouw. Die verzekerde Pili dat de vorige directrice haar beslist niet uit gemakzucht had voorgelogen. Ze wist zeker dat mevrouw het heel moeilijk had gevonden de waarheid aan zo'n verward kind te vertellen. Er was veel gebeurd. Wij verheugden ons over de overwinning van de caudillo, maar we droegen allemaal onze treurige herinneringen. Pili probeerde de jeuk bij haar oor met haar schouder weg te vegen, met deze praat schoot ze weinig op. De mevrouw wilde in vertrouwen haar persoonlijke versie vertellen. Pili's ouders waren aangegeven en in de heksenketel van de oorlog ter dood gebracht. Te snel. Wellicht. In oorlogstijd waren administratieve vergissingen en overijlde militaire beslissingen niet uit te sluiten. Mevrouw verzekerde dat haar mening overigens niets zou veranderen, dat de executie van de ouders van Pili slechts een kleinigheid was in het draaiend geheel van de hersteltijd, dat er zoveel executies hadden plaatsgevonden, dat het onmogelijk was alles uit te zoeken. Ze leek de draad van haar verhaal kwijt te zijn. De vorige directrice had gewild dat Pili dit ooit zou horen.

Waar die vorige mevrouw was?

Niet bekend. Ze was te belangrijk en te hooggeplaatst om het Auxilio-werk langer te kunnen doen.

Pili vreesde dat dit het eind van het onderhoud was. Ze wist niet wat ze met deze berichten aan moest. Mevrouw had een verrassing. Kende Pili — een blik in een boek met aantekeningen — de familie Gil Yuste? Die kende Pili niet. Eerst niet, waarop verkleind en onscherp trillend ene tante Rosa haar denkend hoofd binnen stapte. De vrouw van Gil Yuste was een Eguren. Mevrouw had begrepen dat zij een nicht was van Dr. Eguren. De familie Gil Yuste was bemiddeld en had geen kinderen. Het Auxilio Social had Dr. Gil Yuste voorzichtig op de hoogte gebracht en de familie wilde niets liever dan Pili Eguren als eigen kind in huis opnemen.

Pili kon geen stom woord uitbrengen. Mevrouw vroeg of ze wist wat dit betekende. Zou ze in een nieuw gezin willen leven? Zou ze het niet vervelend vinden het Convento de la Virgen Real te verlaten? Ze was zo aan de meisjescommuniteit gewend. Of ze zich realiseerde dat een ge-

zin andere plichten en gehoorzaamheid met zich mee-
bracht? De vragen drongen nauwelijks tot Pili door. Antwoord geven kon ze helemaal niet. Mevrouw zei dat mijnheer Gil Yuste hier aanwezig was en kennis met Pili wilde
maken.

Zelfs achteraf, op de terugweg in de auto, hield Pili voor
zichzelf vol dat ze vier seconden lang een filmisch knappe
man uit een lentedecor van Botticelli had zien stappen,
gekleed in een verblindend wit kostuum met vleugels op
zijn rug (die schokten als hij ging verzitten en zich bijna
weerspannig traag in rustpositie vouwden). Hij gaf Pili
een hand (in plaats van een lazuren omhelzing) en terwijl
zij die aardse, stevige vingers verlegen beroerde, veranderde hij in een gewone, wat kalende administrateur met een
aantekenboekje. Pili knikte stuurs en maakte duidelijk dat
ze alles en iedereen wantrouwde. In de auto las ze de brieven die voor moeder-overste bestemd waren en de lijstjes
met vragen voor haarzelf waar ze de komende weken een
antwoord op moest formuleren.

Moeder wilde haar uitvoerig spreken en kreeg uit de
verhalen van Pili een vermoeden van een degelijke, mogelijk wat saaie stiefvader. Pili kwam Schwester Tremp tegen op de gang en die kreeg verhaalflarden over een engel
te horen. De andere meisjes werd wel zes keer die dag verteld dat Pili zou gaan verhuizen, dat ze kennisgemaakt
had met haar stiefvader, een directeur-geneesheer met een
zakagenda, een bril en een stevige handdruk.

In de weken daarna werden formaliteiten in orde gemaakt. Pili werd op een zondag uitgenodigd in de Colon
de Larreategui. De familie Gil Yuste bewoonde een ruime
flatwoning vlakbij het park. De aardige mevrouw beweerde dat ze bij Pili de trekken herkende van haar neef. Ze
aten gerechten die Pili niet kende; van almejas en konij-
nen wist ze zelfs niet dat ze eetbaar waren. De woning, het

meubilair, de schilderijen, de manier waarop de tafel gedekt was, alles verwarde Pili in hoge mate. Zij herkende de weelde van het vervaagde Algorta-verleden, tegelijk had ze deze luxe niet meer in het naoorlogse Spanje verwacht. Oom beweerde bij hoog en laag dat hij bij de eerste ontmoeting geen wit kostuum had gedragen, eerder een parelgrijs. Hij haalde het kostuum tevoorschijn dat in het licht van de kamer zelfs overhelde naar donkergrijs. Ze moesten tot de bovenlaag van de menselijke wezens behoren, tot de Übermenschen, zoals Schwester Tremp die placht te noemen. Pili probeerde, de konijnenbotjes op haar bord in patronen naast elkaar schuivend, haar geluk te beseffen. Dat wil zeggen, ze vermaalde domweg in haar hoofd dat ze wel bijzonder bofte. Juist op het moment dat ze in een deftige straat aan die met tinkelkristal en fonkelzilver gedekte tafel zat, met twee mensen op de plaatsen waar haar ouders hadden kunnen zitten, in een huis in de stad terwijl het de villa in Algorta had kunnen zijn, schoot de wanhopige varkenstocht door haar hoofd, begonnen op een zomerdag in 1937, geëindigd voor de ruïne van 1939, wat ze tot nu toe in Virgen la Real redelijk uit haar gedachten weg had kunnen houden. Ze smeet haar vork over tafel en in de geschrokken stilte die volgde begon ze, met haar zeventien jaren en met haar langpootlijf dat bezig was aan een indrukwekkende inhaalrace naar de volwassenheid, zodat haar vormen een bloeiende rijpheid kregen, zo ongegeneerd te janken dat ze niet meer kon stoppen en dat de snotdraden en de tranen op haar bord met Moors konijn dropen.

Later op de dag werd de kamer ingewijd die ze zou gaan bewonen, een ruime kamer met uitzicht op het park en zelfs op de heuvels van Deusto aan de overzijde van de rivier. De mevrouw zei vriendschappelijk dat ze zich verheugde op het leven met een grote, opgroeiende dochter.

Even dacht Pili dat ze het over een eigen dochter had die ze op het laatste moment ergens vandaan toverde. Mevrouw gaf haar een zoen als bezegeling dat zij die dochter was, wat nieuwe tranen opleverde en de kribbige zelfkritiek van Pili dat ze daarmee moest stoppen, met die jankpartijen.

Pili reisde tussen Burgos en Bilbao enkele malen op en neer. Meestal nam ze brieven mee of officiële papieren. Eén keer een grote som geld, want het Convento Virgen la Real had een rekening ingediend bij de familie Gil Yuste en oom Ernesto had erop gestaan dat Pili dat geld zelf zou overhandigen. Als een blijk van vertrouwen had hij het kind, dat er overigens uitzag als een jonge vrouw, de som geld in nationalistische peseta's meegegeven en zij had alles keurig aan moeder-overste afgedragen.

De dag dat ze definitief overging, verliep zeer feestelijk. In de kapel werd voor Pili gebeden. Tijdens de les Duits hield Schwester Tremp, die dagelijks uitlegde hoe het de Duitse legers verging en die daarbij een steeds somberder toon aansloeg, een toespraak waarbij ze Pilar Eguren (als enige noemde zij haar consequent Pilar) prees als de beste leerling die zij ooit gehad had en zij droeg samen met Pilar een komisch dialoogje voor, zowel in het Hoogduits (*Ich bin der Doktor Eisenbart. Kurier' die Leut' nach meiner Art. Kann machen dass die Blinden gehn, und dass die Lahmen wieder Sehn.* Applaus), als daarna in het Hollands-Duitse Mönsterlänner Plat (*Bliew met dine Ljeppels ut annermanns Pötte*). Pili nam afscheid van de vijfjarige Conchita, die een jaar met Pili een stel vormde, wat erop neerkwam dat ze dagelijks door Pili verzorgd werd, dat ze overdag vaak hand in hand liepen en 's nachts altijd naast elkaar sliepen. Conchita, die voor de tweede keer in een jaar haar moeder verloor, huilde de hele dag. Moeder-overste besteedde op het laatste moment enkele goede

woorden aan moeder Miguela de los Reyes die waarschijnlijk nooit van de verwondingen genezen zou en die veel
van Pili gehouden had. Toen reed Pili met de auto naar
haar nieuwe thuis en voor het laatst in haar Auxilio So-
cial-uniformpje zwaaide ze witjes vanaf de achterbank
naar alle zusters van het Convento en naar alle kinderen
van de afdeling.

In de week daarop kreeg ze andere kleren. Tante Rosa
wist winkels waarvan Pili het bestaan niet vermoedde. Ze
kocht een totale nieuwe garderobe, van ondergoed tot
overjassen. Pili voelde zich rijk, elegant en deftig. Twee
weken later in de trein naar Burgos, droeg ze een zwarte
jurk, een paillegele mantel met een hoed in dezelfde
kleur, waarover een voile gevouwen was. Ze droeg dunne
kousen en dure schoenen. In haar tas zaten enkele enve-
loppen en de gewassen en gestreken kleren van het Convento. Haar haar leek donkerder van kleur, was modieus
geknipt en het golfde met trage, zijige slagen tegen haar
fraai gezicht. Ze werd met kreten van verbazing ontvangen en zusters en de oudste meisjes kwamen bij moeder op de kamer kijken hoe Pili veranderd was. 'Die Sterne, die begehrt man nicht, Man freut sich ihrer Pracht,'
zei Schwester Tremp weemoedig. Pili ging triomfantelijk
in de vroege middag met de trein terug van Burgos naar
Bilbao. In haar tas stak een portemonnee met daarin drie-
honderd peseta, een bedrag bedoeld voor de Auxilio Social
afdeling Bilbao, die een deel geëist had van de voor Pilar
Dolores Eguren ontvangen vergoeding.

Zij had begrepen dat ze door de vertraging zeker een deel
van de nacht op deze bank moest doorbrengen. Het kon
haar niet zo heel veel schelen. Als ze thuis ongerust werden ('thuis' dacht ze), konden ze naar het Estación del
Norte gaan. Hoe bestond het, dat de aantrekkelijke man

tegenover haar dat kostuum zo perfect droeg? Kijk hoe dat haar glom; de strakke scheiding in het midden was scherp getrokken; nergens zat een haar verkeerd. Sportief type, weemoedige blik, net over de dertig, dacht Pili. Wat ze de hele treinreis met al dat oponthoud gezien had, was de absolute zekerheid die deze man uitstraalde. De zekerheid van een winnaar. Die zich niet liet afleiden door een vertraging. Naast haar zat een man die ze noch rechtstreeks, noch via het spiegelend raam kon bekijken. Schuin tegenover haar zat een man met een grof, varkensachtig hoofd dat tegen de dure jonge mijnheer aan knorde, waar die laatste absoluut niet op zat te wachten. De trein bleef stapvoets rijden, buiten was het stervensdonker geworden.

Met genoegen draaide ze de film van de dag af met inzoomen en onverwachte overvloeiers. Eerst de verraste moeder-overste, die geluidloos in de handen stond te klappen om haar uiterlijk. Schwester Tremp schoof haar opzij. 'Die Sterne, die begehrt man nicht, Man freut sich ihrer Pracht,' waarop uiteraard een dramatische overvloeier naar moeder Miguela met een bebloed verband om het hoofd waar de granaatscherven puntig in staken. Haar strafmiddagen schokten langs op het ritme van de wielen. Kinderen, die allang weg waren. Eén kind was in die tijd gestorven en, liggend op een plank, in een graf op het kloosterkerkhofje neergelaten. Bij het omhoogkomen van de lege plank waren verschillende kinderen gaan gillen. Daarna de gedachte: ik red het wel. En veel wit en Pili lag met haar gezicht tegen de harde leuning te slapen.

Zij werd wakker van het oorverdovend vallen van een broekspijp op een schoentong, of van het uitblijven van een geluidloze ontploffing en zag dat haar knappe man het gangpad in liep. Wat ging die doen? In het tempo van de trein was geen verandering gekomen. Ze stond voorzichtig op, wilde wat beweging. Ze liep langs de knorrende slaper. Ze strekkebeende langs twee andere coupés vol slaapgeluiden, hield in. Verderop stonden de twee mannen uit haar compartiment sigaretten uit te wisselen. Ze maakte liever niet de indruk van bemoeial en schoof terug naar haar plaats. Ze tuurde een tijd de nacht in en telde de huizen waar een licht brandde.

Toen ze ontwaakte, sloeg de paniek om haar tas een gat in haar geest. Ze voelde de hengsels en haalde opgelucht adem. De heer tegenover haar glimlachte. Het beeld van die twee rokende mannen op het tussenbalkon stond plotseling levensgroot in haar hoofd geprojecteerd. Was dat geen droom? Pas nadat de wegen de nabijheid van een grote stad hadden verraden, voelde ze met haar vingers dat iets aan de tas niet klopte. Ze schoot met haar hand de tas in, voelde vijf keer en wist dat haar portemonnee gestolen was. De twee tegenover haar zaten grimassen te maken. De man naast haar was weg. Zwarte hoed, herinnerde zij zich, tussen de dertig en de zestig jaar, meer niet. Ze stapte als in ademnood over de benen van de twee mannen. Ze liep de trein door naar het voorste deel, liet een seconde lang de film van de twee sigaretten of vuur uitwisselende figuren versneld afspelen, liep terug, passeerde haar eigen plaats en liep verder.

Ze bereikte het eind van de trein. Uit het raampje in de deur zag ze de rails traag onder de trein tevoorschijn komen. Een ketting die de deur afsloot, rinkelde in een tergend ritme van geldtellen. Ze vatte samen. 1. De zwarte hoed had haar gerold en was met het geld uit de trein gesprongen. 2. De knappe en de hoed hadden samen de diefstal gepleegd. 3. Dat varken had haar geld gejat; ze wist absoluut niet meer of ze die halve minuut met of zonder tas op de gang had gestaan. De jaren in het Convento hadden haar geleerd zelfs op rampdagen de gebeurtenissen rustig tegemoet te zien. Wat ze moest doen, was overleven. Haar knappe coupégenoot opende de tussendeur. Hij vroeg of hij kon helpen. Zou het een Duitser zijn, dacht ze. Ze aarzelde, zei hem toch dat ze bestolen was. Uit zijn reactie kon ze niets opmaken. Waarschijnlijk, voegde ze er uitgekiend aan toe, door die vent met die zwarte hoed die nergens meer te zien was. Pili rook dat haar reisgenoot een of ander reukwater op had. Ze begreep zichzelf niet. De man die haar misschien, mogelijk, hoogstwaarschijnlijk bestolen had, stond naast haar en zij analyseerde zijn reukwater. Ze schrok toen hij haar geld aanbood. Een biljet van vijftentwintig peseta's, een ongehoord groot bedrag voor een vreemde. Hij drong aan en zij wist niet anders te doen dan het bedrag aan te nemen. Zij voelde zich omgekocht. Hij stelde haar voor ergens koffie te gaan drinken. Ze begreep dat ze hem zo vriendelijk mogelijk moest behandelen. En dan snel wegwezen.

Aan oom Ernesto vertelde ze de feiten, niet de vermoedens. De vertraagde trein, de diefstal en de man die haar geld gaf en mee naar een café wilde nemen. Wat dat voor man was? Pili schetste een karikatuur. Ernesto Gil Yuste keek peinzend naar de jonge vrouw die voor hem stond.

'Hoe oud zou iemand jou schatten?' vroeg hij en hij merkte op dat ze een aantrekkelijk meisje was. Het geld zou hij naar Auxilio Social brengen. Daar zou hij zelf voor zorgen.

En dat het gestolen was, vroeg Pili voorzichtig.

Dat was haar schuld niet. Hij zou het wel in orde maken. Pili merkte hoe gewend zij was aan lijfstraffen.

In bed reisde Pili naar Gran Café Boulevard. Ze was er wel eens langs gelopen. Twee stappen naar binnen en je stond in het geroezemoes. Een geneurie van lage en hoge tonen die tezamen een dure, aangeschoten klank voortbrachten. Nu de zon tussen de aswolken door kiert, worden de ramen belicht en gloeien de kleuren op. Op het zijraam staat in glas-in-loodwerk een fontein afgebeeld. De hoek tussen de twee ramen wordt opgevuld door een notenhouten kast met spiegelende ruiten en een achthoekige lamp daarboven. De vreemdeling zit tegenover haar. Zij kan zijn woorden niet verstaan, maar ze zijn niet belangrijk. Zijn lach is zelfverzekerd. Zij trekt haar jurk uit en hangt die over de stoelleuning. Zij weet dat zijn hand loskomt, de opening van haar onderjurk binnen glijdt en haar huid beroert. De hand gaat open als een gespierd, ademend dier dat een taak heeft, sluit zich dan; de vingers gaan op onderzoek uit. 'Geluksmaker, kobaltduiker, vlaggenjonker,' hijgt zij in betekenisloze woorden. De erker kleurt inkarnaat en indigo, de stemmen in het Gran Café Boulevard tremuleren. Met paukslagen breekt de zon door. Het glas smelt, de stemmen spatten tinkelend uiteen, de kasten stralen een zoemende notenwarmte uit. Pili viel terug in haar bed op de zolderverdieping van de Colon de Larreategui.

Ze kreeg het gevoel dat ze die vreemdeling veel beter kende, nu ze bijna koppig had besloten dat híj haar had gerold en niet die keutel met die zwarte hoed of dat varken. Als ze te horen zou krijgen dat hij niets met de diefstal te maken had, zou dat zelfs een teleurstelling zijn. Ze ademde zwaar. Mirèn, dacht ze, die goddeloze Mirèn had haar de techniek van het klaarkomen geleerd. De verwoestende hartstocht had ze van zichzelf.

~

Haar vader, in naam altijd liberaal, was nooit lid geworden van een partij. Natuurlijk had de directie van de Norte-maatschappij vijanden. Eguren had zich bovendien onvoorzichtig opgesteld tegenover vroegere vrienden die zich tot de partij van Gil Robles en de Falange gewend hadden. Wat er precies gebeurd was, wisten Gil Yuste en zijn vrouw niet, waarschijnlijk was het een zaak van jaloezie. Iemand gepasseerd bij een promotie bijvoorbeeld. Zo iemand had uit wraak Dr. Eguren aangegeven bij de Navarrese Brigade.

Pili wilde weten wie. Welk stinkdier had haar ouders de gevangenis en de dood in gejaagd. Dat wilden of konden oom Ernesto en tante Rosa niet zeggen. Wraak was verkeerd, dat was wel bewezen en als Pili wat zou ondernemen, kon dat bovendien groot gevaar opleveren. In deze onzekere tijd...

Pili zat van ongeduld te wippen op haar stoel. Dat wist ze allemaal. Wie had haar ouders aangegeven? Ze zou er heus geen nieuw drama van maken en zeker geen jankpartij, maar die verpeste jeugd en die sadistische kloosteropvoeding maakten dat ze recht had zulke dingen te weten. Pili had weinig verteld over Virgen Real, bijna niets over moeder Miguela of over de straffen, waarbij haar kont was getoond aan de hele gapende meidengemeenschap. Over haar jaren als hoedster van de gewiekste en familiare zwarte varkens, had ze helemaal gezwegen.

...Pili kon beter niet alle details weten. De wonden in het land lagen nog open. Pili protesteerde niet langer.

In bed ging zij vele malen het alfabet langs om de juiste combinatie te vinden. Pas tegen de tijd dat haar gedachten de eindeloze krullen van wolkenranden gingen nalopen, schoot ze overeind met de naam op haar lippen. De volgende dag ging ze naar het Estación del Norte. Zij herkende de ingang naar het kantoor. Met kloppend hart ging ze naar binnen. Ze wilde Dr. Alzuri spreken.

Waar dat voor was, vroeg een mevrouw.

'Privé,' snauwde Pili.

Op de tweede etage vond Pili Dr. Alzuri. Ze was de dochter van Dr. Eguren. De man deed zijn mond langzaam open, zijn ogen werden groter.

'Jij bent Pili Eguren?'

Of Pili hem kon spreken.

'Natuurlijk, natuurlijk, alleen niet in dit kantoor.' Kon ze om half vijf beneden in de hal wachten?

Pili botste buiten tegen een scharensliep die trappend op een pedaal een wiel liet draaien; het houten apparaat viel uit elkaar en Pili brandde een vinger.

Dr. Alzuri was verbaasd. Dat hij haar zag. Dat zij zo knap geworden was. Hij vergeleek haar met een parfum, een bleekblauw duur parfum. 'Een bleumerant parfum,' kenschetste de geleerde Alzuri. Pili wilde weten wie haar vader had aangegeven. Dr. Alzuri vertelde dat er verschillende personen geprofiteerd hadden van de verdwijning van Dr. Eguren. Namen, eiste Pili. Van wie haar vader had aangegeven. Hij kon niet tegen het kind op en noemde de naam van Enrique Poza. Stilte.

'Die werkt in de functie van mijn vader?'

De man schudde zijn grijze hoofd. 'Hij is vrij snel weggegaan. Hij beheert de archeologische en etnografische verzameling. Makkelijke baan, hoog salaris. Heb ik mij laten vertellen.'

Tijdens het avondeten zei Pili plompverloren dat het Poza was geweest. Wist ze van Alzuri. Oom Ernesto bezwoer Pili niets doms uit te halen. Wie zo'n baan had als Poza, telde machtige vrienden. Die waren in staat Ernesto en Rosa alles af te nemen en dan stond Pili ten tweeden male voor een ruïne. Pili knikte. Zij had het begrepen.

Ze ging de volgende dag naar de voormalige jezuïetenschool waar Enrique Poza zijn verzameling beheerde. Ze moest tot lunchtijd wachten voor een grote man die aan Alzuri's beschrijving beantwoordde, het gebouw verliet. Ze volgde hem tot hij bij Café Boulevard naar binnen ging.

Pili wist dat ze een risico ging nemen. Ze wist dat ze ongehoorzaam was aan oom Ernesto; gehoorzaamheid viel niet te verenigen met het volgen van je eigen wegen, dacht ze bij zichzelf. Bovendien rekende zij erop dat zij anoniem kon blijven. Zij zag wat hij dronk, bestelde een glas cognac en een dubbele schotel boquerones en vinagre. Ze pakte de stoel tegenover Enrique Poza en ging zitten.

De man keek verstoord op. Zoveel tafeltjes leeg. Waarom kwam die griet aan zíjn tafel zitten? Pili schoof het glas in zijn richting, waarop zijn houding in een oplettende vriendelijkheid veranderde. Waaraan had hij te danken dat hij van zo'n aantrekkelijke juffrouw...

'U bent toch professor Enrique Poza?' onderbrak Pili, wat de man met een gemaakt verlegen, wuivend handgebaar afwimpelde. Enrique Poza, sine dubio; professor, ach-got nee. De schaal boquerones en vinagre werd tot stilmakende verbazing van Poza op tafel gezet. Hij wachtte af.

'Mijn naam is Dolores Velazquez.' Het was het eerste wat haar te binnen schoot. De volkenkundige tegenover haar trok een prijzend gezicht om zo'n kunstminnende naam. 'Herinnert u zich een man, die bij Norte werkte en dr. Eguren heette?'

De man loerde peinzend naar de jonge vrouw tegenover hem en knikte bedachtzaam. Die dr. Eguren had hij wel gekend. Waarop Pili zei, niet eens duidelijk en goed verstaanbaar, dat dr. Eguren hem de laagste hel in wenste, en voor Poza begreep wat haar bedoeling was, had zij de schaal boquerones, drijvend in olijfolie en rijkelijk bestrooid met gehakte knoflook en peterselie, gepakt, omhoog geheven en secuur over het hoofd en het prijzige maatkostuum van Enrique Poza uitgegoten. In de consternatie kon zij ongehinderd weglopen. Veilig de brug over voelde zij in plaats van de verwachte voldoening een jankerige teleurstelling. Haar ouders waren doodgeschoten of gewurgd. Deze verrader aan wie zij zich niet eens bekend had durven maken, zat in het Café Boulevard met peterselie en knoflook op zijn hoofd, in een kostuum dat droop van de olie, met ansjovissen tot in zijn overhemdboord. Voor hoelang? Zorgzame kelners omgaven hem; na een middag in bad zou Poza weer de piekfijne directeur zijn die hij tengevolge van de dood van haar ouders geworden was. Tegenover die dood had zij niets beters kunnen stellen dan een derderangs studentengrap, een huisbakken wraak. Tot overmaat van haar bloedend hart begon de waarschuwing van oom Ernesto angstaanjagend te loeien. Stom, stom, stom, stampte ze.

Al de jaren na de dood van haar ouders had Pili als assistent-zwijnenfokster, als gangenschrobster van Auxilio Social, als rebel op het closet tussen die godtergende bordeeltaal, de gedachten aan haar eerste tien jaren weggedrukt. Juist nu ze veel gelukkiger woonde, dacht ze vaak aan de villa boven het verticale parkje.

Ernesto Gil Yuste zag Pili soms dagenlang lusteloos, zelfs verdrietig rondlopen. Of ze het Convento niet miste? Daar wist ze geen duidelijk antwoord op te geven. Of ze het hier niet te eenzaam vond? Pili gaf helemaal geen antwoord meer. Wat ze daar in godsnaam aan moesten doen, vroeg Ernesto. Pili zweeg. Hij vond dat er iemand anders in huis moest komen met wie Pili lol kon hebben. Iemand die ze kende van het Convento bijvoorbeeld. Toen hield Pili het niet langer. Ze liep naar de stoel waarop oom Ernesto zat en zeventien jaar oud duwde zij zijn arm opzij en kroop bij hem op schoot en begon hem te zoenen. Zij zei niets en hij zei niets en beiden voelden zich wegzweven op een tapijtje waarvan ze het riskante patroon geen van twee exact wilden kennen.

'Wie dan?' vroeg ze, op de grond ploffend. Hij pinkte zijn bril recht. Dat wist hij natuurlijk niet. Hij kende die kinderen niet. Pili vertelde over het systeem van de ouderen en de jongeren. Een van negen jaar of ouder die een kleintje van acht jaar of jonger bemoederde; zo'n stel trok dag en nacht met elkaar op. Zo had zij Conchita verzorgd. Het was echt een heel lief meisje. Waarop oom Ernesto de ondankbare taak kreeg toebedeeld aan Pili uit te leggen dat vijf jaar echt te jong was. Ze hadden gedacht aan iemand die bijvoorbeeld twee dagen per week in huis logeerde. Iemand van vijf jaar terugsturen naar het Convento, iedere keer weer, dat ging niet, dat begreep zo'n kleintje op den duur niet meer. Pili was het met hem eens.

In het moeilijke beginjaar had ze haar eerste kompaantje toegewezen gekregen. Het meisje, vier, vijf jaar jonger, had een voor kinderen ongewoon vaste vriendschap met Pili gesloten. Pili had met de kleine Elena haar verdriet kunnen delen.

Ze onderhandelden met het Convento en Elena kwam twee dagen per week in de Colon de Larreategui. Ze sliep bij Pili op de kamer en werd na de tweede dag teruggebracht. Ze vertelde Pili hoe Schwester Tremp huppelde, wat ze daar aten, welke nieuwe verhalen rondspookten.

Maanden na de vertraagde treinreis werd er op een middag aangebeld. Elena rende naar de voordeur. Pili hoorde haar zeggen dat mijnheer en mevrouw niet thuis waren en of ze de boodschap kon aannemen. Pili hoorde hem vragen of hij Pili Eguren te spreken kon krijgen. De kleine Elena stoof naar binnen, sprong voor Pili langs, wees met haar duim in de richting van de voordeur, wapperde daarbij met haar tong tussen haar tanden, vormde met haar mond de naam 'Pili Eguren' en gebaarde driftig richting voordeur. Pili stond op. Ze wist wie het was. Ze wist dat hij zou aanbellen. Hoe hij haar adres gevonden had, het was haar een raadsel en tegelijk interesseerde het haar niets. Hier stond de man van haar nachten, de man die zij met de pyrotechniek van Mirèn in haar eigen vuurwerk had gebrand. Ze liep naar de voordeur, keek hem aan en vond dat hij jonger noch ouder was geworden.

Na een tijd drong het tot haar door dat niets van wat gezegd was, bij haar was blijven hangen. Misschien was hij een dief, dacht ze. Zij en een dief: dat was dan niet voor het eerst. Geen kruimeldief, zoals zijzelf tijdens de twee zwarte varkensjaren, maar een meesterdief met lef en macht. Ze besefte dat zij zijn geheimen kende. Hij had daar geen idee van. Het gaf haar een gevoel van macht. Die diefstal, dat geld, dat had ze er royaal voor over.

Of ze de afspraak wilde nakomen in Café Boulevard?

Dat vroeg hij al twee keer, ontroerend hartstochtelijk zelfs. Ze wilde best met hem naar Gran Café Boulevard, maar hoe vond zij de woorden om op zijn uitnodiging in te gaan? Zij stond in de hal van de woning van Gil Yuste. Zij, een Eguren. Was dat stevig genoeg om van hieruit een uitnodiging te krijgen naar Gran Café Boulevard?

'Alexander Rothweill' schoot haar later op de dag te binnen. Die naam had hij genoemd en kennelijk was die naam wel tot haar doorgedrongen en aan een weerhaakje in haar hersens blijven hangen.

Hoe vaak spookte het gesprek in Boulevard door het hoofd van Pili waarbij vanaf het moment dat hij zijn hand over die van haar had gelegd, de woorden er niet meer toe deden; zij had gevoeld dat hij slechts twee zinnen verwijderd was van het moment dat zij hem zou aankijken en zijn roversogen binnen zou zwemmen.

In haar nachtmerries, jaren daarna nog, keerde dit beeld terug: de man met het militair korte kapsel, in het hidalgokostuum met in zijn revers een insigne, rechtop als de sterke, nieuwe mens; de man, die alles (het vuurwerk van Boulevard, haar overlevingsdrift) kapotsloeg als had hij een zweep in de hand; de man die Enrique Poza was.

Wat Alexander Rothweill haar beslist niet kon aandoen, was een vriendschap met de man die haar ouders had vermoord, die haar jeugd had verwoest. Wat had zij anders kunnen doen dan opstaan en weglopen? Wie peilt de droefheid die tijdens die vier, vijf stappen het café uit, haar hart binnen viel als een nieuwe Navarrese Brigade. Het café was, vanaf het moment dat zij was opgestaan, spookachtig stil geworden, als een film waarbij het geluid plotseling uitviel zodat het theatraal draaien van alle hoofden in haar richting iets kreeg van de laatste schokkende meter film voor alles vastliep. Het filmbeeld verhardde, verkoolde en smolt brandend weg.

Het was een prachtige dag met een heldere zon die laag over de volle lengte van de Gran Via scheen, wat wel het zicht belemmerde, maar wat het perkpatroon in het dieper liggende middendeel van het plein een magnifieke beschaduwing gaf.

Voor anderen eindigde die dag als een gewone dag, waarbij Heinrich Himmler, de Duitse minister van Binnenlandse Zaken, die in een rede de bijna verslagen Duitsers de overwinning had beloofd, onderwerp van gesprek was.

II

1 Door het Hollandse grasland

In elk geval in 1951, waarschijnlijk al jaren eerder, reed door het Hollandse grasland bovenop zijn ponywagentje met nering ene Gerrit Hosse rond. Zolang hij hoog op zijn wankele boksteunsels zat, maakte hij de indruk van een wat opgeblazen notabele met een klemmende bowler hat; stond hij naast je dan zag je dat zijn zwarte pak te vaak achtereen gedragen was, dat het trok bij de schouders en in het kruis. Wie hem niet kende, hield hem voor een deurwaarder of voor een onderdirecteur van een fabriekje in rattengif en kakkerlakkenvallen, die zijn waar persoonlijk bij de boerderijen kwam aanprijzen. Gerrit Hosse was een krachtig venter. Hij liet zich niet wegsturen met de smoes dat hier geen ongedierte rondliep. Dan kondigde hij enthousiast een onweerstaanbare surprise aan en trok hij een nieuw merk hagelslag voor de kinderen uit zijn hoog opgestapelde kar te voorschijn.

Op de dag dat Gerrit geboren werd, liep zijn vermoedelijke vader stomdronken door de Veenderpolder, struikelde over de spoorstaven van de nieuwe Haarlemmermeerlijn, bleef liggen en werd door het treintje van vlak voor de bocht helemaal tot het station De Goog over de rails voortgeschoven.

Gerrit Hosse had verschillende stadse werkzaamheden en kende zelfs de studenten van Minerva. Af en toe werd hij in de Sociëteit uitgenodigd. Dan hielden ze een inzameling voor Gerrit. Iemand ging met een pispot rond en iedereen goot iets uit zijn glas, of spuugde de slok die net genomen was, in die pot. Goed roeren en Io Vivat Gerrit! Ook al mocht hij nooit op feesten komen, omdat allang duidelijk was dat hij niet van de konten van de meisjesstudenten kon afblijven, Gerrit Hosse geurde met zijn vele contacten. Hij kwam overal, kende de ontwikkelingen elders, kon vertellen wie ziek was, stervende, zwanger, plotseling rijk of gevangen genomen, op het punt stond te emigreren of de boerderij te verkopen. Gerrit Hosse was de marconist van de graslanden, de man die uit de vlucht van de vogels de toekomst las. Geen wonder dat hij bij velen groot aanzien genoot.

Een of twee jaar na de oorlog liet Gerrit Hosse iedereen vol trots zien dat vanaf heden een bruid op zijn galarijtuig troonde, maar omdat het Hosse-vrouwtje overal rebbelde dat manlief in de buurt waar hij tijdens de oorlogsjaren had rondgedoold (Nieuwkoopsche Plassen, Kromme Mijdrecht) joden had gechanteerd en bij de Duitsers had aangegeven en dat hij vervolgens vlak na de oorlog een tijd opgeborgen was geweest, sloeg Gerrit zijn bruid van de troon en bouwde hij het galarijtuig weer om tot kratwagen waarop voor een huwelijk geen plaats was. Niemand die overigens veel waarde hechtte aan die kletspraatjes.

Gerrit was de seismofoon van het gezonde Zuid-Hollandse volksgevoel. Wat hij vond, klopte. Zijn schutsvrouwe was de Leidse Minerva Alcoholica, zijn kreet Locus Communis. Hij was het blikvlees geworden cliché: land is plat en ligt tussen twee sloten; de aardkorst bestaat van binnen naar buiten uit klei, veen, gras; het talrijkst op aarde zijn de knaagdieren; alle dieren verspreiden ziektes of zijn giftig, behalve vogels en de dieren die door boeren worden verzorgd; Leiden is het grootste handelscentrum van Europa; een boom is een wilg; een vrouw met stonden aan de teems maakt de melk zuur; water komt voor in drie vormen: in zuivere vorm, in biervorm en in jenevervorm; tomaten zijn ongeschikt voor de consumptie behalve in het mediterrane; wij spreken Hollands, dus jij ook; je hoort bij de pastoor of je hoort bij de dominee; we drinken 's avonds koffie op het grind; wat vliegt heeft veren, behalve mijnheer Fokker; studenten kunnen studeren omdat hun ouders die zelf gestudeerd hebben, wetenschapszaadcellen hebben; in Polen houdt ieder gezin een beer aan een ketting; joden zijn onbetrouwbaar (ze hebben in de oorlog veel geleden, daar moet je rekening mee houden); Groningers wonen in Groningen; Groningers zijn onbetrouwbaar.

De ouders Albronda verhuisden in 1921 van Groningen naar Zuid-Holland. Taco was net elf jaar geworden. Het land van zijn eerste jaren, het verloren land, bevatte het leven dat zich afspeelde vóór het werkelijke leven (fabelkathedralen van strogele klei; duizenden orgelende roze grutto's; mensen die liepen over de zee, droomachtig, vruchtwatersoepel). Het land waarin hij geplaatst was, maakte hem argwanend. Nadat hij in het weiland van De Blauwe Polder gestuit was op een groepje kinderen die hem en zijn broertje Fedde en zijn Hanna en Pieke insloten en opmerkzaam stonden te bekijken, zag Taco dat van de vijf jongens er drie bewapend waren met een uit een meidoornhaag gesneden katapult. De Albronda's stonden hand in hand met hun rug naar een stilstaand water dat de Stringsloot zou blijken te heten.

Waar zij vandaan kwamen, vroeg een van de katapulten.

Taco keerde zich om en wees naar een vage plek tussen twee molens in. Wolken joegen tussen plekken blauw door; de zon scheen op vochtig gras; een van die dagen rond de

Paastijd wanneer het geriefhout gesprokkeld wordt ter afsluiting van de winter en de folkloristische vuren knetteren. De houding van de vijf was niet vijandig, ze waren vooral nieuwsgierig en Taco begreep dat hij, afkomstig van een planeet met hoge kleibouwsels, zoetgevooisde vogels en zwaartekrachtvrije mensen, zich die nieuwsgierigheid gelegen moest laten liggen.

'Komen jullie uit Hoogmade?'

Ze tuurden naar de lege plek links van Hoogmade die Taco had aangewezen.

'Wij zijn van de Albronda-Staete,' verklaarde Taco.

'Hoe heet jij?'

'Taco.'

Stilte. Een van de jongens trok aan het elastiek van zijn katapult, richtte hoog in de lucht en liet een steen wegsuizen, waarop het elastiek met een merkwaardige flabber terugklapte om het gevorkte hout. De steen ging te snel en te hoog om helemaal te kunnen volgen.

'Wie heet er nu Taco?'

Daar wist Taco geen antwoord op. Hij verlangde naar de flamingo's. Twee keken omhoog naar een ijskoude luchtlaag waar een bevroren lammergier een projectiel dwars door zijn vleugel kreeg.

'Bij ons is het een gewone naam.'

'Wat is bij ons?'

'Wij komen uit Groningen.'

De mededeling werd zwijgend verwerkt.

'Hoe heet hij?'

'Fedde.'

'Wat een grote oren,' zei een ander en de vijf moesten heel hard lachen. 'Zijn dat oren uit Groningen?' Hernieuwd gelach.

'Waar komen jullie vandaan?' vroeg Taco, waarmee hij niet zozeer de tegenaanval opende, als wel een poging deed op gelijke voet te komen. Ze wezen, net als Taco, vaag tussen de molens door: al het grasland, alle sloten, weteringen, dijken, wegen en het water tot en met de Wijde Aa behoorde hun toe als land, door God beloofd en zonder clausule in bruikleen gegeven tot in de eeuwigheid. Bovendien reikten hun gebaren tot de nestelende kieviten, die niet opvlogen want zelfs de kieviten wisten dat dit land bij de vijf hoorde. De keitjes uit de katapulten reikten tot de wolken en nog verder tot in het azuur daarachter, want ook dat was van hen; wat is immers grasland waard als er geen wolkenrijke hemel boven hangt. Het was onverbiddelijk. De vijf hoorden hier thuis en de kinderen van de Albronda-Staete niet.

Na een week ontmoette Taco hetzelfde vijftal.

'Jullie komen uit Groningen, hè.'

Taco knikte. Dat had hij de vorige keer al uitgelegd, dacht hij bij zichzelf.

'Als je maar weet dat dit Groningen niet is.'

Dat wist Taco.

'Zijn jullie rijk?'

'Gaat,' probeerde Taco zich op de vlakte te houden.

'Mijn vader zegt dat jullie de grote boerderij hebben ingepikt.'

Taco wist niet beter of ze waren verhuisd omdat in Groningen over hun land een waterweg aangelegd zou worden. Zijn ouders hadden van een bevriende ambtenaar een tip gekregen om snel te verkopen en in alle eerlijkheid hadden ze daarna een boerderij gekocht die leegkwam. Of dat inpikken was. Hoe moest hij daarop reageren?

'Groningers spreken raar.'

Taco moest woorden uitspreken, de anderen proefden de Groningse afwijkingen. 'Goienoavendsoam; snoetjeknovveln; zoepenbrij; hailemoal; noaber.' Ze lachten wat af in de berm.

'Zijn jullie joods?'

'Nee.' Taco had geen idee, hij dacht van niet.

'Mijn vader zegt dat Groningers net joden zijn. Ze praten raar, ze eten verkeerde dingen en ze zijn ongelovig.'

Toen kregen ze ruzie. Joden waren wel gelovig. Gekozen werd voor de oplossing dat joden niet christelijk waren. Maar dat was Jan Ramp ook niet. Die was rooms. Ze kwamen er niet uit, uit dat theologische debat.

'Zijn jullie christelijk?'

Ook dat moest Taco ontkennen.

'Aha, wat zei ik je,' zei Dries, die Groningers en joden op gezag van zijn vader op één lijn gesteld had. Wat zij dan wel waren?

'Niets.'

'Hoezo, niets? Gaan jullie dan niet naar de kerk?'

'Nee.' Taco reageerde verbaasd. Gingen die anderen dan naar de kerk? Hoorde dat bij de gebroeders Verlaat? Bij Henk Kwakernaak, Jan Ramp, Dries Roest? Dat zij naar de kerk gingen?

Taco liep weken later met Dries en Henk mee naar het huis van de gebroeders Verlaat. Even wachten, de jongens zouden zo komen. Een man liep langs en schreeuwde in de gang, wat dat kind van die Groningers hier moest. Dries en Henk veinsden niets te horen. Taco zag een vrouw een vitragegordijn oplichten. De schoolarts was op de nieuwe school langs geweest en vier kinderen liepen met beesten in het haar rond, wat zijn moeder de opmerking ontlokte dat die heel snel geholpen moesten worden, want zij had absoluut geen zin haar kinderen aan zoiets bloot te stellen. Het gezicht dat zij toen trok: zo keek die mevrouw tussen de vitrage door.

'Zijn wij joden, moeder?'

'Hoe kom je daar nu bij?'

'Ze vroegen het. Groningers zijn toch een soort joden?'

'God, jongen, wat een onzin.'

'Wat zijn wij dan?'

Op dat moment kwam Pieke de kamer binnen. Ze was aan het dwalen door het nieuwe grote huis dat plechtstatig door de hele familie Albronda-Staete was gedoopt. Ze liep van de bovenkamer ('in het fronton' geheten omdat het raam deel uitmaakte van een fronton) naar het werkhuis, of van het zomerhuis naar de slaapkamer van de ouders en intussen was ze onderweg haar kleren kwijtgeraakt. Taco zag de kinderbillen van zijn zusje en verbaasde zich er zelf over dat hij niet eens in de lach schoot.

'Pieke, trek wat aan, zo loop je niet rond,' riep moeder.

Het was de laatste keer dat Taco zijn zusje bloot zag. Hij voelde een onbedaarlijk heimwee naar het huis in Groningen waar Pieke iets kleiner was en enkele maanden daarvoor beduidend kleiner en twee jaar geleden helemaal een kleuter en daarvoor kon ze niet eens lopen. Hier was het leven anders.

Taco wilde begrijpen waarom de omgeving zo afwijzend reageerde. Zij boerden niet op de gewone wijze, kreeg hij van een van de jongens te horen. Zij benutten het land niet zoals de anderen in de Veenderpolder en in de Lijkerpolder en de Blauwe Polder en de Vrouwe Vennepolder. Normaal was dat boeren, als zij om vijf uur waren opgestaan om te melken en met een onderbreking van de tien-uur-koffietijd, de hele ochtend hadden gehooid in de zomertijd of hadden uitgemest in de wintertijd, na het warm eten om een uur of twee naar bed gingen. In de polder trokken de boeren hun kleren uit en ze sliepen een uur. Iedereen die dat zo deed, behalve de Albronda's. Die sliepen niet, die bleven doorwerken. En in de avonduren losten gewone boeren in de zomer nog een schuit hooi en in de winter groeven ze een greppel of brachten ze een schuit mest weg. Dit allemaal niet bij de Albronda's. Die hadden een vleugel, wat op zich al bespottelijk was. Bovendien speelde in de avonduren iemand op dat instrument, wat de kolder compleet maakte. Dat was de anderen de ogen uitsteken, vet vertoon hoe rijk het huis was, hoe statig, alsof de adel die het altijd, vanaf de vijftiende eeuw in naam had bezeten, definitief zijn intrek had genomen om de omringende boerderijen naar de kroon te steken.

Was Taco zelf gelukkig in dat huis? In de kas rijpten in de zomer de geurige tomaten en Surinaamse pepers, bijzondere producten die nergens te koop waren en die hun vader van zeevaarders kreeg die de zaden uit Zuid-Europa en Amerika meenamen. Op een speciale plank in de kas mocht hij gevonden dieren te drogen leggen: een kleine mol wiens huid in poeder uit elkaar viel en wiens skelet door insecten plechtig werd weggedragen, een spitsmuis, een babysalamander, doorzichtig zodat je de ingewanden kon zien kronkelen, al de kikkers.

Voor de kas had hij zelf een vijvercomplex gemetseld; de specie hield niet zodat er een schat aan geheime bergplaatsen ontstond. Taco probeerde watergentianen, gele lissen, krabbescheer en zwanebloemen uit de nabije en verre sloten over te planten, wat bijna altijd mislukte.

De lange winteravonden bracht hij in de schouwkamer door waar de grote haard brandde. Hij zat bij voorkeur onder de kamerhoge mantel. De glimmende donkerblauwe tegels van de achterwand gaven hem het gevoel van veiligheid. Daar zat hij altijd te tekenen, ingewikkelde patronen te kopiëren, in kleur.

Op een avond kwam Hanna langs terwijl hij de voorstelling van het Stilletje op een geel biljet van vijfentwintig gulden kopieerde. Haar vraag, gesteld na een vluchtige blik, waarom hij nooit iets gewoons tekende, liet Taco onbeantwoord; hij ging verder met het precisiewerk, terwijl hij intussen zijn zus rook, haar katoenen jurk met de ajour bewerkte randen zag en hij de ogen bijna verkrampt gericht hield op de tekening en op het geldbiljet. Bij de volgende vraag, waarom hij haar nooit eens tekende, voelde Taco een kleur opkomen. Zou je dat willen, probeerde hij te vragen, maar hij begon met 'wou' en verhaspelde alles. Zij begreep hem.

'Goh, waarom niet. Dat vindt iedereen leuk, om getekend te worden.'

De grote kamer werd door een enkele olielamp verlicht. In de spits toelopende nisjes naast de schouw brandden kaarsen wat hem een bijna rillerig gevoel gaf van behaaglijkheid. Haar schaduw viel over zijn papier. Ze stond vlakbij en omdat hij laag zat op die warme tegels, durfde hij niet langs haar lange benen omhoog te kijken.

'Je kan het niet.' Haar stem klonk spottend.

'Dat lieg je. Ik kan alles tekenen.'

'Natekenen, bedoel je. Overtrekken.' Hanna liep weg naar de opkamer. 'Je durft het niet,' zei ze zacht voor ze de deur opende en achter zich sloot.

Veel kinderen bleven van school weg als op de boerderijen extra werk verzet moest worden. Bij Albronda liepen voldoende knechts rond, dus die kinderen verzuimden nooit een schooldag. Voor de anderen een reden te meer om die Groningers te betitelen als 'uitslovers'. Ze lagen snel ver voor op het programma dat de meester de kinderen aanbood.

Daar kwam bij dat Taco en Fedde in die tijd begonnen aan een eigen taal (dat wil zeggen: Taco sprak en Fedde begreep alles), geen geheimtaal, eerder een taal waarin ze moeilijke, pas gelezen woorden schoven en waarin ze constructies probeerden die ze in oude boeken vonden, een taal, die hoewel op zichzelf herkenbaar, voor de trage boerenkinderen op het eerste gehoor niet te bevatten viel en die hun voor een tweede gehoor geen tijd gaf want Taco kletste verder.

Als de meester een minuutje wegging en een van de kinderen het krijt in handen kreeg en daarmee werd bevorderd tot lekencontroleur met aangifteplicht van alle misdragingen, dan werden na het sluiten van de deur achter meesters rug, onder hoorbaar gegniffel van de anderen ogenblikkelijk de namen van de Albronda's opgeschreven (met de specialisatie 'jood' of 'Groninger') en in de loop van het halfuur dat meester koffie dronk, vijf, zes herhalingskruizen achter hun naam.

Eén keer mocht Taco een tekening op het bord maken en hij tekende een perfecte kopie van een Zwitserse postzegel (indigoblauw, een tronende Vrouwe Helvetia met Berner kruis op de borst en zwaard in de hand, roestrode opdruk omdat de waarde van vijfentwintig centimes verlaagd was naar twintig). Een van die etters had, voordat de anderen binnen kwamen, kans gezien grote borstelvegen over de tekening te maken en het cijfer 20 veranderd in een vuurrode, lachende koe met incourante uiers. Het bord werd gekeerd; het tekentalent zou worden geopenbaard; iedereen lachte hem schaterend uit. Taco zat te snikken en de meester riep dat hij zich niet zo moest aanstellen.

~

In de eerste week van het nieuwe schooljaar werd hij onderweg naar huis bij de Akkersloot tegengehouden.

Deze weg mocht hij niet meer nemen.

Taco keek om zich heen. Het zachte fluiten van de wind over de graslanden, het dorp met de kerktoren dat net achter hem lag, de wipmolen vlakbij. Wat hadden die gasten in de zin? Hoe moest hij dan van school naar huis?

'Dat is onze zaak niet. Jij gaat langs de Achterwetering. Niet hierlangs. Dit is voor jou verboden gebied.'

Taco probeerde te passeren, ze duwden hem terug. Hij sprong over de sloot en liep door het grasland, de jongens sprongen ook over de sloot en beletten hem daar de doorgang. Taco zette het op een rennen wat hem een voorsprong opleverde maar wat hem tevens ver verwijderde van de weg naar huis. Hij kwam laat thuis en zei niets over de versperring.

De dag daarop stond er niemand bij de Akkersloot. Die vrijdag ging het mis.

Een groep van bijna tien jongens wachtte hem op en sloot hem in. Taco zag bij een van de jongens kleine beschadigingen op de bovenlip. Die krabde met een aardappelmesje zijn puisten weg, een gewoonte die één keer op het schoolpleintje was gedemonstreerd. Bij de vechtpartij had Taco geen enkele kans. Hij werd roekeloos en hij slaagde erin een paar behoorlijke klappen uit te delen. Uiteindelijk pakten ze hem beet en gooiden hem met een zwaai in de Akkersloot.

Thuis vertelde hij dat hij van de kant af was gegleden, zo de sloot in. Wat zijn moeder een belachelijk verhaal vond. Ze maakte de jongen goed schoon en gooide zijn kleren in een hoek van het wringhuis.

De anderen gingen bepalen hoe Taco mocht lopen, welke polders voor hem toegankelijk waren en welke niet. Bij de meester de jongens aangeven had geen zin, want zij zouden glashard ontkennen. Thuis klagen deed hij niet. Hij kwam een tweede keer drijfnat thuis. Zijn moeder vroeg niets, zij wist dat hij zijn mond niet open zou doen.

De maat was vol toen hij met brandwonden thuiskwam. Zijn moeder zei dat ze naar de politie ging.

'Nee, niet naar de politie.'

'Waarom niet?'

'Niet naar de politie.'

Toen vertelde Fedde in één lange zin dat zien broer aaltied bedreigd werd en dat voor de Albronda's veel polders dicht waren en dat zij hailemoal langs de Achterwetering moesten lopen om ien hoeze te komen en dat Taco dat nait wol doen en dat hij dan straft werd en dat dat ongeveer tien jongens deden mit vergrootgloazn en dat ze de zun op zien huid lieten branden als hij Grunninger woorden uitsprak en nait praatte op zien Hollands. Moeder knoopte haar schort los, haalde haar man uit het werkhuis en liet zich naar school rijden. De kinderen werden achterin de Ford meegenomen. Het gesprek tussen de meester en hun moeder werd op luide toon gevoerd. De vader bemoeide zich er niet mee. Die bleef in de auto zitten, bang dat er anders iets met het kwetsbare voertuig zou gebeuren.

Moeder kwam uit het spreekkamertje en beduidde Taco naar binnen te gaan. Meester was geïrriteerd, trommelde met zijn vingers op tafel, liet zich door moeder de brandwonden aanwijzen, wat Taco in de beschamende positie bracht zich voor de meester half te moeten uitkleden. Meester snokte minachtend en vroeg Taco wie dat dan waren die zulke kinderspelletjes speelden.

Moeder wilde weten hoe meester dat 'kinderspelletjes' bedoelde. Taco zweeg.

'Zeg je niets?' vroeg moeder.

Taco zweeg.

'Dan wijs je ze aan.' Zij duwde Taco naar de klas waar inmiddels veertig kinderen zaten te wachten op de middaglessen. Toen ze Taco, zo meegesleurd door zijn moeder, zagen binnen komen, barstte een honend wispelen los. De vrouw trok zich daar niets van aan.

'Aanwijzen,' zei ze tegen Taco.

In de stilte, die alleen verstoord werd omdat in het huis naast het schooltje iemand begon te zingen over vogels die op sterren koersen bij het zoeken naar geluk, tikte Taco tien leerlingen op de schouder. Bij elke tik knikte de meester: hij begreep dat ook deze Jezus verraden werd. Tijdens de middagles kreeg Taco geen enkele beurt. Meester sprak met geen woord over het bezoek van mevrouw Albronda en beloonde de tien lammeren Gods (botmuilen, vond Taco, die zelfs niet met hun eigen Rijnlandse maten konden meten) met een extra stempel.

De volgende dag kwamen de eerste klachten. Een boerin uit de Frederikspolder (bedrijvig achterwerk waarop alle knopen, banden en kledingstukken bijeen en over elkaar leken te schuiven) reed met paard en wagen naar de Albronda-Staete en vroeg op een allerhollandste hoge toon waar mevrouw het lef vandaan haalde haar zoon te beschuldigen van pesterijen. Dat was kinderspel en zulks hoefde op school geen hetze te worden. Zou zij zich als vreemdeling niet wat minder pront willen opstellen? De avond daarna vloog een steen door de ruit van de tuinkamer. De veldwachter weigerde iets te ondernemen.

'Het is allemaal kinderspel en als u zelf lastiggevallen wordt, ligt dat aan uw gebrek aan naberschap.'

Een van de grootste schatten die Taco in zijn Leidse schooltijd bezat (hijzelf zeventien jaar, zijn ouders leefden, de zusjes maakten de dagen op de boerderij spannend en vrolijk) was een beduimelde en gekreukte foto. De tweedehandswinkel van In en Verkoop in de stad was beroemd bij de jeugd omdat er opwindende prenten te vinden waren. Foto's van het Parijse nachtleven, Cartes Postales waartussen de mooiste voorstellingen en vooral het Belle

Epoque-tijdschrift *Le Nu Esthétique*. De duivelse winkel werd geleid door twee kale, meestal in gebloemde dames-blouses geklede mannen, van wie de een door de jongens 'In' genoemd werd en de andere 'Verkoop'. Taco had de foto voor zijn voeten zien dwarrelen terwijl hij om de aandacht af te leiden van Verkoop die hem hinderlijk volgde, zomaar wat had staan graaien in de kast 'Franse lett.'. Op het moment dat Verkoop bij de kassa afrekende had hij de foto in zijn zak kunnen steken.

De foto had het formaat van een ansichtkaart. Een hoek was beschadigd, de prent was iets verbleekt, er zaten kreukels in, maar de afbeelding sloeg alles wat hij ooit op dit gebied had gezien. Twee jonge meisjes lagen voorover geknield op de hoek van een bed en hadden hun onderlijf ontbloot. Hun gekreukte hemden waren omlaaggegleden tot aan de schouders. Terwijl hun appelrondingen omhoog staken met de intieme, lieflijke vouw in de heup opzij, waar het bovenbeen tegen het smalle middel gedrukt wordt, waren in de spiegel daarachter boven hun kwetsbare, duistere voetzolen de met stomheid geslagen, ongerepte achterwerken te zien, de een iets kuiser, iets esthetischer tot bolvrucht gevouwen, de ander rijper, gespreider en met meer wellust aangeboden, en tussen de rondingen, waar het geheimzinnige, van boven stralende helwitte licht op viel, begon de dubbele donkere vlek van de foto die vanuit twee smalle banen verbreedde en onder de meisjes samenkwam en wijd uitvloeide tot aan het gedeukte laken en de aapachtige voetzolen. Hoe Taco tuurde, hij kon met geen mogelijkheid méér in die duistere plek ontdekken dan inktzwart drukwerk. Zelfs het rechtop staande kussen naast de twee meisjes gaf meer geheim prijs want in de donkere rand van dat kussen meende Taco zeker een los gezicht te zien, een groezelige afdruk van een door de wol geverfde en in de politiek of handel verzuurde man of vrouw die hem om zijn kinderlijke onwetendheid bespotte.

Fedde had in totaal ongeloof dat dit werkelijk de voorstelling was (want was dit niet veeleer zo'n zinnenbetoverende truc waarbij je eerst in hoeri's gaat geloven, maar bij nader inzien en bij draaien van het plaatje, blijkt alles tot je schande uit je eigen vuile geest te kieren) drie keer zijn handen voor zijn ogen geslagen en daarna had hij de foto uit de handen van Taco getrokken.

Hanna en Pieke, in leeftijd tussen Taco en Fedde in, mochten overdag gewone meisjes zijn, als zij met hun pot in de hand naar boven trokken, naar hun kamertje aan de voorkant, alleen bereikbaar via de trap in de woonkamer, waar het de jongens ten strengste verboden was te komen en dat door de ouders bewaakt werd vanuit de keuken, de woonkamer en de slaapkamer, dan veranderden zijn zussen in geheimzinnige sirenen die daar fluisterend aan de voorkant lonkten en lampen ontstaken, terwijl hij, Taco, naast zijn broertje lag onder de zware koeiendeken en pal onder zich de beesten aan de kettingen hoorde trekken.

Die foto gaf precies weer wat hij zich voorstelde van het nachtelijk leven in het bovendeel van het voorhuis. Toen later de meisjes waren vermist en hij de foto allang kwijt was, kon hij de namen van zijn zusjes niet horen uitspreken, of die afbeelding schoot hem voor de geest.

Het probleem was dat dit gedrag en deze gedachten Taco een tijdlang het idee gaven dat de omgeving het gezin Albronda terecht verwenste. Hij dacht dat hij het plotselinge zwijgen begreep, als hij passeerde. En als hij dan knikte, werd heel duidelijk, met de bedoeling dat hij alles hoorde, gezegd: 'Ze horen hier niet en daarom lusten wij ze niet.'

Het jaar na de vondst van de foto dook de Albronda-Ford een kuil in en vloog in brand. De kuil was in verband met werkzaamheden aan de tuinkamer gegraven op last van de familie Albronda zelf. Aan de auto was niet gesleuteld. Wie had dat kunnen doen onder de waakzame blik van de eigenaar en achter de garagedeur die gesloten was als werden er de blauwdrukken van het volgend decennium bewaard.

De jongens vermaakten zich boven de stal waar de oudste een vriendin zover had gekregen dat ze zich voor zijn begerige ogen zou uitkleden. Taco zou haar de fotopositie laten innemen en had een spiegeltje op een kastdeur gehangen en zijn broertje in de kast verstopt. Fedde stond doodstil met brandende ogen door een gaatje te kijken.

De meisjes waren aan de voorkant bezig met een spiegel. Zij zagen als eersten de weerschijn van de vlammen. Ongerust gingen ze op onderzoek uit en ze ontdekten dat het hun eigen ouders waren die, klem in de verwrongen carosserie, stikten in de rook of levend verbrandden. Wie kon dit blussen? Toen zij gillend bij de jongens binnen renden in de hoop dat die het wonder konden bewerkstelligen, troffen zij daar een wildvreemde die, zoals sommige formuleringen achteraf luidden, 'haar ontbloot geslacht voor de ogen van de Albronda-brothers heen en weer schokte'.

De buren waren er snel van overtuigd dat die twee rijke Groningers vermoord waren. Misschien door hun eigen kinderen want vooral die oudste stond er onverschillig bij. Omdat ze dachten dat het afgelopen zou zijn met die Albronda's lieten ze het zo. Terwijl op de Albronda-Staete de veldwachters, een kleffe begrafenisondernemer en de verbijstering ronddwaalden (de meisjes met rode ogen waarin de vraag hoe ze dat beeld van hun opgesloten ouders kwijt konden raken, de jongens met nadenkrimpels want hoe in godsnaam kon dit alles zó samenvallen met hun allereerste striptease), hielden de buren zich bezig met het interessante vraagstuk of iedereen een auto mocht kopen. Wie het rijden in een automobiel verboden moest worden: stedelingen (te druk in de stad); vrouwen (rechts-links-problematiek); werklozen (wanhoopsgedrag); buitenlanders (stelden ijskoud hun eigen regels).

De Albronda's hadden een troef achter de hand gehouden. De vier kinderen bleven in grote welstand in die kapitale boerderij wonen. Een voogdes kwam delen in de winst. Een vrouw uit een dorp boven Amsterdam (een nicht van de overleden moeder, werd beweerd) trok het huis in. De pesterijen begonnen van voren af aan. De politie bood de omringende boeren excuus aan; zij kon de kinderen moeilijk verantwoordelijk stellen voor de dood van de ouders, omdat elk bewijs ontbrak.

Maanden na het ongeluk raakte Taco zijn foto kwijt. Hij haalde drie keer de zolder grondig overhoop, bladerde al zijn boeken door, verwijderde alle planken uit de kasten. Hij beschuldigde Fedde van diefstal, wat achteraf juist bleek te zijn. Zijn kostbaarste bezit bleef zoek. Langzaamaan vervaagde in zijn gedachten de foto: de lichtvlekken aan de randen verdwenen, op het dek van het bed kwam een sprei, de stof van de opgeschorte jurkjes verpatroonde, de lijst van de spiegel bladderde af. Uitgezonderd de weerkaatste dubbelheid kon elk opgeroepen detail voortaan op inbeelding berusten, zoals de exotische warme geur die hij altijd aan de knielende meisjes verbond en die de oude fotografie, dat wist hij zeker, echt niet verspreid had.

In de drie jaar na het ongeluk met de Ford werd Hanna steeds uitdagender en Pieke steeds mooier. Hanna maakte in die tijd de indruk dat ze het met alle jongens van de Veenderpolder wilde proberen (vond Taco). Ze kon humeurig zijn, ze maakte soms ruzie met tante Annie, ze was de lievelingszus van de twee jaar oudere Taco (beweerde ze zelf).

Pieke was stiller. Zeventien jaar pas, zij zou ongetwijfeld uitgroeien tot de mooiste. Niet alleen van de Albronda's, van de hele buurt. Van alle dorpen en alle polders. De Frederikspolder, de Vrouwe Vennepolder, de Polder Waterloos, de Polder Boterhuis en de Veender- en Lijkerpolder. Wat inhield: de hele wereld. De allermooiste: Pieke.

Op een warme avond in september van het jaar 1931 wandelden de twee zusjes Hanna en Pieke naar Oud-Ade. Welke weg ze precies namen, is niet bekend. Dat de jongens van Verlaat een tijd met ze hebben opgelopen, is zeker, want dat is gezien door Hoogteyling. De jongens beweren bij hoog en bij laag dat ze bij de kerk van Rijpwetering de meisjes hebben verlaten. Die zijn volgens hen rechtdoor gegaan, wat daar eigenlijk niet kan. Waarom de jongens die twee verleidelijke honingdellen in de steek hebben gelaten, weet alleen de r.-k. kerk van Rijpwetering die daar langs dat stille water staat te dromen.

Na twee dagen waarschuwden ze de politie. Die weigerde iets te doen omdat bij vermissingen vaak sprake was van pubergedrag of gezinsproblemen, waar de politie weinig mee te maken had.

'Komt u ook uit Groningen?'

Dat had tante Annie ontkend.

'Wacht maar af. Ze komen wel boven water. Als u aandringt moeten we onkosten in rekening brengen.'

Tante Annie vond dat de politie kletste. Ze waren zelf gaan zoeken. Merkwaardig genoeg kregen ze hulp van enkele boeren uit de buurt. Het aantal groeide aan. Later bleek dat vooral Verlaat de drijfjachten organiseerde, want die was doodsbang dat zijn twee zoons beschuldigd zouden worden van een misdrijf, als die twee meiden werkelijk zoek bleken te zijn. Verlaat verkondigde overal dat hij een vuile streek van de Albronda's vermoedde om zijn zoons erin te luizen. Waarom die twee jongens in godsnaam? Nooit iemand kwaad gedaan. Het was zaak die twee zussen te vinden, dood of levend en daarmee aan te tonen dat alles de schuld was van Albronda zelf.

De streek werd zorgvuldig uitgekamd. Nu deed de politie wél mee, met honden. Ze vonden niets. Geen briefje, geen zakdoek, geen geheim teken, geen kleding, geen Hanna, geen Pieke. Eerst zochten ze boven Rijpwetering. Toen zei de opper dat ze op de terugweg naar huis misschien iets hadden meegemaakt en alles rond de Staete werd onderzocht. Ook het huis van Albronda zelf werd ondersteboven gekeerd, waar de boeren enthousiast aan meededen. Dreggen in de Wijde Aa. De politie plaatste nog een oproep: of een toevallige voorbijganger mogelijk getuige was geweest van een vierpersoonsruzie of een vierpersoonsvrijage, of getuige van de splitsing: twee rechtdoor en twee langs het café, de brug over.

Uit onderzoek kwam vast te staan — en dat klopte met de getuigenissen van de broertjes Verlaat — dat ze hun zondagse kleren hadden gedragen. Hanna een witte zomerjurk met batik schouderapplicatie, Pieke een fibraan japon met flock-print garnering. Schoenen met modelhak. Geen enkele aanwijzing dat de Albronda's zelf de verdwijning hadden veroorzaakt, geen enkele aanwijzing voor een ongeluk. Het zoeken werd gestaakt.

Alleen Fedde, op dat moment veertien jaar oud, bleef zoeken. Wekenlang. Avond aan avond roepen over de wegen. Het enige resultaat was dat hij de vogels opjoeg. Iedereen kende zijn roep. Daar gaat Fedde. Die was in de ogen van de graslandbevolking nu werkelijk gek geworden.

Arme Fedde die over pijn in zijn rug ging klagen en die zich niet meer kon concentreren. Die soms naar de meisjeskamer sloop en die daar uren uit het raam zat te kijken. Fedde, die, God weet hoelang, op een wonder heeft gehoopt.

Aan de ellende die de Albronda's overkwam, achtten de boeren zich niet schuldig. Niemand kon er toch wat aan doen dat de ouders op een avond in 1928 in die enorme kuil reden met hun auto, niemand kon verweten worden dat ze de twee zusjes op die septemberavond in 1931 niet teruggestuurd hadden naar huis.

Met die twee rampen was volgens de polderbewoners wel iets aan de hand. Allereerst was daar het hardnekkige gerucht dat precies op het moment dat de ouders Albronda verongelukten, de beide broers bezig waren een meisje te verkrachten. Ze zouden het kind hebben vastgebonden, hebben bedreigd met messen, helemaal hebben uitgekleed. Had de politie daar dan geen onderzoek naar gedaan? Jawel, geen bewijs, hè. Het mogen dan geen joden zijn, ze zijn zo sluw als wat.

Het tweede verhaal was van dezelfde orde; aan de familie kleefde een onuitroeibare faam van onchristelijkheid en ziekelijke seksualiteit. De meisjes die verdwenen waren, zouden gezien zijn met twee jongens. Die van Albronda hadden er alle belang bij te beweren dat dat jongens uit de omgeving waren. De Verlaat-broeders bijvoorbeeld. Het verhaal ging dat het heel andere jongens waren. Volwassen mannen die door die meiden van Albronda betaald waren om ze te ontvoeren. Weg uit een omgeving waar ze zich geremd voelden, vrolijk op weg naar een zondig podium. Want die meiden waren zeer bedreven in de naaktloperij. Want dat deden ze al in de weilanden. Want dat viel na te vragen bij de familie Ramp, bij de familie Roest, bij Verlaat.

Toen Taco in 1934 naar Parijs verdween, liet hij zijn

132

broertje achter in een groot koud huis, in een omgeving die hem begluurde, beroddelde, begroette met stilte. Natuurlijk waren er lieden die er niet om gaven dat de Albronda's uit Groningen kwamen; of die voor Fedde zo gemakkelijk te vinden waren, dat was de vraag. De goeden zoeken, dat was in Zuid-Holland de opdracht van Fedde, dacht Taco terwijl hij opgelucht de deur voor jaren dichtsloeg. En de slechten vermijden, links laten liggen. En zich vooral niet inlaten met die ene onverbeterlijke, op alle rellen en achterklap beluste marskramer, de als deurwaarder verklede zwerver, de stoker op alle fronten, de jodenverkoper, de rattenvriend Gerrit Hosse. Alleen kende Taco die laatste niet. Met hem zou hij kennismaken bij zijn definitieve terugkeer.

2 Pili

Op het moment dat Pili hoorde dat Enrique Poza plotseling was gestorven, besloot ze naar de begrafenis te gaan. Sensatie, controle dat hij werkelijk dood en begraven was, voldoening daarover: dat waren haar officiële beweegredenen. Ze had bovendien een geheime reden. Ze had lang de tijd gekregen om over die laatste middag in Boulevard na te denken en met groeiende woede en verdriet had ze ingezien dat haar impulsieve reactie op niet meer dan een vermoeden was gebaseerd. Honderden keren had Poza op exact dezelfde wijze de gesprekken die zij met Alexander in haar hoofd voerde, gestoord en de vriendschap tussen die twee was per keer ongeloofwaardiger geworden. Scherper en scherper had ze ingezien dat hij in de war was geweest en dat Poza zich had opgedrongen. Haar verdriet werd sterker omdat ze merkte dat ze de elegante meesterdief niet uit haar hoofd kon zetten. Pas op het kerkhof zag ze dat Alexander inderdaad naar de begrafenis gekomen was. Hij stond achteraan met een fotograaf te praten. Het gesprek was zo geanimeerd, dat elke gedachte dat hier een intieme vriend van de overledene stond, onwaarschijnlijk werd. Bij de uitgang van de begraafplaats Begoña wachtte zij hem op.

Het weerzien leidde tot een nieuwe afspraak en zonder de plaats te noemen, begrepen ze allebei dat het in Gran Café Boulevard zou zijn. Daar vertelde hij iets over zijn rijkdom, niet hoe hij die verworven had. Pili vertelde iets over Poza, niet dat hij haar ouders aangegeven had. Alexander vertelde dat hij veel contacten in betere kringen had, reden waarom hij zich genoodzaakt had gevoeld naar die begrafenis te gaan. 'Merkwaardig aan zijn eind gekomen, niet? In wezen een ijdeltuit en een opdringerig type.' Pili vertelde dat ze bijna eenentwintig jaar was en dat ze van zuster Tremp een dialect geleerd had, dat vlak naast het Hollands lag. Dat laatste omdat Alexander zei dat hij uit Holland kwam. Toen ze elk hun eigen kant op liepen, bedacht Pili dat Alexander ervandoor was gegaan voordat zij een nieuwe afspraak kon voorstellen.

's Avonds liep Pili de werkkamer van oom Ernesto in. Een bureau vol medische boeken, een slecht verlichte wand met een foto van een groep mannen gezeten voor het oude hospitaal van Atxuri en verderop aan dezelfde muur een foto van de bewonderde voorganger, dokter Areilza. Oom Ernesto zat haar afwachtend aan te kijken. Of hij zich die verlate trein herinnerde waarin ze bestolen was? Omernesto knikte. Wist hij nog dat iemand haar geholpen had? Zij had die man opnieuw ontmoet.

'Het is een Hollander. Ik weet niet wat ik van hem moet denken.'

'Kan je iets meer over hem vertellen?' Zijn stem stelde haar gerust. Zij hoefde niet alles te vertellen.

'Na die diefstal heb ik een afspraak met hem gemaakt in Boulevard. Hij bleek een vriendje van Poza. Ik heb hem nooit meer willen zien.' Pili zweeg.

'Wel aan hem gedacht,' veronderstelde Omernesto.

Een snelle blik, een vlam over haar gezicht, een knik. 'Gedacht wel, ja. En een vriendje van Poza? Ik schrok omdat Poza binnen kwam. Hij ook trouwens. Niks vriendje van Poza. Hij heet Alexander Rothweill.'

'En het is een Hollander?'

'Zegt hij.'

'Heb je iets tegen Hollanders?'

Ze lachte. 'Klatergoud; Handel & Drank; ze stoppen hun geld in stenen varkens en ze weten alles beter. Zoiets was het toch?'

'En Vermeer en Rembrandt,' voegde hij toe. 'Je hebt hem weer ontmoet en het viel niet tegen.'

'Ik droom over hem. Al drie jaar. Het komt telkens terug.'

Ze zwegen allebei. Pili wist dat zij haar Hollander toch niet wilde opgeven en zij besloot hardnekkig haar geheimen in haar hart te bewaren.

'Jullie hebben zoveel voor ons gedaan,' zei ze ineens.

'Waar is Elena?'

'Die ligt in bed. Er was anders niet veel van me terechtgekomen.' Zij liet zich door zijn organisatorische vraag, waar het pleegzusje was, niet afleiden. Zij stond op en liep naar zijn bureau. 'Weet je, het is natuurlijk allemaal verschrikkelijk wat er gebeurd is, en de toestand in Spanje is om van te kotsen, maar toch hebben jullie mij en Elena het idee gegeven dat wij nieuwe lieve ouders hebben.' Ze pakte zijn oren beet en trok eraan zodat hij gevangen zat en bijna niets meer hoorde. 'Zal je daar altijd aan blijven denken, ouwe? Altijd daaraan denken. Hoe lief jullie voor ons geweest zijn. Hoe gelukkig jullie mij gemaakt hebben.' Hij protesteerde luid omdat zijn oren pijn deden.

'Schuif eens naar achteren,' beval zij. Ze plofte op zijn schoot, wat ze nog wel eens gedaan had op haar zeventiende, maar wat hij daarna altijd had kunnen afhouden. En nu zat ze met haar twintigjarige billen een goede positie op zijn schoot te zoeken.

'Kind, je bent geen zes meer,' verzuchtte hij.

'Toen kende ik je niet eens. Houd me nou eens vast. En

wees niet zo benauwd. Je breekt me heus niet.'

Dokter Areilza keek op hen neer met een glimlach om zijn scherpe neus en zijn besnorde mond. De handen rustig gevouwen op zijn schoot en zijn hoofd scheef, wat een komisch accent kreeg in de hoed die als een geknikte voortzetting van zijn kostuum scheef op zijn hoofd stond en die de frons tussen zijn zware wenkbrauwen grotendeels bedekte. De bril en de schoenen van dokter Areilza glommen. Vanaf de bank waarop hij zich rond 1920 had laten fotograferen, sprak hij de pleegdochter van collega en opvolger Gil Yuste toe dat ze lang genoeg gewacht had.

Pili had het gevoel of er een belemmering was weggevallen. Ze ging naar het Gran Café Boulevard in de hoop dat Alexander er zou zijn. De afgelopen drie jaar vergeleek ze met een tocht door de Spaanse Sahara, waarbij in de koude woestijnnachten Alexander aan haar was verschenen als een kosmopolitische Ali Baba die aan het hoofd van zijn veertig rovers langsraasde, terwijl zij opzij van de karavaanwegen in het zand wegzakte. Nooit, in geen enkele droom, was het haar gelukt hem bij zijn modieuze colbertjasje te grijpen. Ze had het idee dat de palmenrijke zeekust in zicht was. Ze tilde haar voeten op voor een oude ober in een witte jas die in de rustige middaguren het Gran Café uitvoerig schoonmaakte en de korrels zand op de vloer bijeenveegde, een liedje hummend dat eigenlijk niet gezongen mocht worden, maar omdat iedereen dacht dat die ouwe niet goed bij zijn hoofd was, liet men hem zijn gang gaan. Alexander Rothweill kwam niet opdagen.

Ze liep bij windstil, helblauw weer over het stukje strand, bezaaid met leigrijze steentjes, en verbeeldde zich dat hij daar school in een tent van stokken en badhanddoeken.

Zij passeerde het Gran Café en dacht dat Alexander

daar zat te lezen in de *Hierro*. Op het moment dat zij het franquistische dagblad naar beneden sloeg, zat er een verbaasde ander.

Hij vertelde haar hoe zij altijd voorkwam in zijn dromen: staande tegen een Frans smeedijzeren, halfhoog gekruld raamhekje, kijkend naar de bevrijdingsparade van generaal De Gaulle. Toen zij haar ijskoude vingers op zijn droge warme handen wilde leggen, bleek zij toch weer alleen aan het tafeltje te zitten.

Zeventien dagen later zag zij hem lopen. Merkwaardig genoeg vlak voor het Norte-station, waar hij haar ooit had staan opwachten na de diefstal. Ze liepen samen naar de Gran Via. Nee, hij had geen haast. Ja, hij was het werkelijk. Hij kwam net van de trein en had een tochtje naar Santander gemaakt. Nee, dat had niets opgeleverd. Dat hij blij was haar te zien.

Het had niets opgeleverd, dacht Pili. Nou, hun eerste ontmoeting wél; het hele bedrag voor Auxilio Social had het hem opgeleverd. Kreeg ze er wat meer voor terug dan deze koel-beleefde houding? Of moest ze daarvoor soms eerst hém bestelen? Er was weinig voor nodig om hem doodkalm gedag te zeggen, hem de Arenalbrug te laten oversteken en hem nooit meer te zien. Hoogstens zoals in de afgelopen drie jaren, op sommige dagen in de verte als een vorm, die door een schouderbeweging of door een elegante houding een kleine, snel dovende herinnering zou oproepen. Vandaag was ze op die vorm afgevlogen en ze liep naast hem in god weet welke richting of met welke eindbestemming.

Hoe dicht was ze het vriespunt genaderd dat ze hem inderdaad gedag zei om hem daarna nooit meer te zien?

De beslissende draai ontstond door een toeval. Midden op het Plaza Circular stond een non van dezelfde orde als de nonnen van Virgen Real, met precies zo'n overdadige kap die als een zeilschip over haar hoofd laveerde. Boven- op de zuil die het plein versierde, stond Diego Lopez de Haro, fundador de Bilbao. De non tussen de weeskinderen in hun grauwe kleding kreeg voor Pili ogenblikkelijk het formaat van moeder Miguela met hetzelfde onverbidde- lijk wijzende gebaar als het stenen beeld. Waar verdomme haar strijdlustig karakter was gebleven? En met dezelfde impulsieve doortastendheid als waarmee ze ooit Miguela de los Reyes had aangespoord te beginnen met de straftoe- diening, vroeg ze aan haar begeleider, of ze dat in dat Hol- land van hem altijd deden.

'Wat?' vroeg Alexander perplex.

'Wachten tot de ander uit zijn schulp kruipt. De kat uit de boom kijken. Ik weet langzamerhand niet meer of ik wel of niet verliefd op je ben. Als je niet snel wat doet, gaat alles over. Gaat het helemaal voorbij. Dacht je dat ik jou daarboven na Poza's begrafenis uit verveling heb aan- gesproken? Ik zoek je al twintig dagen. En jij? Je weet waar ik woon. Je wacht tot we elkaar toevallig tegenko- men. Je gedraagt je beleefd en charmant. Komt er nog iets meer van?'

Pili besloot geen stap meer te zetten. Ze trok hem aan zijn dure colbert naar de rand van de brug.

'Kus me, Hollander,' zei ze.

Terwijl sommige mensen geschokt langsliepen, want het was duidelijk dat die vrouw zich opdrong aan die keu- rige heer, kreeg Pili Eguren eindelijk, eindelijk van die Hollander te horen, dat hij op haar verliefd was, althans dat zij dag en nacht in zijn gedachten vertoefde, althans dat hij wanneer hij 'une petite minute' zijn gewone werk kon vergeten, haar gestalte zag in de rook van zijn sigaret, en hij verlangde, dat woord was het...

Waarop Pili zei dat hij het zonder woorden mocht zeg- gen.

Vanaf dat uur en vanaf die reling op de herstelde Arenal-brug begon een periode als de baan van een komeet.

Dertien minuten na de eerste zoen was ze door Alexander ontmaagd. Twee uur daarna zaten ze over kinderen te praten en tegen de tijd dat ze, zo op het eind van de middag, naar Boulevard liepen, spraken ze schertsend over eeuwige trouw. Weinigbetekenende woorden. Voorlopig was het voor haar de vraag hoe kleurrijk haar passie zou ontploffen, hoe hoog en hoever het vuurwerk zou reiken dat in haar uiteenspatte.

Tante Rosa en Elena zagen ogenblikkelijk wat er aan de hand was. Ze vroegen nergens naar, ze wachtten af. Pili kwam er zelf openlijk mee voor de dag of ze sprak er niet over. Vissen naar haar geheimen had nooit enige zin gehad. Oom Ernesto was niet bij de maaltijd aanwezig. Hij had dienst.

Ze zwegen tijdens de maaltijd, tot Pili in vrolijke toegeeflijkheid uitbarstte.

'Goed, goed, ik neem hem mee. Jullie krijgen hem te zien. Maar voorlopig niet. Hij is de eerste tijd voor mij alleen. Dat moeten jullie mij gunnen.'

'Wacht,' zei Elena. 'Alles op zijn tijd. Hoe heet hij?'

'Alexander Rothweill.'

Elena keek een ogenblik met grote ogen naar tante Rosa. 'Russische adel?'

'Nee, een Hollander.'

'O, daar weet ik niets van. Van Hollanders. Heb je een foto?'

'Nee.'

'Wat doet hij? Voor werk bedoel ik.'

'Weet ik niet.'

Er viel een stilte.

'Minpunt,' oordeelde Elena. 'Hoe groot is hij?'

Pili ging staan en wees een lengte aan die ongeveer met

die van haar overeenkwam.

'Hoe oud?'

'Weet ik niet,' zei Pili.

'Even oud, jonger, ouder, dat zie je toch?'

'Ouder.'

Tante Rosa probeerde de ondervraging te stoppen. 'Wacht nou tot Pili een geschikt moment vindt om hem voor te stellen. Ze wordt zenuwachtig van je gevraag.'

'Ja, Trosa, wat denk je? Die praat straks over niets anders meer en ik wil meepraten, anders voel ik me alleen.'

Dit woord strompelde over tafel tussen de borden door; heel even kreeg Pili het benauwd. Te combineren viel er niets. Er moest gekozen worden en zij begreep dat kiezen pijnlijk kon zijn.

Die avond klopte Elena bij Pili op de deur en toen ze zag dat Pili in bed lag te lezen, vroeg ze of ze bij haar mocht kruipen.

'Wat lees je?' vroeg ze terwijl ze zich tegen haar pleegzus aan drukte.

'Een Duitser. Thomas Mann.'

'Wat heeft die dan geschreven?'

'*Bekenntnisse des Hochstaplers Felix Krull. Buch der Kindheit.*'

'Ja, wat betekent dat nou?'

'Verhaal over een oplichter.'

'Wil je doorlezen of zullen we praten?'

Pili legde haar boek weg en zuchtte. 'Dat zal wel praten worden.'

'Ja, gezellig,' gaf Elena meteen toe. 'Hoe ziet hij eruit?'

Pili keek naar het plafond waar naast een rozet een grote barst liep, een gevolg van de bombardementen.

'Rijk, driedelig pak, dasspeld.' Meer wist Pili er voor haar pleegzusje niet uit te persen.

Elena hielp haar. 'Koele handdruk, ernstige blik, belegen uitdrukking, begrijpende adem.' Ze begon hard te lachen. Ze lagen op hun rug allebei, naast elkaar.

'Misschien is het een kans,' zei Pili.

'Ga je het huis uit?'

'Weet ik niet. Liever niet.'

Ze lagen stil. Pili wist niet wat ze tegen haar zusje als troost moest zeggen. 'Ik denk vaak aan Miguela,' zei ze.

'Ik was tien jaar toen ze plotseling wegbleef, na die aanslag in Begoña. Ik heb nooit straf van haar gekregen als grote. Wel als kleintje. Omdat ik bij jou hoorde waarschijnlijk.'

'Gek, als ik aan haar denk, heb ik toch medelijden.'

'Is ze dood?'

'Volgens mij niet. Ze ligt in een oudenonnenverpleeghuis met een scherf in haar kop. Ik merkte dat ze verliefd op me was; ik kreeg medelijden. Alle angst verdween.'

'Hoe weet je dat nou? Dat ze verliefd op je was. Heeft ze dat verteld?'

'Nee dat niet. Ik wist het gewoon.'

'Tremp. Die was verliefd op je.'

'Tremp? Hoe kom je daar nou bij?'

'Zoals Tremp over jou sprak. Jezus! Daar werd je niet goed van. Pilar dit. Pilar dass. Pilar gut. Pilar wunderbar. Dat ging zo door.'

'Tremp had haar eigen programma. Die wilde het Duits erin stampen en ik was er goed in. Dat vond Tremp prachtig.'

Elena kroop lager in bed en zakte tegen Pili aan. Ze greep haar zusje, haar gratis verkregen zusje bij wie ze al twee jaar vast in huis woonde, beet en zoende de schouder. Vroeger in het Virgen Real-complex, toen Elena aan de zorg van de oudere Pili was overgelaten, lagen ze in twee verschillende bedden tegen de wand aan en ze kropen vaak bij elkaar omdat ze het koud hadden. Wat streng verboden was. Dat kon Pili niets schelen, ze wist precies wanneer de zuster-surveillant langskwam. In dat moeilijke jaar was Elena, zonder dat die het zich bewust was, Pili's redding want er moest gezorgd worden voor die kleine achtjarige.

Wat vrat Alexander uit op dat moment, bedacht ze. Ze zag dat Elena in slaap gevallen was. Lastig, want hoe moest zij in godsnaam gaan liggen? Toch was het prettig, ze kon naar het gezicht van Elena kijken. De middag had ze doorgebracht met een man die ze nauwelijks kende, die niet meer uit haar gedachten ging. Hij had haar ontmaagd. Niet pijnlijk, niet plezierig, gewoon ontmaagd. Op dezelfde avond lag ze met haar pleegzusje in bed en zo hoorde het. Elena was samen met Omernesto en Trosa het bed waar ze als ze moe was naar terug wilde keren. Altijd.

Ze probeerde Elena zo te laten liggen dat ze ernaast kon schuiven. Het gezicht lag rustig op het kussen. Pili zag dat Felix Krull ver weggezakt was.

~

De dag nadat zij met hem een eerste hoogtepunt had beleefd (waarbij zij de kleuren van de Boulevard-ruiten als een heftig vuurvisioen zag) lagen ze met dezelfde intensiteit te vrijen en terwijl ze voelde dat in haar een concentratie ging ontstaan, greep ze zich aan hem vast. Eerst aan zijn schouders, daarna met haar vingers en mond aan zijn bovenarmen en uiteindelijk sloeg ze hijgend naar zijn hoofd. In haar beleving gleed er iets weg. Een verschuiving van zijn hoofd naar zijn oksel of omgekeerd en wild trappend voelde zij hoe alles bij hem verkleinde en krimpend wegsloop. Verbluft zag ze hoe hij, half kruipend, zijn gezicht trachtte te verbergen en hoe hij bij zijn wenkbrauwen een gladgeoliede beharing vertoonde die bovenop zijn hoofd in enkele pieken eindigde. Het duurde enkele seconden voor zij begreep wat er met zijn hoofd aan de hand was. Eenmaal geconstateerd dat hij een pruik droeg en dat hij onder die pruik volkomen kaal was, barstte zij in zulk vrolijk lachen uit dat de halfslachtige manier waarop zij klaargekomen was, alsnog via de vrolijkheid tot een bizar hoogtepunt groeide. Hij liep weg en rende half gebukt naar de badkamer. Ze pakte de kussens beet, propte die tegen de houten achterwand van het bed en zij ging rechtop en wijdbeens op het bed zitten.

'Kom maar tevoorschijn,' riep ze.

Hij stak zijn kop om de hoek; zijn haar stond glanzend als altijd en keurig gekamd op zijn schedel. Alleen zijn gezicht maakte duidelijk dat hij zich doorzien wist. Ze stuurde hem terug en wilde hem zonder pruik zien. Hij probeerde te weigeren, maar daar wilde zij niet van weten en de manier waarop zij erbij lag, maakte zijn wil en ijdelheid zwakker en de behoefte haar wensen tegemoet te komen sterker.

'Kom hier,' beval zij.

Hij liep onzeker naar haar toe. Zij pakte zijn hoofd beet en bekeek zijn schedel. Op een paar strategische plekken bij de oren groeiden zwarte haren. Verder was de sterke schedel onbehaard, glad en overtrokken met aandoenlijke huid. Terwijl hij haar tussen haar dijen zoende, voelde zij meer sympathie voor haar kale minnaar dan voor de geoliede en gladde rijke man die zich in haar dromen had gedrongen.

Hoe bestond het, dacht zij, dat zij nooit gezien had dat hij een pruik droeg? Zat hij niet altijd op de plaats waar het licht van achteren op hem viel? Uit de luxe van de badkamer (scheerkwasten, dozen zeep, kledingstandaard van acajouhout, reukwaters) had ze afgeleid dat Alexander

144

veel geld besteedde aan zijn lichamelijke verzorging. Beslist een pruik van goede en kostbare makelij.

Of zij op hem verliefd kon zijn, nu hij zoveel ouder leek.

Alexander Rothweill moest van tijd tot tijd op reis. Milaan. Een stad volgens zijn beschrijving met een ijskathedraal, winderige pleinen en een glazen passage. Hij nam voor haar cadeaus mee. Zwarte kousen met een ruitmotief, die niet door een jarretel hoefden te worden opgehouden, omdat ze voorzien waren van een kanten band met een bloemachtige versiering die om de dij kon spannen en de kous zo op zijn plaats hield. Ze leek bijna een hoer. Dat klopte, zei hij prompt, ze was een gevallen vrouw. Ze had zich aan een buitenlander, een Hollander, cadeau gegeven.

'Ja,' zei zij dromerig, 'ik had mijn lichaam rein moeten houden voor God, Franco en Spanje.'

Ze moesten allebei lachen.

Of zij kreeg een zwart, zwierig broekje met kleurrijke, bijna doorzichtige ingezette stukken in geometrische bloemmotieven die sterk deden denken aan de ramen in Gran Café Boulevard. Een model uit de jaren twintig, uit een aangenamere en erotischer mode dan de onelegante mode van dit moment, vertelde hij. In kleine Milanese ateliers waar prachtig erotisch ondergoed uit vrolijker tijden werd gemaakt, was dit te koop.

Dagen daarna trok ze de kousen aan. Geharnast in haar langste jurk en een jas van de huishoudhulp trotseerde ze windvlagen, ziektes en haar pad kruisende nonnen. Terwijl ze Alexander in de fauteuil duwde en haar jurk omhoogtrok en zij hem liet zien dat ze behalve die kousen niets onder haar jurk droeg en dat ze zo over straat was gegaan, zo geurig bloot onder haar jurk en haar jas, zag ze hem overdonderd en begerig terugzakken in de fauteuil. Zij trok de jurk over haar hoofd, schudde haar haren in de

145

gladde vorm. Een gevoel van kou en warmte tegelijk.

Hier stond ze, naakt met kousen uit een bordeel. Middenin een dor en in zichzelf gekeerd Spanje, dat buiten op de calle Ribera loerde en toeterde en protesteerde, dat haar ouders had omgebracht, dat eiste dat zij zich aanpaste aan een aartsconservatief, ultrakatholiek en fascistisch gedachtegoed, onder het motto 'niet goedschiks dan kwaadschiks'. Zij was verliefd geraakt op een man die zo vrij als een vogel over alle grenzen leek te zwerven, die nauwelijks een vast huis en een vaste moraal had en die afkomstig was uit een ver klein land dat ooit met Spanje verbonden was geweest, maar dat uit een behoefte aan vrijheid en tolerantie zich had losgevochten en sindsdien een vrijplaats voor zwervenden en andersdenkenden was geweest. Stond in een boek.

Terwijl hij haar optilde en naar de slaapkamer bracht, voelde zij hoe haar lichaam het centrum van de wereld werd. De rivier die bij de Mercado een bocht nam; de bruggen die door de republikeinen bij het verlaten van Bilbao vernietigd waren en die provisorisch waren hersteld; de bergen aan haar linkerkant die uitliepen in de pracht van de Picos de Europa; de Baskische Zee aan haar rechterkant waarvan zij het ruisen hoorde echoën in de felle klop van haar bloed; de verre gieren, de buitenissige auerhaan, de bergeenden, de wilde zwijnen en de desman; het Over-Pyreneese Europa waarin dat kleine Holland; het verloren Afrika achter de Mare Nostrum; heel de stoffige aarde en heel de winderige hemel; alles en alles vloeide samen in haar, in haar lichaam, in haar met glanzend zwart vuur versierd geslacht dat tussen de elastische boorden van de bordeelkousen naar voren stak en aangeboden werd.

Alexander bracht thuis een bezoek. Hij nam voor Ernesto een kleine bouwplaat van het gothische kasteeltje van Javier mee. Ernesto had van tal van Spaanse gebouwen een kartonnen model dat hij altijd eerst deels in brand stak en daarna zorgvuldig in een medicijnkast tentoonstelde.

Alexander vertelde over het verzamelen en verkopen van kunst, oude kaarten en atlassen. Hij vertelde over de graslanden in het westen van Holland. Hij vertelde over zijn opleiding tot fotograaf en zijn assistentschap bij Erwin Blumenfeld in Parijs.

Hoe hij Blumenfeld van de Duitsers had proberen te redden. Een dapper man, Blumenfeld, helaas roekeloos, provocerend. Spotprenten van Hitler. Merkwaardige foto's die Hitler als een griezel en een half lijk toonden.

'Hoe dan?' vroeg Elena. Voordat oom Ernesto of tante Rosa haar konden zeggen dat Alexander eerst moest uitpraten, vroeg die om een papier en een potlood. Met verbazingwekkende handigheid waar Elena met lachende ogen en open mond naar keek, arceerde Alexander twee portretten van Hitler, waarbij hij de een transformeerde tot half doodshoofd en de ander kreeg een hakenkruis en een vervormd gebit en een gat in plaats van een oog. Het werd een angstaanjagende oorlogsgewonde, hoewel Elena hard moest lachen om dat gekke gezicht. Of een andere foto van Blumenfeld: 'het portret van een dictator'. Alexander keerde het papier om en tekende een klassiek beeld zonder armen, en drapeerde een doek over de schouders.

'Zo'n Griekse kop met knap gezicht en leuke krullen zat er niet op. Nee, dit was het hoofd.'

Hij tekende een kop die bij Elena de kreet 'getverderrie' ontlokte. Ernesto zag dat het een varkenskop was.

'Een kalfskop,' verbeterde Alexander onopvallend en hij maakte de oren wat langer. 'In zijn studio in de Rue Delambre is hij gevangengenomen en weggevoerd naar een Frans concentratiekamp. Ik ben overal gaan vragen. Blumenfeld was naar alle waarschijnlijkheid in een doorvoerkamp ondergebracht. Joodse afkomst, vrienden als Grosz, Piscator, Paul Citroen, spotprenten op Hitler. Het zag er niet best voor hem uit. Ik neem aan dat hij omgekomen is. Ik ben in 1940 gestopt met fotograferen. Het ging niet meer. Ik werd er depressief van. De gedachte dat hij omgekomen was.'

Ook tijdens de maaltijd sprak Alexander veel. Ze aten onder andere perçebes, eendenmossel waar ze allemaal gek op waren. Ze leerden Alexander hoe hij het gemakkelijkst de pootjes kon openen.

Of hij familie in Holland had?

Alleen een broer. Zijn ouders en zijn zusjes waren omgekomen.

Of dat door de oorlog kwam, vroeg Ernesto voorzichtig. Alexander aarzelde.

'Nee. Mijn ouders kwamen om bij een auto-ongeluk. Mijn zusjes zijn in 1931 verdwenen. Spoorloos verdwenen.'

Evita Perón bezocht Spanje. Abdoellah van Jordanië bezocht Spanje en feliciteerde Franco met zijn keuze tegen de staat Israël. Franco kreeg van Coïmbra een eredoctoraat. Verder bleef Spanje internationaal geïsoleerd, puriteins en dictatoriaal. Zo rond het Jordaanse bezoek, nazomer 1949, stond Pili in de zonnige kamer aan de calle Ribera. De fauteuil had zij opzijgeschoven zodat een open ruimte was ontstaan. Ze stond met haar rug tegen de spiegel, haar handen om de bovenrand. Ze kreeg een idee, kleedde zich uit en zocht het smalle zwarte korsetje dat haar middel insnoerde en haar heupen en borsten vrijliet. Ze bond het om, trok het half dicht en draaide de veters naar achteren. Terwijl ze opnieuw haar handen om de lijst klemde en wijdbeens haar lichaam schuin tegen de spiegel zette, zodat behalve haar voorkant tevens haar achterzijde via de spiegel bekeken kon worden, wachtte zij met gesloten ogen tot Alexander binnen zou komen.

Elena kwam vaker langs. Zij had vanaf het begin een grote bewondering voor Alexander opgevat. Meestal kondigde ze haar komst aan; een enkele keer was ze toevallig in de buurt en probeerde ze of Alexander thuis was. Misschien stond de deur beneden open. Omdat de stilte duurde en er een schuifel klonk als van een dunne hak, opende Pili haar ogen en ze zag Elena staan, half lachend, half ongelovig, voor een deel toch geschokt. Pili had de kracht om niet meteen te gaan gillen. Ze bleef staan, als wachtte zij (zo zou zij achteraf de situatie half naar waarheid verklaren) op de fotograaf die een nieuwe filmrol was gaan halen.

'Hoe kom jij binnen?' vroeg Pili na enige tijd.

'Hoe kom jij aan dat ding?' vroeg Elena en knikte naar het korsetje.

Pili zette een stap terug en deed haar armen omlaag.

'Leuk dat je er bent,' zei ze koel. 'Ik zal me aankleden.'

Toen ze uit de badkamer kwam, zat Elena aan tafel. Ze blikte schuw naar Pili. Ze had begrepen dat ze stoorde.

'Sorry hoor. Ik heb niets gezien,' zei ze geruststellend.

Pili liep naar haar toe en zoende haar. 'Dan ben je wel stekeblind,' zei ze zacht.

Veel later, in 1951, toen ze al uit Spanje had moeten vluchten, passeerde ze in Zwitserland een wit kerkje. Pili was benieuwd hoe in een protestants land, zo heel anders dan het katholieke Spanje, zo'n kerk eruitzag. Zij deed een deur open en had meteen spijt. Er bleek een scherpe piep in de scharnieren te zitten en musici die daar aan het repeteren waren, keken verstoord om. Pili sloeg een kruis en maakte een lichte kniebuiging. Ze schoof tussen de stoelen en ging voorzichtig zitten.

De musici keerden terug naar hun partituur. De witte kerk bood weinig om naar te kijken. Stoelen, een preekstoel. Witte muren, hoge ramen.

Toen klonk de muziek. Een aarzelende melodie die in de derde maat een vastere vorm kreeg en een dansend ritme. De dirigent onderbrak, deed iets voor met een mooi, bewegend pasje en een schor stemgeluid. Ze begonnen opnieuw. Het klonk vanaf het begin beter. Een sopraan zette in en een zware mannenstem viel bij.

Pili was niet voor niets de beste leerling van Schwester Tremp geweest. De tekst was voor haar geen enkel probleem.

'Herr, dein Mitleid, dein Erbarmen, Tröstet uns und macht uns frei.'

In haar gedachten vloog ze terug. Ze zag zich zitten aan de tafel van Omernesto en Trosa. Elena naast haar. Alexander was op bezoek. Zijn eerste bezoek. De schuchtere manier waarop hij na allerlei gemakkelijk vertelde verhalen, vertelde dat zijn zusjes zomaar verdwenen waren. Ooit. Ze waren negentien en zeventien had hij verteld. Zij had niets meer kunnen zeggen die avond, die verder zo succesvol was geweest. Die Omernesto en Trosa volslagen tevreden met Alexander had gemaakt. Die Elena met bewondering voor Alexander had vervuld. Om zijn tekentalent, meende zij. Zelf had ze steeds aan die verdwenen meisjes moeten denken. In deze kerk kraste haar herinnering scherpe beelden op de muren. Het beeld van Rosa die de perçebes opende, van Ernesto die naar Alexander luisterde, van Elena die in bed naast haar was gegleden. O mijn god, Elena, dacht ze.

Haar begeleider was stil naast haar komen zitten. Hij luisterde even naar de amateuristisch uitgevoerde muziek, maakte een gebaar van stil de kerk uit sluipen. Tot hij zag dat Pili doodstil de tranen over haar gezicht liet lopen. Zij weerde hem af en luisterde naar de herhaling van de tekst. Troost ons. Maak ons vrij. Alstublieft, alstublieft, dacht zij, maar hoe in godsnaam?

3 Alexander Rothweill

De franquistisch overdadige begrafenis van Enrique Poza was in verschillende opzichten een opmerkelijke gebeurtenis in het Spaanse leven van Mr. Alexander Rothweill. De begraafplaats Begoña lag hoger dan de stad zelf. De teerkleurige bewolking die verderop in de richting van de zee dreef, contrasteerde met de zon, die kans zag langdurig tussen wolkenflarden door te schijnen. De hoge bezoekers lieten de volgauto's, vooroorlogs, Duits, achter op het plein en beklommen hijgend de trappen. De gele kransen en rode bloemstukken legden een loper van zoetige lucht over de Calzadas de Mallona van de Nicolaaskathedraal beneden naar het kerkhof boven. Alleen de geestelijken die in wijde, met zilverdraad geborduurde zwarte koorkappen de plechtigheden voorgingen, kenden het gemak van een geruisloze hemelvaart. Beneden hadden ze het lijk uitgewierookt, boven stonden ze de stoet rustig op te wachten. Slechts voor een klein aantal belangstellenden was een plaats beschikbaar met uitzicht op de kist; de anderen verspreidden zich tussen de oudere graven.

Alexander Rothweill stond naast een man die met enige terughoudendheid de gebeurtenis fotografeerde. Ze knikten elkaar toe en terwijl wierook en gezang over het kerkhof waaiden, bespraken Alexander en de onbekende fluisterend de technische details van het fototoestel.

Alexanders kleding en zijn manier van doen straalden

voornaamheid uit. Zijn kennis van de fotografie was groter dan die van de ander. Op het moment dat de eerste kluiten op de kist ploften, waarop de ziel van Poza als verschrikte houtduif koers zette naar het paradijs, stelde de fotograaf zich voor als Francisco Sanz Gonzalez. Hij wilde de volgende dag, tegen vijf uur met Alexander Rothweill afspreken in Café Iruña.

Alexander trof bij de begrafenis enkele bekenden aan, onder andere een jongeman die hij na enig nadenken herkende als een voormalige communist met wie hij in het begin van de oorlog had samengewerkt. Wat deed die in Begoña?

De familie Sanz Gonzalez was een oude familie uit Navarra, grootgrondbezitters, adel, met bijzondere verdiensten uit vroegere oorlogen. De familie had een aantal opperofficieren geleverd. De officiële naam was tweeënhalf keer zo lang; ze voerden een blazoen met drie gouden hartvormige bladeren op een sinopel veld. Francisco Sanz Gonzalez en Alexander Rothweill bleven elkaar ontmoeten in Iruña. Francisco kon nauwelijks zijn bewondering verbergen toen hij hoorde dat Alexander een beroepsfotograaf was die met beroemde fotografen had samengewerkt en dat hij een eigen atelier in Parijs had gehad.

Francisco nodigde hem uit voor het doopfeest van zijn dochter. Terwijl Alexander tegen de afgesproken tijd naar de Nicolaaskathedraal wandelde, kwam Francisco hem hijgend achterop want hij wilde hem eerst voorstellen aan de familie thuis. Even later zat Alexander als enige op een stoel, in zijn handen een bord gebak en een glas gevuld met zoete wijn die door een twintigjarige schoonheid kirrend was ingeschonken. De andere gasten, familie en vrienden, had hij allemaal een hand gegeven in zo'n moordend tempo dat hij geen enkele naam had kunnen onthouden. Ze liepen langs hem heen, knikten hem toe en probeerden hun kinderen bij elkaar te houden. Kwamen er nieuwe gasten aan, dan werd hij snel voorgesteld. 'Vriend van Francisco'.

Het woonhuis, dat een prachtig uitzicht bood op het Plaza Nueva, lag niet ver van de kerk. Alexander moest aanschuiven op de eerste rij naast een vrouw die hem belangstellend opnam en vervolgens goedkeurend knikte. Tot zijn verwondering werd hij na de rumoerige plechtigheid naar de trappen voor de kathedraal geleid waar hij samen met de meter die het pasgedoopte kind droeg, moest poseren voor Francisco die de officiële fotoreportage maakte. Het kind droeg een lange doopjurk, die Alexander moest vasthouden en de lieftallige meter glimlachte naar hem alsof zij de gelukkige ouders waren van de nieuwe katholieke Spanjaard. De hele familie stond er trots omheen. Alexander voelde zich opgenomen in de Navarrese adel.

Enkele maanden daarna werd hij voor een diner uitgenodigd bij Francisco thuis. De jonge moeder ondervroeg hem uitvoerig over zijn fotowerk, over de fotografen met wie hij had samengewerkt. Ze beschouwde hem als een belangrijk kunstenaar, zo kwam het hem voor.

Het hoogtepunt van de vriendschap met Francisco viel op de dag dat Francisco hem een enveloppe overhandigde van kostbaar papier waarin een uitnodiging zat. Zijn zus, de jongste dochter van de familie ging trouwen met een hoge officier. Bij het overhandigen van de enveloppe merkte Francisco op dat de Caudillo, intieme vriend van de bruidegom, was uitgenodigd. Van hoge kringen was het bericht ontvangen dat het staatshoofd die dag 'Franco volente' aanwezig zou zijn.

Alexander verschoot bijna van kleur. Wat hield dat in?

'Dat het staatshoofd ons incognito bezoekt.'

'En dat alle antecedenten van de gasten moeten worden nagegaan? Fouilleringen en dat soort gedrag?'

'Welnee. Waarom denk je dat?'

Alexander zweeg een moment. Hij kon moeilijk laten merken dat hij niet gesteld was op een onderzoek door de politie. Zijn blijdschap om een feestdag in de directe omgeving van de Caudillo moest enorm zijn.

'Enorm,' reageerde hij hardop.

Franco! Het ging om Franco! Hij kende de man van de foto's. De energieke militair die Pamplona bezocht, de platte hand schuin omhoog, de laarzen driftig in de vloer plantend. De officiële staatsiefoto: een man in grauw uniform met zwarte kraag. Oude propagandafoto's: Franco en Millán ('Dood aan de intelligentsia!') Astray, Franco al dik in zijn gezicht, de hoofden van de twee vrienden achterover, vastberaden, ruw, gewelddadig en berekenend. De propagandafoto van later: Franco als de filmkomiek Charley Chaplin voor de kaart van Spanje, in zijn hand handschoenen en een zwaard waar hij op leunt, die samen de indruk wekken van een grote kurkentrekker. Franco die nooit dronk, met een kurkentrekker van een meter lang. Alexander had zich beurtelings voor aanhanger van links of van rechts uitgegeven. Dat hij met Franco aan tafel zou zitten, kon hij beschouwen als kroon op zijn vervalsingswerk.

De huwelijksplechtigheid zou plaatsvinden in Navarra. De familie bezat in de groenfluwelen heuvels, niet ver van Pamplona, een landgoed. Het hoofdgebouw bevatte een kapel, zodat de veiligheid en de bewaking niet veel problemen zouden opleveren.

'Weet je, ik vind het prettig dat je komt,' bekende Francisco. 'Die familiefeesten zijn vaak dodelijk saai; alles verloopt in een stroperig tempo. Het voorstel je uit te nodigen heeft wat stof doen opwaaien. Wie jij precies was. Of je betrouwbaar was. Hoever ze moesten controleren.'

Alexander voelde dat zijn lijf zich spande.

'Allemaal onzin. Wij hebben elkaar toch ontmoet bij de begrafenis van Poza? Dat was niet voldoende voor ze. We moeten in dit land nu eenmaal extra oppassen.'

'Ben ik officieel goedgekeurd?' vroeg Alexander zo luchtig mogelijk.

'Ik hoor er niets meer van. Vorige week kwam iemand met de mededeling dat jij samengewerkt hebt met de fotograaf Blumenfeld. Ik ken die man niet. Niemand had ooit van die fotograaf gehoord. Paolo, die dat had uitgezocht, was er trots op dat hij wist dat in bepaalde, niet zulke beste kringen die Blumenfeld voor een beroemd fotograaf doorging.'

Alexander vroeg zich af hoe ze achter Blumenfeld waren gekomen. Iemand stond naar hem te kijken, maar Alexander kon zich het gezicht niet precies herinneren.

Die namiddag kwam Alexander het gezicht opnieuw tegen. Toen de mond openging, wist hij wie de eigenaar was. Bij de begrafenis van Poza had hij hem kort gesproken en als voormalig communist herkend. Een warhoofd uit zijn begintijd toen hij Britse piloten voorzag van valse identiteitskaarten, dat zich merkwaardigerwijs uit de handen had weten te houden van de Guardia Civil en van de Grises. Warhoofd begon tot ergernis van Alexander over het bruiloftsfeest waar Franco zou verschijnen.

Hoe hij dat in godsnaam wist.

Omdat het niet gebruikelijk was dat een heer met het voorkomen van Alexander Rothweill samen opliep met een vreemde snuiter, en omdat zelfs Warhoofd dat begreep, zei de laatste snel dat Alexander om zes uur bij de gebruikelijke boekhandel moest komen en hij verdween.

Woedend liep hij de brug over. Zo'n warhoofd dook op als een nachtuil die onzichtbaar in een hoek schuilt en soms zijn vleugels opent en rondfladdert met een pijnlijk grote en groteske schaduw achter zich aan. Het water van de rivier stonk. Waar het tegen de kade klotste, zette het een teerachtig drab af. Een hongerige man probeerde onder aanwijzingen van enkele kinderen met een stok een dooie vis naar zich toe te bewegen. Alexander had geen idee welke boekhandel gebruikelijk was.

Ze wachtten hem twee avonden later op een hoek op. Warhoofd had twee anderen bij zich. Alexander kende er een. De derde leek hem een intrigant en een bemoeial. Met een regenjas en een ceintuur geknoopt om het middel alsof er zeven lagen kleren onder schuilgingen, maakte hij een indruk van opstandige eenling die zich gewapend had tegen de sociale kou. Zijn haren waren ongewassen, maar zijn wangen waren geschoren. Zijn gebit bleek een naar de linkerkant gezakt groepje bruine wandjes, zijn handdruk was echter stevig en koel. Ze gingen er blijkbaar van uit dat Alexander even enthousiast voor hun zaak streed als zes, zeven jaar geleden. De valse papieren die hij in die tijd overlegd had, waren kennelijk zeer overtuigende geloofsbrieven geweest. Hij vroeg wat Alexander voor hen kon doen.

'Niet veel. Een bruiloftsfeest. Geruchten dat Franco langskomt. Er zijn strenge veiligheidsmaatregelen aangekondigd,' hield Alexander zich op de vlakte.

Regenjas knikte, zei tot ontsteltenis van Alexander dat deze met het geval Poza goed werk geleverd had en vroeg of mijnheer kans zag iets naar binnen te smokkelen.

'Wat denk je? In deze tijd? Als Franco zelf komt? Ik ben bang dat ze zelfs de bruid tot in haar lingerie fouilleren.'

Of ze hem tot die dag hier konden bereiken? Alexander

knikte stug. Hij werd bang en had de pest in. Voordat ze verdwenen, tikte de regenjas enkele malen met zijn wijsvinger tegen zijn bruine tanden, alsof hij diep nadacht en niet al zijn plannen bekend wilde maken.

Tot aan de bruiloftsdag hoorde Alexander niets meer van zijn vage vrienden. Onderweg naar Pamplona vertelde Francisco over zijn familie, over de bruid, over zijn moeder, zijn oudtantes en zijn grootmoeder; mannen kwamen nauwelijks in het verhaal voor. Het bleken allervriendelijkste mensen, voorkomend voor elkaar, vervuld van een vlammende liefde voor de kleuters en tegenover Alexander Rothweill hartelijk en vertrouwelijk, alsof hij een familielid was, een in dit huis opgegroeid weesjongetje dat iedereen verblijdde als hij tussen zijn zwerftochten door thuiskwam. Men herinnerde zich zijn naam en zijn aanwezigheid op het doopfeest.

Alexander zag het met verwarrende blijdschap aan. Hij had werkelijk gedacht dat de vriendelijkheid bij die doopplechtigheid in Bilbao een uiting was van knap gespeelde omgangstechniek, een toneelstuk dat deze lieden stuk voor stuk tot in de overdreven loopjes en de gracieuze handgebaren beheersten. Hier, tussen de groene heuvels merkte hij dat de hartelijkheid voor honderd procent gemeend was en dat ze werkelijk benieuwd waren naar wat hij deed en naar hoe hij het maakte.

Juist die hartelijkheid verziekte voor hem de feestdag totaal. De nonchalante bewaking was er mede schuldig aan, dat het idioot grote bloemstuk dat op het laatste moment bezorgd werd, in zijn idee gevuld raakte met explosieven. Toen hij zich tijdens de plechtigheid met groeiende onrust afvroeg, hoe hij deze mensen kon redden, en ten einde raad tegen Francisco fluisterde dat dat bloemstuk hem een Paard van Troje leek, kreeg hij te horen dat het een cadeau van Franco was.

'Hij kan niet komen en stuurt bloemen. Afgegeven door een half legeronderdeel.'

Alexander hapte naar adem. Het had hem moeten geruststellen, die mededeling. Maar mét de geruststelling overviel hem een misselijkheid, waarschijnlijk als reactie op zijn angst. Zijn charmante spraak bleef de hele dag stom. Hij vergat enkele vanzelfsprekende handelingen, zodat hij anderen in verlegenheid bracht die met een volle schaal moesten balanceren of die hun hand beledigd de ruimte in bleven steken. Het stroeve gesprek leidde niet tot geïnteresseerde vragen, zodat langzaam iedereen zich van hem afkeerde met de overtuiging dat die fotograaf die met Francisco bevriend was, toch een eigenaardige vakidioot bleek met wie nauwelijks viel te converseren.

Francisco probeerde hem aan de praat te krijgen, op te vrolijken. Een man knikte hem toe. Alexander meende hem ergens van te kennen, dacht niet na en schoof het op een vorige ontmoeting tijdens de doopplechtigheid. De man liep naar Alexander toe en gaf hem een hand. Begon een gesprek over Poza. Alexander luisterde met een half oor.

'De laatste keer dat ik Poza gesproken heb, toen hij aangifte kwam doen, verwoesting van boeken, bladen uitgescheurd, waarschijnlijk door een medewerker, hebben we het nog over u gehad.'

'Over mij?' Alexander was meer verbaasd dan op zijn hoede.

'Ik heb hem gewezen op uw contacten met Joaquin Arrarás.'

Alexander wou van het gesprek af. Hij kreeg het benauwd. Hij besloot ieder contact te ontkennen. Nooit had hij van Joaquin Arrarás gehoord. De ander dacht dat hij tegen de buitenlander niet duidelijk gesproken had.

'Arrarás. Joaquin Arrarás. Bekende journalist. Eerste

159

biograaf van Franco. Hij heeft u aanbevolen voor een verblijfsvergunning. U leverde brieven van de Parijse Ecole supérieure de la guerre, van de Salamanca-bibliotheek en van Joaquin Arrarás. U heeft zelf de brief overhandigd, wat gaan we nou krijgen. Arrarás.'

Op dat moment herkende Alexander Rothweill de kolonel van de Guardia Civil, die op dit feest in burger aanwezig was en die zich ontpopte als de toevalsduivel, als het angstaanjagende zwavelmonster, waar hij ooit, in Boulevard, Poza voor had aangezien.

Het cadeau van Franco werd overhandigd en dat onderbrak hun gesprek. Alexander deed ogenblikkelijk enkele stappen opzij, veinzend dat hij dan beter zicht had op het caudillaanse bloemstuk. Alexander Rothweill en de kolonel van de Guardia Civil wierpen elkaar enkele steelse broedende blikken toe, terwijl de boodschap van de generalissimo schalde, dat hij zijn strijdmakker en diens mooie bruid alle geluk van de wereld toewenste en dat hij wist dat zij even stralend zou zijn als zijn eigen dochter Carmencita die in de nabije toekomst in het huwelijk zou treden. España, una, grande, libre. Was getekend: Franco.

Voor Pili nam Alexander, nadat hun relatie eenmaal zengend in vlam geslagen was, het duurste en mooiste ondergoed mee. Hij troggelde bij zijn Turijnse en Milanese kennissen nieuwe snufjes op dit gebied af en kreeg van hen het adres van een gespecialiseerd winkeltje met kleding uit de jaren twintig en dertig. Hij reisde via Italië naar Parijs (tot in 1948 de Spaans-Franse grens weer openging), omdat daar de New Look geïntroduceerd was. Het leek of hij het kuise Spanje met de nieuwe vrijheid wilde besmetten, of hij vanuit zijn kamer aan de Ribera een revolutie van leuke luchtigheid wilde beginnen om de onverwoestbare parochiale en diocesane korsetten los te tornen.

Hij kwam aanzetten met een 'guêpière' zoals ze het daar in Parijs noemden, een getailleerd korsetje met een kanten rand rond de heupen zonder jarretelles uit de 'Style New Look', gemaakt van nylon en satijn. Met wufte kleding van de 'Style rétro': openvallende kledingstukken met ruches en kant, dwarsgestreepte kousen, hemden en broekjes met geometrische bloemmotieven, alles uit het midden van de jaren twintig. Met jarretelgordeltjes en korsetjes uit de wereld van cabaret en music-hall. Met een behaatje van Mador uit de jaren dertig.

Hij pakte zijn oude beroep op. Hij kocht Infonal-films en begon haar te fotograferen. Zij vond de poses en zij verleidde hem. Niet andersom. Zij hield het initiatief. Zij verraste hem altijd en hij wist dat op smekende toon geuite verzoeken geen enkele zin hadden. Dan trok zij het gevraagde kledingstuk uit de la, drapeerde het over een fauteuil en zei dat hij zijn gang kon gaan met zijn fototoestel. De opmerking dat het natuurlijk de bedoeling was dat zij het aantrok, hoorde zij niet eens.

Op een avond toen ze met z'n tweeën bij hem thuis aten, stuurde ze hem vlak voor de maaltijd naar buiten omdat er geen wijn was. In de tijd dat hij een winkel zocht die nog open was, had zij zich uitgekleed en had zij nylons aangetrokken met een bloemmotief.

Zij had de deur van het appartement openstaan. Terwijl Alexander in de gang liep, kon hij door de deuropening via de grote spiegel de helverlichte kamer zien waarin bovenop de tafel, tussen de schaal- en schelpdieren het bleke bloemstuk van zijn geliefde zich aanbood, knielend, met hoofd en schouder naast de borden, de spierronde tulpen van haar kont zacht waaiend in de hoogte gestoken. Vanuit de gang loerde hij via de spiegel zo in haar naakte intimiteit. De stille verering waarmee hij de kamer binnentrad, twee dure flessen wijn gewikkeld in goedkoop papier in de hand, verheugde haar duidelijk. Terwijl zij zacht met haar benen zwaaide om de aandacht te vestigen op de kousen die ze van hem had gekregen, zag hij een foto uit zijn jeugd voor zich. Twee meisjes die met opgeheven billen, geknield voor een spiegel, zichzelf en elkaar bekeken en die in zijn herinnering allang waren samengevallen met zijn zo plotseling verdwenen zusjes Hanna en Pieke.

~

Vroeg in 1951, ruim twee jaar na het Franco-diner, kreeg Alexander Rothweill bezoek van Francisco Sanz Gonzalez. Toen hij merkte dat het Pili niet was, schopte hij snel een kledingstuk onder de kast. Francisco kwam zelden op dit adres. Alexander heette hem hartelijk welkom.

'Ik heb bezoek gehad van de politie,' begon Francisco zonder inleiding. Hij ging met zijn jas aan in de aangeboden fauteuil zitten. Alexander humde ten teken dat hij dit bericht als een neutrale mededeling opvatte.

'Ze hebben een communist opgepakt en die heeft jouw naam genoemd.'

'Mijn naam? Wat heb ik met die communist te maken?'

'Nogal veel. Veel dat problemen gaat opleveren.'

'Zo? Wil je iets drinken?'

'Die man...' Francisco pakte een papiertje uit zijn zak. 'Nee, hoeft niet.' De toon maakte de sfeer killer. 'Die man heet Luis Romero,' las Francisco.

'Nooit van gehoord,' zei Alexander.

'Die man heeft jou als medestander genoemd. Hij heeft jou bovendien aangewezen als de mogelijke moordenaar van Enrique Poza.'

Alexander knikte met ironische spot.

'De politie,' ging Francisco rustig verder, 'is de mededelingen van die communist gaan natrekken. Ze hebben een onderzoek verricht naar jouw persoon en werk. Ze zijn snel op mijn naam gekomen.'

'Hoe dan in godsnaam?'

'Kolonel Quintanar. Je kent hem. Jullie hebben op de bruiloft staan praten. Nu is het beschuldigen van ene Alexander Rothweill iets anders dan het beschuldigen van Sanz Gonzalez, al heeft die Alexander Rothweill samengewerkt met beroemdheden als Blumenthal.'

'Blumenfeld,' verbeterde Alexander automatisch.

'Uit voorzorg of uit angst voor blunders, is de kapitein die het onderzoek leidt, naar me toe gekomen. Hij heeft de zaak aan mij voorgelegd.'

'En? Je geloofde er niets van, neem ik aan.'

'Na een paar dagen noemde die Romero nog een naam. De naam van iemand die al gearresteerd was. Confrontatie. Die nieuwe getuige vertelde dat ze contact met jou hebben gehad vlak voor de bruiloft van mijn jongste zusje.'

'Dat herinner ik me, ja. Een of andere idioot die zich opdrong.'

'Misschien,' zei Francisco peinzend.

Daarop haalde Francisco een kaart uit zijn zak. Een Franse perskaart. De drager werkte voor linkse Franse bladen en voor de Baskische republikeins-socialistische *El Liberal*. De kaart was afgegeven in het jaar 1937; de naam van de drager was Alexander Rothweill.

'Hoe kom je daaraan?' reageerde Alexander, duidelijk geschrokken.

'Die hebben ze gevonden na huiszoeking bij Romero. Er is wel iets dat vóór je pleit: die kaart is namelijk vals. Nagemaakt. Uit latere tijd. In 1937 bestonden zulke kaarten niet.'

Alexander zat verbaasd naar zijn eigen product te kijken.

'Alles bij elkaar is het meer dan genoeg voor een arrestatie, mijn beste. Ze zitten alleen met je relatie met mij in hun maag. En met het feit dat je buitenlander bent. Ik heb ze een compromis voorgesteld.'

'En?' vroeg Alexander na een stilte.

'Ik vertel aan jou hoever ze zijn met het onderzoek. Dat heb ik dus gedaan. Zij wachten vierentwintig uur met de arrestatie.'

Alexander begreep dat hem het bevel werd gegeven zo snel mogelijk het land te verlaten. 'Vierentwintig uur?'

'Die vanmorgen om negen uur zijn ingegaan. Morgenochtend komen ze met een arrestatieteam. Ben je niet thuis, dan waarschuwen ze alle posten. Ze weten wie je bent, in welke auto je rijdt, welke kleren je draagt.' Francisco stond op. 'Goede reis, vriend.'

'En mijn vriendin?' vroeg Alexander.

'Niets van bekend. Ik wist niet dat je een vriendin had.'

'Ik ben onschuldig. Jij moet mij helpen. Je kunt mij helpen.'

Het smeken ging Alexander niet goed af. Hij hoorde het. Francisco keek hem een tijd aan, schudde het hoofd en spreidde even zijn handen.

'Hoe noemen ze dat in Italië?' Hij zoende zijn vingers en tikte Alexander tegen de wang. 'Kus des doods.'

Alexander zag dat hij de valse kaart liet liggen.

De kamers waren betaald tot eind februari. Het grootste deel van zijn vermogen had hij veilig in het buitenland staan. Hij moest contant geld opnemen. Hij moest inpakken. De loodzware koffer met vervalsingsmaterialen paste onder de stoel van zijn auto, maar wat had hij aan zijn auto als ze wisten in welk merk hij rondreed. Hij had krap twintig uur voor de posten gewaarschuwd werden. Kon hij tot die tijd met de auto de grens over rijden? Hoe betrouwbaar was een belofte van de Guardia Civil? De grens met

Frankrijk was weer open in elk geval. Hij moest zorgen voor een vermomming.

Pili moest mee. Hoe kreeg hij haar zo gek dat ze alles in de steek liet en met hem meeging? Hij wist hoeveel ze van haar pleegouders hield en van Elena. Zijn hersenen zochten een manier om haar over te halen.

Na een kort bezoek aan de Banco de Vizcaya raapte hij de valse perskaart op. Misschien was hij bruikbaar. Het was een knullig werkstuk van lang geleden. Hij hield de kaart tegen het licht. Wie de vervalsing eenmaal vermoedde, zou snel doorhebben dat de inkt onder de foto was gekropen en dat de stempelafdruk op de foto anders verkleurd was. Beginnersfouten. Hij trok de koffer onder de kast uit en haalde de sleutels uit zijn zak. Hij zocht papier en inkten en Redis-pennen en tekende de schuin geplaatste bijlenbundel, het zwaard daar kruislings doorheen, het geelrode kroontje, het briefhoofd van de Guardia Civil. Verschillende keren moest hij opnieuw beginnen. Het snijden van twee mallen, een voor de gele en een voor de rode kleur kostte veel tijd. Hij mengde wat siccatief door de inkt voor een snellere droging. Tot drie keer toe wilden de kleuren niet registeren. Intussen stelden zijn hersens een vluchtreden op. Ze had wel eens verteld over de tijd dat Ernesto haar in contact met leeftijdgenoten wilde brengen. Haar middagen op het Plaza Nueva, de gesprekken in de Marisquería aan de Los Fueros. Ze had de jongens daar snel als praatjesmakers en avonturiers afgeschreven, maar de grote som geld die van haar in de trein gestolen was, had hem altijd doen vermoeden dat zij, al was het een keer, een gevaarlijk koerierswerkje had verricht. Het was alleen niet voldoende. Alexander voelde aan dat de brief van de Guardia Civil over Poza moest gaan. Zij had Poza beledigd.

Hij adresseerde de brief aan Francisco Sanz Gonzalez en

beschreef de stand van het onderzoek naar de dood van Enrique Poza. Hij verzon de namen van drie verdachten en voegde er zijn eigen naam aan toe en die van Pilar Dolores Eguren, geboren 1 december 1926 te Bilbao-Algorta, wonende te Bilbao-Abando. Bij zijn eigen naam maakte hij de voetnoot dat het onderzoek had vastgesteld dat hij, Alexander Rothweill, behoorde tot de linkse pers. Bij de naam van Pili zette hij in een voetnoot dat het onderzoek bijna was afgerond en dat de verdenking versterkt was door de volgende indiciën:

– haar ouders waren als communisten terechtgesteld op 9-11-37;

– Enrique Poza had bij arrestatie van voornoemden belangrijke aanwijzingen gegeven;

– Pilar Dolores Eguren beleefde haar vijandschap tegenover Enrique Poza publiekelijk. Verwijzing naar dossier EP-112;

– haar contacten met communistische jongeren waren aangetoond. Verwijzing naar dossier LF-1376 (cel Los Fueros).

Uit zijn voorraad houten letters en cijfers koos hij de G en de C en hij stempelde de letters, krullend in elkaar gevlochten, op het papier.

Tegen de tijd dat hij het document klaar had, werd hij ongerust. Dat hij Pili nodig had om bij eventuele controles onderweg minder de indruk te wekken van opgejaagde voortvluchtige, was voor hem al van minder belang dan het gevoel van paniek om zonder Pili verder te moeten leven. Ernesto had erop gestaan dat zijn pleegdochters ogenblikkelijk een nieuw model 'documento nacional de identidad' kregen. Dat identiteitsbewijs had zij altijd bij zich. Alexander zocht uit zijn voorraad blanco visa en vrijgeleidebrieven, de zogenaamde salvoconductos, de mooiste vervalsingen om zijn geliefde het land uit te krijgen. Waren ze eenmaal in Frankrijk dan regelde hij daar wel de andere vergunningen.

Morgen huiszoeking, niets achterlaten, was zijn gedachte. Hij verstopte een deel van de inkten en pennen in een gewone koffer.

4 Pili

Nadat Elena het huis in de vroege middag had verlaten, op weg naar het hospitaal waar zij Omernesto en Trosa zou ophalen, had Pili nog tortilla de patatas gebakken omdat ze de avond met Alexander extra feestelijk wilde maken. Bij de brug zag ze dat het bijna half vijf was en met het doosje tortilla en een fles amontillado in de hand haastte ze zich langs het Arriagatheater. De kamerdeur van Alexander stond open en ze zag dat hij zijn overhemden in een koffer stond te pakken.

'Wat is hier aan de hand?'

Alexander richtte zich op, een slapend overhemd in zijn handen, als een zoenoffer dat hij de verbaasde geliefde wilde aanbieden.

'Het zit helemaal hartstikke fout,' zei Alexander.

'Wat dan helemaal hartstikke fout?' vroeg Pili. 'Ben je zwanger of zo?'

'Ze zoeken ons. De Guardia Civil zoekt ons.'

'Waarom?' vroeg zij en haar stem klonk dun. Met de Guardia Civil maakte je geen grappen.

'Ze hebben arrestaties verricht. Kinderen uit de kring van een Marisquería. Bij een van hen hebben ze dit gevonden.'

Pili zette de tortilla de patatas op tafel en pakte voorzichtig de perskaart aan. 'Ben jij dat?' vroeg ze bij het zien van de foto van de vijfentwintigjarige, bijna even oud als zij nu, een vrolijke jongen met lef.

'Dat was ik, ja. Linkse pers. Je weet wat daarop staat.'

'Jij linkse pers?'

'Ja, ik linkse pers,' kaatste hij terug. 'Terwijl jullie vochten, zat ik in Frankrijk bij de linkse pers. Persfotograaf. Is dat gek?'

Ze keek voor zich. 'Je bent toch buitenlander?'

'Luister. Ze denken dat ik Enrique Poza heb vermoord, dat ik een aanslag voorbereidde bij een bruiloft waar Franco zou komen. Buitenland? Zal niet veel helpen. Moord, aanslag op het staatshoofd: overleef ik dat? Als ik geluk heb, verdwijn ik voor de rest van mijn leven in een cel. Ik ben gewaarschuwd door een kennis. Morgenochtend om negen uur wordt het arrestatiebevel van kracht. Dan moet ik het land uit zijn.'

Pili had drie jaar op Alexander gewacht; het had haar een tocht van jaren door een woestijn geleken. Zij herinnerde zich de nachtelijke fantasieën, de dromen die haar tot wanhoop hadden gedreven. Moest dat opnieuw beginnen? Zij had hem veroverd. Op de Arenalbrug had ze hem tot een bekentenis gedwongen en vervolgens tegen de reling aan geperst. Hun spannende verhouding, de cadeaus, de hartelijke goedkeuring van Omernesto, de liefde van Trosa voor Alexander, de halve verliefdheid van Elena op Alexander, alles schoot haar te binnen. Moest zij dit alles verliezen?

Hoe kon zij ooit nog over de calle Ribera lopen, hoe kon zij nog in Bilbao wonen als zij wist dat hij in een verre hoek van de wereld verloren liep? Hij stond daar nog steeds, overhemd in zijn handen, ogen gericht op een brief die op tafel lag.

'Ik ga met je mee,' zei Pili. Het klonk vastberaden.

Hij draaide zich abrupt naar haar om; het kostbare overhemd viel uit zijn handen. Zijn mond stond open. Slechts eenmaal eerder had op zijn gezicht die bête uitdrukking gelegen, de eerste keer dat zijn pruik van zijn hoofd geschoven was. Het ontroerde haar. Tegelijk voelde zij zich sterk. Zij ging mee en hij zou haar dankbaar zijn in plaats van andersom.

'Dat zal het beste zijn,' zei Alexander. 'Je mag Omernesto en Trosa niet in gevaar brengen; je mag Elena niet in gevaar brengen. Lees maar.'

Ze zag het wapen van de Guardia Civil op de brief, pakte hem niet aan uit vrees voor besmetting en enigszins gebogen, zwaar leunend op de fles amontillado, las ze de tekst. Al na twee regels drong het tot haar door dat deze reis geen korte vakantietrip zou worden; dat het een wanhopige politieke vlucht zou zijn, dat het einde onzeker zou zijn. Zij begreep hoe definitief het was. Halverwege begon ze te huilen. De tranen die uit haar ogen drupten, vlekten de inkt. Toen ze de beschuldigingen tegen haarzelf las, brak een gierende jank door.

Voor de tweede keer in haar leven stortte haar wereld door toedoen van de franquisten ineen. Ergens bij dossier LF-1376 richtte Pili zich op, realiseerde zich dat ze de feestelijke fles vasthield en ze slingerde hem in grote bitterheid van zich af. De fles vloog door de kamer en trof de spiegel waar zij zich zo vaak voor had opgesteld, benen wijd, ondersteboven, op handen en voeten, om haar fraaie lijf door hem te laten bewonderen. Het was een spiegel van erotisch geluk geweest en dat hij onbedoeld werd getroffen en in duizend scherpe punten op de vloer kletterde, was van een platvloerse symboliek. Zij zag dat zelf in en geschrokken zei ze: 'Zo, daar is het ook mee afgelopen.' Om direct daarna met harde en waterige stem te roepen: 'Wat willen ze van me? Dat ik weer varkens ga hoeden?'

Hij wreef haar over de rug. Ze klampte zich huilend aan hem vast.

'Ik ga naar huis. Afscheid nemen.'

Hij riep dat ze daar geen tijd voor hadden. Dat ze weg moesten. Dat hij moest inpakken. Dat er genoeg kleren van haar in deze kamer lagen voor de eerste tijd en dat hij daarna alles voor haar kon kopen. Zij trok haar jas aan, stapte over de scherven en was weg.

~

Het was bijna tien uur toen ze voor de tweede keer die avond over de Arenalbrug liep op weg naar Alexanders kamer. Er was niemand thuis geweest. Ernesto en Rosa zouden met Elena uitgaan die avond. Ze wist niet eens waar ze heen waren. Ze had door het huis gezworven en brieven geschreven. Brieven vol beloftes dat ze gauw terug zou komen. Er school een kille woede in haar. Ik? Moet ik weg? Moet ik weg uit Bilbao? Moet ik weg van huis? Van Omernesto en Trosa en Elena? Moet ik weg? Denk je dat ik ga? Ik ga niet. Maar lopend langs de reling van de brug besefte ze het volgende moment waarom ze uit zichzelf gezegd had dat ze meeging. Uit vrije wil. Ze kon niet meer buiten hem.

Op zijn kamer suste ze zijn ongeduld en ongerustheid met de verzekering dat ze met hem mee zou gaan. Maar, zo zei ze terwijl ze de koffer die hij ingepakt had weer uitpakte omdat er toch ook wel kleren van haar mee mochten alsjeblieft, ze zou zich vanuit het buitenland terugvechten naar Bilbao. Ze was vierentwintig jaar. Door de Guardia Civil voor het blok gezet: kiezen voor thuis of kiezen voor haar geliefde. Bovendien was ze beschuldigd. Klinkklare onzin, maar toch. Alexander mompelde dat hij toch gelukkig was, dat Pili met hem meeging.

Iets later dan middernacht sloot hij het appartement, hing de sleutel aan de deur van de eigenaresse, schreef een briefje dat hij plotseling weg moest, dat de huur betaald was tot februari, dat zij borg en huur kon houden. Buiten de stad werden ze aangehouden. Waar ze naartoe gingen?

'San Sebastian,' zei Alexander rustig, terwijl een Guardia Civil zijn papieren bekeek. De kustweg was afgesloten. Of ze daar rekening mee wilden houden. Beter direct de weg naar Vitoria te nemen en van daaruit naar San Sebastian. Alexander kreeg zijn papieren terug. Ze draaiden.

Hoeveel vertrouwen hadden zij in de eerlijkheid van de Spaanse politie? Geen enkel toch? Alexander rekende hardop uit hoeveel uur rijden nog restte tot negen uur. Hij koos een kleinere weg.

Pili gaf geen antwoord. Ze herinnerde zich de waarschuwing van Omernesto, lang geleden, geen actie tegen Poza te ondernemen. Ze herinnerde zich een opmerking van Elena aan tafel dat die bang was zich alleen te voelen. Zij dacht aan de drie geliefden die met vaart achter haar verdwenen. Haar tranen stroomden tussen haar gesloten oogleden door.

Het werd licht terwijl hij door Pamplona reed en de weg nam die via Burguete naar de Franse grens leidde. Het gebergte was niet al te hoog, de pas was bij redelijk weer begaanbaar; de grens werd niet scherp bewaakt. Pili had een tijd liggen slapen. Ze merkte dat ze half huilende woorden mompelde en ze draaide zich om. Hij had de stoel voor haar wat comfortabeler gezet. Ze vroeg waar ze waren.

'Niet ver van de grens. Straks Roncevalles. Daar is Karel de Grote ooit in een hinderlaag van de Baskische militaire politie gelopen. Opletten dus, lijkt me.'

Pili haalde haar schouders op. Ze dacht aan iets anders. Hoezeer haar drie geliefden in Bilbao Alexander ook mochten, zij had haar geheim tegenover hen altijd bewaard. Ze wist van zijn diefstal en dat gaf haar een gevoel van macht. Maar wat had ze daaraan? Misschien was het beter dat hij, nu zij allebei Spanje uit reden, een onzekere toekomst voor zich, wist dat zij al jaren zijn vriendin was terwijl zij hem volledig doorzag. Dat zij er geen been in had gezien zich door een meesterdief het hoofd op hol te laten brengen. Integendeel.

'Ik rijd mijn eigen land uit,' zei Pili, de ogen gesloten maar met verrassend heldere stem, 'onschuldig en begeleid door een dief.'

Alexander probeerde de auto op de weg te houden. De ravijnen werden dieper.

'Wat bedoel je?' vroeg hij neutraal.

'Ik ben onschuldig en jij bent een dief.'

'Ben ik een dief? Ben ik een dief? Waarom? Hoe kom je daarbij? Waarom zeg je dat?'

'Jij bent een dief en dat weet je.'

Hij hield zijn mond. Hij had zijn aandacht volledig bij de weg nodig. Mist hing tussen de eiken. De jonge bomen en de varens spookten in hun witte mistflarden tussen de oudere zwarte, donkergrijze en lichtgrijze stammen. Schraal aangeblazen tonen op gedeukte metalen kromhorens en verwarde strijdkreten van heel hoog of van diep beneden loeiden rechtstreeks vanuit een mythische wereld. Een ogenblik, omdat zij langskwamen, week de wereld van eeuwen her terug, kroop langs de hellingen omhoog; waren zij om de bocht verderop verdwenen dan kwamen de vormen onder de dorre eikenbladeren tot leven en zakten oude krijgers langs de hellingen terug tot op de rand van de weg.

'Het heeft geen zin, Pili,' en daarachter kwam een onduidelijk en zacht verwijt dat ze de situatie niet op hem moest afreageren. Een levensgevaarlijke bocht deed hem opnieuw zijn mond houden. Pili trok zich niets van het gevaar van de weg aan.

'Als het geen zin heeft, kunnen we omdraaien.'

'Waarom ben ik een dief? Waarom zeg je dat? Dat zeg je toch niet zomaar? Dat moet je wel uitleggen,' protesteerde hij. Hij wierp een snelle blik op haar. Ze zat balorig onderuit.

'Vanaf het eerste moment heb je gestolen. Dat geld van de trein had jij gestolen.'

'Welke trein?'

Hij deed verdomme net of hij nergens van wist, dacht Pili.

'Toen we elkaar voor het eerst ontmoetten. Houd je niet van den domme.'

'Ik heb jou geld aangeboden,' riep hij uit en het klonk nog eerlijk verontwaardigd ook.

'Nadat je het eerst gestolen had. Je hebt met die andere vent op het tussenbalkon staan onderhandelen.'

Middenin een bocht begon Alexander te lachen. Hard en lang, alsof hij duidelijk wilde maken dat hij in deze omstandigheden niet meer op dit onderwerp wilde terugkomen. Was dat zo'n lach? Of lachte hij zijn schaamte weg?

Pili raakte in de grootste verwarring. Zou hij haar geld dan toch niet gestolen hebben? Zou hij van niets weten? Zou hij geen meesterdief zijn maar een dooie schilderijtjes- en beeldjesverkoper? Zo'n handelaar was toch niet rijk? Ze wilde er niet aan dat een ander de diefstal begaan had. Hij was haar meesterdief. Wat moest ze anders met hem in een onbekend land? Zijn lachen begreep zij niet.

De volgende bocht was scherp; de weg helde de verkeerde kant op. De auto gleed door. Alexander rukte aan het stuur en besefte dat er slechts enkele centimeters overbleven tussen zijn banden en het ravijn. Hij zag haar denken en hij legde een kort moment zijn hand op haar knie. Het stelde haar gerust dat hij er niet op terugkwam. Dat bete-

174

kende toch dat hij niet in staat was zich snel en naar waarheid onschuldig te pleiten. Maar de vraag die op haar lippen brandde, of hij nu wel of niet dat geld van haar gestolen had, durfde ze niet te stellen. Ze verschoof het probleem naar een geschikter tijdstip. Dan zou ze alle details uit hem persen. En hij mocht haar niet tegenvallen. Ze had niet voor niets spontaan beloofd met hem mee te gaan.

In Roncevalles zei Alexander dat hij een andere auto nodig had. Koffie? Zij schudde het hoofd. Geen trek. Hij rekte zich uit en liep over het pleintje naar een bar. Hij wees de barman op de auto buiten en legde een en ander uit. De man wees driftig naar een huis verderop.

De auto waarmee ze wegreden, uitgeleide gedaan door een buigende dorpeling, lag achterin volgepropt met hun koffers en bevatte op de twee zitplaatsen voorin een bonte verzameling boerderijafval; hun kleren detoneerden op verdachte wijze met de olievlekken en de oude lappen in de kar. Pili zat stijf rechtop; ze vond dit een strontkar.

Na een bocht stopte Alexander. Ze moesten wat anders aantrekken. Het was koud. Ze hadden zich nooit zo schichtig omgekleed. Zo volkomen als vreemden tegenover elkaar. Alexander trok voorzichtig de pruik van zijn hoofd. Over Pili's gezicht dwaalde een glimlach.

Bij de grenspost moesten ze lang wachten. Gewoon omdat het ochtend was. Gewoon omdat de douaniers geen zin hadden dat boerenstel te helpen. Gewoon omdat die kale, volgens zijn Nederlands paspoort Taco Albronda geheten, een beetje hautain had gekeken. En bovendien (zo konden die kale en zijn vrouwtje horen) omdat onder de grenswachters een ruziestemming heerste, want een belangrijk bericht van opsporing, aanhouding en arrestatie, middenin de nacht binnengekomen en geldig voor ene Alexander

175

Rothweill, reizend in een oesterwitte sportwagen, vermoedelijk alleen, pasfoto, beschrijving, enzovoorts, was door een sufkont opzijgeschoven en nu waren ze die vent uit zijn bed aan het bellen met de vraag wat er gepasseerd was en of hun post straks te horen kon krijgen dat ze een belangrijk tegenstander van God, de Caudillo en España hadden laten ontsnappen. Dat was allemaal belangrijker dan die boerse Hollander. Pas na geruime tijd kregen ze hun paspoorten terug en konden ze doorrijden. Eerst weigerde de motor, maar net toen de beambte op ze afkwam, schoot de kar vooruit en verlieten ze Spanje.

'Heb jij twee paspoorten?' vroeg Pili na een tijd.

'Ja. Ik heb twee paspoorten. Eén met pruik en één kaal.'

Het luchtte haar op. Twee paspoorten: dat was niet normaal voor een spuugvervelende antiquair. Laat hij nu mijn meesterdief zijn, dacht ze.

Nadat ze ver in Frankrijk hadden getankt, kwam de garagehouder op hen af, met de mededeling dat ze met deze auto echt niet verder konden rijden. Een vluchtige inspectie had zoveel mankementen opgeleverd dat het beslist onverantwoord was.

Ze lieten de wagen achter, namen de bus naar Narbonne waar een trein naar Marseille ging. Met een financieel noodzakelijke omweg over Zwitserland, kwamen ze met een internationale trein in Parijs aan.

Alexander en Pili huurden een zolderverdieping, een appartement van twee kamers en een wc-badruimte. Over een deel van de zolderkamer was een mezzanino aangebracht en daar stond een bed. Althans, er lag een matras, want voor een bed was de ruimte aan de zijkanten te laag. De ramen aan de achterzijde keken uit over de grijze daken van Parijs en niet ver van hen vandaan torende de

Notre Dame boven de daken uit. Aan de voorzijde zag je in normale omstandigheden de Saint Germain en het Carrefour de l'Odéon, maar toen ze het appartement huurden werden werkzaamheden aan het huis uitgevoerd en aan hun verdieping hing een steiger die het zicht belemmerde. Het huren van het appartement ging razendsnel. Het leek wel, merkte Pili op, of hij bang was voor het makelaarsbureau.

Al op het moment dat Alexander, vlak na het treurige verlaten van Spanje, had toegegeven dat hij één paspoort met pruik had en een kaal, had zij besloten dit uit te zoeken. Behalve de doucheruimte kon geen enkele kast of la of deur op slot. Alexander bewaarde zijn papieren in een kastje onder het bureau.

Het duurde een tijd voor ze het extra vak in zijn tas ontdekt had en zij verwondde haar vinger pijnlijk aan een stomme pen die rechtop in de tas stond, maar toen zij onder het bureau uit kroop, had zij de tas en twee paspoorten in haar handen. Aan de paspoorten kon zij niets bijzonders ontdekken. Verschillende foto's, verschillende namen. Twee paspoorten van een en hetzelfde land? Twee identiteiten? Alexander Rothweill en Taco Albronda waren duidelijk dezelfde persoon, ook al droeg er maar een een pruik. In het paspoort van Taco Albronda stak een dubbelgevouwen papier. Zij trok het eruit. Lange tijd bleef zij vol onbegrip staren naar het salvoconducto dat zij in haar hand hield, dat zij nooit had aangevraagd maar dat toch op haar naam stond, dat voor haar een bewijs was dat ook zij een tweede identiteit had, die wel bekend was aan Alexander, waar hij beslag op had gelegd, die hij voorlopig niet prijs wilde geven. Alexander was meer dan een dief. Vervalsen was een terrein dat zij nooit bewandeld had. Dit had niets te maken met haar diefstallen tijdens de var-

kensjaren. Dit had niets te maken met haar overlevingsge-
drag op het Virgen Real. Dit was sterker dan zij was. Wat
vervalste hij nog meer? Waar hield dit op? Zij schoof alles
voorzichtig terug op zijn plaats.

Een uur later kwam Alexander thuis en hij stelde vrolijk
voor naar Le Procope te gaan. Ze hadden niet gereser-
veerd, en smaakten het genot vóór vier anderen een tafel
te krijgen. Twee heren stonden Pili letterlijk met open
mond na te kijken. Na afloop (oesters, canard, chocolat
forêt-noire) tilde hij haar in de gang thuis op en droeg
haar over de eerste drie treden. Dat was geen kunst, daag-
de zij uit, vijfhoog, dat zou knap zijn; daar was hij te oud
voor. Met harde lachende stemmen sloten zij een weddenschap af. Als het hem lukte mocht hij de manier van
vrijen dicteren. Hij tilde direct haar rok hoog op, zodat zij
in haar slip en jarretelles stond en hij haar met één arm
tussen haar benen, gemakkelijk kon dragen. Terwijl zij
alle bewoners wakker gilde, droeg hij haar naar vijfhoog.
Het was misschien de mooiste avond in dat Parijse appartement en hij werd gevolgd door de verschrikkelijkste
nacht.

5 Alexander Rothweill

Die laatste avond en nacht in Spanje, met die volkomen onverwachte verklaring van Pili dat ze meeging en die krankzinnige autorit in de nacht, zou Alexander nooit van zijn leven vergeten.

Hij had geweten dat de smokkelwegen scherp werden bewaakt, omdat communistische infiltranten vanuit Frankrijk het land aan de noordgrens binnendrongen. Hij had geweten dat de komeetroute eveneens gevaar opleverde. Ondanks het redelijke weer had hij rekening gehouden met opstoppingen en versperringen. Al in Bilbao had hij begrepen dat hij niet vóór negen uur 's ochtends het land uit kon zijn.

Onderweg had hij overwogen de zware koffer met materiaal in een ravijn te gooien. Met die auto kon hij immers de grens niet meer over. Maar Pili zou wakker geschrokken zijn en zij mocht dat vervalsen absoluut niet ontdekken. Hij had alles in Roncevalles achtergelaten. In Milaan en Turijn, hoopte hij, was materiaal genoeg voor de nabije toekomst. Als de nieuwe eigenaar van de auto de koffer vond en de politie waarschuwde, zou dat het definitieve bewijs zijn van zijn carrière als vervalser. Voor hem was de Spaanse grens definitief op slot. Hij vroeg zich af of Pili dat besefte. Hij vroeg zich af in hoever zij erop rekende dat binnen korte tijd alles weer bijeengevoegd kon worden. Dat hij kon aanschuiven bij de familie

Gil Yuste. Dat zij opnieuw het stralend middelpunt zou zijn.

Scherp en verontrustend waren hem de opmerkingen van Pili bijgebleven. Hij had haar eerst niet begrepen. Dat zij doelde op de diefstal van jaren geleden vond hij te gek voor woorden. Pas na een paar zinnen had Alexander ingezien dat zij hem vanaf het allereerste moment had doorgehad. Zijn hoofd was nu nog gevuld met onbegrip hoe zij in godsnaam zijn diefstal ontdekt had. Hij had haar altijd onderschat. Hoe gemakkelijk om geld te stelen met een vals politiepasje; hoe raadselachtig dat zij slapend achter die diefstal was gekomen en dat bovendien voor zich had gehouden en geen beschuldigingen in zijn gezicht had geschreeuwd. Het getuigde van een raffinement waar hij voorlopig geen antwoord op wist.

Zij had hem volledig doorzien en was toch een relatie met hem aangegaan. Zij was al die jaren zijn vriendin geweest. Met andere woorden: zij had alles goedgekeurd, zij had er geen probleem van gemaakt, het had haar mogelijk opgewonden. Zij was geen haar beter dan hijzelf. Toen hij dat voor het eerst besefte, vond hij dat zo komisch dat hij spontaan en hard was gaan lachen. Nu hij er meer over nadacht, voelde hij ook hoe vernederend het was. Hij voelde zich door haar terechtgewezen. Het ergerde hem dat hij niet op die zaak kon terugkomen. Hoe kon hij na drie jaar stilzwijgende goedkeuring van haar kant iets daarover zeggen? Het feit was achterhaald, zijn karakter was haar bekend. Ze keek dwars door hem heen. Hij vreesde het moment dat zíj erop terug zou komen. Hij besefte dat ze een tijd tegemoet gingen van verzwijgen en verbergen. Want er waren onderdelen van zijn leven die zij niet mocht kennen. Hoe moest dat, in een gezamenlijke ruimte en dag en nacht bijeen? Ze zouden elkaar gaan beloeren.

~

Zo was hij, begin februari 1951, met Pili Eguren in de stad
aangekomen, waar hij twaalf jaar eerder zijn vorige vriendin, Lisa Fonssagrives, liggend op straat had achtergelaten
(rug gebroken? levenslang verlamd? zwanger?). Blumenfeld had haar hoog op de Eiffeltoren gefotografeerd voor
Vogue. Lisa had levensgevaarlijk staan poseren en het eerste wat Pili zei toen ze in het Gare de Lyon waren uitge-
stapt, was dat ze de Eiffeltoren op wilde. Het hele gebied
(Eiffeltoren, Montparnasse, Rue Delambre, Necker) moest
hij voor haar tot spergebied zien te verklaren. Geheim gebied, want het had met Lisa te maken. Voor Pili verboden.

In Parijs kocht hij een andere auto. Een BMW van het
type 328 uit 1939, een jaar waarin weinig zescilinders waren afgeleverd in verband met de oorlogsomstandigheden.
Het was een zachtcrème tweepersoons met een linnen dak,
een smalle voorkant en elegante zwarte spatborden en
koplampen. De wagen was achtergelaten door een hoge
officier van het Duitse leger, vertelde de eigenaar. Alexander eiste een proefrit en besloot het voertuig te kopen. Hij
maakte zich gezien bij een monteur en tegen ruime betaling liet hij die een nieuwe metalen bergplaats maken
voor een koffer. Op een dag dat Pili naar de Lafayette was,
bracht hij de materialen die hij gered had en het weinige
dat hij inmiddels had kunnen kopen, naar de veilige bergplaats in de auto. Daar legde hij al het papier bij, dat hij
uit voorzorg onder zijn overhemden had vervoerd.

Milaan en Turijn hoorden niets meer van hem. Hij begreep dat hij zulke adressen op deze manier kwijtraakte,
maar het besef dat hij Pili zo dicht op de huid zat, schudde
een vunzig beest in hem wakker dat grommend alles wat
niet met haar te maken had van zich af beet. Hij leerde

haar zijn taal, deed met tong en lippen voor hoe klanken in de polders totstandkwamen en proefde daarna met tong en lippen hoe de Baskische zeewinden haar huid overal hadden strakgetrokken. Hij overhoorde haar woorden en dwong haar tot pittige hoogstandjes als ze veel fouten maakte. Hij probeerde haar seksueel te betoveren, omdat ze tijdens dergelijke toeren geen lastige vragen stelde en niet in zijn eigendommen snuffelde. Zij kende in Parijs de weg niet. Zij had niet de beschikking over geld.

Het huis werd verwarmd door een kleine oliekachel die door Pili gloeiend heet werd gestookt. Gezeur over hoge kosten wilde ze niet horen. Ze liep er binnen luchtig ge-kleed bij. Als ze passeerde, trok hij haar op schoot of hij tilde de zoom van haar jurk tot haar middel omhoog. Tot zijn ergernis vertikte zij het de dure kousen of korsetjes aan te trekken die ze hadden meegenomen. Het herinner-de haar te veel aan hun heimelijk Bilbao, aan de geliefden die ze daar had moeten achterlaten.

Hij werd zoals in de beste dagen met Lisa Fonssagrives jaloers bekeken als hij met Pili een restaurant binnen kwam. Op straat draaiden passanten zich om. Als zij 's avonds langs de terrassen liepen, waar dankzij vernufti-ge verwarming altijd mensen zaten, dan negeerde hij haar verzoek daar neer te strijken; hij merkte niets van de tinte-lende nieuwe sfeer, hij voelde alleen de krachtige bewe-ging van haar bilspieren onder zijn hand. Hij wilde naar huis, naar de vijfde verdieping, waar hij haar uit haar kle-ren zou rukken en liefst beginnend op de houten trap zou aflikken.

Eens werd hij middenin de nacht wakker. Terwijl hij water dronk, staarde hij naar de rafelige rand van de don-kere stad. Verderop liep een vrouw in een verlichte keu-ken. Hij verbaasde zich over haar bedrijvigheid op dit uur. Ze bewoog tussen een tafeltje en een aanrecht en hield daarbij een vast ritme aan zodat de beweging bijna een dans werd. Lisa, dacht hij, Lisa zou achter zo'n venster kunnen dansen. Afstandelijk, onpersoonlijk, anoniem. Weggestopt in een van de miljoenen hokjes die onder deze daken schuilgingen.

Samen met Pili wandelde Alexander langs de Seine, toen zijn blik viel op de foto bij een boekenstalletje. Zo plotseling voelde hij het bloed uit zijn gezicht trekken dat hij bijna de stop voelde die ergens bij zijn keel uit de afvoer getrokken werd. Hij zag met één blik dat die verdomde Blumenfeld het voor elkaar gekregen had. Hoe prachtig de foto geworden was. Hoe gevaarlijk Lisa op de Eiffeltoren stond. Hoe geen bint, geen dwarsbalk haar tegenhield, hoe zij met één bijna wegslippende voet op het ijzer stond. Hoe haar heupen ver buiten de toren staken en hoe haar jurk als een splinternieuwe, opdrogende vlindervleugel uiteengeblazen werd. De grootste kracht van de foto, het prachtigste contrast was de diepte daarachter, de huizen en de Seine onder haar, de grote stad tot speelgoedniveau teruggebracht, waarboven haar wapperende jurk haar wegtrok naar het Grand Palais in die duizelingwekkende diepte, of verder weg naar de nauwelijks meer zichtbare Opera Garnier, naar de Noord- en Ooststations die al zo wazig ver weg lagen dat ze samenvielen met de Ardennen, naar het kanaal van de Ourcq dat ongeveer in het vijandige Berlijn stroomde.

Pili trok hem mee en zag pas twee boekenstalletjes verder dat hij onwel geworden was.

De volgende dag stelde hij voor bij Le Procope te eten. Pili schopte onder tafel haar schoen uit en wreef met haar voet langs zijn benen. Plagerig noemde zij hem beurtelings Alexander en Taco Albronda. In de gang thuis tilde hij haar op. Ze beloofde hem een avond seksuele horigheid als hij haar vijfhoog kon dragen. Wat hem lukte. Ze deed wat hij vroeg en kleedde zich uit. Alexander zette haar op de bank, wijdbeens, zodat haar lichaam tegen de witte muur afstak, haar armen schuin omhoog waarbij haar handen tegen de balken konden steunen. Juist op dat moment dat ze op haar verleidelijkst was, dat hij geen enkel verzoek kon weigeren, vroeg ze naar de details van de treindiefstal.

Of hij haar zelf bestolen had? Toch in godsnaam niet die aardappel naast haar met die zwarte hoed of die vette makaak die in de coupé was achtergebleven. Details, Rothweill, details wilde ze horen.

En daar stond ze met haar Bilbao-kousen en verder niets. Hij rook haar, wilde haar voor- en achterkant tegelijk zien, wilde zich diep in haar begraven. Hij vertelde met horten en stoten en afwisselend met steeds aarzelender strelingen, dat zwarthoed haar bestolen had. Handig, sluipend, met de seksuele handschoen, zoals dat heet, wat erop neerkwam dat je de druk van, bijvoorbeeld, een portemonnee nog voelde als hij al weg was. Dat hij het bedrag op het tussenbalkon aan de ander ontfutseld had. Hoe, zei hij er niet bij. Hij wist bij god niet van welke details zij wel op de hoogte was en van welke niet. Zij wist meer dan ze deed voorkomen, dat stond voor hem vast. Iedere leugen van hem kon ontmaskerd worden. Dat ze alsnog kwaad werd, verbaasde hem buitengewoon. Hij zag hoe zij onzeker van de bank af stapte, hoe zij de kousen uittrok, iets te wild, zodat één kous scheurde. Hij zei er wat van.

'Je bent een lamzak dat je het door een ander hebt laten doen.'

'Zeg, word daar niet kwaad om. Jij bent geen haar beter dan ik.'

'Je had het zelf moeten doen.'

Hij begreep haar niet. Schreeuwde iets terug. Hij dacht

aan de kousen en verweet haar ondankbaarheid. Zij verweet hem dat hij een nietsnut was geworden, dat er weinig over was van de indrukwekkende Alexander Rothweill en dat hij een gewone Hollandse boeren-Albronda was geworden. Om half drie trok hij zijn kleren aan, pakte zijn sleutel, gooide de deur dicht en draaide het appartement op slot. Hij bleef een uur door Parijs lopen. Er klonken wat sirenes, hij kwam een groep feestvierders tegen, er reden een paar bezopen motorrijders. Verder was het stil.

Bij zijn terugkomst was Pili verdwenen. De kamers bevatten enkele plaatsen waar je je kon verstoppen; die had hij snel doorzocht. Hij wist zeker dat hij de sleutel had omgedraaid. Zij had het raam kunnen openen om naar het dakterras van de buren te gaan, maar het raam zat van binnenuit op slot. Tamelijk laat zag hij dat de spagnolet van het raam aan de voorkant losstond. Pili was via de steiger het schuine dak op gekropen. Ze had meters pannen overwonnen en zat schrijlings hoog op de nok over Parijs uit te kijken. Terwijl hij voorzichtig uit het raam boog (de straat diep onder de vliegende steiger maakte wat dronken geluiden) vroeg hij of ze kwaad bleef. Haar antwoord kon hij niet goed verstaan omdat haar stem tussen de duizenden schoorstenen verwaaide. Toen draaide ze haar hoofd en luid en duidelijk galmde over de nachtelijke Odéonbuurt: 'Oké, ik hou van je, maar dat bedrag steel ik van je terug. Op een of andere manier.'

Haar dreigement verontrustte hem. Ze wilde op zijn roepen vooralsnog niet naar beneden komen.

Waar moest ze heen? Ze zou over de daken kunnen balanceren tot het eind van het huizenblok, waar de straat nog dieper gaapte. Ze zat op het dak en moest onverbiddelijk terug, zijn kamer in. Zo was haar leven. Ze kon geen kant op.

Later kwamen arbeiders een nieuw dak leggen. Pili en

Taco werden opgeschrikt door harde klappen. Het plafond bestond uit oude balken waartussen dunne plaatjes waren gespijkerd; de naden opgevuld met cement, steengruis en lijm. Op die balken timmerden de arbeiders nieuwe latten. Bij iedere klap kwamen gruis, cement, stadsvuil en zelfs grote stenen naar beneden vallen, zodat Taco en Pili van tijd tot tijd in oudtestamentische stenenregens zaten. Nadat de pannen van het grootste dakdeel waren weggehaald, werd een groen zeil over hun etage gespannen voor het geval dat het ging regenen. Midden op de dag zaten ze in een groen halfduister als in een aquarium. Een waterwereld die hen zacht als zeekoeien maakte. Taco verweekte omdat hij voelde dat hij afstand nam van Alexander en daarmee van de luxe, de rijkdom en de spanning. Pili verweekte omdat ze Elena en Ernesto en Rosa miste. Ernesto had haar in een telefoongesprek verzekerd dat hij haar niets kwalijk nam en Elena was blij geweest haar stem te horen. Toch had Pili gemerkt dat Elena en Rosa bij de laatste woorden aan het apparaat stonden te huilen.

Er ontstond tussen huiseigenaar en arbeiders een conflict over de betaling. De dakbedekkers weigerden verder te gaan en wekenlang bleven Taco en Pili in die groene schemer zwemmen. Intussen begon het na een periode van heldere en droge vorst te regenen en vanaf de eerste bui bleek het groene zeil vol gaten. Het was elders op daken gespannen en door alle spijkergaten kwam vrolijk de regen tikken. Eerst op het glas van de ramen en op de balken, vervolgens door het plafond heen op de vloer, op de bank, op de tafel, op het bed. Langs de muren droop het regenwater binnen omdat het groene zeil niet waterdicht langs de rand te leggen viel. Het zeekoebevattend aquarium werd gevuld met Parijs regenwater. Taco en Pili zaten in cafés die in verband met het regenweer overvol waren, en in bioscopen waar ze wegdommelden tijdens de film omdat ze 's nachts slecht sliepen, alert als ze waren voor een nieuwe lekkage op een plaats waar geen teilvoorziening getroffen was.

Omdat zij in de brasserie aan de overkant zijn taal zaten te oefenen en de ober er een spel van maakte in zoveel mogelijk talen het begrip 'grand crème' te zeggen, begreep deze dat hij met Nederlanders te maken had en kon hij hen op een dag waarschuwen, dat in de kleine bioscoop verderop een programma over Holland draaide, samen met *The Asphalt Jungle*. Van John Huston, zei hij erbij.

Taco ging alleen. De voorfilm handelde over architectuur. Hij hoorde de namen van Le Corbusier, die hij vaag kende, en van Oscar Niemeyer, die hij niet kende, die volgens de film met Le Corbusier samengewerkt had. Beelden van huizen en straten. Verkeerde bioscoop, dacht Taco. Met een filmische schok omdat de montage gebrekkig was en met een korte zenuwtrilling van beelden verscheen een Hollands polderlandschap op het doek. Hij volgde verbaasd de sloten, de weilanden en de wilgen die de verspreid liggende boerderijen tegelijk verbonden en oneindig ver uit elkaar dreven. Taco zat zo gespannen naar de beelden te kijken dat het Franse commentaar half tot hem doordrong. Tot hij zich realiseerde dat in de film een plan werd aangekondigd, gekoppeld aan het Marshallplan, om met Amerikaans geld en onder leiding van Niemeyer een stad te bouwen die zou voorzien in de enorme behoefte aan nieuwe huizen en die tevens een symbool zou zijn van een hernieuwd Europa. Het zou een grote stad worden met zeer uitgebreide voorzieningen, waarin bestaande dorpen en steden zouden worden geïntegreerd. De meest waarschijnlijke locatie, nu het Elzasgebied was afgewezen, was het westen van Nederland. De film hobbelde over grasland, de camera zoomde in op kapotte hekken. Voordat

Taco zich kon afvragen hoe serieus dit plan was (en had hij het goed verstaan allemaal?) werd het beeld gevuld door de bovenlijven van grove boeren met achterdochtige ogen. Dertigers. En vanuit die bijna onbereikbare, natte hoek van Europa boorden donkere ogen vanonder warrige zware wenkbrauwen een Parijse filmzaal in, niet ver van het Carrefour de l'Odéon, waar Taco zich uitermate onplezierig voelde.

Van *The Asphalt Jungle* drongen hoogstens een paar flarden tot Taco door. Een paar namen. De door de politie opgejaagde Doc Riedenschneider. De opmerking van een van de spelers: 'Wat een prachtmeid.' Klopt, dacht Taco. (Ene Monroe.) Een zekere Ciavelli die de kluis moest kraken. Het felbelichte gezicht van Doc die Ciavelli bekeek tijdens het boren. Een draad in het stopcontact. Wit licht in de kier van de brandkastdeur. Meer licht, steeds meer. Wit belichte rook vulde het scherm en de brandkastdeur met zijn knoppen en autosturen en de grille rechts in beeld bezweken onder de ontploffing.

Taco zag niet meer hoe ondanks het alarm Doc rustig de kluis leegde. Taco zag iets heel anders. Hij zag Hanna en Pieke in paniek vanuit hun Walhalla aan de voorkant naar de stal rennen. Hij zag de onheilsgezichten van de meisjes en direct daarop hun schijnheilige verontwaardiging bij het ontdekken van de halfnaakte stripteaseuse. Hij zag Fedde uit de kast komen, wat het vreemde meisje een gebaar van schrik deed maken. Hij zag zijn zusjes geluidloos gillen dat hun ouders doodgingen. Hij wist precies dat hij op dat vroege moment in zijn leven gedacht had op geen enkele wijze haast te moeten maken. Als de ouders inderdaad stierven, dan kon hij in elk geval geen straf krijgen voor de georganiseerde striptease.

Die avond nam Taco, terwijl hij uitkeek over Parijs en Pili sliep, het besluit om naar Nederland te gaan. Zijn ogen mochten gericht zijn op het grijze zink, wat zijn blik werkelijk zag was een gezicht dat in die kleine bioscoopzaal tussen andere gezichten voorbij was geschoten. Het gezicht van een opgejaagde met donkere, achterdochtige ogen en grote laagstaande oren met dikke randen. Achttien jaar had hij geen contact met hem gehad. Die jongen was een jaar of zestien, zeventien geweest, toen Taco de boerderij had verlaten, maar er was geen twijfel mogelijk dat een van die boeren zijn eigen broer Fedde was. Fedde Albronda.

6 In dronken toestand

Een paar maal per jaar joeg Gerrit Hosse in dronken toestand zijn achtvoetige pony langs het vervallen complex en slingerde hij, bijna niet verstaanbaar door de vochtige dranklippen en de verwarde, door alcohol verdikte articulatie, een reeks verwensingen naar de bouwval. Al die lelijke woorden waren niet persoonlijk bedoeld, dacht de bewoner; zij waren gericht tegen het huis, de gewonde bomen, tegen de scheuren in de muren, de houten platen en de golfplaatijzeren schotten die om het vuilnis stonden, tegen de daklijsten die verzakten, tegen de wolken die er hautain overheen dreven. Als iets uit die met jenever of spiritus geflambeerde woordenstroom kon worden gevist, dan waren het donderpadjes en stekelbaarzen als 'Groningse afkomst', 'oudermoord', 'spookzussen'. De dag daarna bracht Gerrit Hosse altijd een bezoek. Als een storm die je de toegang tot je land niet kon weigeren.

'Goedemorgen, mijnheer Albronda.'

Dan stond Gerrit Hosse al in de keuken en pakte een stoel waarop hij definitief neerklapte. Als Fedde wat wou zeggen over die dronken scheldrit van gisteren, was Gerrit hem voor.

'Vandaag zijn we laat opgestaan, mijnheer Albronda.'

Wat kon Fedde anders, dan vragen waarom zo'n figuur als Gerrit Hosse meedeelde dat hij die dag laat was opgestaan.

'Gisteren de hele dag studenten rondgereden, van Leiden naar Noordwijk. Ook damesstudenten. Dat is me een waar feest geworden, mijnheer Albronda.'

Fedde wierp Gerrit voor de voeten dat hij overdag hierlangs was gereden, met veel misbaar en scheldend op van alles en nog wat.

'Dat heeft u vaneigens gedroomd, mijnheer Albronda, want overdag reed ik met acht herenstudenten en negen damesstudenten van wie een naast mij op de bok zat, zo een die niet van mij af kon blijven en die ik telkens uit moest leggen hoe dat gaat, dat rijden met een paard en dan laat ik de zweep knallen en in haar ogen komt zo'n glans van lubido alsof ze zelf met die zweep, pardon, mijnheer Albronda, het zijn studenten, moet u denken, maar zit ik toch bijna vuile praat te houden.'

Fedde vroeg hem soms op de man af of Gerrit vond dat Fedde hier niet hoorde. Na zo'n vraag ontvouwde Gerrit eindeloze theorieën hoe Fedde aan dit huis gebonden was, dit huis aan de grond, de grond aan de omgeving, dat alles zijn plaats had en hoe langer hij doorkletste, hoe edelmoediger hij werd en hoelang bent u alleen, mijnheer Albronda?

'Vanaf 1934.'

'Zeventien jaar, mijnheer Albronda. Ik stel me dat voor.'

Toen Fedde op zeventienjarige leeftijd in 1934 alleen achterbleef (Taco beloofde bij zijn vertrek naar Parijs om de drie, vier weken terug te komen, welke belofte hij niet hield; tante Annie, iedere dag gepest en uiteindelijk met een zenuwinzinking en een hardnekkig eczeem naar haar eigen dorp teruggekeerd, beloofde de jongen iedere week te schrijven en hij kon altijd in haar huis komen wonen; het laatste wilde hij niet, haar brieven gooide hij ongelezen op het erf bij het overige vuilnis) zaten alle grasland-

bewoners te loeren wat er met de kapitale woning zou gebeuren. Fedde was kopschuw geworden en beperkte zijn
tochten naar buiten tot de hoogst noodzakelijke. Hij timmerde planken voor de ramen aan de wegzijde zodat hij de
graslanders niet zag als ze naar binnen probeerden te glu-
ren.

Hij onderzocht de kamer van de meisjes. Lag er geen
verborgen boodschap? Hij trok het behang van de muren,
vond een gat in het pleisterwerk dat zij mogelijk met een
lepel hadden uitgeslepen, trok vloerplanken los, waarbij
hij in een ruimte scherven glas aantrof, en klom op de balken om de inscripties daar te ontcijferen. Na een periode
van vruchteloos onderzoek bracht hij de kamer in de staat
waarin hij hem had aangetroffen, inclusief de repen af-
gescheurd behang die hij terugplakte, maar niet heel precies zodat de wand ging lijken op een slordig geheelde, in
verdriet of woede stukgescheurde huwelijksfoto. Hij bleef
één seizoen in die kamer wonen. Hij keek door de ruiten
van het fronton naar de weilanden en zag van daar af de
zomer voorbijtrekken. Hij sliep in het bed waarin zijn
zusjes geslapen hadden. Na dat seizoen trok hij naar beneden.

Fedde verwaarloosde zichzelf. Hij trok geen schone kleren meer aan, morste bij het eten en drinken (waarbij hij
het bestek en porselein in de kast liet en alles uit de pan
schraapte, uit de verpakking lepelde of gewoon omkeerde
op de tafel en dan met zijn vingers naar binnen propte). In
die tijd ontwikkelde hij de gewoonte die hij bij de terugkomst van Taco in 1951 nog steeds bezat, om zijn sigaret-
tenpeuken met duim en wijsvinger uit te knijpen en dan
het restant de kamer in te schieten. Moest hij naar buiten
dan hulde hij zich in een lange jas en knoopte die tot vlak
onder zijn kin dicht. In winkels liet men hem voorgaan,
uit nieuwsgierigheid om te horen wat hij zou bestellen en

hoe hij zou betalen en om van de stank in de zaak af te zijn. Hij sprak met de winkeliers af dat zij de spullen bij hem thuis zouden bezorgen. Hij zou geld klaarleggen in de keuken of vlak achter de deur. Geld was geld en de stank was snel weg als men het geld in de wind hield. Zo kon hij weken alleen zijn.

Er ontstonden twee Feddes. Een, die in doodse stilte binnen in huis rondspookte en die het gewone spreken verleerde. Een andere, die 's avonds naar buiten sloop, die mensen schrik aanjoeg omdat hij soms achter ze opdook en een heel gesprek afgeluisterd bleek te hebben, die meisjes achternaliep zonder ze kwaad te doen. Die laatste Fedde werd opgesierd met iets anders. Die Fedde in zijn spookjas kreeg een hijgende schaduw, veel zwarter dan hijzelf, een personage in verhalen. Men hoorde van de bewoners van de boerderij langs de Does... In Rijpwetering ging het verhaal... Van iemand in Oud Ade hadden ze vernomen... Meisjes die van de Gogerpolder naar Roelofarendsveen wandelden, meenden zijn jas te zien maar dat bleek een rechtopstaande vlek te zijn die precies tussen twee bomen paste.

Terwijl in kamers en kroegen verhalen verteld werden dat Fedde vermomd als schietwilg een gesprek had afgeluisterd, of een meisje had achtervolgd langs de Achterwetering, zat de werkelijke Fedde in het huis dat te groot was voor hem alleen, dat te vol zat met herinneringen om tot rust te komen, dat te stil was om hem de kans te geven zijn taal te behouden.

In een jaar gleed Fedde af naar een primitieve manier van leven. De enkele keer dat hij een winkel binnen stapte, verbijsterde hij personeel en klanten door razendsnel vliegen uit de lucht te plukken en die tussen zijn zwarte nagels dood te knijpen.

Eigenlijk was de kamer boven, de meisjeskamer, zijn

redding. Meestal potdicht, omdat hij zijn vieze, onverzorg-
de lijf niet kon verdragen in die kamer waar vroeger Hanna en Pieke hadden geslapen. Na dat ene seizoen had hij
het bed met schone lakens uit hun eigen kast opgemaakt.
Van tijd tot tijd kreeg hij een onbedwingbare neiging terug te gaan naar die kamer. In zo'n geval verplichtte hij
zich tot reiniging. Dan trok hij zijn kleren uit, kookte water, nam een bad. Hij kamde zijn haren, haalde de slobber
onder zijn nagels uit en knipte de gescheurde randen bij.
Met een fles drank sloop hij naar boven. Op de kamer van
de meisjes dronk hij de fles voor een groot deel leeg en op
de grond voor het bed, naakt, zijn geslacht hevig schud-
dend en wrijvend om de gevoelens die hem bezielden eruit te pompen, haalde hij niet alleen zijn twee zusjes voor
de geest maar alle vrouwen die hij kende uit de omgeving
en die in hem een gevoel losmaakten dat enigszins verge-
lijkbaar was met een neiging tot kwijlen.

Zo betrachtte hij een minimum aan hygiëne als een
ritueel ter ere van zijn zussen. Als hij naar beneden kwam,
ruimde hij in de loop van de dag daarna alles op en begon een nieuwe periode van vervuiling en verdierlijking.
Fedde was sterk. Hij kon wel wat hebben. Jaren ging het
op deze manier door. De wereld bemoeide zich steeds
minder met hem; hij bemoeide zich totaal niet met de wereld.

Het zal rond 1938 geweest zijn dat deze animale levens-
stijl veranderde.

Fedde had besloten de dag boven in het fronton door te
brengen. Geheel tegen zijn gewoonte in had hij, terwijl hij
op het water stond te wachten dat in de oven boven brandende takkenbossen hing, een flinke slok genomen uit de
fles drank. Hij nam een tweede slok en een derde, waarna
hij besloot, vuil als hij was, met smerige kleren, naar boven te trekken en de wasbeurt dit keer over te slaan. De

trap in de middenkamer maakte een scherpe draai naar de bovenverdieping. Fedde hees zich aan de leuning omhoog en nam de trap met enkele treden tegelijk. Bijna boven, bij de laatste stap waarbij hij zijn voet ver omhoog en vooruit zette om drie, vier treden tegelijk te nemen, precies op het moment dat zijn lichaam door die grote stap uit balans was, greep hij mis bij zijn poging zich aan de leuning op te hijsen en hij stortte achterover. Zijn zware lichaam plofte vol op de korte leuning bij de eerste bocht onderaan. Die brak finaal doormidden. Het ene deel van de leuning schoot met het versplinterde uiteinde scherp naar voren langs zijn hoofd (vijf centimeter naar rechts en zijn oog en hersenen zouden klassiek doorboord zijn door de houten paal) en spleet zijn oorschelp. Het andere deel sloeg waarschijnlijk eerst tegen de muur en knalde bij de terugslag in het razendsnelle vallen Fedde in het gezicht. Hij smakte als een zak aardappelen op de grond en bleef enige tijd liggen. Het eerste wat hij zich daarna realiseerde was dat hij van hoofd tot voeten lag te schudden. Pas na een tijd die hijzelf als uren ervaarde, slaagde hij erin zijn hoofd te grijpen. Zijn hand zat vol bloed. Hij moest naar een dokter. Fedde trok zo goed en zo kwaad als het ging zijn spookjas aan, bond een handdoek om zijn kop, liep naar buiten, hield de eerste de beste auto aan en liet zich naar het huis van dokter Pronk brengen aan de rand van de stad.

Op zijn broek zaten vlekken die de twee vrouwen in de wachtkamer, allebei hoogzwanger, niet durfden te duiden, zijn schoenen waren dichtgebonden met stukken touw, zijn jas was smerig en gekreukt, zijn ongewassen haren staken alle kanten op. Zijn enorme oorschelp was horizontaal in twee delen gescheurd, bloedde en uit de opening schoof bij iedere spierbeweging een witte strook kraakbeen, zijn mond zat onder het bloed. De prenatale rechtvaardigen zaten hem stil aan te kijken, doodsbang dat die man hun vrucht zou bevlekken. Fedde stond onbeweeglijk in de spreekkamer en durfde niet te gaan zitten. Hij zou alles vuil maken. Bij het belsignaal van dokter Pronk wezen de vrouwen dat Fedde eerst mocht.

De dokter die ooit door de ouders Albronda was uitgezocht om hun kinderen te onderzoeken en te genezen van alle mogelijke kwalen, werd voor Fedde de man die hem van de rand van de afgrond trok. Hij zag ogenblikkelijk hoe ernstig de jongen verzwakt was, niet door de gekneusde ribben: die genazen vanzelf, niet door het gescheurde oor: daar zette hij wel een paar nietjes in, wel door de stomme ellende en jarenlange vervuiling. De dokter hechtte het oor, waarschuwde Fedde dat in de breedte een reep wild vlees zou groeien, voorspelde hem de pijn in zijn ribben en bracht hem zelf in de middag naar de Albronda-Staete terug. Hij sommeerde Fedde zijn oude kleren weg te gooien, zocht net zolang tot hij schoon goed vond en liet zijn patiënt een uitvoerig bad nemen. Hij maakte een afspraak met een tandarts want bij de val waren verschillende tanden gebroken.

Dokter Pronk ging serieus in op de klacht die Fedde pas na een paar bezoeken durfde uit te spreken. Fedde haalde zich bij elke jonge vrouw die hij ontmoette, tal van waanvoorstellingen in het hoofd. Wat voor waanvoorstellingen? Fedde vertelde zijn vriend de dokter met zachte stem dat hij zo'n vrouw in zijn verbeelding meelokte naar huis, haar uitkleedde... Had de dokter zelf geen enkel vermoeden naar welke nachtmerrieachtige stegen Feddes hersens trokken? Jan Pronk vertelde Fedde dat hij zich niet ongerust hoefde te maken. Zulke gedachten waren veel normaler dan Fedde dacht. Nou, dokter kon het allemaal goed bedoelen, met dat advies ging Fedde niet gerust slapen. Hij vertelde dat hij in de avond door de weilanden sloop om meiden te betrappen die op de wegen fietsten. Of ze op zijn zussen leken. Dokter Pronk zei na een paar gesprekken dat hij hem wilde helpen. Hij bracht een voorraad pillen mee waar Fedde voorlopig genoeg aan had. Het innemen van één pil per maand was voldoende om zijn waanvoorstellingen te remmen; na korte tijd zou Fedde zijn verlangen naar vrouwen helemaal verliezen. Op de pil stond geen naam; op het doosje waar de pillen los in zaten, stond geen naam; dokter schreef geen recept uit. Fedde pakte de pillen dankbaar aan en beloofde dat hij steeds de eerste van de maand zo'n pil zou innemen.

De gesprekken met dokter Pronk leverden meer op. De ouders hadden er altijd op gestaan dat de kinderen wat goeds zouden leren; na de verdwijning in 1931 van Hanna en Pieke verloor Fedde alle lust in het volgen van onderwijs. Op school was Fedde een merkwaardige leerling geweest. Moeiteloos kon hij feiten onthouden, maar hij verdomde het om de samenhang of de logische ontwikkeling binnen een vak te zien. Dat had geleid tot komische situaties. Fedde had bijvoorbeeld in recordtijd de topografie van Groningen geleerd en als de aanwijsstok een stip, een rode vlek of een blauw lijntje aanwees, wist Fedde de bijbehorende naam en zelfs de bijzonderheid. 'Oude Pekela; strokarton.' Een voorbeeld voor de andere kinderen. Totdat bleek dat hij alleen die ene provincie kende. Fedde vond het genoeg. De andere provincies hoefden niet meer. Zelfs de bekendste en makkelijkst herkenbare steden als Middelburg, Den Helder, Maastricht wist hij niet te benoemen. Bij andere vakken precies hetzelfde. Fedde kende als eerste alle jaartallen van de Vaderlandsche Geschiedenis van buiten. Met veel grotere zekerheid dan de meester zelf dreunde hij de feiten op, als de meester een jaartal opschreef. Dat de Tachtigjarige Oorlog een wanhopige strijd van de Spaanse vorst was het opstandige en ketterse gewest Holland voor het Habsburgse Rijk en voor de ecclesia mater te behouden, dat interesseerde hem geen zier.

Fedde ontwikkelde na gesprekken met dokter Pronk wat hij vanaf zijn veertiende, vijftiende jaar verwaarloosd had. Hij leerde Engels en ging Shakespeare lezen, nadat hij Jan Pronk had gevraagd wie de beste schrijver van de wereld was. Hij las de Statenvertaling van het Oude Testament (dat Groningers een soort joden waren, zoals hem vroeger werd voorgehouden, geloofde hij allang niet meer; de manier waarop er steeds vaker over joden gesproken werd overtuigde hem ervan dat men hem, gezien de minachting en de afkeer die hij ondervond, in elk geval aanzag voor een soort jood). Hij vond allerlei boekjes en leerde delen daarvan uit zijn hoofd. Zo begon hij aan een cursus Russisch, aan de letter V uit een dierenencyclopedie, hij leerde schaken, hij leerde een boekje met spreuken, spreekwijzen en gezegdes uit het hoofd, bestudeerde muziekpartituren en las een boek over het bouwen van radiotoestellen.

Met al dit studeren overwon hij een vorm van afasie. In zijn isolement had hij een woordeloos bestaan geleid tussen voederbak en slaaphoek en die zwijgende sleur werd doorbroken. Zijn taal werd een ingestudeerd en buitenissig mengsel van gewone mededelingen en vreemde elementen. Vroeger hadden Taco en hij een eigen taalgebruik ontwikkeld waaraan zij elkaar konden herkennen en waarin zij onderling oefenden om zich te onderscheiden van de anderen, een taal met kleine grappen: klinkers (kalinkers) of juist medeklinkers aan de woorden toevoegen (epaan depe wepoordepen tepoevepoegepen), omkeringen en dan hakselen (neg-nirek-mo), spraakgebrekimitaties waarbij ze soms blauw lagen van het lachen (funnen jullie eindelijf in de feufen fomen, het eten is flaar). Nu leerde Fedde spreken in een eigen taal die grilligheid paarde aan sierlijkheid, verstaanbaarheid aan een zekere gekunsteldheid.

Hij sloeg de klep van de vleugel in de opkamer open. Hij ging neuriënd voor de toetsen zitten, knakte zijn vingers als oefening en plaatste behoedzaam zijn vingers op de toetsen. Hij schrok van de harde klank in het huis. De dagelijkse etude werd een obsessie. Van losse tonen schakelde hij over naar het spelen van reeksen, van ladders. Hij probeerde in snelheid te variëren. Ergens in huis moest bladmuziek liggen; hij rekende de afstanden uit en probeerde te begrijpen hoe die kriebeltekens in muziek omgezet moesten worden. Wat hij speelde klonk na enige tijd niet eens zo gek, hoewel hij niet in de gaten had dat hij alles volkomen fout instudeerde.

Het meest ingrijpende gevolg van zijn studie was de ontdekking van de laatvlieger. Hij had verschillende boekjes over dieren gevonden. Of de informatie verouderd was of bijgewerkt tot de laatste gegevens, of de informatie volledig was of dat het boekje halverwege een hoofdstuk ophield: het was hem om het even. Hij legde een 'klapper' aan. Hij scheurde alle beschadigde katernen van de boekjes af en plakte de restanten achter elkaar, rijp en rot dooreen, waardevolle informatie van belangrijke biologen naast flauwekul die aan kinderen verkocht werd door zich nergens voor schamende uitgeverijen. Hij ging anders naar dieren en planten kijken. Zo kon het gebeuren dat hij in de avond oog kreeg voor een gefladder dat hij anders aan al te late, zenuwzieke zwaluwen had toegeschreven. Na lang bladeren in zijn klapper begreep hij dat dat vleermuizen moesten zijn. De nachtelijke, schuwe verschijning was hem ogenblikkelijk sympathiek. Hij wilde alles van deze dieren weten.

Twee, drie jaar hield hij zich met weinig anders bezig. De wereld om hem heen ontging hem. Hij hoorde dat de toestand ernstig was: het interesseerde hem niet veel. De vleermuizen volgden routes, ze waren nieuwsgierig en gevoelig voor geluiden. Hij vermoedde dat ze in de buurt een schuilplaats hadden. Zijn pianospel, meende hij, oefende invloed uit op hun gedrag.

Op een avond ontdekte hij de schuur. De bewoners van het krot ernaast waren niet thuis en hij kon de schuur onderzoeken. Een vleermuis vloog vlak langs zijn hoofd weg. Achter balken hoorde hij geluiden. Hij wilde verder niet storen. Trillend van opwinding klom hij omlaag. Hij sloop de schuur uit.

Thuis bedacht hij dat die schuur voor hem veel belangrijker was dan de kapitale boerenhoeve waar hij op dit moment resideerde. Het kon hem allemaal gestolen worden, dat huis met die eigenaardigheden en met de altijd aanwezige herinneringen.

Het eerste bezoek dat hij de eigenaar van de schuur bracht, leverde weinig op. Hij werd nauwelijks te woord gestaan en na zijn aarzelend geformuleerd voorstel liep die vent ijskoud weg. Na enige maanden liet hij Jan Pronk op dokterspapier een uitvoerige brief schrijven. Daarin legde hij uit dat hij wegens familieomstandigheden niet meer rustig kon leven in de Albronda-Staete, dat hij bereid was tot een voor hem zeer onvoordelige ruil (dat moesten zij weten: dat hij dat zelf heel goed besefte) en dat hij de beste mensen aan wie deze brief was gericht aanbood hun huis met het zijne te ruilen. Hij nam alle bijkomende kosten op zich.

Lange tijd hoorde hij niets op de brief. Tot op een zondag een deftig geklede man voor de deur stond, die hij eerst niet herkende en die zich voorstelde als 'van verderop'.

De aspirant-koper liet zich rondleiden, zocht naar verborgen gebreken, informeerde naar de bereidheid – niet dat het doorging, maar gesteld dat – alles voor een notaris te verklaren. Of hadden de overheden plannen dit gebied totaal te veranderen? Hoe zoiets uitgezocht moest worden? Wat was deze woning eigenlijk waard? Waarom wilde Albronda hún woning als ruilobject? Was daar iets bijzonders aan? Groef hij soms een schat op als de ruil een voldongen feit was? Waarop Fedde zei dat in dat geval Fedde de gouden dubloenen zou bezitten en de ander de Albronda-Staete, en nu had Fedde de Albronda-Staete en de ander géén gouden dubloenen. Gingen ze er toch allebei op vooruit! Waarop de ander in zijn onnozelheid heel link begon te kijken.

Fedde had een deel van de meubels, de tapijten en antieke lampen goed kunnen verkopen aan een Sprotbuiker en van het geld had hij een hemelsblauwe Chevrolet pick-up model jc uit 1939 gekocht. Hij schakelde een verhuisbedrijf in, installeerde zich provisorisch in de nieuwe woning, gaf de trappelende familie de sleutels van de Albronda-Staete (de man wenste hem met een grijns geluk, de vrouw en de kinderen passeerden hem sprakeloos), hij herkende in de ogen van die kleine stommerds ineens zichzelf van vroeger, ging avond aan avond voor de deur zitten en lette alleen op wat in de avondlucht vloog. Hij zag de langzame uilachtige vlucht van zwarte dieren en probeerde patronen te ontdekken in hun bewegingen. Hij meende het hoge venster te ontdekken waar zij de schuur in en uit vlogen. Het stevige glas, gevat in een metalen frame, sloot kennelijk niet aan op de vensterbank; de dieren maakten gebruik van een spleet. Als het stil was, zag hij de eerste uitvliegen; de andere volgden alsof ze op groen licht hadden zitten wachten.

Hij ontdekte dat ze bij terugkeer een soort veiligheidsmanoeuvre uitvoerden. Een enkel dier vloog naar het venster, altijd van beneden af, op het laatste moment zwenkte hij weg van de opening, scheerde in elegante vlucht voor het gebouw langs, fladderde rond en herhaalde die schijnbeweging. Alsof het dier langs de ingang vloog om te kijken of alles veilig was. Hij telde de dieren. De laagste telling was zesendertig, de hoogste drieënzeventig. Op een avond zag hij dat er een tegen de gevel geplakt zat en terwijl hij zich afvroeg wat dat dier daar moest, viel het naar beneden op de grond. Fedde schrok. Hij meende dat het dier gewond was. Met een aantal malle sprongen en passen stak het half lopend, half springend het grasveld over langs de schuur en het klom razendsnel naar boven om vanaf een richel in een fraaie vlucht weg te duiken.

Fedde was echt ontroerd, toen op een warme avond een groot aantal tegelijk uitvloog en hij de vleermuizen snerpende en krassende kreten hoorde slaken, die hij probeerde na te doen. Hij nam aan dat ze elkaar wezen op die donkerharige vleermuisvriend, grootorig en hoefijzerneuzig, die beneden stil op de bank zat.

Hij schreef alles wat hij ontdekte in een klein boekje. Dat zij wijde bochten konden nemen, dat hun vlucht onvoorziens gekeerd kon worden en dat ze in zo'n draai ophielden met de vleugels te roeien zodat ze de meest onverwachte kant op gleden. Hij hing, bij wijze van proef, twee lampen op. Hij merkte dat zij dat prettig vonden. Een carbidlamp bleek favoriet. Hij zorgde ervoor dat in de zomeravonden zo'n lamp scheen als baken in de eindeloze polders. Hij probeerde de vleugels te tekenen.

Op een dag vond hij een verfomfaaid exemplaar. Dood. Hij nam het mee als een grote schat en besteedde een hele dag en een hele nacht aan het bestuderen van het dode dier. Het beestje stonk naar ammoniak, de gehavende huid was kort daarvoor verlaten door roofzuchtig ongedierte. Het bontlijfje kon gekamd worden, de haren waren tamelijk lang, bruin tot zwart op de rug en lichtbruin of geel op de buik. Fedde bestudeerde de oren met de plooien, zag het stukje huid met het uitstekende puntje van de staart en wist zeker dat hij met een laatvlieger te maken had. Zijn studie was aan de specialisatiefase toe. Hij maakte 's nachts tochten om hun routes te volgen.

Fedde slaagde erin de dieren aan zijn onelegante verschijning en zijn rook- en eetgewoontes te wennen en bovendien lukte het hem zich vleermuisachtig in hun wereld te bewegen, zodat het leek of hij met de dieren kon spreken en schrijven. Fedde probeerde van alles om het de vleermuizen naar de zin te maken. Hij maakte een vuilnisbelt, een mestberg tussen plaatijzeren en houten schotten, waar het krioelde van de kevers, hij hing een lantaarn op met het witste licht, hij respecteerde hun winterslaap.

In de zomer van 1946, toen hij drie jaar eigenaar was van de kleine boerderij met een door vleermuizen bewoonde schuur die vroeger voor god weet wat voor opslag of fabricage gediend had, ontdekte hij hoog bovenin, tussen de balken, de slaapplaats van de kolonie laatvliegers die hij vergeving vroeg voor het storen en die hij verzorging en bescherming verzekerde en blijvende vriendschap. Hij ontdekte zelfs een kraamkamer of een soort crèche met jonge laatvliegers, een gekrioel van felroze met kleine zwarte ineengevouwen vlerkjes en hij zwoer bij zichzelf dat niemand anders dan hij dit ooit te zien zou krijgen.

Gerrit Hosse ving ratten. Daaraan ontleende hij een bedenkelijke populariteit bij de Sprotbuikse jeugd en bij de koters op de boerderijen.

Het huiveringwekkendste verhaal van Gerrit Hosse was hoe hij thuis de eetbare exemplaren van de niet-eetbare

scheidde. De boer of de burger waar hij de ratten of muizen had gevangen, kreeg steevast het aanbod om voor een
flesje jandoedel de eetbare exemplaren van hem te kopen.
De smaak is sterk, beweerde Gerrit, konijn of haas, mogelijk wat wilder, gemengd met de smaak van lever. Een
beetje bitter en je moest het leren eten. Kinderen hielden
er niet van.

Hij zwoer bij de ouderwetse val en maakte zelf heel bijzondere exemplaren. In vroeger tijden zou Gerrit beul geweest zijn, officiële stadsbeul in even deftige kleding. Dat
beroep, waarover altijd een waas van bloeddorst en gruwel
lag, moest met een grote deskundigheid uitgeoefend worden. Doodstraf en lijfstraf toepassen zonder wroeging of
twijfel was niet gemakkelijk en met afstandelijke eerbied
werd de beul altijd 'de mijnheer' genoemd. Wat moest een
beul echter in Holland in 1951? Dus Gerrit construeerde
technisch hoogwaardige rattenvallen en hing de terecht-
gestelden die met gaafgebleven huid in de nek waren gedood, aan de achterkant van zijn kar tot griezelend vermaak van de kinderen. De wat oudere jongens lokte hij
met zijn kennis van oorlogstuig, dat hij, naar hij zei, overal
wist te liggen.

'Goedemorgen, mijnheer Albronda.'

Fedde zat juist met een vleermuis in zijn voorzichtig
gevouwen hand aan de piano.

'U componeert een daarkomtebruidmars, mijnheer Albronda?'

De vleermuis maakte een kleine beweging omdat Gerrit dichterbij kwam. Hij sperde zijn bontbekje met de
scherpe tandjes open of schoof een oor in een iets betere
stand. Gerrit bevroor. Zijn professorale knaagdierweten-
schap liet hem volledig in de steek.

'Wat is dat?' bracht hij enigszins hulpeloos uit. Bovendien had hij nog nooit meegemaakt dat iemand, anders dan om het dier vakkundig te pletten, zijn hand om een knaagdier gevouwen hield. Fedde had grote sterke handen, het dier leek zich daar veilig te voelen.

'Dit is een laatvlieger,' zei Fedde rustig.

'Dat is temet een dwergmarter?' vroeg Gerrit. Hij ging ervan uit dat Fedde het beest gevangen had en evenmin wist wat in zijn vuist scharrelde.

'Nee, het is geen dwergmarter,' sloeg Fedde alle hoop op autoriteit de grond in.

'O.'

'Het is een laatvlieger. Een vleermuis.'

Vleermuizen, daar had Gerrit van gehoord. Hij wist alleen niet dat zulke beesten zichtbaar konden worden. Fedde opende zijn hand. Er ging een windschermpje open, twee donkere klapvleugels, veel zwarter dan het bruingele bontlijfje, werden zichtbaar. Even leek het of het diertje viel, maar vlak boven de grond draaide het en op zijn zij vliegend, zo zou Gerrit het omschrijven, vloog het als een stuntvliegtuig door de deuropening. Nadat de twee mannen het dier nagestaard hadden en het vliegtuigje allang uit het zicht was, opende Gerrit zijn mond.

'Goh,' was het eerste wat hij zei.

Fedde knikte.

'Vleermuis. Nooit gezien,' gaf Gerrit toe. 'Weet jij waar die beesten leven?'

'In de schuur.' Fedde had ogenblikkelijk spijt van zijn verklaring. Zijn loslippigheid had te maken met zijn trots dat hij dieren kende die Gerrit nooit gezien had. Hij vermoedde dat Gerrits ogen te traag waren om de dieren te kunnen volgen en tegen de tijd dat ze uitvlogen, lebberde Gerrit zijn schiedammers. De meeste bewoners van deze streken waren met het donker binnen en een vliegend zwart vlerkje werd dus nauwelijks opgemerkt.

'Hier in jouw schuur?' vroeg Gerrit ongelovig.

Fedde keek hem met een frons aan.

'Daar valt wat mee te verhapstukken,' zei Gerrit en een listige trek gleed over zijn deurwaarderssmoel. Hij rekende in flessen en glazen en onderzocht hoe hij met Fedde een bedrijf kon opzetten.

'Hoezo, verhapstukken?' vroeg Fedde met het grootst mogelijke wantrouwen.

'Wij gaan samen de boerderijen af. Laatvlieger, zei je? Mooi. Wij noemen ons bedrijf "Laatvliegerbestrijding Z. N. S." Jij laat zo'n beest zien aan de familie en als ze van hun verbazing bekomen zijn, laat je dat gedrocht vliegen. Zeer Nieuwe Stijl. Neem er gif op in dat de vrouwen gillen. Dan is het een koud kunstje om peperdure laatvliegervallen te verkopen.'

'Jij verkoopt geen enkele laatvliegerval.'

'Stil, laat me nadenken. We kunnen zwarte kistjes...'

Gerrit had niet in de gaten dat Fedde het spookbeeld van een metalen veer zag die de vleugel van een van zijn laatvliegers vastklemde en een angstig wanhopig bontdier dat met zijn vrije vleugel vergeefs trachtte weg te komen van de pijnlijke machine. Fedde deed het eerste wat in hem opkwam, hij sloeg de bowler hat van het hoofd van Gerrit af. De hoed draaide als waardeloze echo van de laatvlieger een mal rondje en kwam op zijn buik tot stilstand. Fedde pakte de dooie en vleugellamme hoed bij de rand beet. Hij wees met het zwarte voorwerp naar de deur.

'D'r uit,' riep hij.

Hij slingerde vol woede de hoed alvast die richting op. En alsof Fedde over dier en ding een geheimzinnige kracht uitoefende, deze keer nam de hoed een sierlijke wijde vlucht. Hij zeilde laag door de woonkeuken, ving tollend bij de deur enige luchtstroom, verhief zich en nam een richting schuin omhoog, leek zelfs aan vaart te winnen en schoot pijlsnel het licht in.

Vanaf dat moment bazuinde Gerrit rond dat Fedde ongedierte huisvestte.

Zegge, riet en witte schermbloemen: de natte uithoek van Europa waar Taco heen reist. Het is 1951.

De Zijl stroomt tussen de polders door tot het Zweiland bereikt is. De enige boten die er varen, zijn de platbodems voor de darg, de pramen baggert, de schouwtjes met mest en de handelsboten van warmoeziers. In de avond varen die niet. Dan is de tijd aan de wateren, de oevers en de planten.

Het is niet één grote plas, deze Kagerplas, er zijn verschillende poelen, meren, smalle en brede verbindingen, er is een lee en een laak. Het water kruipt achterlangs, keert terug via een omweg, zoekt smalle doorgangen en verbreedt zich, kruipt in de oksels van het land, penetreert diep en stort zich uit in nieuwe meren. Niets staat vast, alles is overgelaten aan wind, onderhuidse afkalving en de zwartgrijze wolken die in sommige seizoenen overvliegen.

In het diepe midden kringelen de bladeren van het fonteinkruid; in de smallere vaarten drijft waterpest in groepen bijeen; in de kleinere ondiepe plassen, de Kever, de Eijmerspoel, de Hanepoel, de Spriet, vecht het mattenbies. De stengels vangen zwevende en varende plantjes en proberen die te vlechten tot matten die op kletsnat land lijken.

De oever is een lange hulpeloze lijn die met alle winden meewaait. In dit gedisciplineerde land, waar recht en orde heersen, waar men een nieuwe maatschappij op poten zet, zou een oever moeten standhouden. Recht afgemeten, langs gespannen draad, zomer en winter op dezelfde plaats, geregistreerd op stafkaarten. Hoe levensgevaarlijk is het anders, hoe onrustbarend.

Maar drijvende eilanden vormen een pirateneskader en deze drijftillen schuiven de oever op, geven hem soms zijn oude vorm en vrijheid terug, vallen hem massaal aan. Voortbewogen door geheimzinnige krachten komen de drijftillen nader, onder aanvoering van de giftige witte schermbloemen van de waterscheerling die als een onbetrouwbare zuiderling over geparfumeerde wapens beschikt en achter zich altijd het lansiersleger weet van de groene aren van de cyperzegge. De drijftillen tasten de lijzijde van de plas af, lopen storm tegen de scherpgerande en gevaarlijke krabbescheer. De drijftil kent één drift: iedereen en alles te verwarren over de precieze oeverloop, iedereen en alles te misleiden omtrent land en water, tegen iedereen en tegen alles te schreeuwen dat het oppervlak van deze drijftil bij het land behoort en verdomd begaanbaar is, ook al is het water diep en zal alles en iedereen ogenblikkelijk door de drijftil zakken. Het slachtoffer wordt smerig nagestaard door de gekantelde, doortrapte, zich op de golfslag herstellende drijftil die morgen verderop zal zijn en het land een wildvreemd aanzien zal geven.

Op zíjn beurt wordt deze drijftil, deze jonge driftkop, bedreigd. Zoals de til geboren kon worden dankzij bijna niets – wat rottend materiaal, wortelstokken, plantenresten – zo kan de nieuwe onruststoker de til bespringen vanuit het bijna niets. Want deze nieuwe vijand van orde en regelmaat, de pluimzegge, komt onzichtbaar door de lucht aangevlogen, of gedragen door het moerasgas, of drijvend op het water. Eenmaal aangeland op de drijftil weet de met een pluim getooide en zegevierende agitator zich op te richten, zich voort te planten, woest om zich heen te grijpen, zijn enorme stellingen te bouwen, zijn gelijken en gelijkgestemden binnen te halen en de voorgangers, de 'Pilgrim Fathers' te vernietigen. Drijftil na drijftil sleept hij mee, tot hij, trager zeilend, alles overwoekert en de eerste houtgewassen kansen geeft. Rotzooi verschijnt en laf klein grut, moerasvaren en de moeraswederik; vals land is ontstaan.

Vals: het moeras blijft. De zomen van de drijftillen mogen verankerd lijken, het riet en de lisdodde mogen de indruk wekken dat het stevig begaanbaar land is, wie deze plek voorzichtig betreedt zal de bodem zien golven. En als de bodem golft, schokt het hart. Je denkt te staan op land, je zet een stap en alles om je heen gaat omhoog en omlaag en alles om je heen geeft de golf door. Het is een dunne laag veen die in beweging komt, de aarde is vochtig, het is water met een dun vel eroverheen gespreid. Hoe diep kan het water onder de verveende drijftillen zijn? Diep genoeg om onze dode geliefden te bergen? Er is zoveel verloren geraakt en het ligt allemaal onder dit veen begraven.

$\sim$

Meer dan levensgroot is de broer van Taco op het scherm van een Odéontische bioscoop verschenen, zijn opstandige haren als van een Apache, zijn voorname, lachwekkende oren. Taco heeft zeventien jaar zijn broer niet gezien, sporadisch aan hem gedacht. Het achtergelaten joch van zeventien jaar is meer dan levensgroot vierendertig jaar geworden. Het raadsel is meevergroot. De projectie hield uiteraard niet in dat Taco van deze Kaspar Hauser de gedachten kon lezen.

En, omgekeerd, Fedde, die met zijn wantrouwende, zwarte ogen, het rechter vlezig overhuifd, het linker onschuldiger open, de verduisterde bioscoopzaal in speurde, waar zijn broer ongemakkelijk op een wat versleten stoel zat te draaien, was evenmin in staat deze Taco, deze visum- en paspoortenzwendelaar, te duiden.

In een lade, ergens in de Hollandse boerderij die Fedde bewoont, ligt een schriftje. Een half schriftje zoals op scholen gebruikt wordt door kleine kinderen. Groene kaft, etiket met afgeschuinde hoeken en roodbruine sierrand. De broers hebben elkaar zeventien jaar niet gezien. Zij koesteren hun herinneringen aan de dode geliefden. Straks zal Taco aan de ladeknop trekken en de volgende seconde staat hij met het schriftje in zijn hand en leest wat Fedde daarin ooit, wellicht tien jaar eerder, geschreven heeft:

'Onze Hanna, die in de hemel zijt, die mij, Fedde, in de steek gelaten heeft, die eenmaal per jaar vier weken lang terugkomt en dan door Fedde gestraft wordt. Naar hartelust, halleluja!

Hanna zal altijd twintig jaar zijn. Haar lange benen zijn mooier geworden, haar borsten groter. In de cups van haar beha (die ze in de tijd tussen de dood van onze ouders en haar verdwijnen, overal liet slingeren, zodat ik telkens struikelde over zo'n konijnenstrik) stond C-80. Dat moet behoorlijk zijn.

Voor mij is het feestje een droom van enkele seconden, voor de zaligverklaarde Hanna die na jaren strapotin onderweg tersluiks haar broekje uit haar bilnaad trekt, is het een nieuwe eeuwigheid, een vrijafje dat nooit zal eindigen, want wat betekent eeuwigheid als de onderdelen eindig zijn? Voor de statistici. $4^s:4^w=4^w:\Omega$. Oftewel, vier seconden droom: vier weken gedroomde tijd = vier weken eeuwigheidsverlof: eeuwigheid. Zodat de eeuwigheid vermenigvuldigd met de droom ongeveer zestien weken duurt.

Natuurlijk denk ik: Ehret die Frauen! Maar denken en

handelen is twee, bij mij zeker. Ze zeggen dat het bij mij hapert aan de Secunda Petri; ik kan de geachte lezer verzekeren dat ik wel degelijk goed bij mijn verstand ben. Als het echter om seksualiteit gaat, ben ik een prinzipienreiter. Het paard van mijn fantasie valt niet te stoppen. De ideeën waar ik op doordraaf, hebben in onfrisse stallen gestaan. Ik schaam mij daarvoor. Ik heb de nodige keren heer dokter geraadpleegd. Ik neem pillen in. Helpen doet dat niet.

Het gevolg is dat wat ik schrijf, niet allemaal salonfähig is. Er komen nogal wat ordinaire voorwerpen in voor, instrumentjes om mee te slaan par exemple, en er schuilt een zekere eentonigheid in. Voor mij is het een opwindende gedachte zo'n twintigjarige Hanna over een fauteuil te draperen. In extreme positie. Het draperen is leuker dan de positie zelf. Dus wat gebeurt? Ik laat haar van de stoel af klimmen en drapeer opnieuw. Allemaal in mijn gedachten uiteraard: Hanna had er in haar korte aardse leven meteen de brui aan gegeven; Hanna klom hoogstens op een stoel om uit een kast kopvlees te pakken of een tonnetje liezenvet; Hanna zou nooit naakt voor mij poseren, laat staan in extreme stoelpositie. In dit schrift kan ik de papieren lieveling, trillend als zoete gelatine, op de stoel laten klimmen, eraf tillen, erop, eraf, en dat maakt mij gelukkig voor een moment.

Wat ik schrijf is evenmin salonfähig, omdat ik geen ingetogen formuleringen gebruik ook al prikt de schaamte; niet het eenmaal ingeslagen pad verlaten, ook al staan langs de kant verontwaardigden die de bondage afkeuren, die de behandeling van meisjes, zoals geschetst, niet meer hedendaags achten en alleen passend bij een duistere presuffragettetijd of bij een antropofage volksstam die achter muren van bijtende watervalinsecten zijn juvenielen initieert. Doorgaan en niet verzaken luidt het devies, want aan het eind van het strand wacht de picknickmand.

Of kan ik beschuldigd worden van Schöngeisterei? Be-

schouw ik de wereld eenzijdig esthetisch? Je moet wel met de meisjes hier. Emmy Zandbergen uit "buiten de bedijking" is ronduit een schoonheid; zij is de uitzondering. De meeste exemplaren denken dat ze aantrekkelijk zijn. Ach, ga naar Rutex in de stad en kijk naar de zangeressen op het podium, dan zie je heel wat anders. Op papier combineer ik: ik leen de meisjes onderdelen van zangeressen. Dat zou je Schöngeisterei kunnen noemen. Zo maak ik een spookbevolking van de Veender- en Lijkerpolder, die afwijkt van de echte bevolking. Als ik Irene Kraal tegenkom, dan zie ik haar heet van de naald liggen op een rad van avontuur in een houding die ze zelfs in haar slaapkamer niet durft aan te nemen. Geen wonder dat ze me na mijn groet wat angstig zwijgend opneemt. Ik vraag me af wat zij weten of vermoeden. Mijn gedachten staan toch niet met zwarte letters op mijn voorhoofd? (Dat controleer ik vaak.) Ik ben onschuldig, ik heb pillen en dokter Pronk heeft de eed van Hippo en dus zwijgplicht. Bovendien: wat zit er achter de frons van anderen verborgen?

Niet getreurd. Alors, commandons! De spelers voor deze bittere komedie.

Allereerst ikzelf. Fedde. Protagonist, heldentenor, ballerino appassionato.

Dan mijn vijf beeldschone assistentes. Emmy Zandbergen. Ik nodig haar uit, zet koffie en serveer een smous. Marie van Swieten van de stoomoliefabriek. Irene Kraal met haar wonderlijk lange benen (die lid is van de toneelvereniging L'Amitié en regelmatig optreedt in Hotel Flora). Die kaknuf van Rijnveld. Die wil nooit assistente zijn, nou, ze zal wel moeten. Annemaie Rijnveld, vierde beeldschone assistente. De vijfde weet ik ook meteen. Toen vorig jaar in de kerk een nieuwe dirigent was aangesteld, mocht zijn dochter een Hymne aan de eeuwige bruiden zingen. Iedereen zat te lachen, maar, goddomme, zoals dat wicht bloosde na de eerste regel.

Bazuin! Trom van dassenvel en sittimhout! De bruid voor dag en nacht, de surprise van de week: Hanna. Voor mij was je de allermooiste van de grote polders boven de Wijde Aa. Ik zal je naam altijd heiligen. Het koninkrijk waarover je minstens een jaar als absoluut vorstin regeerde, komt voor vier weken terug op aarde. Jouw wil geschiede voorzover ze met de mijne harmonieert. Als je binnengereden wordt, zijn je teennagels in dioptrische kleuren gelakt. Je houdt een trompetje in de hand.

Blijven over (dan zijn de dramatis personae compleet; geen aandacht schenken wij aan de Speaker of the Epilogue, noch aan de Beadles en de Grooms) de twee gasten, allebei vijftien jaar, de eerste slank, de tweede mollig.

De slanke gaste: Pieke. De enige in de verre omtrek die mooier zou worden dan Hanna als ze tijd van leven had gehad. Ze is zeventien jaar geworden; ik bezit een foto van haar toen ze vijftien was. Voor mij is ze altijd vijftien gebleven, zoals Hanna altijd twintig is gebleven. Pieke is eregast. Honos praemium virtutis. En op haar wapenschild prijkt mijn gebroken hart.

De mollige gaste is Amy, de enige dochter van de Sprotbuikse boekhandel, die met het toepasselijke devies adverteerde: "Alle dames zijn verrukt" (over afwasbaar kastpapier in twaalf fleurige dessins).

Dit zijn de personages. Voordat het stuk begint ("Enter Fedde, Duke of Gloucester, solus. Now is the winter of our discontent, made glorious summer") moet een beschrijving gegeven worden van de locatie. Zo hoort het. "A farmhouse at Wijde Aa, The Albronda-Staete."

Het valt mij met de dag moeilijker de Albronda-Staete te zien als het huis van onze ouders waar wij als kinderen, Taco de Opstandige, eveneens verloren, Hanna, Pieke, ikzelf, hebben rondgelopen en een gewoon leven hebben geleid. De komedie speelt zich af in de schouwkamer. Ik moet vertellen

dat er sprake is van een kooi. Een hoge kooi van tweeënhal-
ve meter met drinkbak en voederbak. En inderdaad, Hanna,
die is voor jou. En goed geraden: zonder kleren. Totaal.
Geen donsdotje, geen goudvinkveer, geen paillet. Niet een.
Geen half werk, dacht ik zo. Overigens, een kooi: dat spreekt
als een petje. Jij bent immers een engel die zonder volière
wegzweeft als een eiber. Dura lex sed lex. Wel multicolour
gelakte nagels aan je tenen en een trompetje in de hand. Je
staat in die kooi, je hand in de lus bovenin, je voeten iets uit
elkaar stevig op de vloer. Zo rijd je oogverblindend de feest-
zaal binnen. De vijf boerenmeiden worden in gedrag en kle-
ding steeds schaamtelozer. De maaltijd bevat de lekkernijen
uit mijn kindertijd: gruttenpap, struifkoek, Grunneger kou-
ke. Hammen, zure zult, worst. Kaantjes. Biest.

Iets over de kleding. Op woensdag dragen de vijf meisjes
pronte honingkleren. Wat dat inhoudt? Je hebt zelf in de
Frederikspolder iedereen aan het lachen gemaakt door je
broekje net zolang op te rollen, zowel de strakke bovenkant
als de pijpen, tot de witte stof een dun draadje in je bilspleet
was. Je moet denken aan grootbloemig decolleté. Aan koket-
te jasjes waar-niets-onder. Aan Kayser-nylons met elastie-
ken boorden. Aan corseletten van brochéstof. Aan Georgette-
hoofddoekjes. Op vrijdag dragen de boerenmeiden (die van
Rijnveld oefent in werkelijkheid iedere zaterdag in een pot-
sierlijke japon voor het accordeonorkest Melodia in het Pa-
trimonium) duffels en mannenmaskers en lijken ze een
Sprotbuikse vijfling. Als zo'n feestavond goed verloopt, heeft
niemand meer wat aan.

Pieke wordt geserveerd door de boerenmeiden met mas-
kers voor. Pieke weet van niets, die denkt aan een leuk
avondje uit (bal champêtre, bierfuifje), maar als de deur
eenmaal gesloten is, wordt ze in de schouwkamer onverbid-
delijk uitgekleed. Vroeger toen ze nog leefde, voordat ze sa-
men met Hanna op een avond verdween, werd Pieke vaak

gepest door de anderen, maar ze was in staat van zich af te bijten. Als engel moet ze zich alles laten welgevallen.

De inleidingen duren drie weken. Dan volgt de vierde week.

Die week is extra feestelijk.

Wij weten niet hoe zich dat precies zal uiten.

Het zal er ongetwijfeld mee te maken hebben dat Hanna en Pieke hun hemelse gedaante langzaam aangorden en zich gereedmaken voor de grote terugreis.

Om die hemelse gedaante zullen ze extra aantrekkelijk zijn.'

III

1 Pili

Over de daken van Parijs had ze gegild dat ze van hem hield, maar dat ze zeker het bedrag zou terugstelen. Ze kreeg de indruk dat hij alleen de eerste helft van de zin had onthouden. Wat niet slim van hem was. Het had haar diep gekrenkt dat meesterdief Alexander Rothweill een stuk onbenul nodig had gehad om haar met de seksuele handschoen te bestelen. Was zij, de opstandige van Virgen Real, uitgegroeid tot een aantrekkelijk wijf of niet? Nou, dan bestal je dat zelf en dat liet je niemand anders doen.

Veel kans om geld terug te stelen kreeg ze niet. Alexander Rothweill, rijk en nog steeds gek genoeg om haar naakt tegen de spiegel op te laten lopen, was wel veranderd in Taco Albronda, maar haar gevoelens waren dezelfde gebleven. Dit was de man met wie ze uit eigen beweging was meegegaan. Dit was, met al zijn geheimzinnige onbetrouwbaarheid, haar oplichter en medeplichtige, bij wie ze zich niet verveelde, die zij niet kon missen. Dat zijn onbetrouwbaarheid haar opnieuw zou kunnen schaden, realiseerde zij zich wel, maar zolang het bestaan elegantie, zwier en afwisseling bevatte, wilde zij daar niet te veel aan denken. Voor het gevoel van Pili kon de manier waarop Taco Nederland binnen kwam, niet beter getypeerd worden dan met de bocht, tegen alle regels in, waarmee hij in Wassenaar op de verkeersagent af reed.

Het bord hoog op de paal kon rechtsom en linksom gedraaid worden. Op de rode middenplaat stond met witte letters het woord STOP. De twee metalen, groene zijbladen, haaks daarop, konden opengeklapt worden tot rode stopbevelen. De twee stangen waarmee de agent de zijklapborden bediende, liepen vanaf de hendels op heuphoogte schuin omhoog en leken op twee lansen van Golgotha. De Romeinse soldaat klapte het zijblad open en veranderde onder schel gefluit het groene vierkant in een rode rechthoek. Drie auto's kwamen gehoorzaam tot stilstand. Met gezag draaide hij het bord een kwartslag en gaf de fietsers een teken dat ze konden gaan rijden.

Het appartement in Parijs hadden ze opgezegd. Weliswaar waren eindelijk alle daken bedekt en de lekkages gestopt, maar de laatste week van hun verblijf op die vijfde verdieping had een invasie francofiele muizen gezorgd voor onrust. Ze snuffelden in de kasten, rukten alle verpakkingen open, vraten eetwaren, kaarsen, ongewassen kleren aan en lieten als reçu hun keutels achter. Zij liet zich met weinig woorden overhalen zijn familie in Holland te bezoeken.

Ze hadden meubels en huisraad verkocht, ze hadden reisartikelen gekocht. Taco had een Zwitserse omweg voorgesteld, want hij wilde een bedrag laten overboeken op Hollandse bankrekeningen, zowel op de naam Taco Albronda als op de naam Alexander Rothweill. Zij liet Taco beloven dat ze in Ardennenkasteeltjes zouden overnachten, dat ze naar Hollandse en Vlaamse badplaatsen zouden toeren. Wanneer de lust haar te sterk werd, trok zij op hotelkamers Italiaanse lingerie aan en verraste zij hem met oogstrelende standen. Zij veroorzaakten opschudding, als de zachtcrème BMW 328 voor een hotel stopte; zij baarden opzien op de provinciale wegen. Zij droegen kleren die men hier zelden zag; zij waren vertrouwd met buitenlandse gerechten. Pili, vierentwintig jaar, deed iedereen jaloers omkijken.

In een chateau in de Belgische provincie Limburg, te midden van christen-democratische Congo-bestuurders en royalisten (adel met achterlijke kinderen, puissant rijk) hadden Taco en Pili zich tijdens de maaltijd vermaakt met een weddenschap. Onnozele vragen (wordt tafel 'rechts-voor' eerst bediend, of tafel 'rechts-in-hoek'? Drinkt aan tafel 'linkerraam' de heer als eerste zijn glas wijn leeg of de dame? Hoe reageert de ober als we Canadese kreeft bestellen, meteen 'helaas' of eerst stalen gezicht en later uitleg dat ze net op zijn?) groeiden uit tot kansspel, waarbij ze de inzet aangaven door een aantal vingers op tafel te drukken. Alle twee trokken ze een pokerface en hielden de schijn op van humorloze wereldreiziger van eenenveertig met zijn zeer jonge, verveelde vrouw (een titulair erfprins van een vacant koninkrijk? De Poet Laureate? Een Spaanse Grande? Een Armeense metropoliet?). De telling werd door Taco in een luxueus uitgevoerd notitieboekje bijgehouden. De winnaar beheerste het toeval. Mocht Pili winnen dan zou Taco zijn pruik afzetten middenin de zaal; mocht Taco winnen dan zou Pili haar foundation uittrekken. Vijf minuten voor het aangegeven uur – Pili stond op voorsprong – beschreef Taco een toevallige mogelijkheid die Pili zo onwaarschijnlijk achtte, dat ze verkeerd inzette. Toen de klok sloeg, had Taco gewonnen. Hij drukte opgelucht, en voor het eerst met een twinkeling in de ogen, zijn vingers op zijn geredde kapsel. Na vijf minuten keerde Pili terug van de damestoiletten – haar zilverkleurig tasje wat boller – en aan de bijzondere manier waarop ze de grote trap af liep, aan de natuurlijke golving van haar borsten en aan de zijige val van haar jurk viel voor een attente gast ogenblikkelijk te zien dat zij onder die jurk niets droeg. Dat ze als extra verrassing haar nylonkousen had uitgetrokken, maakte haar verlies voor anderen helemaal zichtbaar.

Na een nieuwe nederlaag liet zij, zoals afgesproken, de piccolo halen en met de opdracht het een en ander naar haar suite te brengen, drapeerde zij op zijn uitgestoken handen de nylonkousen, de gordel, de beha en uiteindelijk haar slip. Het joch kon niet anders dan met uitgestoken handen alsof hij een slapend lam droeg, de eetzaal door lopen, waar het akelig stil werd en waar Taco iedere blik in zijn richting zo onverstoorbaar en hautain beantwoordde dat even later niemand hun richting op durfde te kijken. Hij maakte Pili zijn complimenten en trok op de hotelgang haar jurk omhoog.

Taco nam zijn handen van het stuur en wipte op van de leren fauteuil om te gaan verzitten. Hij streek met de buitenzijde van twee vingers langs de lippen van Pili. Of zij het niet te koud had.

Zij schudde haar hoofd. Deze meimaand van het jaar 1951 begon warm en zelfs in deze noordelijke omgeving, die Taco haar beschreven had als koud en nattig, voelde de lucht zomers aan.

Precies op het moment dat de verkeersagent het bord op rood draaide, begon Taco aan die bocht en liet hij zijn BMW luid knorrend optrekken tot midden op het kruispunt. Vlak daarvoor had hij tegen Pili gezegd dat hij het gezag zou imponeren door eerst alle regels te schenden en vervolgens de agent zijn plicht te laten verzaken.

De geüniformeerde salueerde.

'Weet u een goed hotel in de buurt, officier?'

De agent bleef verbouwereerd met zijn hand aan zijn hoofd staan, zag het gezicht van de jonge vrouw.

'Hotel Kasteel Oud Wassenaar, misschien?'

Taco glimlachte vriendelijk. 'Als u ons dat aanraadt.'

De agent zette alle windstreken op rood en wees hoe zij het kasteel konden bereiken. Taco bedankte en trok op.

'Gaan we naar een hotel? Ik dacht dat we vandaag naar je broer zouden rijden.'

'We kunnen een kamer reserveren, voor het geval dat het ons bij mijn broer niet bevalt. Hij weet van niets.'

Zij vond het best. Zij voelde dat haar zwarte haren iets naar achteren geblazen werden, een weinig van haar hoofd af kwamen te staan door de luchtstroom. Hij minderde vaart en het kapsel veerde soepel terug zodat de haren weer sierlijk naast haar wangen hingen. Ze had haar hoed op haar extra-sheer nylons gelegd; zij wilde Taco niet te veel afleiden.

De weg stond op Taco's 'Ideaal'-plattegrond aangegeven als Rijksstraatweg. Zij schoot in een honende lach toen zij, draaiend uit een bos, plotseling voor een aantal koeien stonden. Taco reed niet hard zodat hij gemakkelijk op tijd kon remmen. Hij liet de auto langzaam het voorste dier naderen. Taco leunde ontspannen naar achteren.

'Welkom in Holland-Grasland,' zei hij tegen Pili.

Zij zat laag in de bedwelmend sportieve auto. Wat keek zij madeliefgroot tegen de machtige onderbuiken van deze vrouwelijke oerdieren aan. Hoeveel kilo stond ademsnuivend boven haar? Een auto is een teer voorwerp in het midden van de kudde. Weer iets anders dan varkens hoeden, dacht Pili.

'Terug,' beval ze.

Taco legde zijn arm om haar schouders en trok haar naar zich toe. Zij weerde hem af.

'Niet doen, rij terug.'

Taco maakte met een gebaar duidelijk dat hij niet alleen het toeval, maar ook de natuur beheerste. Hij lachte en drukte de claxon in. De koe die dwars voor de auto met de o zo kwetsbare, sierlijke zwarte spatborden stond, hief met een dwarse stoot de kop en drukte haar lijf tegen een ander dier. Een paar angstige ogen, een gedrang, een driftig draaien van kolossale lijven. Dat er niet een over de motorkap kletterde of dat er niet een met haar hoef een ruit of een spiegel versplinterde, was een klein wonder. Binnen enkele tellen hobbelden de beesten naar een veiliger plaats verderop. Taco reed een paar meter naar achteren, wat eigenlijk niet meer nodig was en rukte aan het stuur. Door de snelle draai van de auto zwaaide zijn lichaam en een intiem ogenblik lang hing hij tegen zijn bijrijdster aan. Hij zoende haar en zag daardoor vijfhonderd meter verder de kuil in het wegdek niet. Zij hoorde iets onder de auto breken. Ze kwamen snel tot stilstand. Pili keek hem ongerust aan. Hij opende het autoportier en zette de hak van zijn karamelkleurige brogue op de straat.

Pili bleef in de auto zitten. Een vrouw passeerde met een logge kinderwagen, een dichte, half overhuifde bak met kleine wielen; zij bleef achterdochtig omkijken tot zij een zijstraat insloeg. Na een tijd kwam Taco terug met een monteur.

'Duitse onderdelen; Duitse onderdelen,' pruttelde de monteur. 'Lastig, lastig.'

Hij knielde op de straatstenen, liet zich op zijn zij vallen en schoof ruggelings tussen de wielen. Hij maakte geluiden, riep technische termen en merkte met zijn onzichtbare kop op dat als mijnheer deze auto ooit wilde verkopen, hij goedbetalende klantjes wist. Hij trok een kluwen kleurige draadjes uit zijn overall en poetste zijn handen. Pili begreep dat de man iets kon regelen, maar dat het beslist een paar dagen zou duren.

Taco informeerde of de monteur bereid was de sportauto naar zijn bestemming te rijden na de reparatie. De ogen van de man begonnen te schitteren en hij legde zijn oliehand op de motorkap. Taco legde hem uit waar de auto heen moest. Hij beschreef de afslag naar de ouderlijke Staete.

Er zat voor Taco en Pili niets anders op dan openbaar vervoer te zoeken. Taco had de reparatie vooruit betaald. Hij had een royale fooi gegeven voor het terugbrengen van de auto, maar – het speet de monteurs geweldig – op dit moment was helaas geen huurauto of ruilauto beschikbaar. Ze konden mijnheer en mevrouw zelfs niet wegbrengen naar de NZH, want zelf waren ze op de fiets en zoals mevrouw zag, stonden in de garage twee auto's, de een zonder remolie en de ander zonder wielen. De twee zware koffers achterlaten was geen enkel probleem. Die zouden mét de auto worden nabezorgd. De twee tassen moesten ze zelf dragen.

Geen auto, geen Franse lunch, geen juichend gevoel van onbeperkte keuzevrijheid. Ruzie bij een bakker waar Pili weinig van begreep. En helemaal niets meer toen Taco uitlegde dat dat mens hetzelfde brood voor een lagere prijs kreeg, wat niet bleek te liggen aan het feit dat hij een vreemde was, maar aan een lege papieren broodzak die de misprijzend kijkende vrouw ingeleverd had. Wat zo'n broodzak dan in godsnaam waard was? De NZH-halte lag in een koele laan met oude bomen.

Pili vroeg, kauwend op het smakeloze witbrood, wat voor iemand zijn broer was. Dat wist Taco niet. Vervolgens opperde Pili de mogelijkheid dat die man, die broer van Taco, helemaal geen logés kon bergen.

Hoe ze dat bedoelde, vroeg hij na een tijd zwijgen op die tramhaltebank.

'Gewoon, groot gezin, ziek kind, huis vol. Zoiets.'

Taco glimlachte. Of het broertje een gezin had, wist hij niet; het huis was beslist groot genoeg. In zijn jeugd al waren de laatste restanten van het bedrijf verhuisd naar de bijgebouwen (stallen, koetshuis, tuinmanswoning, karnmolen, boenplaats, zomerhuis) en zijn ouders waren zich van de omringende bevolking gaan onderscheiden als genietende en zorgeloze bewoners van een 'Staete'. Meer als hobby onderhielden ze de kas en de boomgaarden, de oranjerie, de vijvers en de paardenstallen. Aan het huis, vertelde hij, waren zijvleugels gebouwd; de meerhoekige tuinkamer had uitzicht op de Wijde Aa.

Een wagen met een houten bak sjokte langs. De voerman zette het treurende paard stil, belde bij de huizen aan en nam de keukenmandjes en bakjes met schillen en oud brood in ontvangst, die hij in de kar leegkieperde. Een enkele huisvrouw beloerde die twee verklede snuiters bij de tramhalte.

Aan de conducteur, die een metalen trommel met kleurige pennetjes en een slinger voor zijn buik had hangen, vroeg Taco twee 'billets' naar Leiden, enkele reis, eerste klasse. De geüniformeerde keek hem spottend aan.

'De eerste klasse is helaas afgekoppeld, heer.'

Voor hen reed een ponywagen met hoog opgestapelde nering. Omdat er geen mogelijkheid was de kar te passeren, zag Pili de hele rit 'CALTEX' en 'DE FENIX' schommelen. De chauffeur van de blokbandtaxi had al een paar maal getoeterd. Die Hosse kon toch verdorie wel een erf op rijden? 'Gerrit Hosse,' legde hij zijn passagiers uit, 'gevaar op de weg.' Pas bij een kruising konden ze erlangs. De weg veranderde in een zandpad dat slingerend tussen de geknotte wilgen liep. De chauffeur zette de taxi stil; hij ging niet verder.

De stugheid van de Hollanders had haar al eerder onaangenaam getroffen. Het deed haar denken aan achterdochtige Spaanse dorpen vol incestueuze gedrochten, die diep in de agrarische gebieden lagen, waar zij zwijnenhoedend door getrokken was.

Zij had ongezellige restaurants gezien, tweewielige rechtschapen mannen met pet of hoed, ernstig wandelende oude ouders met vierkante bakken als kinderwagens, ondoorzichtige vitrage, meubels afgedekt met witte lappen, rechte, lange straten zonder begroeiing, melkuitdeling uit een platte houten kar, vuilnisophaal in precies zo'n kar, wanordelijk geduw in winkels waar men elkaar nauwlettend in de gaten hield, want wie voordrong, werd sissend becommentarieerd; zij zag geen enkele bedelaar.

Te midden van deze zuinige deugdzaamheid trof haar de prachtige woning als een oase. Het huis was veel groter dan zij verwacht had. Het hoge middendeel, de zijvleugels, de tuinkamer met zicht op het water. Als die Albronda-Staete haar meeviel, zo had ze van tevoren overwogen, zou ze eens vragen of de familie er eerlijk aan gekomen was. Maar pesterige vragen pasten nu niet. Dit was de ouderlijke woning van Taco. Hier had hij als kind gespeeld. Hier waren zijn vader en moeder verbrand, dacht zij. Hun schoenen deden het grind knerpen.

'Wacht maar tot je het binnen hebt gezien,' zei hij.

De deur ging open en twee kinderen, een meisje en een jongetje, keken de bezoekers aan. Het jongetje veegde met een katachtige beweging van zijn arm het groene slijm onder zijn neus weg. Op zijn mouw prijkten glanzende strepen.

'Hoe heet jij?' vroeg Taco aan het meisje. Geen antwoord.

'Ken jij Fedde Albronda?' Een enthousiaste knik.

'Zou je hem willen roepen?'

Het meisje opende een tussendeur. 'Voor gekke Albronda,' gilde ze het huis in.

'Deur dicht. Tocht,' echode een vermanende stem.

Het jongetje veroverde het initiatief; hij knalde de buitendeur in het slot. Taco moest snel achteruit stappen. Een vrouw in een gebloemd jasschort tikte op het raam van een zijkamer, gebaarde dat hij door het glas heen kon zeggen wat hij moest. De vitrage wipte omhoog en de snotneus werd tegen het glas aan gedrukt.

'Is Fedde Albronda thuis?' Pili zag dat Taco onzeker werd. Wie waren deze mensen? De vrouw draaide zich om. Ze rukte het snotjoch mee. De deur bleef gesloten.

'Kom mee,' zei Taco, 'we doen het anders.'

Hij herinnerde zich een achteringang. Op de drempel naar de schouwkamer botste hij tegen de vrouw aan. Die prompt een schaal met groente uit haar handen liet vallen. De klap waarmee de schaal op de plavuizen uiteenspatte, bracht ogenblikkelijk het joch achter haar aan het janken.

'Hé, vroeger lag hier een tapijt,' zei Taco. 'Met een laag stro zodat het veerde. Toch handig.' De vrouw keek hem sprakeloos aan. 'Ik zoek Fedde Albronda,' vervolgde Taco.

De vrouw schudde het hoofd alsof ze niet kon geloven dat die Bohemers zomaar binnen stonden.

'Fedde Albronda. Die woont hier toch?'

'Nee,' wist de vrouw uit te brengen.

'Dit is toch het huis van Albronda? Neem me niet kwalijk. Mijn naam is Mr. Alexander Rothweill.'

Het viel Pili op dat Taco voor die naam koos. Wilde hij indruk maken? Of klonk dat 'gekke Albronda' van het meisje na? De vrouw herhaalde prevelend naam en titel.

'Dat is tien jaar geleden veranderd.'

'Hoezo veranderd?' Taco werd nijdig.

Vanaf dit moment ontspon zich een gesprek dat Pili niet meer letterlijk kon volgen. Zij moest Taco achteraf de betekenis van enkele woorden vragen. Volgens haar had Fedde Albronda met alle geweld het huis van deze mensen willen overnemen. Na lang aandringen waren de mensen in deze woning getrokken en de broer van Taco in het huis van deze mensen. Geen groot huis, niets bijzonders. De vrouw keek opgelucht toen de vreemdeling het begreep.

De mevrouw kon papieren laten zien. Ze waren ingeschreven. Ze had nieuwe sloten op alle deuren aangebracht en andere ramen met 'dievenklauwtjes'. De mevrouw noemde Taco's broer een vogelverschrikker met oren. Ze vreesde dat hij voor haar neus zou staan met een 'zodensnijder' in zijn handen.

'Wij willen geen ruzie, mijnheer. Ieder huisje heeft zijn kruisje. Genoeg in de buurt die vinden dat die van Albronda weg moet. Hij is niet van hier, hè.'

Toen ze zwijgend, altijd met de twee loodzware tassen zoals kapitein Van der Dekken met zijn Vliegende Hollander, aan de aangeduide laatste vijfhonderd meter begonnen, werd het donkerder. Een late vogel fladderde boven hen.

Een broer van Taco Albronda die zijn huis weggaf? Nog gekker: een broer van Alexander Rothweill die vrijwillig in een minderwaardige woning trok? Wat was dat voor broer?

Pili had moeite met het ordenen van haar gedachten. Zij had gezien hoe graag Taco zijn broer wilde ontmoeten. Zijn woede om dat jakkeren in trams en taxi's hadden haar verliefdheid doen oplaaien. Zij had meer gezien. Hij stond voor dat huis waar hij als kind gewoond had, precies zoals zij samen met de mevrouw van Auxilio Social voor het kapotte huis in Algorta gestaan had. Deze zelfverzekerde man voor het huis van zijn omgekomen ouders en van zijn verloren zussen. Hij kon het huis niet in. Zijn verdwenen zussen, wanneer die stomtoevallig al of niet met een doorzichtige man en met doorzichtige kinderen voor de deur zouden staan, onherkenbaar, huilend van opluchting en krijsend: eindelijk thuis, zij konden er niet in. Zijn vader en moeder die elk om hun zwartgeblakerde, pijnlijke en loszittende huid in een bed extra ruimte nodig zouden hebben, zij konden er niet in.

'Waar moeten we precies heen?'

'Drie gebouwtjes. Vijfhonderd meter verderop. Het kon niet missen, heeft ze gezegd.'

De avond viel. Koudere lucht kwam over het grasland aanwaaien. Pili huiverde.

Geen bel. Naambord en huisnummer ontbraken. De deur zag er stevig uit. Hoe idioot was dit, vroeg Pili zich af. Zeventien jaar niets laten horen en onverwachts voor de deur. Lopend. Met twee tassen zo groot als zeilschepen, en een vriendin.

'We hebben geen auto,' zei Taco zacht. 'Trekt hij een onweergezicht of steekt hij een vinger met boetedoeningseis in de lucht, dan kunnen we moeilijk rechtsomkeer maken naar een badhotel of naar een kasteeltje in de Ardennen. Het is te donker om op onze schreden terug te keren.'

En zo gebeurt het, dacht Pili, dat Taco, oplichter en vervalser, gekleed en geschoeid in kostbare kleren en schoenen, en zijn vriendin, kapsel en opmaak van buitenissige kwaliteit en met meer smaak en verleidelijke elegantie gekleed dan men in deze polders en in dit land voor fatsoenlijk houdt, hopen op een welwillende ontvangst door een broer die deze vervalser vanaf 1934 niet meer gezien heeft en over wie de vrouw enkele weinig duidelijke verhalen heeft gehoord.

Taco bonkte op de deur.

Van wat in de deuropening verscheen, schrok Pili zich lam. Was dit de broer van Taco? Ze zag een traag bewegende, witte kaasreus met een duistere oogopslag die het rechteroog bijna schuil liet gaan onder zijn wenkbrauw en die het linkeroog wijd opensperde. Zijn werkbroek hing op zijn heupen, een laag kruis, geplooide pijpen. Zijn overhemd stond ver open, de vele opgedroogde vochtvlekken hadden een merkwaardig zebrapatroon op de stof getekend. Uit het overhemd stak een zware nek. Het meest opvallend waren de dwars geplaatste, muizig gefrommelplooide enorme oren. Alleen het rechtopstaande vachtje bovenop de kop riep een begin van vertedering op. Vanaf de allereerste seconde was de blik in zijn ogen gevestigd op Pili die schuin achter Taco stond. De blik duurde, verstard, onthutst, onbeweeglijk. Toen Taco begon te praten, leek dit Pili een poging de blik van die man los te knopen, te ontkoppelen.

'Zeventien jaar is lang en al die tijd heb ik gedacht, ik zie hem terug. Ik weet niet wanneer en waar. Ik zie hem terug. Nooit meer iets gehoord van mij, nietwaar, en nu, hier ben ik. Ik sta voor je deur.'

Fedde staarde naar Pili. Niets wees erop dat hij zijn broer had herkend. Taco probeerde de blik van zijn broer te vangen door een stap opzij te zetten.

'Ik zie hem terug.'

Op dat moment maakte Fedde een beweging, waarbij alle plooien van zijn rijk gezicht de andere kant op kantelden. Taco stak zijn hand uit, die Fedde echter niet zag.

'Dat is mijn vriendin,' zei Taco snel. 'Pili. Pili Eguren.'

Fedde maakte een gebiedend gebaar en draaide zich om. Pili stootte met haar elleboog Taco aan. Taco glimlachte om haar gerust te stellen. Ze liepen een donkere keuken in. Pili moest over een blik petroleum stappen dat zwaar gelekt had. In de aangrenzende kamer waar een paar olielampen brandden, bleef Fedde staan. Hij pakte zijn peuk, doofde het vuur door zijn vingers samen te knijpen en schoot het restant de donkere ruimte in. Hij wees Pili een stoel en opende een servieskast.

'Je woont alleen zo te zien. Geen verzorging. Geen tante Annie meer. Gestorven, neem ik aan. Jou in de steek gelaten.'

Terwijl Taco zijn monoloog afstak, loerde Pili rond. Tot haar verwondering stond er een vleugel in het vertrek. Het instrument paste net tussen de meubels. Naast de richel voor de bladmuziek waren twee koperen houders aangebracht; op iedere houder brandde een kaars.

'Je zult denken, die Taco, centen zat, die brengt vast wat moois mee. Hadden we gedaan, broer, hadden we gedaan. Maar de auto is kapot. Hebben we achter moeten laten in Wassenaar. Natuurlijk een cadeau voor Fedde, cadeaus genoeg, wat dacht je. We komen vers uit Parijs. Ken je Parijs? Een cadeau uit Parijs, dat lijkt je wel wat, niet?'

Pili geeuwde, voelde hoe moe zij was. Zij zat in een stoel waarvan de veren kapot waren zodat zij scheef wegzakte. Zij gaf zich over aan een avontuurlijke logeerpartij.

'Misschien ben je te lang alleen geweest. Pili, ook lang alleen geweest. Bilbao. Daar komt zij vandaan. Bilbao. Noord-Spanje. Gran Café Boulevard. Ik heb haar ontmoet in Gran Café Boulevard. Dat is iets heel bijzonders. Moeten we samen naartoe gaan, broer. Dan kan ik jou trakteren. Dan gaan we samen naar Gran Café Boulevard.'

Pili wreef in haar ogen. Er was iets in haar ooghoek gekomen en terwijl zij voorzichtig tussen de oogharen probeerde te betten, sneed zij met de nagel van haar pink, een tiende van een seconde, in het allerbuitenste vlies van haar oogbol. Zij voelde een scherpe pijn.

Terwijl zij zat te knipperen schoof de bewoner hun de oude jenever toe. Taco hief zijn glas en nam een slok.

'Ik ben hier zo lang niet geweest. Het valt me op hoe mooi Holland-Grasland is. We zijn er dwars door gereden.

234

Die polders, die dieren. Die herinneringen die opkomen. Aan ons samen, aan Hanna en Pieke.'

Pili keek op. Die zuigende blik van die man. Dacht hij nog aan zijn zussen? Ze sloeg haar ogen neer.

'God, wat lang geleden. Weet je wat ik mij herinner? Die middagen dat we in de polders speelden en dat Jan Ramp van zijn zwembroek beroofd werd en dan bloot stond. Excuseer. De dagen gaan snel, maar dat herinner ik me heel goed. Je zit de hele tijd naar Pili te staren; ze wordt er verlegen van.

Wij zijn contrasten, broertje. Ik weet niet precies waar jij je mee bezighoudt, ik ren van de ene afspraak naar de andere. Mijn god, het zou niet meevallen je precies te vertellen wat ik doe. Ik weet niet of er een goed Hollands woord voor is. Ik handel, hoewel ik geen handelaar ben. Ik ben geen verkoper van kunst of zoiets. Ik organiseer, zou je kunnen zeggen, hoewel dat klinkt alsof ik de boel belazer.'

De eerste slok jenever gaf Pili een zalig gevoel van zorgeloosheid. Deze donkere, rokerige kamer waar in de hoeken voorwerpen lagen opgeslagen die hun identiteit niet wensten prijs te geven, kwam over als een toevluchtsoord in een vijandige omgeving.

'Waar vul jij je dagen mee?' vroeg Taco bijna achteloos toen zijn broer weer binnen liep. Pili zag dat in diens handen een slap beest hing, een kat of een konijn. De grote handen die het vasthielden, zagen zwart. Bloed?

'Vledermuizen,' antwoordde Fedde.

Er viel een stilte. Pili keek Taco aan. Ze kende het woord niet.

'Ik kweek vledermuizen,' verduidelijkte de reus met het dooie bontbeest.

Bij het ontwaken herinnerde Pili zich dat die broer na een tijd was gaan praten, maar in zinnen die waren gesteld in vreemde talen en met onbegrijpelijke woorden ertussendoor. Het licht viel door een vierkant dakraam. Zij lag op een schoon laken, de matras bekeek zij liever niet. Taco gleed onder de prikkende deken vandaan en liep naar het raam. Drukte zijn pruik recht. Halverwege de avond was Taco stilgevallen. Zijn broer had hem geïmponeerd, had hij hier in bed nog gefluisterd, zelfs een zekere angst bijgebracht. Wat was dat een onherkenbare volwassen vent geworden.

De zolderruimte lag vol met boerderijresten. Meubels, touw, olievaten, wagenwielen, onderdelen van werktuigen, laarzen, melkemmers, speelgoedbeesten, likstenen. Rattenvallen, flesjes olie of vet met vooroorlogse etiketten, een Duitse legerhelm, het corpus van een kruisbeeld. Verderop een lampetkan, een wasplank, puddingvormen. Alles kapot, alles door elkaar, alles dik onder het stof.

Over de deur (een eenvoudige constructie van op elkaar getimmerde planken met een scharnierend stuk hout dat als een klink in een neus kon vallen) hing spinrag, als een achteloos opgehangen, nooit gebruikte en na treurende jaren verkleurde bruidsjurk. Het spinrag, dat in alle rust tot een onwaarschijnlijke dikte was gegroeid, greep zich aan elke oneffenheid vast, vlocht zich in dikke strengen verder naar een volgende dwarsplank of grote splinter en waar de strengen elkaar ooit in een nachtelijk verleden geraakt hadden, bleven knopen achter van materiaal dat bij nader blazen bestond uit bestofte lucht, uit veegvuil dat bij de lichtste aanraking van de vingertoppen verpulverde.

Vanaf de deur hechtte het rag zich aan de balken van het schuine dak. Zwevend in de ruimte als materialiseringen van geesten van gestorvenen, ademde het rag, het gloeide in de lichtstralen op, als wilde het doorseinen: wij zijn er, S.O.S., wij hangen hier onmachtig, maar we bestaan.

Op sommige plaatsen leek het of het spinsel, dat grijparmen naar de balken uitstrekte om vandaar als draden stof af te dalen, van boven door het riet geperst werd, zodat de indruk gewekt werd dat buiten, boven het dak van deze bouwval, zich een nog dikkere laag spinrag bevond die langzaam naar binnen zakte. Pili volgde Taco met haar dieveggeogen.

~

Na een dag en een tweede nacht op die zolder zei Taco dat hij haar jeugdige lichaam wilde beschermen tegen de spinnen en de roofmijten, de roze luizen en de kastanjebruine wantsen. Hij streek haar haren glad. Haar gezicht lag als een Venetiaans masker op het kussen. Pili weerde hem af. Onder dit ragfijne spookbaldakijn wilde zij niet aangeraakt worden.

Ze begreep dat Taco het een vreselijk idee vond dat zij in zo'n smerige bouwval moest rondlopen. Zij dacht daar anders over. Al na één dag had ze de overeenkomst gezien met de zomerwoning die zij ooit, in een onvoorstelbaar voorbij verleden, had bewoond. Tussen de draden van de spinnenwebben door blonk de vlakte van de Ribera; in plaats van de Veender- en Lijkerpolder zag zij de Bardenas Reales en in de verte stond niet de toren van Oud-Ade, maar de basiliek van Nuestra Señora del Yugo. Het invallend licht, hoewel op de tegelvloer erg Hollands, kon zij zich heel gemakkelijk als het getemperde licht van het groene Navarra voorstellen. De gemetselde waterbak in de keuken was zelfs een kopie van de waterbak in de boerderij van Arguedas; het plafond van de kelder was op identieke wijze gewelfd als het plafond daar, hoewel ze niet meer wist of dat het plafond van de kelder was geweest.

Het land was platter, zelfs dan de Ribera, maar de uitbundige roomwit tot staalgrijze stapelwolken waren onveranderd aan komen drijven van de Golf van Vizcaya. Zij had direct de merkwaardige effen schoonheid van dit Holland begrepen. Deze herinneringen gaven haar een geluksgevoel, alsof een mytisch gelukkige tijd in totaal andere vorm terugkeerde in haar leven.

Pili wilde zichzelf vrijmaken. Ze hield van Taco. Hartstochtelijk. Sommige bewegingen van hem, sommige uitdrukkingen in zijn gezicht konden haar gek van verlangen maken. Dan was ze bereid aan al zijn wensen tegemoet te komen. Maar ze wist dat ze zichzelf krachtig moest temperen; zij wilde het initiatief houden.

Zij realiseerde zich dat zij zelf, uit vrije wil, gezegd had dat ze met hem meeging. Ze was geen ontvoerd slachtoffer. Dat hield ook in dat, mocht Taco fout zijn, zij met hem meedeed. Verliefd en spontaan met hem meedeed. Zij had tijd genoeg om na te denken over dat fout-zijn. Hij was een dief of een heler. Hij had een paspoort en een salvoconducto vervalst. Niemand kon zulke papieren vervalsen zonder leerschool. Wat dus nog meer? Zij was niet in staat de ongetwijfeld deskundige vervalsingen te doorzien, behalve als het om een onmogelijk document ging, bijvoorbeeld een tweede paspoort of een ongevraagd salvoconducto op haar naam.

De brief van de Guardia Civil had zij één keer onder ogen gehad. Het was misschien absurd, maar wat haar ergerde was dat hij die brief voor haar verborgen hield. Zij wilde die brief nog eens goed bekijken. Maar zij was bang. Waar werkte ze eigenlijk precies aan mee?

Taco probeerde Pili op te beuren. Zijn broer was een eenvoudig man, lang alleen gebleven, hij had gewoontes ontwikkeld die niet pasten in de normale wereld. Nee, dit was niet het huis van hun ouders. Dit huis kende hij niet. Het was een bouwval inderdaad. Oud. Zeer oud. Hij stelde voor in de buurt een hotel te zoeken. Een schoon hotel. Overdag bij Fedde langs en 's nachts in een goed hotel.

'Dat kan je niet maken,' zei Pili.

Het was boven smerig, dat was waar. Maar die man deed zijn best. De lakens waren schoon.

Fedde trad binnen met een doos. Op de doos zat een briefje geplakt.

'Voor Pili Pili,' zei Fedde plechtig.

'Ze heet Pili. Pili Eguren,' verbeterde Taco.

'Pili Pili, dus,' beaamde Fedde en hij plaatste de doos op tafel. Hij reikte naar de plank boven de antieke tegelwand en haalde daar een bril vandaan. Met zijn grote handen, die een bezemsteel gemakkelijk in vier stukken konden breken, die in één draai middelgrote dieren de nek konden kapotwringen, vouwde Fedde uiterst voorzichtig de dunne ijzerdraadconstructie open en hij zette de bril met de ronde glazen op zijn neus. Met een nauwgezet gebaar haakte hij de verende metalen poten achter zijn oren. Hij boog zich over de doos en las hardop: 'Voor de liefste van mijn rijke broeder. Voor de engel die de weteringen komt bezoeken, voor de rietgeest, voor de leute der joeldagen.'

Pili begreep alleen dat hij haar bedoelde.

'Heb jij een bril?' onderbrak Taco.

Fedde haakte de bril van zijn oren en schoof de doos plechtstatig over de tafel naar Pili toe.

'Waar heb jij een bril voor? Is dat een leesbril?'

Het beeld van deze broer, die in alle eenzaamheid in de

avonden zat te lezen en nieuwsgierig de onbekende woorden in zich opnam, bevreemdde Pili. Was deze Fedde wel zo onhandig en klungelig? Was dit geen pure komedie dat hij god weet wat, een savooienkool, een onverglaasd porseleinen boerderijbeker, een gestippeld vogelei, had ingepakt om haar te behagen?

Taco pakte de bril van het tafelkleed, bestudeerde voor- en achterkant van het glas. 'Dit is een leesbril. Zit jij wel eens te lezen?'

Zij pulkte het touw om de doos los, dacht in een flits aan iets als een schildpad, en na twee seconden doodse stilte waarin zij op de bodem van de doos keek en niet begreep wat daar lag, wat dat malle parapluutje betekende dat in een hoek geklemd zat, nauwelijks tien centimeter groot met zwarte scherpe baleintjes, zag zij dat Fedde zijn dikke lippen krulde en amechtig een wijsje floot. Fedde floot achterstevoren! Of buitenstebinnen was beter uitgedrukt. Hij blies de lucht zijn longen niet uit, hij zoog de lucht van buiten naar binnen, zodat er een dun staccatoritme ontstond. Hij zoog de toonladdertjes en de muzieknootjes zijn longen in tot hij erin stikte.

Terwijl Pili zich terugboog over de doos, ontvouwde de miniparaplu (alsof het diertje getraind was te reageren op dat stokkend fluiten) zijn vleugels, kantelde en probeerde de doos uit te vliegen. Dus raakte de geheimzinnig en onnavolgbaar fladderende vleermuis even het gezicht van Pili, hij tilde haar zijdeachtig haar op en vloog door dat gordijn de ruimte van het werkhuis in, een rondje en met een bocht naar buiten.

Dat zag Pili niet meer. Zij was opgesprongen en had in een paniekpoging deze Asmodee uit haar haren te slaan of uit haar kleren te schudden, met dichte ogen en met driftig bewegend hoofd, haar jasje opengetrokken. En met haar jasje ging haar blouse mee, zodat haar ronde borst gewiegd in de dure beha nieuwsgierig naar die duivelse windvlaag buiten neusde.

Het was de schrik geweest voor de plotselinge beweging, niet de schrik voor een afstotelijk dier. Dieren waren niet afstotelijk, daar wist zij, ex-varkenshoedster, alles van. Haar onthutsende ontbloting was aanleiding om anders naar Fedde te kijken. Pili zag dat in die broer geen gevaar school. Dat die stugge blik en die wantrouwend samengeperste mond en ogen geen blijk gaven van mensenhaat, eerder van verlegenheid. Het vuile hemd ergerde haar niet zoals Taco tegen zijn broer zei, het ontroerde haar.

Bovendien leerde zij snel daarna een andere Fedde kennen. Een Fedde met scherpe zintuigen, die op de top van zijn concentratie zich nauwelijks bewust leek van zijn uitstraling. Een Fedde die zijn kaalgevleugelde nachtvogeltjes telde. Een Fedde die de diertjes, voor anderen niet van elkaar te onderscheiden, allemaal bij naam en toenaam kende. Een Fedde die muziek toverde uit die oude vleugel en die wist van welke klankcombinaties zijn dieren hielden. Die via de klanken met ze kon spreken, als een nieuwe Antonius die bij de mooie meiden geen gehoor kreeg en zich daarom wendde tot de lagere nachtdieren. Sankt Fedde Fledermaus Predigt.

2 Taco

Taco Albronda vroeg zich in toenemende woede af, hoe hij zo stom had kunnen zijn te verwachten dat alles in die jaren bij het oude zou blijven. Had hij werkelijk gedacht dat in dit Hollandse moerasland niets kon veranderen? In zijn geheugen was zijn eindeloze jeugd zich gaan vastzetten als het opgroeien in een omgeving, waar behalve hijzelf niets en niemand veranderde. Seizoenen wisselden, maar na de winter keerde hetzelfde gras terug; het pijlkruid, de zwanebloem en de plomp werden na de zomer ordelijk in de diepte opgeborgen en ieder voorjaar door steeds dezelfde ijverige dikkopjes omhooggeduwd. Ze hadden jaren dezelfde woelrat zien scharrelen en jaren had bij de Sever dezelfde buizerd de winterzon aanbeden. Ging iemand dood? Verhuisde een enkeling? Iedere avond tegen donker zaten ze in hun eigen boerderij waar de olielampen werden ontstoken, op hun oude plaats, dood of niet dood, geëmigreerd of thuisgebleven. Ze zaten er. Doodstil rond de verlichte tafels. Altijd. Waarom zou dit tijdens zijn afwezigheid veranderd zijn?

Op weg hierheen al bleek de wereld schokkend gewijzigd. Hij had gedacht op het station Heerensingel de Haarlemmermeerspoorlijn te nemen. Hij herinnerde zich dat de halte Rijpwetering niet ver van huis af lag. De trein reed niet. De middagtrein reed niet, de avondtrein reed niet. De dinsdagtrein niet; de zaterdagtrein niet. Het hele traject naar Rijpwetering, De Goog, Aalsmeer was opgeheven.

Niet dat dit allemaal meteen duidelijk was geweest. Het station lag gewoon bij de bocht van de singel. Pili had op de ontroerende gelijkenis met het Atxuri-stationnetje in Bilbao gewezen. Het had enkele nachtmerrieachtige wijzigingen ondergaan. De klok boven de ingang wees half negen terwijl het middag was. Op het balkon daarboven stonden hekken of bedspiralen opgeslagen. Dichterbij zag hij dat het dak kapot was. De deur onder het opschrift BA-GAGE stond open en in de ruimte daarachter zag Taco een draaiorgel staan en een aantal bakfietsen. Hij had de toegangsdeur opengeduwd. De loketten waren dicht. De centrale lamp hadden ze laten zakken en die stond, gekanteld en hulpeloos vast aan één ketting, op de vloer. Zijn vraag naar de treinen maakte een hol gelach los bij enkele kerels die hem gevolgd waren. Taco verlangde naar een hotel, naar een ruime kamer met uitzicht op zee, naar een wit bed, waar hij zijn gezicht kon drukken in de schelpgladde navelvallei van zijn Dulcinea.

Pili wilde op deze zolder niet aangeraakt worden. Hij begreep haar wel, voelde zich evengoed verongelijkt. Een bak die scheef op enkele oude boeken vlakbij het raam stond, bevatte een laag regenwater of lekwater, groen uitgeslagen van de groeisels en aan de randen harig van structuur. Als Fedde dit als waswater bedoelde, vertrok hij vandaag naar een Ardenner kasteelhotel. Hij schudde aan de kom en het water golfde dik over de bodem. Taco voelde dat hij verwijderd raakte van Mr. Alexander Rothweill. Hij had zijn kostuum zorgvuldig opgehangen, toch vertoonde het vlekken. Op zijn schoen zat een kras omdat hij over een ijzeren strip was gestruikeld.

Fedde zat aan de keukentafel, met zijn rug naar Taco gekeerd. Hoewel Taco de trap met luidruchtige klosgeluiden van zijn leren zolen was afgedaald, keerde Fedde zich niet om en at rustig door. Taco zag de rechte rug van zijn broer, de trotse nek en het relatief kleine hoofd met de oren, waar hij ondanks het spottende commentaar altijd trots op geweest was. Hij zeiloren? Alle anderen waren jaloers dat ze niet als Fedde Albronda van die stoere, reusachtige oren hadden, zwaar in het vlees, goed in de knars, dik van vetrand, prachtig ontwikkeld tot bijzondere instrumenten. Fedde bracht de hand naar zijn mond, trok het laatste vuur de sigaret in, kneep de peuk dood en schoot het restant achteloos door de keuken.

'Als daar maar geen brand van komt, van die gewoonte,' adviseerde Taco.

Zonder zich om te draaien vroeg Fedde op luide toon: 'Waar is je effentredje?'

Effentredje, dacht Taco. O god, hij bedoelt Pili.

'Pili is boven. Ze komt zo.'

Op hetzelfde moment dat Taco het gebit op de gedekte tafel zag liggen, greep Fedde met zijn grote handen de prothese voorzichtig beet en bracht hem naar zijn mond. Hij kauwde even, schudde met zijn kaak alsof hij de tanden en kiezen op hun plaats wilde klikken.

'Zo, dat zit. Je slaapt op een nieuw laken, gabber. Heeft ma nog gekocht. Voorzichtig ermee, houd het schoon. Voeten vegen voor je erop gaat liggen. En geen bloedprocessie, hè?'

Fedde trapte met zijn voet een stoel voor Taco van de tafel af. Het leek of het ene oog van Fedde grijnsde, terwijl het andere oog strak en zonder uitdrukking naar zijn broer bleef kijken.

'Ik heb je gezien in Parijs. Op een film.' Fedde at door. 'Ik zit in een bioscoop en plotseling zie ik mijn broer.

Film over Holland.'

'Klopt.'

Taco bleef hem aankijken omdat hij meer verklaring verwachtte.

'Ze gaan hier van alles bouwen. Amerikanen. Dus moeten ze filmen. Amerikanen filmen alles. De bewoners willen niet op de film. Die zeiden telkens neem die gek maar. Dat was ik.'

'Bouwen?' vroeg Taco.

Fedde knikte op een manier die het onderwerp afsloot. Hij had ontbijt gemaakt. Voor drie personen, zag Taco terwijl hij ging zitten.

'Voor het eerst dat er iemand samen met mij ontbijt. Voor het eerst in al die jaren. Zeventien, zei je? Dat zal dan wel kloppen.'

'Wat is dit?' vroeg Taco.

'Ontbijt. Gezamenlijk ontbijt. Plokworst.'

'Dit. Ik bedoel dit. Wat is dit? Dit is geen plokworst.'

'Procureur.'

'Hoezo? Procureur?'

'Gewoon spek. Dat is spek. Buikspek. Procureur.'

'Hoe oud is dat spek, man?'

'Weet ik veel. Halfjaar. Hoezo?'

'Dat spek is bedorven, man.'

'Wat lig je nou te tatewalen. Wat weet jij daarvan? Wat weet jij van Hollands spek, van procureur, van plokworst, van kalvengooiersvlees? Weet jij hoe Leidse kluit smaakt? Waar jij naar wijst, is vet. Afgewerkt met vet. Kan helemaal niet bederven. Indrogen. Dat kan. Bederven? Kan niet.'

Taco hield het broodbeleg bij zijn neus en schokte zijn hoofd naar achteren. Fedde rukte een stuk van de procureur af met zijn gebit. Taco voelde zich op zijn nummer gezet en wilde terugpakken. Hij ontblootte zijn tanden en klapte grijnzend zijn kaken een paar keer op elkaar.

'Oorlog, broeder,' verklaarde Fedde. 'Wij hadden oorlog. Ergens in de oorlog ben ik van de trap gelazerd. Daar lig ik, moederziel alleen, mooie tandjes was mijn eerste zorg niet. Onderkant getrokken. Evipan-slaap. Pijnloos. Direct na het trekken een Amerikaans kunstgebit erin. Het zit als gezogen. Als een lieslaars in een praam baggert.' Fedde lachte en sloeg zijn broer op de arm die op tafel lag. Hij stond op, liep het werkhuis door langs de grote gemetselde koelbak. Aan de andere kant van het bestrate pad dat tussen de gebouwen doorliep, lag een schuur. Daar verdween Fedde.

Boven de koelbak, boven de wand met tegels, lag melkgerei op een plank. Taco zag bezems, zemen. Spek zou niet kunnen bederven, waar haalde hij het vandaan.

Pili kwam de woonkeuken in met de kom in haar handen waar het groene water in klotste. Ze maakte duidelijk dat ze zich daar niet in wenste te wassen. Waar zijn broer was? Taco wees naar de open deur en naar de schuur daarachter. Hij zag zijn schat met een bak vol ziektekiemen door het werkhuis schuifelen en in de schuur verdwijnen.

Geen tien tellen later kwam zij terug. Ze liet de bak op de straatstenen tussen de gebouwen kletteren en stapte op de plavuizen van de woonkeuken. Gedurende een ogenblik zag zij eruit alsof haar een grove belediging was aangedaan. Toen veranderde haar gezicht. Er brak een vrolijkheid door en met een verontwaardigde stem maar met lachende verbaasogen vertelde zij Taco dat daar in de schuur, in een apart hok, zijn broer zat, Fedde (angelieke Spaanse uitspraak). Broek omlaag, behaarde witte bokkenpoten, zijn staart persend in een houten kist die boven een beerput gemonteerd was. En zij, Spaanse van directioneel-chirurgische huize, was met dit tafereel geconfronteerd omdat de deur wijd openstond.

Taco liep naar de schuur. Fedde keek juist achterom.

'Je moet de deur dichtdoen, jongen,' riep Taco.

Hij smeet dramatisch hard de deur van de schuur dicht. Helaas was dit een dubbele deur, zodat het onderste deel keurig in het slot viel, maar het bovenste deel terugveerde. Als een monster uit de Grand Guignol schoot in de ontstane opening, aan de andere kant dus van het straatje, de halfnaakte Fedde omhoog. Hij had zijn hemd zo hoog opgetrokken dat boven de onderdeur zijn kwetsbare naakte middenlijf zichtbaar was.

'Deur dichtdoen? Hoezo? Ik leef zeventien jaar alleen en zo'n tijd slijpt wat gewoontes in. Nje oetsjie menja zjitj. Jij hoeft mijn manier van leven niet te becommentariëren. Jij was weg.'

Met zijn dreunende stem en zijn daverend ritme leek Fedde een fanatieke orthodoxe prediker, zo achter de onderdeur met zijn hemd op de hoogte van Sint Sebastiaan. Taco durfde geen verbale pijlen af te schieten.

'Een drol is een zeet waard, zeggen ze hier, en jouw gentle lady viel ongevraagd binnen. Ik zal voortaan waarschuwen. Dus blijf daar. Ik ga verder. De worgengel moet er nog uit.'

Taco vroeg zich af wat hem bij zijn broer had gebracht. Wat had hij in godsnaam hier te zoeken? Natuurlijk, de verbanning uit Spanje, het werkeloos rondhangen in Parijs. Vervolgens de verschijning van zijn broer op het Odéon-scherm. Zijn vurige wens met Pili te reizen, Pili het land van zijn jeugd te laten zien.

Zijn volwassen wereld leek hier ver weg. Des te veiliger. Het vervalsen waar Pili niet achter mocht komen; de brief van de Guardia Civil, veilig opgeborgen; in Parijs fladderde de schim van Lisa soms angstig dichtbij langs. Hier was het leven rustig. Maar deze rotzooi moest haar gaan ergeren. Hij wilde haar naar de luxe lokken. Haar verwennen. Haar aan zich binden. Als Pili hem zou verlaten, zou zijn wereld ineenstorten en hij kon zich moeilijk voorstellen dat hém dat zou overkomen.

Dat Pili zelfs na die affaire met de vleermuis niet op staande voet wilde vertrekken, was het raadsel ten top. Eigenlijk was ze wonderlijk snel tot bedaren gekomen, gelet op het gekrijs en gestampvoet en het geëxalteerd ontbloten. Dat laatste had vrijwel ogenblikkelijk tot geweldige gêne van haar kant geleid, compleet met nuffig dichttrekken van kleren en ineengedoken een hoek in draaien om alles in orde te brengen. Daarna had ze in alle rust herhaald voorlopig te willen blijven. Hoe hij geprofeteerd had dat het voor haar een alleronaangenaamst verblijf zou worden, zij had voet bij stuk gehouden. Ze had hem tenslotte op zijn fatsoen gewezen.

Zo stond Taco in driedelig grijs en met gepommadeerde haren naar de polder te kijken. De hemel met grote plekken blauw tussen de wolken moest allerlei vogels bevatten, want hij hoorde verschillende soorten gefluit, maar hij kon die piepers niet waarnemen. Steeds als hij dacht dat ze vlak boven zijn hoofd die tweetonige toetertjes aan het uitproberen waren, keek hij, en dan waren ze alweer verschoven naar een andere plek.

Fedde had verteld dat de buurt hem haatte. Meer dan vroeger. Hij was een Groninger. Hij was een vreemdeling. Hij had in de oorlogstijd met zijn gedrag het gevaar naar deze streek toe getrokken. Hij had zijn ouders laten verongelukken. Waarop Taco met steeds sterkere nadruk het woord 'belachelijk' had geroepen. Fedde was zelf geen boer. Nog zo'n argument. Hij hielp nooit iemand, terwijl het toch de gewoonte was dat iedereen altijd bij een ander kon aankloppen. Fedde was een gek want hij had zijn prachthuis geruild voor een bouwval. Dat klopte, had Taco geroepen en hij had zich opgemaakt voor een pittige discussie. Fedde had gezegd dat wat hem betreft wereldoorlog nummer drie mocht uitbreken. Taco had dat een idiote opmerking gevonden, maar omdat hij er enige mate van somberte achter vermoedde, had hij zijn mond gehouden over die huizenruil.

Een groep meeuwen streek neer op het weiland. Ze gilden naar elkaar en lieten zich de lucht in blazen. Aan de kant waar water moest zijn, zag hij een zeil schuin voortbewegen; het klapperde en draaide als de witte jas van een dronken veearts. Een spoor dat een kar naast de weg in de zachte aarde had getrokken, bevatte water dat de lucht weerspiegelde. Een kikker maakte duidelijk dat het geil tot in zijn keel zat. Met zoevend zwiepen ondersteunden de molenwieken verderop ritmisch de wind die bestond uit een melodische slaapfluit en uit golvend gras en uit enkele vlokken schapenwol die zich, gehaakt aan een hek, heen en weer lieten blazen.

Over de weg reed een kind op een 'driewieldekar' naderbij. Het wollen pakje en de blonde krullen waren niet in overeenstemming met de verbetenheid waarmee de kleuter zijn beentjes in het rond maalde. Taco veronderstelde dat het kind bij het bedrijf op de kruising hoorde. Met iedere trap piepten de scheve wieltjes snerpend over de weg. Het fietste tot vlak voor Taco's schoenen, blokkeerde met kracht het doortrapsysteem en stond stil.

'Hoe heet jij?' vroeg Taco. Geen antwoord.

'Waar woon jij?' Stilte.

Zeker achterlijk, dacht Taco, tot het jongetje luid 'Henkie' zei.

'Aha, achterlijke Henkie dus. Ken jij mijnheer Albronda? Die hier woont?'

Het joch keerde zich om en wees met zijn vinger naar

de kruising. Wonderlijk, dacht Taco, hij reageert telkens op de vraag ervoor.

'Vind jij mijnheer Albronda aardig?'

Het kind raakte in verwarring.

'Hier woont mijnheer Fedde Albronda,' legde Taco uit. 'Vind je die aardig?'

'Fedde gek,' zei het kind.

'Waarom is Fedde gek?'

Misschien was het feit dat Taco een onbekende was in deze omgeving voldoende reden om hem zo hinderlijk aan te staren, alsof hij in de ogen van het kind een kikker was, een driedelig-grijskikker, nooit gezien, wel van gehoord, op een onbekende manier opblaasbaar, waarschijnlijk giftig. Het kind bewoog de trappers achteruit. Het fietsje verwijderde zich traag van Taco. Boerenhufter, mompelde die; hij draaide zijn hoofd. Ongeveer twee meter verder veranderde het kind de draairichting van zijn trappers en het reed vooruit, vrij hard tegen de broekspijp van de volwassene aan. Terwijl Taco bezorgd zijn broek inspecteerde en het klotejoch met zijn rotkop de slootbodem in wenste, werd de beweging herhaald. Achteruit, vooruit, béng tegen het been aan, dit keer veel pijnlijker want de hand van Taco streek juist de broekspijp glad en werd geraakt, eerst door de bemodderde band en toen door het metalen spatbordje. Taco trapte tegen het fietsje. Dat bleek voldoende en het kind peddelde langs het vuilnis de weg op.

Verbazend hoe snel het kind fietste. De afgezakte kousjes bewogen als zuigerpompen op en neer; ze konden niet stoppen op het doortrapfietsje. De meeuwen vochten met elkaar en vielen een kleiner exemplaar aan. Het gras golfde in verschillende banen en in verschillende richtingen. Het leek droger, van een andere kleur dan een halfuur geleden, bruiner, roder zelfs. De sloot stonk. De molenwieken draaiden harder, kwaadaardiger, met een beangstigend zwiepen. Achter Taco schoof met een scherpe krijs een plaat golfijzer over de tegels.

Taco meende marters of wilde honden om de gebouwen te horen. Hun nagels beproefden de kieren, krabden de scheuren uit, wrikten aan de kozijnen. Er verschenen twee gezichten voor een ruit. Taco wees zijn broer op het bezoek.

'Tegen de avond, als de winkels sluiten in het dorp van de Sprotbuiken, komen er meer.'

'Wat komen die doen?'

'De rust versjteren. Ze willen ons weg hebben.'

'Ons? Hoezo, ons? Mij kennen ze niet.'

'Tja. Er is look in de meers, zeggen ze hier,' zei Fedde zonder verdere uitleg.

De gezichten tikten ritmisch tegen het raam. Niet luid, niet zo hard dat het ruitje brak, duidelijk genoeg om het te horen. Geen moment bestond de mogelijkheid die twee platgedrukte smoelen te vergeten. Taco vroeg zich af waarom zijn broer niets deed. Toen Pili de woonkeuken binnen kwam, stopte het geluid ogenblikkelijk. Zij vroeg Taco wat er aan de hand was. Taco wees op de ruit; zij schrok merkbaar. Of dat bekenden waren. Dat waren geen bekenden. Op dat moment herhaalden de twee hun irritante getik.

'Vraag toch wat ze willen,' schreeuwde Taco naar zijn broer.

'Iedere week hetzelfde. Het beste is je er niets van aan te trekken.'

'Hoe kan dat nou. Hoe kan je je hier niets van aantrekken?'

Fedde deed er het zwijgen toe.

'Als jij niet gaat, ga ik. Ik schop ze van je erf.'

'Wacht, wacht. Ik ga wel.'

Fedde deed de deur open. De jongens probeerden langs de grote vent naar binnen te kijken. Ze hadden duidelijk ontzag voor zijn handen. Taco hoorde ze zeggen dat ze die vrouw wilden spreken. Dat ze voor die meid kwamen. Of ze die stoot mochten bekijken. (Gelach; verwarrend aan elkaar sjorren en trekken.) Sliep dat wijf hier? Fedde zei dat ze haar en zijn broer met rust moesten laten. Dat waren zijn gasten. O, was dat zijn broer? En wie was die vrouw?

Bij de grote koelbak stond een kist met zand. Taco graaide een handvol zand, liep naar de deur en gooide langs Fedde de jongens het zand in het gezicht. Terwijl die twee hun hoofden stonden te schudden om de korrels uit hun gezicht te laten vallen en in hun ogen wreven, trok Taco zijn broer naar binnen en hij smeet de deur dicht.

'Nou, dat schiet op,' zei Fedde schamper.

'Gajes. Zeg je zelf. Met gajes moet je niet praten.'

Taco verborg zijn ongerustheid achter grootspraak. Voor Pili schetste hij een olijk beeld van de Nederlandse gemoedelijkheid en van de Nederlandse plattelandsgewoontes. 'Wij bellen niet aan de voordeur, wij kloppen en lopen achterom. Wij drinken koffie met water en melk. Onze taal zit vol ironie, dus menen wij nooit wat we zeggen. Wij lachen hard om grappen die anderen treffen. Wij vieren altijd onze verjaardag en zingen dan altijd hetzelfde lied. Wij lachen de kinderen uit en knijpen in hun wangen. Wij hebben een vrouw met blindenstok in het dorp, nou die ligt eruit, want daar geloven we niets van, dat is aanstellerij. Wij slaan het ongeboren kalf een metalen haak in de oogkas en trekken het daarmee uit de koe. Wij gooien voor de leut alle pas aangeschafte huisraad van jonggehuwden op straat in de bruiloftsnacht. Wij drinken te veel jenever bij begrafenissen. Wij gooien (leut!) een dode rat in de karn. Wij gieten spiritus en steken (leut!) de jaspanden van de armen van geest in brand.' De driftige woordenstroom van Taco werd onderbroken door geklop.

Voor Taco naar de zandbak kon graaien, maande Fedde hem tot kalmte. Dit was de champetter. De deur ging open en tot opluchting van Taco kwam het openbaar gezag binnen.

De veldwachter wilde eerst zijn verhaal kwijt en kondigde twee heren aan. Taco wees de veldwachter een stoel en begon die man duidelijk te maken hoe zij lastiggevallen werden. De diender bleef beleefd, waardoor zijn opmerking dat hij daar niet voor kwam, niet doordrong. Taco zei dat hij een zeer bereisd man was en precies wist dat hij zich tegenover het gezag bevond, wat de veldwachter half tevreden, half geërgerd deed luisteren. Natuurlijk begreep Taco 'verdomd goed' dat het om jeugdige relschoppers ging, die hun te rijkelijk toebedeelde vrije tijd wilden vullen met iets avontuurlijks, afkomstig van scholen uit naburige dorpen, of van stallen, of van stadse sloppen, of god mag weten waar verder vandaan, misschien van de dorpsgevangenis of de parochiekelders. Die relschoppers wisten zich vast verzekerd van de bekrompen en goedlachse vergeving van hun ouders – 'Hè, je bent maar een keer jong, nietwaar?' – en de bescherming van de beroepsdiender, wiens taal zij spraken en mijnheer had voldoende invloed om de verdomd grote last die zij bezorgden...

De veldwachter had in dat 'beroepsdiender' een steek op zijn persoon gevoeld en snoerde de duur geklede klacht de mond. Als ze last van kleuters hadden, moesten ze dat met de ouders regelen; daar was de politie niet voor. Taco keek hem verontwaardigd aan. De veldwachter verplantte zijn achterwerk, kondigde opnieuw de komst van twee heren aan, van een bijzonder politieonderdeel. Mijnheer had vast tijd, zo tussen zijn reizen door, om hun vragen te beantwoorden.

'Komen ze voor mij?' vroeg Taco verbaasd. Hollandse politie hoorde bij Fedde, vond hij. De veldwachter, die eindelijk de aandacht kreeg die hij verlangde, bevestigde dat de twee heren niet voor de Groninger kwamen, maar voor zijn logé.

'Dat is toch...'

Ze stonden plompverloren in het werkhuis, groot, grijs-gekreukt in het pak, vlekbruin van schoen. Ze openden de deur naar de kamer en vroegen, terwijl ze naar de stokken met de zemen op het hoofd bij de koelbak keken, toestemming om bij de vleugel te zitten.

'Is er geen licht?' vroeg er een, waarop Fedde schamper verkondigde dat het illustere duo Voltaire en Ampère niet was langsgekomen. De geheimagent begreep dit niet en werd door de veldwachter geholpen, die uitlegde dat er in deze boerderijen geen elektriciteit was. Ze gaven Taco een wenk en sloten de deur, waardoor Fedde, Pili en de veld-wachter aan elkaar werden overgelaten. Drie stoelen werden neergezet rond de vleugel die als aantekentafel kon dienen.

'Waar gaat het over?' vroeg Taco. (Iets met Pili? Iets met zijn auto?) Een haalde een boekje uit zijn zak en bla-derde.

'U bent Mr. Alexander Rothweill.'

Taco's hart sloeg één tel over. Het ging om hem, om zijn verleden. Hij antwoordde met een grom die zowel een bevestiging kon inhouden als later voor een ontken-ning of een kreet van verwarring kon doorgaan. De twee rechercheurs eisten geen nadere duidelijkheid. Geen ja of nee. Ze vroegen naar zijn identiteitsbewijs. Taco had in de zak van zijn colbert een paspoort zitten op naam van Al-bronda. Gaf hij dat paspoort, dan moest hij de naam van Alexander Rothweill loochenen. Als hij het goed beluister-de, stelde die vent niet eens een vraag. Hij wist dat de naam Rothweill juist was. Het voeren van een dubbele identiteit was uiteraard geen aanbeveling in dit land van precisie en dossierkennis. Hij moest maar doorgaan voor halfbroer. Dat zijn papieren boven lagen. In de koffer. Of hij dat alstublieft zou willen halen.

Taco schoof met een slanke middelvinger het paspoort met de valse naam uit de onzichtbare binnenzak van de koffer. Hij zag de lucht door het met spinrag behangen venster. Buiten stond de veldwachter met de fiets aan zijn hand naar de auto van de rechercheurs te kijken.

Nummer Twee stak zijn hand uit en nam het document aan. Hij bestudeerde het uitvoerig, bladerde en maakte aantekeningen in zijn boekje.

'U heeft in Spanje gewoond?'

'Onder andere.'

'Kunt u vertellen waar nog meer?'

'Frankrijk. Italië.'

'En mogen we weten waarom u hier bent?'

'Familiebezoek.'

'U bent familie?'

'Halfbroer.'

Nummer Een liet merken dat hij de namen kende en de juiste verbanden wist te leggen. Twee bladerde het document nog een keer door en maakte geen aanstalten het terug te geven. Het was merkwaardig dat Taco, die tot het uiterste gespannen was en niet precies wist waar het politiebezoek naartoe wilde, zich toch bepaald gelukkig voelde met het heroveren van de identiteit van Mr. Alexander Rothweill. Zijn houding werd rechter, zijn oog glinsterde scherper, zijn kleren zaten even onberispelijk als in Bilbao. Alsof de kleren aan zijn lijf, Turnbull & Asser, Brioni, Church's, zich realiseerden dat in hun minnaar lef gevaren was, nieuwe spot en goklust. De twee rechercheurs aarzelden.

'Tijdens de oorlog was u niet in Nederland woonachtig?'

'Te gevaarlijk.'

'Bent u in die tijd in Spanje geweest?

'Ongetwijfeld.'

'Wat doet u voor uw beroep?'

'Handel.'

Rechercheur Twee sloeg het paspoort open en las de aankondiging 'intendant ener factorij'. Taco wist dat de man het beneden zijn waardigheid vond te vragen naar de betekenis van dit beroep.

'Heeft u hobby's?'

Zonder aarzelen en met een vlak smoel antwoordde Taco dat zijn hobby's bestonden uit het stimuleren van snelheid en uit toevallige ontmoetingen. Er werd even gekeken. De volgende vraag.

'Kent u de familie Sanz Gonzalez? Uit Navarra?'

'Oppervlakkig, ja.'

Welke kant gaan ze op, vroeg Taco zich af.

'Kent u ene Enrique Poza? In leven directeur van het archeologisch en etnografisch museum te Bilbao?'

'Die heb ik gekend. De man is dood. Dan zeggen we "heb ik gekend". U moet mij eens vertellen...'

Hand Een ging omhoog. 'Een ogenblik alstublieft. U bent bij de begrafenis geweest van die mijnheer Enrique Poza?'

'Daar ben ik geweest, ja.'

'U was te gast bij de familie Sanz Gonzalez.'

'Zelden.'

'Bijvoorbeeld bij de bruiloft van de jongste dochter.'

'Ik was uitgenodigd.'

'Wat wilde u vragen?'

Ze maakten aantekeningen en keken niet op of om. Taco haalde adem. Hoe het in godsnaam mogelijk was, dat ze wisten dat hij, Mr. Alexander Rothweill, in het huis van zijn halfbroer verbleef. En waarom ze hem lastigvielen met een paar vage kennissen uit Spanje? Kennissen van dat niveau, nou dat waren er tientallen.

De oudste rechercheur klapte zijn aantekenboekje dicht. Hij glimlachte.

'Om met Spanje te beginnen, mijnheer Rothweill. U weet natuurlijk dat onze prins Bernhard een bijzonder geslaagd bezoek heeft afgelegd aan de Argentijnse president Perón. U bent man van de handel. U zult weten hoe belangrijk die bezoeken van de prins voor ons land zijn. Wij zorgen dat de relaties niet gestoord worden. Dat is ónze taak. De relaties tussen Nederland en het Spaans sprekende Argentinië bedoel ik. U kent Spanje. Dan weet u dat de relaties tussen het Argentinië van Perón en het Spanje van Franco zeer vriendschappelijk zijn. Wij stellen goede relaties met prins Bernhards Argentinië gelijk aan goede relaties met Franco's Spanje.

Wat wilde u verder weten? O ja. Uw verblijf hier. Dat is voor ons een gemakkelijke zaak geweest, mijnheer Rothweill. U dacht dat uw halfbroer op het oude adres woonde. U heeft de huidige bewoner van de woning verderop bezocht. Zij spraken over intimidatie. Na uw bezoek hebben ze de politie gewaarschuwd. De politie heeft geadviseerd een klacht in verband met huisvredebreuk in te dienen. U had zich keurig voorgesteld, Mr. Alexander Rothweill. Het zijn daar kennelijk attente burgers. En om de zaak af te ronden. Waarom wij een onderzoek doen naar uw Spaanse kennissen? Omdat de Spaanse politie het een en ander van u wil weten. Dat verzoek heeft ons een tijd geleden bereikt. Tot nu toe was uw verblijfplaats ons onbekend. Wij verzoeken u dringend voorlopig hier te blijven. Wij moeten uw reispas bij ons houden. U hoort heel snel van ons.'

Taco besefte dat de opmerking over de Spaanse politie

betekende dat hij gezocht werd. Hij moest nagaan hoe het zat met uitleveringsverdragen. Zelfs dan. In hoeverre trok de politie zich wat aan van verdragen?

Iedereen stond op en toen zag Taco twee benen. Boven-op de trap, vlak onder de flauw gebogen toog, stond Fedde. Misschien al die tijd. Hij luisterde het gesprek af. Fedde moest kans hebben gezien buitenom de zolder te bereiken. Zonder kraak de zolder over te steken.

~

Taco liep naar buiten. Naast de stal stond een vierkant gebouw, een vroeger meelfabriekje of een opslagplaats voor diervoeder. Daar was Fedde op afgekomen. Om het bezit van dat gebouw had hij de luxe aan bedelvolk en erwtentellers geschonken. Hij gaf niets om de statigheid van het ouderlijk huis, om de zeshoekige tuinkamer, om de oranjerie. Hij was totaal ongevoelig voor het feit dat daar, ongeveer vijfhonderd meter verderop, hun jeugdher-inneringen lagen. Taco voelde de hand van Pili in de zijne glijden.

Taco had zorgen. Taco was een paspoort kwijt. Dat bete-kende bijvoorbeeld dat het geld op naam van Alexander Rothweill voor hem onbereikbaar was geworden. Het was als met de auto: zoiets kwam op den duur in orde, het was lastig. Nu geen beschikking over een auto, straks stond hij weer voor de deur; nu geen mogelijkheid het kapitaal op naam van Alexander Rothweill te innen, restte hem altijd het kapitaal op naam van Taco Albronda. Alles bij elkaar ging hem echter te veel mis. Vertrekken dus. Maar Pili wilde blijven en zonder Pili wilde hij niet reizen. De poli-tie had hem gezegd dat hij in dit huis moest blijven. Het zou hem een rotzorg zijn. Hij had geen auto. Hoe kwam iemand in deze moerashoek aan vervoer? Taxi? Die handelskar van die zwerver? Hoe heette die? Hosse of Gosse?

Taco volgde de grillige vlucht van een zwarte vogel. Even de gedachte om, hangend onder zo'n dier, als verstekeling in insectformaat, weg te vliegen; even het visioen dat hij zweeft over het gebied waar hij is opgegroeid, over de tuinkamer, boven de geliefde zusjes voor het open raam die in slaap vallen en zacht terugglijden half op de stoel half op de vloer, over het water van de heilige Wijde Aa; even de verbazing dat het dier boven hem zijn grote wendbaarheid behoudt. Wat weegt geheugen als het over het land scheert van onze geboorte?

Pili vroeg hem wat die politie allemaal wilde weten. Taco hield de boot af, maar hij moest toegeven dat ze over informatie uit Spanje beschikten. Hij zag dat het heimwee Pili bijna fysiek pijn deed. Ja, dat de Guardia Civil ook haar verdacht, daar had de Hollandse politie even over gesproken. Ze waren er niet op ingegaan.

Taco sloeg zijn arm om Pili's schouder en drukte zijn gezicht in haar hals. Hij beet zacht en kroop met zijn mond in de gloeiende ruimte tussen haargrens en sleutelbeen. Haar kapsel, haar opmaak, haar Spaanse vleug, haar kleren en hoge hakken, alles vloekte met de mestvaalt waar ze naast stond. Taco zag de bijna donkere achtergrond waar alle diepte uit verdwenen was. Mijn god, dacht hij, kan er niet een rechthoek geknipt worden? Kan niet een goddelijk lancet dwars door de boomtakken, de jonge bladeren, het net erboven uitstekende dak, de spiralen en het plaatijzer, een rechte lijn snijden in dit achtergronddoek, zodat een deur kan opengaan waardoor wij kunnen verdwijnen over een fraai verlichte, marmeren trap, waarbij dit alles – de bouwval, de kotsfabriek, de troep tussen de gebouwen – een museumzaal zal blijken, bedrieglijk nagemaakt inclusief geur en belichting. Straks, liefste, glimlachte Taco, loop je over die marmeren trap dit boerenland uit en dan zal alles weer stijlvol zijn, zoals het hoort. Pili kon zijn glimlach niet zien.

Later die avond begon Taco toch over de huisruil. Was dat nou echt nodig, dat kapitale pand gewoon weg te geven? Waarop Fedde reageerde dat het inderdaad een onoverzienbaar huis was met een tuin erbij zo groot als een Rijnlandse morgen. Het gekste was, vertelde hij, dat niemand hem dankbaar was, dat hij dat slonzige, kinderrijke gezin in zo'n groot huis liet wonen. Ze beschuldigden hem in de buurt van alles. Hij was een nietsnut, hij was een kinderlokker, hij was een asociaal, hij was een ziekteverspreider; hij betaalde geen bundergeld, hij voedde zich met etgras, hij sliep in de grup en zo kon hij een tijd doorgaan. Het werd allemaal van hem gezegd.

Bij dat bezoek van die halfcorrupte veldwachter en die twee snoeshanen die zo tevreden waren met het bezoek van ónze prins Bernhard aan Perón (ónze, zeiden ze alsof Taco er iets mee te maken had) om het bedrijfsleven erbovenop te helpen, (van onschatbare waarde beweerden alle kranten die even vergeten waren dat de grote vrienden en voorbeelden van Perón Hitler en Franco waren), bij dat bezoek had Fedde staan afluisteren. Dat begreep Taco niet. Was dat soms een gewoonte van hem? Waarop Fedde vertelde dat hij zich het liefst in de kast of achter het gordijn verborg als er iemand kwam. Dan moest het bezoek wachten en begonnen ze over hem te roddelen en kon hij horen wat ze zeiden. Kreeg hij wel eens bezoek? O, zeker: de champetter, winkeliers, een postbode met een dreigbrief, dokter Pronk.

'Hé, dokter Pronk. Van vroeger. Komt die hier?'
'Om pillen te brengen.'
'Wat voor pillen?'
'Omdat ik anders niet van de meiden af kan blijven.'

Taco dacht aan Pili. 'We gaan bitteren,' zei Fedde en hij liep naar een kast en haalde de jenever tevoorschijn.

'Speciale fles, broeder,' riep Fedde. 'Oude Snik. Heb ik bewaard. Nil nobis absurdum: niets is ons te dol.'

De glazen waren smerig. Pili vond de drank te sterk. Taco gaf toe dat dit heel smakelijke jenever was. Fedde wreef zijn handen over elkaar en lachte naar zijn twee thuisgekomen familieleden.

'En nou die pillen,' begon Taco opnieuw. Het was stil buiten, de nacht sloop in deze landen zonder bijpassende diergeluiden voorbij. Binnen klonk het schuiven van een glas en het bewegen van een keel: Fedde slokte hoorbaar de drank naar binnen. Fedde zweeg, tikte met zijn grote, sterke vingers op tafel.

'Tja, de joyeuse entrée,' zei hij toen.

Taco en Pili begrepen hem niet.

'Hare Koninklijke Hoogheid. De Bocht van Begeer. Het glissando de dame in.' Fedde hield pauzes tussen zijn uit-spraken, grinnikte wat dommig, ademde zwaar door zijn neus, dacht na. 'Ik droomde erover, ik dacht eraan. Ik werd maniakaal. Ik probeerde iets anders, bloemenkweek, autorijles.' Gegrinnik. 'Het hielp niet. Mijn gedachten keerden in kreeftengang naar die smakelijke dijen terug.' Pauze. 'Ik kreeg nachtmerries, want wie van de paus eet, sterft eraan. Nietwaar? Ik heb zelf om die pillen gevraagd.'

'Zit je me te belazeren, of ben je serieus?' vroeg Taco. 'Bestaat dat soort pillen?'

Waarom hij zijn broer zou belazeren, wilde Fedde we-ten. Als hij toch met de regelmaat van Maelzels metro-noom aan hetzelfde dacht, geen vrouw kon zien zonder haar in gedachten tussen hooischelf en ruiter te pakken 'par pistolet, met de prikstoot, zoals de biljarters zeggen', dan was dat toch ziekelijk en dan waren daar toch pillen voor? Zo ver was de geneeskunde toch zeker wel gevorderd? Fedde zat vrolijk rond te kijken alsof hij een niet te lastige kwaal als ingescheurde nagels of zweetvoeten beschreef. Hij gaf een klap op tafel. 'Ordnung muss sein,' riep hij.

Dat waren de andere twee met hem eens, maar was het nodig dat daarbij Pili's oude klare uit haar glas danste?

'Moet je nog dum?' vroeg Fedde die zag dat twee glazen leegstonden. Fedde wisselde veel van stemming die avond, viel Taco op. Het was onprettig te zien hoe hij inwendig tekeerging, hoe hij opsprong en ging zitten, soms half op zijn stoel. Hij speelde een seconde of tien op de vleugel, enkele akkoorden, een riedel; het klonk als het begin van een romantisch Russisch pianoconcert. Fedde rende weg.

Pili schoof haar glas in zijn richting; dat moest hij maar opdrinken. Ze hoorden gestommel in de slaapkamer, een kastla die uit zijn handen viel of de inhoud van een nachtkastje die hij met een zwieper op de grond veegde; een geluid van vallende voorwerpen, toen voetstappen terug.

De lamp die op tafel stond te walmen, bescheen het gezicht van Fedde met flakkeringen. Hij maakte passen, handen op de rug, alsof hij een grote verrassing te voorschijn zou gaan toveren. Achteraf begreep Taco dat zijn broer met een probleem zat, want wat hij wilde laten zien, was dat geschikt voor de ogen van Pili? Zij kon beter niet in grote nieuwsgierigheid naar het stukje papier grijpen dat hij met een ondeugende kreet ('ebbe, ebbe, debbe, zoals de chef van het spooroplos altijd zei') vanachter zijn rug tevoorschijn haalde.

Taco herkende het papier zelfs aan de achterkant. Alsof hij het pas gisteren uit de winkel van In en Verkoop had geroofd.

'Twee handwippertjes op één foto,' verklapte Fedde. Hij had de hint niet hoeven te geven. Nog steeds lagen daar twee meisjes (en in de ogen van Taco konden het geen andere meer zijn dan Hanna en Pieke) die naar zichzelf keken in de spiegel. Taco zag dat er bovendien een kussen zichtbaar was in de spiegel, dat de twee hun jurk toch niet helemaal tot hun schouders hadden laten afglijden, dat een sprei ontbrak. Pili vroeg of ze ook mocht kijken.

'Hoe kom jij aan die foto?' Zonder dat hij er iets tegen kon doen, hoorde Taco hoe de woede in zijn stem doorklonk.

Fedde griste de foto weg voor Taco ernaar kon grijpen. Hij hield hem voor Pili en zong: 'Giovinezza, giovinezza, Primavera di bellezza.' Wat moet die broer van mij met dat Italiaans fascistenlied, schoot het door Taco heen.

'Die foto. Die is van mij,' riep Taco. Hij zag zichzelf bokkig aan de keukentafel zitten omdat hij zijn foto kwijt was. 'Die heb je van mij gestolen.'

De foto werd buiten bereik van de grijpende hand van de bereisde broer gehouden.

'Verdomme, nou is het genoeg. Ik kom hier aan. Ik mag niet eens het huis in waar mijn vader en mijn moeder woonden. Ik moet inbreken. Ze geven me aan bij de politie. Mijn broer heeft de woning weggegeven. Weggegeven. Mijn broer! Die gesprekken staat af te luisteren. Die aan komt lopen met een foto die hij van mij gejat heeft.'

'Otjets ienzjenjeer, a maatj wratsj,' zei Fedde.

'Wat zeg je?'

'Russisch. Mijn vader is ingenieur en mijn moeder arts.'

'Spreek jij Russisch?'

'Les 1 tot en met les 8.'

'Wat jij uitspreekt, is dat Russisch?'

'Les 1 tot en met les 8.'

'Denk jij dat Stalin jou kan verstaan?'

Fedde knikte.

'Ik geloof er niets van. Voor mij is het smousentaal.'

'Houd je kop,' riep Fedde plotseling. 'Joden! Wat weet

jij ervan? Wat weet jij van joden? Waar was je in de oorlog? Je hebt je snor gedrukt. Je hebt alles in de steek gelaten. Je bent weggegaan. Je hebt het geld meegenomen en je hebt de mooie mijnheer gespeeld. Wat heb jij in de oorlog gedaan, broeder?'

'Foto's.'

'Foto's? Is dat alles? Wat voor foto's?'

'Ik werkte bij Blumenfeld, dat was een jood.'

'Aha. In de oorlog? Werkte je in de oorlog bij Blumenfeld? Werkte je in de oorlog voor een jood?'

'Kan voor de oorlog geweest zijn.'

'Kan, natuurlijk. Weet je dat niet meer? Nogal een verschil, broeder, in de oorlog, voor de oorlog. Waar was die Blumenfeld in de oorlog?'

'Weet ik niet.'

'Nou, ik wel. Concentratiekamp. Zoals alle joden. Afgevoerd. Nooit meer teruggekomen.'

De gebeurtenissen volgden elkaar op als in een komisch stripverhaal. Taco ging zitten. Fedde, vlakbij hem, wilde zeggen dat zijn broer zich gedeisd moest houden. Hij wou hem geen klap geven, eerder een vriendschappelijke tik, aaide hem over het hoofd, bleef haken en sloeg de pruik over tafel. Waarop Taco doodstil bleef zitten, traag zijn hand hief en zijn vingers spreidde: een gebaar van overgave, maar het lamplicht weerkaatste zo komisch in zijn glimmende schedel dat Pili in lachen uitbarstte. Het was voor het eerst sinds hun aankomst dat Taco en Pili zagen dat Fedde zijn donkere ogen niet alleen kon verbergen onder zijn zware wenkbrauwen, maar dat hij ze ook kon opensperren, zodat ze groot werden en wonderlijk zacht.

Na elk nog twee glazen jenever maakte Fedde met liezenvet ingesmeerd vlees klaar op een rek boven het vuur. Soms ving hij een beest met zijn blote handen, legde hij uit, en dan had hij voorlopig eten genoeg. Hij kondigde aan dat het beter zou smaken dan 'darg' en als uitleg liet hij volgen: 'Dat is de veen bevattende massa.' Fedde zette het vlees op tafel en haalde een papieren zak uit de keukenkast.

'Neemt u welriekende spijzen,' nodigde hij uit. En toen hij zag dat Pili moeite had met de keiharde klont waarin het zout in de zak veranderd was door de vochtwerking, hielp hij haar door op de zak een vuistslag te geven, waarbij de zak scheurde en een deel van het zout op de tafel stroomde.

'En gij zult daarvan heel kleine pulver stoten.'

3 Pili

'Hanna en Pieke hebben hierboven geslapen.'

Taco vroeg of zijn broer gek geworden was. 'Hoe bedoel je dat? Hierboven geslapen?'

'Voordat ze verdwenen.' Fedde wees naar boven.

'Man, doe normaal. Die hebben hier niet geslapen. Jij, in je eentje: het zal wel. Maar wij, Albronda, vader, moeder, Hanna, Pieke, jij, ik, wij samen, dat was niet hier, dat was daar. In dat grote huis dat jij weggegeven hebt. Geruild voor dit krot. Daar! Daar!'

Pili pakte hem bij zijn arm. Taco stond met zwaaiende gebaren zijn broer hun beider jeugd op te dringen. Zij dacht aan haar eigen Bardenas Reales. Toen aan Algorta, aan haar te korte jeugd.

'Het is langzamerhand de tijd dat ze gaan uitvliegen,' zei Fedde, die het onderwerp kennelijk onbespreekbaar achtte. Hij keek door de vierkante ruitjes en wees op het licht, dat, nu de zon was ondergegaan, van kleur overging op zwart-wit.

'Ze vliegen in sinus; ze spreken in hertz. Willen jullie het zien?' Fedde gunde zijn twee logés een blik in een geheime wereld, maar zij mochten de bemantelde bewoners van die wereld niet verontrusten. Pili stond de twee moeilijke woorden bij zichzelf te herhalen (later Taco vragen), toen ze zag dat Fedde met komisch rollende ogen naar haar gebaarde, dat ze moest sluipen. Fedde deed de deur naar de stal open.

266

In de palen zat rot, de resten stro stonken en een laars was ondersteboven op een paal geprikt. Taco vroeg of er een mogelijkheid was zijn schoenen te poetsen. Fedde beduidde dat hij moest zwijgen en hij wees, alsof hij de Heilige Geest zag, naar de witte muur van het fabrieksgebouwtje. Bij het hoge raam waar het glas uit geschoten was, bewoog iets. Die beweging werd veroorzaakt door een dier. Als het niet de Heilige Geest was, moest het wel een dier zijn: een geelbruine, harige lekke tennisbal hangend aan een zwarte vaatdoek die met een parapluachtige baleinconstructie in- en uitgevouwen werd. Even leek het of dit speelgoed op de grond zou tuimelen, toen vouwde het de parachute uit en statig als een uil scheerde de valschermspringer over hun hoofden, zijn gelige buik als een bolletje onder de donkere vlerken.

Een tweede vleermuis kwam tevoorschijn die net zulke dolkomische sprongen maakte. Een derde. Een onregelmatige stroom parachutebeestjes die door Pili met ademloos enthousiasme gevolgd werden. Fedde knikte bij iedere vleermuis die uitvloog. Het leek of hij zich ervan vergewiste dat ze er allemaal waren. Het leek bovendien of hij ze allemaal bij naam kende: een onderwijzer die om zijn kinderen gaf, hun naam en huiselijke achtergrond kende, hun liefhebberijen, hun karakter en hun kleine onhebbelijkheden en die ze bij het verlaten van de klas allemaal zou willen omhelzen. Ineens keerde Fedde zich om en verloor alle aandacht. Pili constateerde dat Fedde dat precies deed op het moment dat de laatste vleermuis het pand uit vloog. Wist hij welke vleermuis altijd het hek sloot en kon hij die herkennen?

'Ja,' zei Fedde. 'Ze volgen vaste patronen. Ze staan onder druk; ze laden zichzelf op. Ken je het piëzo-elektrische principe? Dat is het niet, maar ik vergelijk het ermee.'

Pili onthield ook dit woord. Voor ze uitleg kon vragen, schoot Fedde weg.

Het werd stil op het erf van de boerderij. De drie ge-bouwtjes die zo lukraak tegen elkaar aan hingen en die op geen enkele manier een eenheid vormden, leken zinlozer, nu de vleermuizen waren uitgevlogen. Pili greep Taco ste-viger bij de hand en schudde hem aan de arm. Dit natuur-wonder was voor haar een hartveroverende ervaring.

Fedde kwam terug met een brandende olielamp die hij aan een staketsel bij de mesthoop hing. Een van de flad-derdieren maakte een bocht over de lantaarn. Pili meende een zachte kreet te horen, een soort blazen op een metalig pijpje, zij moest zich vergissen. Zulke nachtdieren waren toch nagenoeg blind en ze konden toch geen geluid voort-brengen? Zij wist er weinig van.

Fedde wenkte Pili. Ze liepen het fabriekje in. Binnen was het aardedonker. Fedde scheen met een lantaarn. Een smalle trap voerde naar een wankele verdieping. Boven kroop Fedde onder een balk door, wenkte dat zij hem moesten volgen.

'De kinderkamer,' verklaarde Fedde.

Ze begreep dat het om jonge vleermuizen ging. De kleur was opvallend. Het felroze van de naakte lijfjes als zeer sterk geplooide roze huidjes over een knikker gespan-nen. Aan elk roze bolletje haakten inktzwarte uitstulpin-gen. Alles dicht tegen elkaar aan, naakt pulserend vinger-toproze tussen zwarte geknakte spandoekjes. Ze leken zich aan elkaar vast te klemmen, de hele kluwen hing aan het hout. Fedde hield zijn gezicht vlakbij. Hij hief de lantaarn. Pili kreeg de indruk dat hij de kleintjes telde. Het zou kunnen zijn dat hij zijn adem over de naakte dieren blies om ze te warmen.

De onbekende geluiden tijdens de nachten hielden haar uit haar slaap. Een druppel die neerplopte in de witte bak met bedorven water; het zuchten van een al te zwaar met stof beladen spinnenweb dat losliet en bijna zwevend de grond raakte. Zij hoorde de ademhaling van Taco naast haar in sommige houdingen niet; in paniek richtte zij zich twee, drie keer per nacht op om te controleren of hij leefde. Zij hoorde beesten (muizen, mollen, marters?) trippelen en soms stootte zo'n dier iets om (een bus met vet, een werkhandschoen, vistuig, een kartonnen doos, een Duitse helm) dat half weggleed en later luidruchtig zijn val afmaakte.

Tegen de ochtend na het snerpende concert van mussen en merels klonken er andere geluiden, die zij in haar halfslaap probeerde te interpreteren. Fedde kwam 's morgens met een bons het bed uit. Alsof hij bij het eerste rammelen van een inwendige wekker rechtop ging zitten en altijd zijn kop tegen de bedrand stootte. Of hij draaide zich op dat inwendige wekkermoment zo ruw in zijn bed om, dat het schilderij van de haak donderde. Slof-slof: Fedde op weg naar de woonkeuken. Gekraak: de sleutel die alleen omgedraaid kon worden als de deur met een ruk tegen de post getrokken werd. Geluiden alsof Fedde steentjes in de sloot stond te pletsen, geluid van behaaglijk gekreun; geluiden van opstekende kleine stormen.

Als de zon scheen en Taco wakker was, lagen ze naast elkaar te kijken naar het uiteengerafelde spinrag. Zij hoorde de zachte stemmen van het rieten dak, de berichten die de wind over de gevaarlijke, tot molm vergane zolder blies. Bij vlagen werd alles overstemd door het gekrijs van de maffiose rotmeeuwen of door de troepen kraaien die verontwaardigd schrapende keelgeluiden uitstootten, totdat ze allemaal als Farizeeërs in één plotselinge beweging ter kerke vlogen.

Soms hoorde Pili een vaag getik. Alsof er in een verborgen vertrek, een kelderhuis onder de gewelfde kelder, iemand heimelijk werkte. Waren ongewenste gasten bezig met het graven van gangen, het ordenen van lont en dynamiet, het verzamelen van brandhout? Of ging het om het kloppen van een mechanisch hart, dat ongezien werkte om alles overeind te houden, te doen klapperen en scharnieren, te buigen wat niet mocht barsten, voort te stuwen wat niet mocht stagneren. Pili dacht aan Bilbao en aan Taco naast haar, die een ander mens bleek met een eigen kelderhuis, waar een geluid geproduceerd werd dat zij te enen male onmachtig was op te vangen of te horen. Zoals Fedde eveneens over eigen geluiden beschikte, want zijn oren, zo had hij zelf verteld, werkten als versterkers die de 'amplitude' van het aangeboden vleermuissignaal vergrootten. Zoiets. Pili had hem niet begrepen. Zij bleef tijdens slapeloze uren naar buiten kijken, geleund op de onderste balk van het schuine zolderraam. Zij hoorde de rustige, nachtelijke adem, waarin al het leven in deze streek zich samenbalde, behalve de insecten want die ademden niet mee. Die sliepen niet. Die kropen en kringelden en zoemden rond en maakten met z'n allen een contrapuntisch geluid dat hoger was, gevarieerder dan het basale ademgeluid en waaruit van tijd tot tijd één zoeminstrument naar voren kwam, hinderlijk, solistisch, stekend en met een irritante kriebel.

Als zelfs dat geluid wegviel, hoorde zij de fluitsignalen van de sterrenschepen, het heldere tintelgeluid dat de melkweg bij een kanteling veroorzaakte, de eindeloos verre vuursis van een komeet.

'Wat was dat?' fluisterde Pili.

'Glas. Misschien gooit hij oude kasruiten weg.'

Pili maakte een holle rug en trok de plooien uit het laken. Hij raakte haar voorzichtig aan. Pili voelde zijn aanhankelijke wolvenpoot langs haar heup strijken en zij liet het toe. Hij draaide zich om, zodat hij met zijn gezicht naar haar toe kwam te liggen, likte over haar lippen. Ze zuchtte en legde haar hand op zijn schouder. Hij liet zijn hand over haar lichaam glijden. Het laken was schoon, dus wat zouden ze zich van die feeërieke zolder aantrekken? Zijn hand telde haar ribben en bereikte haar borst. Hij kuste haar ogen. Hij kon – een oud spel – tegen de pony van haar soepele haren blazen en dan waaiden ze allemaal op en ze vielen – volgens hem absoluut een voor een, bewijs van soepelheid – allemaal weer neer. Op precies dezelfde plaats, wat, zoals Taco altijd zei, een teken was van adeldom.

'Voortvluchtige bandiet,' fluisterde Pili.

'Medeplichtige,' fluisterde Taco terug. 'De Nederlandse politie heeft dit verboden.'

'Wat?'

'Vrijen zonder goedgekeurd huwelijk.'

'Ik kan je aangeven,' zei Pili dreigend. En even later: 'Hoe heb je Poza vermoord?'

'Met pyrogallol.'

'Wat is dat?'

'Een zwaar giftige ontwikkelaar.'

'Ik kom je opzoeken in de cel. In het weduwezwart. Met de mooiste lingerie die ik van jou gekregen heb.'

'Helemaal niet. Jou sluiten ze ook op.'

Pili wilde iets zeggen over Poza. Ze vergat het en Taco gleed met zijn tong over haar neusrug, vanaf de wenkbrauwen tot de punt en vervolgens door naar haar lippen. Hij schopte de deken van zich af. De draden die bij het dakraam afhingen, bewogen traag. De deken gleed langs een doos en nam een sliert ineengevlochten stofdraad mee. Taco pakte het lichaam van Pili, die net loom achterover gleed, en draaide het met een bijna pijnlijke ruk op zijn eigen lijf. Hij tilde haar heupen een weinig op en trok haar knieën naast zijn borst, zodat Pili half geknield bo-

271

venop hem lag en hij makkelijk met zijn handen haar nachthemd kon opschuiven en haar intimiteiten met zijn handen huidversmeltend kon aanraken. Hij nam bezit van haar, alsof hij wilde weten hoe zij vanbinnen smaakte en rook en vooral welke souvenirs haar geest bezighielden. Ze stikte bijna omdat hij haar aan het opslokken was. Zij dacht aan Noord-Spanje waar de eiken al in de tijd van keizer Augustus groeiden; ze dacht aan donkergouden scarabeeën; ze herinnerde zich hoe zij naakt en ondersteboven met gespreide voeten tegen de Bilbao-spiegel op liep. Toen barstte zij in tranen uit.

De voorwerpen op de zolder werden toen zij tot rust kwam weer zichtbaar. De kleuren keerden terug. Haar blik dwaalde over de schedel van Taco, over zijn gesloten ogen. Haar blik drong door stofnesten en spinraggordijnen heen. Hoelang duurt het voor iemand bevriest?

Pili voelde haar lichaam verkillen. Elke poging tot bewegen werd inwendig geblokkeerd, zodat zij secondelang naar dat ronde voorwerp in de hoek keek, waar zij met steeds grotere zekerheid het hoofd van Fedde in herkende. De oogleden waren wijd geopend, de angstige ogen staarden haar aan, het natte haar stond als een wildgroei overeind en droeg een paar slierten stof. Op hetzelfde moment dat Pili voor zichzelf formuleerde dat zij naar een los, afgehakt hoofd keek dat in een hoek van de zolder was gesmeten, deed het hoofd een mond open.

'Ze hebben een steen door de ruit gegooid.'

Pili zonk neer op Taco, ijskoud en trillend. Nu was hij het die overeind schoot en zijn hoofd naar de hoek draaide. Hij had de stem gehoord en hij interpreteerde de verschijning beter. Hieronder lag de stal en de vloer van deze vliering was vermolmd. Daar had Fedde zelf op gewezen. Hij zag Fedde die bovenop een van de rekken in de stal stond en die zijn hoofd door een gat tussen de houten planken had gestoken. Pili draaide zich plotseling om en trok het laken over haar lichaam.

'Ze hebben een steen door de ruit gegooid.'

In de slaapkamer van Fedde kon Taco weinig anders doen dan de vraag stellen wie dit soort dingen flikte.

'Sprotbuiken,' antwoordde Fedde beslist.

'Jongens uit Roelofarendsveen,' verduidelijkte Taco voor Pili.

Enkele minuten geleden had Fedde zijn kop door de vermolmde vloer van de vliering gestoken en wie weet hoelang een vrijpartij geobserveerd. Pili zag dat Taco kwaad was, maar dat hij zich inhield omdat Fedde op dit moment zo hulpeloos tussen de glasscherven stond met zijn kolossale blote voeten.

Een uur later werd een tweede steen naar binnen gegooid. Opnieuw scherven, opnieuw rommel; schadelijker was de olielamp die, hoewel het stralend daglicht was, nog steeds brandde. Achter de rug van Fedde en Pili die naar buiten stonden te kijken in de hoop een dader te betrappen, viel de lamp om en de petroleum liep uit over de vloer. Op het moment dat de vlam erin schoot met een tamelijk zachte, gevaarlijke blaas, keerde Pili zich om en zij stootte Fedde aan. Die handelde razendsnel, liet zich met de deken die hij van het bed af rukte, op de vlammen vallen, sloeg met zijn handen de ontsnappende vlammen dood en had voordat Pili een hand kon uitsteken, het vuur gedoofd. De deken was onbruikbaar geworden door de brandvlekken en door de hoeveelheid petroleum die in de stof was doorgedrongen.

Ze aten om een uur of twaalf. Fedde had een Keulse pot op tafel gezet en schepte er bonen uit die onder water stonden. Ze konden ze eventueel opgewarmd krijgen, bood hij aan; hij at ze liever zo. Verder had hij beschuiten op tafel gezet en een melkdrank die Pili niet kende. Karnemelk. Taco knikte herkennend. Pili schrok van de bedorven melk, vond de bonen bremzout en schoof het bord van zich af. Ze maakte een onhandige beweging, waardoor de volle beker karnemelk omviel, zodat het dikke vocht over de tafel stroomde en Taco driftig wegschoof uit angst dat zijn kostuum nat zou worden, terwijl Fedde onverstoorbaar bleef zitten en rustig de witte druppels op zijn broek liet druipen.

'Jij bent duidelijk een Hollandse boer gebleven,' zei Taco.

'En jij?'

'Ik ken de mondaine steden, de toprestaurants, ik weet hoe het overal...'

'Nooit hoort men wijzen hun eigen prijzen,' zei Fedde met een adempauze na 'wijzen'.

Hoog in de lucht buiten klonken die onweerstaanbare, niet te herleiden geluiden van de aanvang van de middag op een warme dag: het openspringen van een balsemien, de roffel van een onzichtbaar zoogdier, de zang van de wind in de molenwieken verderop, de ijdele roep van een grutto, de plons in het water van een nooit waargenomen onheilsdier.

Fedde kondigde aan dat hij ging slapen.

In een poging de dagindeling van Fedde te verklaren, begon Taco een lang verhaal over het boerenleven in deze streken vroeger, dat hij halverwege afbrak, maar waar hij aan toevoegde dat het normaal was dat boeren die vanaf vijf uur in de weer waren met koeien melken, mest verspreiden, hooien, alles met de hand omkeren, alles vervoeren met een paard, dat die boeren 's middags na het eten gingen rusten en dat iedereen het vanzelfsprekend vond dat je niet bovenop je bed ging liggen, dat je je uitkleedde,

274

ook al was het voor twee, tweeënhalf uur.

Fedde liep van de plee in de schuur door het achterhuis langs Taco en Pili naar de woonkamer en vervolgens naar zijn slaapkamer. Zijn broek, een zwaar katoenen, met ijskleurstof pararood geverfd kledingstuk, hing losgeknoopt om zijn middel en werd met één hand tegen afzakken behoed.

Het bleef ongeveer vijf minuten stil. Geen grutto, geen wiek van een molen, geen verre plons.

Toen klonk het schot, het hoge echoloze nuffige ketsgeluid van een windbuks.

Fedde stond met een verbaasde belangstelling en met een onverschilligheid voor pijn bij het kapotte raam. Langs zijn been liep een straal bloed. Hij had zich inderdaad uitgekleed. Een van de luiken klapte heen en weer. Hij hield een mesgrote, met bloed bespatte glassplinter tussen zijn vingers. Zo gauw Taco zag dat zijn broer bloedde, drukte hij het lichaam op de bedrand en voelde in hoog tempo met zijn handen over buik, borst, rug, armen, nek, gezicht, hoofd, vooral in de verhullende haren. Na deze tweedehands omarming zei hij zeker te weten dat Fedde alleen in zijn bovenbeen gewond was. Taco stond over Fedde heen, schermde hem af tegen de buitenwereld, tegen de blik van Pili, die vlak achter hem de stinkende slaapkamer was binnen gekomen. Die omarming, dacht Pili, had hij nagelaten bij aankomst. Het was een stiekeme omhelzing, uitgerekend op het uur dat Fedde naakt was. Dat zijn geslacht als een boerenfruitschaaltje op zijn dijen lag. Op zijn kluitvormige balzak en enigszins omhoogwijzend omdat er geen andere plaats was tussen die benen dan juist bovenop die klont, prikte de door pillen verlamde maar zonder die medicamenten overactieve scepter van zijn broer. Taco kon niet tegen bloed, maar liet hij Pili een

275

wond verzorgen waarbij ze telkens moest stoppen om met duim en wijsvinger voorzichtig het boerengeslacht op te tillen en te verleggen?

Pili zelf maakte een eind aan die dadeloosheid met de vraag aan Fedde of hij verband had en op diens zwijgen trok zij resoluut het laken van het bed en scheurde er een reep af. Taco begon aan de arm van Pili te trekken en hinderde haar pogingen Fedde te verbinden. Hij riep dat ze weg moest gaan. Ineens stond ze op. Ze zette haar handen tegen zijn borst en duwend alsof het een zware lorrie was, schoof zij hem de kamer uit. Ze sloeg de deur dicht.

Aan het begin van de avond stonden Pili en Taco aangeslagen bij de schuur. Fedde sliep. Pili kwam terug op het bezoek van de Nederlandse politie. Wat ze eigenlijk precies over Poza vroegen.

'Niets bijzonders. Of ik die gekend had, geloof ik. Of ik op zijn bruiloft was geweest.'

'Bruiloft?' vroeg Pili luid. Ze voelde de kou.

'Bruiloft? Zei ik bruiloft? Ik bedoel natuurlijk begrafenis. Of ik op die begrafenis was geweest. Maar laten we er over ophouden.'

Maar daar wilde Pili even niet van weten. Ze waren allebei beschuldigd. Of Taco dat soms vergeten was. Hij keek naar de schuur.

'Had je eigenlijk iets met die moord te maken?'

'Ik? nee, natuurlijk niet. Waarom zou ik Poza vermoorden? Waarom zou ik die man kwaad doen? Ik kon goed met hem opschieten.'

'Hoe kende je hem eigenlijk?'

'Uit dat etnografische museum. Of misschien wel uit Boulevard. Mogelijk voor het eerst in Boulevard ontmoet.'

'Nogal vaag.'

'Nogal lang geleden, nietwaar. Dat weet ik toch niet precies meer. Ik bewees hem af en toe een vriendendienst. In ruil liet hij mij vrij in het museum rondkijken. In zijn bibliotheek ook.'

'Je kende hem goed.'

'Ja. En?'

'Je mocht hem graag.'

Taco haalde zijn schouders op, gaf geen antwoord.

'Wie heeft je eigenlijk getipt dat wij gezocht werden door de Guardia Civil?'

'Francisco. Ken jij niet.'

'Francisco hoe?'

'Sanz Gonzalez.'

'Klinkt duur.'

'Navarra. Adel.'

'Was je daar bevriend mee?'

'Ja.'

'Was dat een fotograaf?'

'Welnee. Die mensen zijn niets. Van beroep bedoel ik. Grootgrondbezit. Af en toe een militaire carrière. Zal wel bij de Navarrese Brigade gezeten hebben.'

'En Bilbao veroverd hebben,' voegde Pili eraan toe.

'Mogelijk,' veronderstelde Taco. Francisco zei hem niet veel meer. Hij zou hem nooit meer zien. Hij ging naar binnen. Zij zei dat ze er zo aankwam.

Pili sloop de schuur in en klom op de tast de houten ladder op. Haar ogen wenden aan het donker. Staande voor de monstertjes in de kinderkamer, fluisterde ze dat ze bang was. Dat Taco langzamerhand erg dichtbij de moord op haar ouders kwam. Hoe hecht was de vriendschap geweest met die verschrikkelijke Poza? Was zijn vriend Francisco een belangrijk commandant van de vijfde Navarrese Brigade geweest?

'Vader, vader,' fluisterde ze tot de roze bolletjes die ze

tussen de parapluutjes als schimmige vingertoppen zag schuiven, 'waar zijn je sterke handen?'

Op zondag bakte Fedde eieren en zij dronken drie glazen jenever of Slappe Catz. Drie, niet meer. Daarna gingen ze kaartspelen. Een oude manier om de zondag door te komen, vertelde Taco. De herinnering bleek hem weemoedig te maken en hij zei Fedde op een stuurse toon dat hij er dankbaar voor was. Tegelijk verwenste hij zijn broer die er zo de aandacht op vestigde dat hij zeer Hollands was geworden.

~

Pili zat aan de tafel in de keuken en Fedde had een tijdje staan loeren, eerst door het raam aan de voorkant, waarbij hij zijn hoofd telkens wegtrok; daarna liep hij hinkend om, via het tussenstraatje naar de vroegere karnschuur, zodat hij haar vanuit het donker door de twee openstaande deuren kon bespieden. Toen hij zich duidelijker liet zien, schoof zij een stoel wat van de tafel af en wenkte hem met haar hand.

Hij draaide zijn peuk kapot, kneep het vuur uit en schoot het restant naar de wasbak.

'Ben je alleen?' vroeg hij.

Zij had Fedde door. Die dacht natuurlijk: mooie vrouw, tegen wie je allerlei dingen kan zeggen. Ze verstaat toch niet alles: net een vogel die na het gesprek wegvliegt en hoog in de lucht de klanken fluitend van zich af schudt. Pili zei dat ze alleen was.

'Mijn broer wordt ibbel van dat geteisem uit het dorp en loopt te tandakken rond de boerderij.'

Zij begreep dat hij iets over Taco zei.

Hij trok een paar registers open.

'Zo lekkere geile Pili.'

Ze knikte vriendelijk.

'Lekkere geile Pili. Wij gaan wat praten. Dat is gezellig, vind je niet?'

Het woord 'geile' kende zij niet.

'Dat betekent dat je honger hebt, lekkere trek. Ik zal zo wat maken. Lust je eieren?'

Lik m'n kont, dacht ze in vulgair Virgen Real-Spaans, daar geloof ik niets van. Zij schudde haar hoofd, geen trek.

'Geil?' vroeg ze om zich het nieuwe woord goed in te prenten.

'Nogal, ja. Vind ik, ja,' zei Fedde.

Pili probeerde over zijn broer te praten; de halfgrammaticale, kromme zinnen die zij sprak, stonden haar niet toe haar gedachten goed onder woorden te brengen. Fedde zei iets over een mongolengesprek. 'Blijf zitten. Ik ben zo terug. Plaatjes halen.'

Met een hinkelgang om zijn been te ontzien, liep hij naar zijn slaapkamer. Hij kwam terug met een stapel foto's. Kiekjes met gekartelde randjes, officiële portretten waarop de familie door een kunstfotograaf uit de buurt was gearrangeerd, gelegenheidsfoto's door straatfotografen. Zijn ouders lieten vaak foto's maken alsof ze in het besef dat ze snel zouden opbranden, alles voor de eeuwigheid wilden vastleggen. Ze vond het een prachtig idee en ze ging verzitten zodat ze samen schouder aan schouder de foto's konden bekijken. Zij schoof met haar stoel tegen hem aan.

'Nog niet geil genoeg?'

Zij schudde het hoofd. 'Straks.'

'Appiekim! Straks geil,' zei hij berustend. Zijn gezicht had een lachende trek die haar beviel.

Zij begreep zijn uitleg bij de foto's soms wel, soms niet. Af en toe barstte Fedde uit in een vloed van woorden waarvan slechts een paar betekenissen bij haar boven kwamen drijven. En of die juist waren? Zei Fedde werkelijk dat de toren van Leiden de op een na hoogste toren van Europa was? En dat de hoogste toren van Europa de K.und K. Freudenwasserturm in Wenen was?

Zij moest lachen toen hij een pralltriller voor haar maakte, en daarna een mordent en toen ging uitleggen wat Albertijnse bassen waren. Heel duidelijk verstond ze dat hij dolgraag het Spaanse vierpaardenspel met haar wilde proberen, maar dat hij haar Hongaarse opening vreesde. Het verband met de rest ontging haar. 'Want,' zei hij, 'de Engelse Richards en Henry's hebben in dit land hun burchten gebouwd. De ruïne van Teylingen bij Voorhout, de funderingen van kasteel Palenstein bij het dorp Zoetermeer, het kasteel Ter Leede bij Leerdam, het vervallen Huys te Warmont, de ruïne van Groot-Poelgeest bij Koudekerk, het slot Wittenburg bij Oukoop.' Fedde wees alle richtingen op. 'Allemaal ruïnes.' Fedde maakte oorlogsgeluiden, wapengekletter, hoefslagen en hij lachte. 'Shakespeare.'

Een andere foto van Taco. Kijk, daarachter stond hijzelf, Feodoor. Hij flapperde zijn oren heen en weer. Dit was Hanna. Hij hield van Hanna, of nog meer van Pieke, dat was moeilijk uit te maken, in elk geval hield hij van Hanna.

'Hanna is verdwenen, wel waar?' onderbrak zij hem.

Hij tuurde als bevroren naar de foto, vroeg zich iets af. Verdwenen, ja. Negentien jaar. Hoe oud was Pili?

'Vierentwintig.'

'Gotver,' knalde hij eruit. Zij lachte.

Hij zei iets met 'noordelijke moerassen' en zij begreep dat hij over de verdwijning van zijn zusjes sprak. Nu kon zij hem veel beter volgen.

Mogelijk hadden ze tóch jongens meegelokt met de belofte dat ze verderop hun onderbroek zouden uittrekken en dat ze voor de jongens uit zouden lopen en de rokjes zouden optillen zodat de jongens een verbluffend tweekleurig zicht (zoiets, dacht Pili) zouden hebben op de als kwikbollen dansende achterwerken, waar geile Pili (hij ging het uitspreken als een dwergennaam, 'Gijpli', en zij bleef neutraal kijken) natuurlijk alles van wist, want hij veronderstelde dat zíj op dezelfde wijze de jeugdige Don Quichots de Spaanse steppen of de Baskische mangrove in gelokt had. Die blozende jongens waren teruggegaan uit angst voor de ondernemingslust van Hanna en Pieke en ze hadden de maanvormige beloftes gelaten voor wat het was en thuis hadden ze (onbekend woord) in zijkamers en dromend over die verdwenen beloftevolle konten, nooit meer hun mond durven opendoen.

Het praten van Fedde werd sneller. Zij begreep dat hij nog altijd over die jongens sprak. Dat Hanna en Pieke zich steeds uitdagender gedroegen en niet alleen, lopend voor de jongens uit, hun rokken optilden om ze dieper het moeras in te lokken, maar dat ze zich met omhooggetilde rokjes zelfs omdraaiden zodat de jongens de moerasorchidee konden zien en dat ze hen uitdaagden deze bloem voorzichtig met de jongensvingers aan te raken. Ergens in dit heilig polderlandschap zaten twee jongens hun kennis te verbijten; hoe Fedde die jongens moest opsporen wist hij niet.

'Vind je dit huis mooi?'

'Ja, mooi. In andere huis wonen de zwartvogels.'

'De vleermuizen.'

'Vleermuizen, ja. Ze houden van je muziek.'

Fedde pakte stralend haar hand. Hij bezat meer foto's van Hanna en Pieke. Van Taco. Van hemzelf.

'Hitler komt aan de macht. Sieg Heil! Uitroeiing joden begint. Ook eenzame boeren die in de buurt niet normaal gevonden worden, zijn joden. Ausradieren! Muss sauber, gesund sein.' Hanna, die wilde zich wel eens uitkleden in de zomer, zomaar in het weiland waar iedereen bij was. Hij had dat gevraagd aan anderen, of die zich wilden uit- kleden, aan Emmy en Irene, van wie hij geen foto's bezat. Hij had de vraag nog niet gesteld of ze waren gaan gillen en ze waren hem gaan slaan en ze hadden de anderen erbij gehaald, terwijl hij wist hoe diezelfde meiden zich voor anderen konden uitsloven. Gijpli wilde zich vast voor hem uitkleden. Nu niet, dat hoefde niet; wanneer ze er zelf zin in had. Ze hoefde slechts te roepen en hij maakte tijd voor haar vrij.

Toen gebeurde er iets wat de dansende woordenstroom van Fedde deed indikken, alsof de woorden vastliepen in een krabbescheergemeenschap. Pili onderbrak hem en zonder dat het duidelijk werd hoeveel zij precies van de hele koldertoespraak van Fedde had begrepen, liet zij we- ten dat zij zijn verhaal in grote lijnen had kunnen volgen. Meer dan hem lief was, dat was duidelijk. In langzaam en enigszins hoekig Nederlands zei ze tegen Fedde, dat als zijn zussen zich voor hem hadden uitgekleed, ze dat had- den gedaan omdat ze zijn zussen waren en dus met hem 'familie', waarmee ze bedoelde vertrouwelijk en intiem. Dat zijzelf, zoals die Emmy en die Irene, daar niet zo'n zin in had, want zij was vriendin van Taco en ze vond Fedde aardig, toch was uitkleden wat anders. *Verdaderamente.*

Fedde zat eerst te glimlachen, dacht toen na en kreeg uiteindelijk een rood hoofd.

'Begrijp jij alles wat er gezegd wordt?'

'Nee,' zei Pili en zij liet uitleg achterwege.

'Ik wilde je niet beledigen,' zei Fedde.

'Dat heb je niet gedaan,' troostte Pili. Zijn gezicht had de gebruikelijke, diep fronsende, nadenkende uitdrukking. Door de blos werd de grote kop kwetsbaar. Zij dacht eraan dat vlezige hoofd, die smakzeiloren, die onverbiddelijke nek in haar handen te nemen.

Op dat moment brak Fedde een bordje dat op tafel had gestaan. De kruimels waren door zijn gebaren allang op de grond terechtgekomen. Het was onduidelijk of er in het bordje een barst zat; het was onduidelijk of er in het bordje een zwakke plek zat. Fedde probeerde gewoon het bordje dubbel te vouwen en het knalde plotseling aan scherven. Hij schrok zelf van die steenstorm die hij in zijn handen ontketend had.

Ongetwijfeld wilde hij die kleine kat in zijn pornografische armen nemen; hij durfde niet. Hij greep met zijn hand haar bovenarm. Ze zei niets en zijn andere kolenschop gleed naar haar verre arm. Zijn hand gleed niet zomaar voor haar langs, hij raakte in het voorbijgaan haar borst, bleef er een ogenblik aan kleven, boog, cirkelde, knoopte aarzelend een gesprek aan en vormde met zijn palm en vingers een soepkom waar zij haar borst in kon leggen en op dat moment keek zij naar beneden en zij zag gelijktijdig zijn hand beven en veel verderop Taco in de deuropening staan.

Hoelang Taco daar stond wist zij niet. Zij begreep dat hij niet anders kon denken dan dat zij en Fedde intiem waren, dat zij toestond dat Fedde haar borsten bevoelde. Was Taco een jaloers man? Pili maakte rustig de hand los van de grijnzende Fedde en legde de bleke klauw op tafel. Ze vroeg Taco waar hij geweest was. Geen antwoord. Hij zwaaide met een schriftje. Een half schriftje zoals op school gebruikt werd door kinderen. Groene kaft, etiket met afgeschuinde hoeken en roodbruine sierrand. Ze schoof haar stoel achteruit en stond op.

'Ik heb geil,' zei ze.

'Wat zeg je?' vroeg Taco stomverbaasd. Fedde bewoog niet en vroeg zich uitvoerig af waar de hand die plotseling voor hem op tafel lag, vandaan kwam.

'Is dat niet goed? Misschien: ik ben geil? Soms? Ik ben geil.'

'Leer jij dat aan haar?' vroeg Taco. Fedde bleef zijn hand bestuderen. Taco hield al die tijd het schriftje vast. Alsof hij het iemand wilde aanreiken. 'Ik zeg wat tegen je. Ik vraag je wat. Kan ik antwoord krijgen?'

'Ik ben een vogel, dat kan je zien aan mijn vleugels. Ik ben een muis; leve de ratten!' zei Fedde en bij de laatste woorden ging hij staan en stak hij zijn hand omhoog in een poging de Hitlergroet te brengen. Taco dacht dat hij in de maling werd genomen.

'Wat bedoel je daarmee?'

'Niets. La Fontaine.'

'Wat nou, La Fontaine?'

'La Fontaine. Fabels. La chauve-souris. De vleermuis. Vleermuis zegt: Je suis oiseau enzovoorts. Dus vrij vertaald: ik ben een vogel, dat kan je zien aan mijn vleugels. Ik ben een muis...' en voordat Fedde op kon staan om een tweede Hitlergroet te brengen, snauwde Taco dat hij dat begrepen had.

'Kan je niet gewoon praten? Ik vroeg je of jij haar zulke taal leerde uitslaan.' Hij zwaaide het schriftje de lucht in, aarzelde. 'Waar hebben jullie het verdomme over gehad?'

'Zij doet geen kwaad.'

'Hoe komt zij er in godsnaam bij in jouw aanwezigheid tegen mij te zeggen: "Ik ben geil"?'

Pili riep dat Taco moest stoppen. Eerst in haar kwetsbare Nederlands en daarna in een woedend Spaans. Taco riep dat ze haar kop moest houden. Pili zweeg verbaasd en verongelijkt.

De broers begonnen allebei tegelijk.

Fedde begon over de rust die hij nodig had voor zijn vleermuizen en die door zijn broer behoorlijk verstoord werd. Taco wees met het schriftje beschuldigend naar zijn broer. Al die idiote woorden die zijn broer gebruikte, al die halve kennis, al die boekentaal; hij kwam er niet veel verder mee dan ordinaire smerigheid. Smerigheid. Hier. (Een klap op het schriftje.) Hanna en Pieke in de vunzige verhalen van Fedde. In de groezelige fantasie van hun eigen broer. Uitgekleed en in hun blote kont te kijk gezet. Hij vouwde het schriftje open en drukte de tekst in het gezicht van Fedde.

Waarop die Taco beschuldigde. Die foto. Zogenaamd uit een boek gevallen. Nou, m'n hola. Gewoon gekocht of gestolen. En over smerigheid gesproken, was Taco vergeten hoe hij zelf een striptease georganiseerd had, op de avond van de dood van hun ouders nota bene?

Er viel voor Pili geen touw meer aan vast te knopen. Het drong tijdens de ruzie tot haar door hoe heilig verontwaardigd Taco was. Hoe hij zijn broer de les wilde lezen. Hypocriet, dacht zij. Hoeveel liever was haar Alexander Rothweill, die haar de meest vunzige standen liet aannemen, met wie ze op één lijn stond, die haar gelijke was.

De twee broers schreeuwden, waarbij Taco alles verloor wat hem tot gentleman had gemaakt. Na een lange, op hoge toon uitgesproken beschuldiging van Taco, begreep ze dat hij zijn broer niet alleen van vuilschrijverij beschuldigde. Behalve vuilschrijver was zijn broer een ordinaire voyeur. Dat was zijn broer geworden. Vuilschrijver en voyeur.

Een volgende aanklacht (duidelijk over die foto) en Fedde was bovendien een dief. Een dief dat was hij ook. Een voyeur en een dief. Een vuilschrijver en een voyeur en een dief.

Dat liet Fedde niet over zijn kant gaan. Pili kon Fedde beter volgen. Zo'n grootspraak was toch ongehoord. Mijnheer is vertrokken, heeft iedereen en alles in de steek gelaten en is twintig jaar niet thuis geweest. (Zeventien, ver-beterde Taco terwijl Fedde doorratelde.) Mijnheer heeft fotootjes in Parijs geschoten. (Beroemd fotograaf gewor-den, toeterde Taco.) Mijnheer heeft de bloemetjes buiten gezet in Spanje of in een of ander bananenland. (Milaan, Turijn, Bilbao: Taco weer.) Tijdens een ontbijtje besluit mijnheer Nederland te bezoeken. Pep pep, daar komt broer aan.

'Mijnheer loopt rond in pakken van modehuis "Zit-mijn-spleet-recht". Mijnheer bestelt een ledikant voor zichzelf en zijn vriendin. Graag gedaan, daar niet van. Pwoeh, pwoeh, pwoeh, of er niet een maaltijd af kan, een beetje goed maal graag. Tèt, tèèèèt. Wij zijn globetrotters, wij eten met dubbel bestek en pink omhoog. Ik bereid een konijn waar je je vingers bij opslokt. Ik verzorg broer en schoonzus. Prroeoeoeh! Ik maak het bed op. Pwwôôôôh! Ik lijk een hotel. Tèèèttè! Ik lijk een eersteklas eet- en drink-lokaal. Pwoeh! Ik lijk Rutex. In plaats van dank krijg ik de politie op mijn dak omdat er stront is met de paspoorten van mijnheer en met het Spaanse verleden van mijnheer.'

Pili zag hoe Fedde de tafel bespeelde. Met veeltonig en machtig geblaas en getoeter stootte hij tussen de woorden geluiden uit, waarbij hij een plek in het tafelkleed koos om een denkbeeldige claxon in te drukken. Hij vergiste zich niet één keer. Een schelle veldfluit was, eenmaal links midden gekozen, daar terug te vinden; de trompet zat in het rode vlak vóór hem; de bassethoorn op de zwarte rand; de piston precies op de rechterhoek. Hij was kwaad. Hij bleef de tafel perfect als een orgel bespelen. Alle trom-petsignalen en fluiten en hoornstoten waren duidelijk be-doeld om aan te geven hoezeer hij de opgeblazen deftig-heid van zijn broer minachtte.

'Ik ontvang jullie in mijn huis, ik ontvang jullie gastvrij in mijn hoogsteigen huis...'

Wat Fedde daarmee wilde zeggen bleef onduidelijk, want Taco nam het over. Bijna schokkend voor Pili was dat Taco in het Spaans overging. Ongetwijfeld omdat Fedde, om aan te geven dat het hele verhaal hem geen ene moer interesseerde, tijdens de scheldpartij van Taco op de tafel bleef drukken en trompet- en pistongeluiden bleef voortbrengen. En omdat Taco Pili duidelijk wilde maken dat hij samen met háár tegen Fedde tekeerging. Maar Pili ging niet tekeer. Zij vond dat Taco ondanks zijn Spaans veel meer bij Fedde hoorde dan bij haar.

Het huis was van Fedde, dat gaf Taco toe. (Pèp, pèèèp, claxonneerde Fedde.) Hoe die *idiota* erin geslaagd was de ouderlijke Staete te verpatsen en in ruil daarvoor genoegen te nemen met een bouwval (fiefieieieiefieieie; pralltriller, dacht Pili en ze moest bijna lachen) omdat er toevallig een toren naast stond met ongedierte (pfoepfoepfoeoeoe.) zodat hij zelf, Taco zelf, (tèèè) geen blik kon werpen in het huis waar hij was opgegroeid en aan Pili niets kon laten zien van wat hun *juventud* had uitgemaakt. Wat had hij ervan gemaakt? (Poeoeoeooephoe) Van die bouwval? Opgeknapt? Hij had ervoor gezorgd dat de buurt hem uitkotste en dat ze zijn ruiten ingooiden (whauhmwhoeoeoeoeoe) en als ze even niet opletten, staken ze de *ruina* in de fik. (Pwahpw...)

Op dat moment sloeg Taco met zijn vlakke hand de bassethoorn uit Feddes gezicht. Wat een gil van Pili opleverde. En in duidelijk en goed verstaanbaar Nederlands: 'Het allerergste is dat je met je boerenpoten aan Pili zit te frunniken. Aan Pili. Wat heb je met haar te maken, man?'

Fedde kreeg ademnood, liet één laatste claxon horen, zei: 'Een drol ben je, een drol.' Zijn grote lichaam hikte naar lucht. 'Een paardendrol, een paardenvijg. Zo een die in het water drijft en tegen de andere paardendrollen zegt: "Kijk, wij appeltjes zwemmen." Een paardendrol ben je.

Een paardendrol met verbeelding.'

Fedde was gaan staan en zo grof als hij was, zijn stem ging omhoog, zijn oogleden gingen omhoog, zijn neusvleugels en zijn bovenlip gingen omhoog wat zijn gezicht onmiskenbaar een koddig uiterlijk gaf. Zelfs zijn oren gingen rechtop staan. En met uitgespreide vingers, nagel van duim en wijsvinger tegen elkaar en met half mislukte kuitenflikkers zong hij met een piepstem: 'Wij appeltjes zwemmen, wij appeltjes zwemmen.'

Natuurlijk was Fedde de sterkste van hen twee, Taco sloeg als eerste. Pili zag dat de dansende-appeltjes-Fedde zelfs niet aan vechten dacht. Vandaar dat de vuist die hard en vol in Feddes maag knalde, hem volslagen overrompelde. Evenals de tweede, klassieke, filmische dreun, die Taco eveneens behoorlijk beheerste en die vol op de kaak van Fedde neerkwam. Fedde hield op met het getreiter, de appeltjes verzopen, verder gebeurde er niet veel.

'Wil je zwemmen, ik zal je laten zwemmen,' riep Taco; hij gaf een klap tegen de kraan waarna het water in de bak begon te stromen. De betegelde bak was groot en laag, zo'n twee meter breed; de rand kwam niet boven de veertig centimeter uit. Taco liep om Fedde heen, slaagde er nog een keer in zijn broer een klap te geven en toen leek Fedde er genoeg van te krijgen. Hij graaide naar Taco, greep mis, en omdat het water gulpend uit de kraan kwam, was de vloer kleddernat geworden en Fedde gleed uit. Met zijn kop op de gemetselde rand. Taco lag ogenblikkelijk naast hem en zonder te controleren of Fedde niet erg ongelukkig op die rand was terechtgekomen, draaide hij het logge lijf wat verder en hij duwde de kop van zijn broer in de bak onder water.

'Zwemmen. Jij met je appeltjes. Zwemmen.'

Omdat hij wist dat Fedde hem met één beweging zou kunnen vloeren, greep hij een stok met een rubberen trekker, zette de trekker in de nek van zijn broer en klemde de stok tegen de houten rand boven de tegels. Hij bleef hijgend op zijn broer liggen. 'Klootzak,' mompelde hij. Fedde wou zich oprichten; de trekker bonkte in zijn nek, waardoor het hoofd onder water bleef. Het water bleef de bak in stromen. Taco liet twee bewegingen van Fedde voorbijgaan zonder een hand uit te steken; hij sloeg de stok pas weg toen de benen tegen elkaar sloegen. Hij trok het hoofd de bak uit.

Fedde knipperde met zijn ogen; zijn mond gaapte als een vlezige, dierlijke vagina. Zijn tong leek gezwollen en zijn dikke lippen stulpten beurtelings naar binnen en naar buiten. Zijn adem plofte als een motor van een aftandse auto, aarzelend tussen stilvallen en brullend gaan lopen. Zijn gezicht werd rood omdat het bloed naar zijn hoofd gepompt werd in een poging alles daar tot in de verderop gelegen oren van zuurstof te voorzien, toen werd het bleek omdat het bloed terugtrok in paniek om nieuwe zuurstof waar dan ook op te halen. Fedde ontplofte in een hoest. Eén enkele hoest die myriaden spetters vuil, water, slijm, snot in het rond deed vliegen en die hem optilde en neerkwakte wat een pijnlijke vertrekking van zijn gezicht en een vaag gebaar van zijn hand in de richting van zijn achterhoofd opleverde. Na de ontploffing bleef het doodstil, een lugubere stilte met gesloten ogen en gesloten mond en toen begon Fedde regelmatig te ademen.

Taco draaide zich om en botste tegen een kolossale agent aan die stond toe te kijken.

4 Taco

Door zijn motorpak en zijn helm leek de reus nauwelijks in dit huisje te passen. In de keuken rook het opvallend naar leer. Toen de goliath zich omdraaide om Taco beter te bekijken, schopte hij met een van zijn laarzen tegen de poot van een stoel, die met een kraak in een andere positie ten opzichte van de tafel draaide en, als was het een opgejaagde partizaan die opzij springt voor een flitsend mes en tegelijk een aanvallende houding aanneemt, zijn poten in een spreidstand zette.

'Goedemorgen, middag,' groette de agent. Hij had zijn stofbril op zijn helm geschoven en kreeg binnen deze woonkeuken klemrakende, buitenaardse proporties. 'Wie is de vaste bewoner?'

Terwijl Taco zijn das rechttrok en zijn vest vastknoopte, probeerde hij bij het gezag gerechtigheid te halen.

'De boerenbevolking heeft met een luchtdrukkarabijn gericht op mijn broer geschoten. Ik wens nu, direct, een aanklacht in te dienen. Ik neem aan dat...'

De reus had zijn hand opgeheven en trok een sussend gezicht door zijn lippen te tuiten.

'Niet alles tegelijk. Eerst ik. Wie is de vaste bewoner?'

'Ik niet,' zei Taco nijdig.

'Aha.' De agent trok zijn handschoen uit en hij knoopte zijn jas open. 'Dan bent u dus...' Hij aarzelde, omdat de naam nog niet uit de leren verpakking gehaald was en uiteraard nog geen plaats had gekregen in het gewatteerde hoofd.

'Man, houd toch op. Het gaat om mijn broer die neergeschoten is. Waar is de politie? We worden belegerd door gevaarlijke krankzinnigen en dat kan hier allemaal, kennelijk.'

De agent verstarde onder het balken plafond. De jas bungelde wat losser om zijn lijf, de hand was op weg naar een binnenzak, het gezicht had een loerende uitdrukking gekregen. Op de tegels die de achterwand van de waterbak tot manshoog bedekten, viel de glans van zeventiende-eeuwse Hollandse meesters.

'Hoe bedoelt u, dat kan allemaal?' vroeg hij op gedempte toon.

'Dat is toch niet normaal?'

'Wat is niet normaal?'

'Dat de bevolking met buksen op mijn broer schiet.'

De hand aarzelde bij het holster, de vingers gleden verliefd over het pistool. De agent keek naar de broer. Pili en Fedde als beeldengroep: Fedde met zijn handen op de schouders van Pili; het leek een gebaar van liefkozing. Taco zag dat Pili kwaad was, ongetwijfeld om zijn vechtpartij.

'Ik meende toch te zien dat u uw broer poogde te verdrinken,' zei de agent sarcastisch.

'Nee, nee, ik mankeer niets,' hijgde Fedde tussendoor.

'Geen verwonding? Geen schotwond?'

Fedde schudde het hoofd.

'Dan mag u kiezen: naar buiten of achter die deur daar blijven.'

Pili trok Fedde mee naar buiten.

De agent sloot de deur en grijnsde. Hij wees op de keukentafel.

'We gaan daar zitten.'

Maakte het Taco jaloers dat die twee zo stil wegslopen?

Dat ze er aankwamen, zei de agent, die zwaar op de stoel naast Taco was gaan zitten. Het rook in de woonkeuken naar vergane planten, naar gassen die vrijkwamen als de sloot in de zomer werd uitgebaggerd.

Het waren dezelfde rechercheurs als de vorige keer. Ze kwamen binnen, mompelden een groet naar de motoragent en schoven aan. Een van de twee haalde het paspoort van Mr. Alexander Rothweill tevoorschijn en legde dat op tafel. Taco dacht dat ze het paspoort kwamen terugbrengen. Hij strekte opgelucht zijn hand uit, maar een gebaar hield hem tegen. Er werd een aantekenboekje bijgehaald.

'Dit paspoort staat op naam van Alexander Rothweill.' Afwachtende pauze, Taco knikte.

'Geboren op 27 januari 1910 te Spijk.'

Taco keek zwijgend naar de twee rechercheurs in afwachting van wat er komen ging. Nummer Een zuchtte, bladerde in het paspoort op tafel en legde zijn hand, vingers uitgespreid, erbovenop. Tikken met de middelvinger.

'Is dit uw paspoort?'

'Ja,' zei Taco en hij hoorde dat zijn stem schor klonk.

'U bent Alexander Rothweill?'

'Ja.'

'Volgens ons bent u (aantekenboekje open, bladeren met dikke vingers die na iedere bladzijde zorgvuldig over een natte, dikke, uitgestoken tong gestreken werden) Taco Albronda, beroep onbekend, geboren op 27 januari 1910 en op de 29e van die maand en dat jaar aangegeven op het stadhuis te Delfzijl. U bent niet de halfbroer van de bewoner van dit pand, een zekere Fedde Albronda, zoals u hebt opgegeven, maar de volle, oudste broer en aan u is een paspoort verstrekt voor de landen van Europa zonder speciale visa op die naam. De naam Albronda dus. Klopt dat?'

Taco reageerde niet, keek voor zich op tafel, liet het probleem over zich heen komen, dacht niet aan een oplossing.

'Mogen wij dat paspoort van u ontvangen?'

Op dat moment ging de achterdeur van de keuken open, spookachtig, als vanzelf. Toen kwam Fedde tevoorschijn, hinkend. Zijn hele voorhoofd fronste. Alsof hij zich afvroeg of die drie in zijn keuken voor de vechtpartij met zijn broer kwamen. Toen zwaaide hij lachend naar Taco die hem als enige kon zien en hij schoof langs de deur van het kelderhuis. Taco was ervan overtuigd dat Fedde daar alles af kon luisteren.

'Paspoort graag. Wij hebben niet alle tijd.'

Taco voelde in de binnenzak van zijn colbert en haalde het document tevoorschijn. De rechercheur legde de twee paspoorten onder belangstelling van zijn collega naast elkaar en hij bestudeerde ze uitvoerig. Ze keken van de foto naar zijn hoofd, knepen een ongelovig oog dicht, hielden hun eigen hoofd schuin en trokken een spottende, begrijpende smoel.

'Welk van de twee paspoorten is vals?' vroeg de rechercheur zo neutraal mogelijk.

'Ze zijn niet vals. Er is er geen een vals. Het ene paspoort is zoals u kunt zien, afgegeven in Nederland, het andere paspoort is afgegeven door de Nederlandse ambassade in Frankrijk. Dat paspoort had ik nodig voor mijn werk. En dat is, in verband met het gevaar, met goedvinden van de autoriteiten op naam gezet van Alexander Rothweill. Alles is bij de ambassade geregistreerd.'

Ze bogen zich allebei met een glad gezicht over het document, bestudeerden de pagina's waarop in handschrift vermeld stond dat de geldigheidsduur van het document werd verlengd. De motoragent bleef hem peinzend aankijken.

'Gelooft u dat zelf, dat verhaal van die ambassade?'

Taco haalde zijn schouders op. Verhalen over ambassades waren moeilijk te verifiëren, dacht hij.

'Wat was dat voor werk?'

Dus vertelde hij aan de heren van de politie het hele verhaal van zijn opleiding tot fotograaf en van het beroep van veelbelovend assistent. Alle namen werden genoteerd, alle adressen moest hij spellen.

'Ik heb lessen gevolgd bij Hansen op de Leidse Princessegracht. Later vaste assistent bij Hansen...'

'Stop,' riep een van de rechercheurs geïrriteerd. 'U moet wel meewerken. Dat kan ik u aanraden. Exact graag. Hansen. Wanneer was dat?'

'Na de dood van mijn ouders. In '29 denk ik,' zei Taco stug. Fedde luisterde mee, bedacht hij.

'Ik kreeg opdrachten. Ik leerde fotografen kennen, armoedzaaiers die ik trakteerde en geld leende in ruil voor tips en voor werk. Ik wilde hogerop. Ik kocht bladen als *i-10* van Arthur Lehning, ik leerde namen kennen.'

'Welke?'

'Dat maakt toch niet uit?'

'Dat bepalen wij wel.'

Taco begon ze te overbluffen. 'Zwart, Schuitema, Kiljan, tegenstanders van de "pictoriale" traditie, waar Hansen altijd de nadruk op legde. Ik begon fotomontages te maken.'

De agent draaide zich om en zag dat de achterdeur openstond. Hij was hier niet nodig. Hij ging een luchtje scheppen en sloot de deur achter zich.

'Ik kreeg adressen in Amsterdam en van John Fernhout kreeg ik het advies te gaan volontairen bij beroemde fotografen.'

'Wie dan?'

Taco werd er niet goed van. 'Erwin Blumenfeld. Kalverstraat 151. Blumenfeld. Erwin,' spelde hij de politiemensen. 'Op dat adres was een handel in leren tasjes voor dames gevestigd, FOX. Erwin Blumenfeld zat daarachter.'

'Heb jij wel eens van Blumenfeld gehoord?' vroeg de rechercheur aan zijn collega.

'Nee, natuurlijk niet,' beet Taco hem toe.

'U zei toch "beroemde" fotografen?'

'Welke beroemde fotografen kent u dan?'

Ze zwegen even. 'Wat was dat voor man, die Blumenfeld?'

Touché, dacht Taco. 'Een jaar of tien ouder dan ik, leek jonger, dik krullend haar, lachende vriendelijke ogen, komisch strikje. De ruimte achter de winkel bleek half studio, half kantoor. Overal schilderijen en foto's. Blumenfeld liet mij foto's van hemzelf zien. Bijzondere portretten. Ik moest mijn adres achterlaten. Een assistent had Blumenfeld niet nodig. Later ontving ik een uitnodiging voor een tentoonstelling van Blumenfelds werk in de Kunstzaal Van Lier. Toen ik naar Parijs ging...'

'Jaartal?'

'1934, vond ik een baan als assistent bij een modefotograaf van middelmatig niveau. Dat ging vervelen en ik probeerde opnieuw te volontairen. Ik kwam terecht bij de galerie Billiet in een zijstraat van de Champs Elysées...' (Rue de la Boétie, kon hij de rechercheurs meedelen, nummer wist hij niet meer) '...en trof daar foto's aan van Erwin Blumenfeld die ik in Amsterdam dacht. Blumenfeld zat niet in Amsterdam. Hij bezat een studio in een prachtig huis met grote ramen en Jugendstil ijzeren balkons in de Rue Delambre (Nummer 9; bij het kerkhof Montparnasse, ja), waar hij dit keer wél een assistent kon gebruiken. Hij was definitief naar Parijs verhuisd na het faillissement van zijn FOX-onderneming.

Als fotograaf heette ik in Parijs Mr. Alexander Rothweill.'

Een van de rechercheurs maakte een gebaar, dat hij bij god niet begreep waarom je als fotograaf je naam moest veranderen. Taco zag dat gebaar even niet. 'En gevaarlijk? Wat was er gevaarlijk?' vroeg de ander, wat Taco zogenaamd niet hoorde.

'Ik was de talentvolle,' (gearticuleerd en geaccentueerd uitgesproken) 'ambitieuze' (idem) 'leerling en assistent van de bekende fotograaf Erwin Blumenfeld' (idem, idem).

'Blumenfeld beschouwde de wereld als een groot circus. De Duitse keizer, Hitler, de Nederlandse overheid, Pétain: hij vond het clowns. Die man zat vol verhalen. Over zijn vader die hem steeds een prachtuitgave van *Het Leven der Dieren* van Brehm beloofde maar vader stierf voortijdig aan de syfilis. Over zijn grootvader Chajim Cohn die in Amerika rijk was geworden zodat hij zijn toiletpapier kon laten bedrukken met citaten van Goethe en Schiller. Over zijn diep gedecolleteerde lievelingstante Bronja.'

'Een weinig serieus man, die Blumenfeld,' zei de rechercheur en Taco hoorde de irritatie.

'Iemand met knettergekke ideeën,' zei Taco. 'Na het faillisement van FOX, die tasjeswinkel, heeft hij per aangetekende brief de vijf zielen van zijn gezin aan de bisschop van Haarlem aangeboden voor vijfduizend gulden per stuk. Dat was ver onder de prijs, vertelde Blumenfeld erbij. Nooit een fatsoenlijk antwoord gekregen.'

'Wat was uw werk bij die man?' vroeg de rechercheur kortaf.

'Van alles. Lampen. Chemicaliën. Modellen in een naakte buste veranderen.'

'Pardon?'

'Hij deed alles met ze,' vertelde Taco. 'Hij drapeerde ze in lappen zodat je geen armen, benen of hoofd meer zag, alleen het naakte lijf. Of hij bond er natte doeken omheen. Of hij bewerkte de negatieven.'

Taco bleef een tijd stil, luisterde of Fedde geluiden maakte. Hij kreeg een teken.

'Ik leerde een mannequin kennen. Lisa Fonssagrives werd mijn vriendin. Lang, blond; applaus als ik met haar een restaurant binnen liep. Ik was inmiddels bijna volleerd. Ik maakte foto's. Blumenfeld gaf commentaar en stelde verbeteringen voor. Het was, volgens Blumenfeld, te zien dat ik met een behoorlijk kapitaal Parijs was binnen gekomen, terwijl hijzelf begonnen was tussen de hoeren in Hôtel Celtic in de Rue d'Odessa. Blumenfeld zei me dat ik het werk van Botticelli moest bestuderen. En van Ingres. Dat zijn schilders. Uit Italië en Frankrijk. Van vroeger.'

Op dat moment keek een van de rechercheurs op.

'Wat was dat? Kijk dan. Weer een.'

Wat zij zagen, was niet eens de wollige vleermuis zelf, veeleer de schaduwveeg die hij langs de muur en over de waterbak trok. Omdat het dier een bocht maakte naar de woonkamer en terug, bereikte de schaduw die klein en inktzwart bij de buitendeur begon, halverwege de ruimte een wanstaltige vergroting en een blauwgrijze beweeglijkheid. Een donkere vlek met één haarscherp klauwtje, een luciferdun vingertje met een kromme nagel, alsof het een blauwzwarte theedoek was die uitzinnig langs de muur raasde met een uitgestrekt lusje of oogje op zoek naar de spijker of het haakje waaraan hij zichzelf op kon hangen.

'Wat is dat voor beest?'

'Vleermuis,' legde Taco uit.

'Ja, ja en jij bent zeker graaf Dracula. Maak mij niets wijs man. Vleermuis. Dat komt hier niet voor. Te koud.'

'Spanje,' zei de ander. 'Je bent in de war met Spanje. Daar komen die krengen voor. Dat is een warm land. Hier niet. In elk geval zullen we de ongediertebestrijdingsdienst erop afsturen.'

'Op een dag kwam ik een mannequin van Balenciaga tegen die over de Eiffeltoren begon. Die meiden kletsen maar raak. Ze kwebbelde over klauterpartijen en posities die zij, les pauvres mannequins, moesten innemen op die ijzeren trappen. Waar ik tegen opzag was dat afschuwelijk gesjouw met camera's en statieven. Diezelfde avond vertelde Blumenfeld over een portfolio voor het meinummer van *Vogue*. Iets met de Eiffeltoren. Het ging om de collecties van Gaston, Balenciaga, Borea, Lelong en nog een paar. Hij vroeg of Lisa daarvoor zou voelen. Wat Blumenfeld wilde was die meiden zo fotograferen, dat je én het staal zag én hun jurken en hoeden én tegelijk de hoogte, de werveling van de wind en de zuiging van de diepte. Waarom Lisa, heb ik nog gevraagd. Blumenfeld was een meester in het enthousiasmeren van anderen en het wegwuiven van bezwaren. Hij lachte wat, zei dat het allemaal prachtig werd en stuurde me naar de ontwikkelbak. "Good night, Boss, have a nice weekend."'
    'Pardon?'
'O, een grapje dat Blumenfeld vaak gebruikte. Volgens hem de woorden van Judas bij de verraderskus.'
    De rechercheur keek peinzend.
'Ik hoorde van Lisa zelf dat Erwin Blumenfeld haar had gevraagd mee te werken aan de Eiffeltoren-foto's. Die deed niet moeilijk, Lisa. Op de dag dat de foto's gemaakt zouden worden, was er enige bewolking. Koud, wind, kale bomen. In de vroege uren bepaalde Blumenfeld de locaties. Rond een uur of tien begon hij aan de eerste serie. Blumenfeld gebruikte de trappen, de gedraaide leuningen, de roosters als achtergrond. Gillende modellen, maar als de foto's genomen werden, zagen ze er stralend en ont-

spannen uit, alsof ze op het île de la Grande Jatte lagen.'

De jongste rechercheur boog zich voorover. Hij stak zijn kop tussen zijn gespreide knieën en hij bleef in deze houding naar de grond speuren. Alsof hij moest kotsen. Hij draaide zijn hoofd naar zijn maat, zei zacht 'zie je wel' en verplaatste zijn voet. Een traag insect van enkele centimeters groot met lange antennes, bijna zwart, kroop tussen zijn voeten. De politieman tilde zijn hakken op zodat zijn schoenen alleen met de voorpunt de grond raakten. Toen zweefde zijn voet een ogenblik helemaal los van de grond en de dienstschoen plette het insect. Iedereen hoorde de kraak en toen de man zijn voet optilde om eerst zelf het lijk te bekijken en het vervolgens aan zijn collega te laten zien, kon ook Taco de verwarde massa donkere schilden en witte yoghurt bewonderen die aan zijn zool kleefde. De sprieten bewogen nog. De man veegde zijn schoen aan de vloer af en veroorzaakte een smalle baan vocht.

'Tegen twaalf uur was Lisa aan de beurt. De jurk van Lucien Lelong die ze moest showen, was zo lang en omvangrijk dat zij de stof in haar armen nam en zo met haar lange benen de metalen trap op hipte; de jurk danste als een zwangere buik voor haar uit.

Op de foto hangt ze bovenop de noorderpilaar aan de buitenzijde van de metalen constructie; haar jurk waait over heel Parijs. Zij houdt zich met één hand aan een ijzeren balk vast. Haar voet staat op de rand van de laatste ijzeren bint en de ruimte tot het niets is nauwelijks toereikend voor haar tweede voet. Blumenfeld wachtte tot de wolk die de huizenblokken achter de Avenue Bosquet verduisterde, verder getrokken zou zijn. Enfin, fantastische foto.

Blumenfeld was na afloop van het fotograferen zo enthousiast dat hij zelf Lisa over de afrastering naar een veiliger gebied hielp. Zij maar lachen en hij roepen hoe mooi het was, hoe mooi het worden zou. We aten die avond in een restaurant in de buurt van de Champs Elysées. Blumenfeld had de hele middag Lisa vermaakt met Berlijnse verhalen over zijn grote vriend George Grosz die "welgebouwde jongedames uit goede kringen met filmtalent" overhaalde zich uit te kleden en die de liefde à la Casanova als een openbaar ballet bedreef. Blumenfeld had de regie van deze avond wel willen hebben, maar hij had een belangrijke portretafspraak. Onderweg vertelde Lisa, loslippig door de wijn van die middag, dat ze misschien zwanger was. Ik reageerde perplex. Of ze honderd meter hoog, met niets anders dan ongeveer vijf vierkante centimeter ijzer en verder alleen lucht onder haar voeten, zwanger op die Eiffeltoren had gestaan? Zwanger? Ze werd stil van mijn reactie. Ze begreep me niet. Ze zei dat het "misschien" was.

Tijdens de maaltijd wilde ze er niet meer over praten. Het was nu een feestje. Ik moest erover ophouden. Ze dronk flink van de fles wijn die ik besteld had. Op de terugweg kozen we de weg tussen Invalides en Ecole Militaire. Lisa was een beetje aangeschoten, het was Erwin zus, Erwin zo. Hoe hij haar had voorgedaan met zijn koddige lichaam hoe zij aan de ijzeren constructie moest hangen. Toen passeerden we het Neckerkinderziekenhuis, waar gebouwd werd. Om haar verhaal over die vrolijke Erwin kracht bij te zetten, trok zij haar mantel uit die ze op de grond liet vallen. Met haar slanke handen trok ze op de stille boulevard haar strakke rok onbetamelijk ver omhoog, ze greep een deel van de bouwstellage en ze trok zich op, waarbij ze verbluffend snel haar lichaam op de eerste rij planken kon trekken. Ik zei dat ze terug moest. Er konden elk moment wandelaars komen die ons zouden aanzien voor dieven van bouwmateriaal. Dus klom Lisa een etage hoger en daar, op enkele meters hoogte, nam ze de stand aan die haar in de ochtend zo'n geweldig enthousiasme had opgeleverd van Erwin Blumenfeld. Haar rok zakte naar beneden. Zij moest, wilde zij de stap omlaag kunnen maken, haar rok opnieuw omhoogtrekken. Zij hield zich, net als die ochtend, met één hand vast. Zij wees met haar andere hand elegant schuin omhoog naar de overkant van de boulevard, alsof ze de jurk omhooghield die over Parijs uitwaaierde, zij maakte één hand vrij om die strakke rok omhoog te trekken en in die ene fatale seconde koos zij daarvoor de verkeerde hand, de hand die de constructie vasthield en niet de hand die de denkbeeldige jurk vasthield.

Terwijl ze de hele tijd hoog op de Eiffeltoren in de wind de indruk gewekt had dat ze niet kon vallen, dat ze alleen weg kon zweven als ze die ene hand los zou laten, viel ze hier naar beneden. Als een bak cement.'

Taco kantelde zijn handen een paar keer op het tafelkleed, open palm, vuist, open palm.

'Dood?'

'Nee, niet dood,' zei Taco.

'Is dat wat geworden met die foto,' vroeg de ander.

'Ja, wereldberoemd.'

Ze keken allebei even zwijgend voor zich uit.

'Tja, wij zijn niet zo thuis in die materie.'

'Ik weet niet hoe het met Blumenfeld afgelopen is. Het laatste wat ik gehoord heb, is dat hij geïnterneerd was in Montbard-Marnagne, concentratiekamp in Vichy-Frankrijk. Ik vrees het ergste. De Duitsers zullen zeer op hem gebeten zijn geweest. Jood was hij ook nog. Ik ben mij vanaf dat moment Alexander Rothweill gaan noemen, want ik kon niet tegen de gedachte dat...'

De rechercheur hief zijn hand op. 'Zo heette u al.'

Taco keek hem verbluft aan. 'Hoezo?'

'U vertelde dat u als fotograaf, als taléntvólle leerling van de beróémde Blumenfeld, Alexander Rothweill heette.'

'Dat is dan niet juist.'

'U veranderde uw naam na die foto op de Eiffeltoren en na de val van uw vriendin, zeg maar.'

'Ja,' gaf Taco toe.

'Wanneer was dat? Jaartal?'

'Vlak voor de oorlog. 1939.'

'Waarom precies veranderde u uw naam?'

'Ach, als je eigen leraar in de oorlog...'

'Niet eromheen kletsen. Waarom toen?'

Taco keek een tijd op het tafelkleed. 'Ik wilde niet dat ze me terugzag.'

'Uitleggen, graag.'

'Ze was zwanger, verminkt, invalide. Ik ben weggelopen. Ik ben ergens anders gaan wonen.'

'U heeft een vriendin. Uw vriendin valt van een stelling. En u loopt weg. Klopt dat?'

Taco knikte.

'Terwijl zij daar op straat ligt?' Stilte. 'Dat is strafbaar.'

'Ik heb de portier van het Necker gewaarschuwd.'

'Wat zei u dan? Mijn vriendin is gevallen? Of: er ligt een wildvreemde op de stoep?' Stilte. 'En die naam? Rothweill?'

'Ik heb een vals paspoort gekocht.'

'Aha! Waar?'

Alexander zei in Turijn, maar hij gaf het adres in Milaan op.

'Daarna bent u met een valse pas naar Spanje gegaan?'

'Nee, ik ben eerst in Parijs gebleven, in een ander arrondissement.'

'Nooit meer contact gehad met die Lisa Fonssagrives? Nooit meer nagevraagd of ze werkelijk invalide was? Of dodelijk gewond? Of ze wel zwanger was? Was u niet benieuwd?'

'Ik was bang.'

'Bang waarvoor?'

Taco gaf geen antwoord meer.

Bij het afscheid nam de politie beide paspoorten mee. Hij mocht niet weg van de boerderij. Althans, hij diende zich bij de politie in Roelofarendsveen te melden als hij de streek even wilde verlaten. Hij moest bereikbaar blijven. Taco reageerde niet. Taco bedacht dat hij hier snel weg wilde, dat hij zijn paspoorten kwijt was, dat hij in dezelfde situatie verkeerde als al die anoniemen voor wie hij zijn valse identiteitsbewijzen maakte.

Ze aten laat die avond. Niemand vroeg wat. Taco vroeg Fedde niet wat hij in het kelderhuis had afgeluisterd. Hij vroeg Pili niet wat ze al die tijd buiten had uitgevoerd. Pili vroeg Taco niet naar het eindeloze gesprek dat hij met die politie had gehad.

Fedde hinkte naar de kastjes, bleef een tijdje scharrelen en zette brood op tafel met een schaal waarop vlees lag. Taco nam een snee brood.

'Maak jij dit brood zelf?'

'God bewaar me. Nee,' antwoordde Fedde.

'Hoe haal je dan je eten?'

'Met de auto.'

Taco knalde het mes op tafel. 'Godindehemel, daar komt hij nu mee! Heb jij een auto?'

'Ja, achter de schuur, een open Chevrolet, pick-up, model jc.'

'Hij heeft een auto. Wanneer rijd je in dat ding? Wanneer heb je dit brood gehaald?'

'Vorige week.'

Taco maakte naar Pili een verontschuldigend gebaar.

Fedde had een stuk vlees losgesneden en zat het op het brood te proppen. Taco vorkte in het vlees. Hij pakte een stuk en proefde. Het was heel zacht. Te jong bijna.

'Wat is dit?' vroeg Taco.

'Doodtrekker,' antwoordde Fedde prompt.

Taco legde zijn vork neer.

'Leg eens uit.'

'Doodtrekker. Brood met doodtrekker,' zei Fedde met volle mond. En toen de andere twee hem bleven aankijken: 'Kalf gaat dood tijdens de geboorte; je moet er wel kort bij zijn. Dan is het goed te eten. Goed laten opstijven. Ik haal het verderop in de Rode Polder. Daar kennen ze me. Doodtrekker vreten. Smaakt goed, nietwaar? Beetje plakkerig vlees, vind ik. Soms verkopen ze me kalf dat in de sloot is verdaagd. Minder lekker. Vind ik persoonlijk. Doodtrekker. Brood met doodtrekker.'

Taco bleef een tijdje met een vork in het vlees prikken. Toen had hij er genoeg van. Hij ging naar bed. Hij ging naar de zolder en sliep snel in. Na een uur of twee schoot hij wakker. Hij had het gevoel dat hij zeer diep had geslapen. Pili lag niet naast hem. Toen hij op onderzoek uitging, bleek ze in haar eentje in de woonkamer te zitten. Ja, ja, ze kwam naar boven. Waarom ze daar nog zat, wist ze ook niet.

∼

'Dag mijnheer Albronda. Platwijvenweer, mijnheer Albronda.'

Voor het eerst dat Taco die naam tegen Fedde hoorde uitspreken. De vierkante, onverzettelijke kop onder de bowler hat van Gerrit Hosse keerde zich naar hem.

'Heb ik de eer, wie u bent?'

'Een oudere broer.'

'Mijnheer Albronda Nummer Twee. Heeft u nieuwe rattenklappen nodig, heren Albronda? Ik lever u verbeterde typen, ingesmeerd met goulardwater en voorzien van sterkere veren die zo magistraat zijn afgesteld dat u in de nacht de val hoort klakken en u weet zeker: de rat zit daarin geklemd met een plotselinge waterballonbuik en een platte richel dwars over haar longen wat de zuurstof- en bloedtoevoer desastraal beknelt. En niet dat de mechanica toehapt wanneer de rat op het plankje kwalstert, zodat het metaal langs haar lijf zoeft. Ergo, weet u dat er een gezantschap aankomt? Krachtens de regering. Twee champetters, een bus en twee of drie auto's met zo'n vlaggewapper dat bewijst dat het de hoge heren zijn die komen.'

Hij had, bij de studenten, de gewoonte ontwikkeld zijn woorden aan elkaar te haken, geen pauzes te laten vallen, de anderen niet de kans te geven hardop aan zijn informatie te twijfelen of leuker te zijn dan hijzelf was. Alles liep bij hem in elkaar over. Zijn bolhoed in zijn hoofd, zijn hoofd in zijn nek, zijn nek in zijn kleding en zo verder naar onderen. Zijn zinnenslierten werden afgebroken op een moment dat hij toevallig zijn mond dichtklapte.

'...buitenlanders in de bus en ze meten alles op want het zijn lui die altijd nieuwe plannen uitschijten en die de Zuiderzee net zo gebeurlijk droogmalen als ze de moerassen zullen volprikken met anwijsborden, vooral borden hoe we Den Haag moeten vinden want daar komen die uitvindsels vandaan en ze weten daar beter dan wij hoe de koeien gemolken moeten worden, maar over de rattenvallen te spreken: ik had u vorige maand bij...'

'Gerrit, ik hoef je rattenvallen niet,' zei Fedde en Taco keek verbaasd op van de besliste toon waarop zijn broer sprak.

'Ik denk dat hij ieder moment hier kan zijn. Die bus met de agenten en de wagens met vlaggetjes. Ze moeten naar het water. Ad propos, ze zijn bezig een bom in de schuur te plaatsen.'

Taco zag dat Fedde lachte.

'Volgens mij is het een oude vliegtuigbom, niet afgegaan en in de modder gezakt. Laatst bij die van Bosser. Zien de jongens een dode rat in de sloot drijven. Nou, dat moet een bisam geweest zijn. Die jongens steentjes gooien en, ja hoor, oude bom. Een dreun en iedereen onder de modder. Die jongens zijn er met geschrokken gezichten afgekomen. Hebt u gehoord van die Amerikaanse H-bom van vorige week? Dat moet een knal geweest zijn.'

'Moeten we toch niet gaan kijken?' vroeg Taco. De schuur kon hem niet zoveel schelen; op die rotjongens was hij gebeten.

Fedde zei dat Gerrit altijd zulke verhalen ophing. Ze hadden geweren buitgemaakt, of ze gingen bijzonder sterke katapulten gebruiken. Er klopte nooit iets van. Gerrit bleef zonder uitdrukking van de een naar de ander kijken. Fedde hechtte geen geloof meer aan de verhalen van Gerrit Hosse.

'Je begrijpt niet hoe ze dat doen, hè? Zo'n ontsteking moet toch pietepeuterig zijn afgesteld. Want als dat kreng niet afgaat, wat zoiets niet kost. Daar kunnen we heel wat dum voor kopen, mijnheer Albronda. Stel dat ding zakt in de modder, stel dat er niets gebeurt en later, toch zeker een jaar of zes, zeven later, vindt zo'n stel jongens die bom en wat ze er dan niet een rottigheid mee kunnen uithalen. Geen voorstelling van. Wilt u echt niet eens kijken, hoe zo'n nieuw type werkt, mijnheer Albronda, zo'n rattensnapper bedoel ik. Het is net een H-bom, maar dan voor ratten. Zo moet u het zien. Ik geloof dat ze er aankomen. Ik hoor wat. Wilt u mij volgen, heren?'

Pili stond bij de schuur. Nee, ze ging niet mee, ook al was dit misschien een aardig verzetje. Nee, ze verveelde zich hier niet. Ze ging wat opruimen.

Bij het kruispunt staan een paar mensen. Een agent heeft zijn motor stilgezet. In de verte komt een tweede motoragent aan. Dan volgen twee zwarte auto's en op iets meer afstand een bus van Beuk. Op de grille prijkt een erekrans van narciskoppen. Bij de kruising schiet een kwajongen de weg op die achternagezeten wordt door een leeftijdgenoot. Juist omdat de chauffeur moet remmen, ziet Taco een verschijning. Alles kantelt. Hij is tien, vijftien jaar terug: Amsterdam, Parijs. Hij is jong en hij heeft het hele leven nog voor zich. Taco staart de bus na, waarin iemand anders, een uit de dood verrezene, zijn nek bijna verrekt omdat hij zich op zijn stoel opricht en tegelijk omdraait. Na tweehonderd meter stopt de bus. Het grof afgeronde voertuig blijft doodstil wachten, zucht en zakt op zijn veren. In het bijna zomerse meilandschap lijkt Taco totaal alleen te staan. Hij kijkt naar de bus, die op die stille weg tussen de graspollen nadenkt en inwendig als darmengerommel discussies voert. De auto's komen verderop tot stilstand. Een van de agenten draait met veel voetenwerk zijn motor. Dan gaat met een klap die voortduurt in een stervende sis, de deur open en iemand springt naar buiten, zomaar de Zuid-Hollandse polder in. Hij roept naar Taco. Taco huppelt als een vijfentwintigjarige langs de weg en loopt verdwaasd af op de dood gewaande en uit de as van de nazi's verrezen Erwin Blumenfeld.

'Welnee, niks nazi's man. Ik zit vanaf 1941 in de States.'

Blumenfeld slaat op de schouders van Taco. Ze stompen elkaar tegen de borst. Blumenfeld yelt de naam van Taco over het weiland. Of hij nog fotografeert, allebei, tegelijk. Erwin Blumenfeld heeft succes in de Verenigde Staten;

commercie, covers, *Vogue*, *Look*, *Harper's*, *Cosmopolitan*. Hij gaat ervan uit dat Taco die bladen kent. Taco verrast de ander met de mededeling dat hij fotowerk in opdracht uitvoert, havens, schepen, bedrijven, dat soort dingen, dat hij daarnaast veel prachtige portretten en series in portefeuille heeft en naar galeries gaat en dat zijn naamsbekendheid groeit.

'Ingres bestudeerd, hè,' roept Erwin Blumenfeld en hij pakt Taco bij zijn schouder en schudt hem heen en weer. 'En Botticelli. Nietwaar?' Veel lachen. Natuurlijk wil Blumenfeld zijn werk zien. Sure! Terwijl hij dat zegt, kijkt hij achterom naar de bus, waar de andere reizigers uitstappen, om de benen te strekken. Een staat in de sloot te pissen. Iemand maakt een foto. De auto's rijden achteruit en sluiten zich weer aan bij de bus. Een motoragent loopt saluerend naar een van de auto's en ontvangt kennelijk een bevel of een verzoek. Hij luistert en knikt.

Hoe heeft hij dat geflikt, Amerika? Hij zat toch in een concentratiekamp?

'Ach, schei uit, man,' waait Blumenfeld die gevaarvolle periode van zijn leven weg. 'We zijn op tijd overgestoken. Nooit meer naar Europa, dacht ik. Maar ja, wat hier gebeurt, is te gek, man. Weet je. Vertel mij eens, wat zijn dat voor gasten die bij jullie de dienst uitmaken?' Hij wijst op de twee auto's waarvan de portieren opengaan om de graslucht, het gras van mei dat aan de eerste melk van buitenkoeien zo'n bijzondere frisheid geeft, waar de speciale zachte kaas van gemaakt wordt, binnen te laten stromen in de auto, in de warme, dompige, naar leer ruikende bekleding, in de naaldstreepkostuums van de heren die wat stijfjes uitstappen. Taco ziet dat Gerrit Hosse (met Fedde in zijn kielzog: de hand voor de open, lachende mond, het gebogen lichaam dat overal boven uitsteekt) zich tussen de uitgestapte reizigers beweegt, tussen de, tja wat zijn het

eigenlijk? Fotografen? Journalisten? Landmeters? Kaart-
deskundigen?

Wat Blumenfeld in godsnaam in Nederland doet?

'Right, man. Ze wisten dat ik in Amsterdam gewoond
heb. Ik kende dit land. Niemand kende dit land. Ik wel.
My God, hoelang is dat geleden, Amsterdam? Failliet hè,
die leathershop.' Hij lacht hard.

Een golf van lachend geroep. Een heer is op een pol
gaan staan die weinig stevig geworteld was. Of zoiets,
want de heer is uitgegleden en hij wordt door Gerrit Hosse
en door een toegeschoten motoragent overeind geholpen,
weg van de graskant, weg van de sloot die zwart en borre-
lend van moerasgas venijnig ligt te glimmen en waar een
verbaasde kikker vergeet weg te springen. Taco hoort om
zich heen Amerikaanse en Nederlandse kreten. Iedereen is
opgewonden. Taco hoort iemand zeggen dat professor
meester Piet Lieftinck bijna verzopen is. De excellentie
wordt schoongeveegd. Blumenfeld begint Taco het een en
ander uit te leggen.

Alles is in het stadium van plannen; Blumenfeld heeft
er een hard hoofd in, als hij de reacties van die excellenties
en ambtenaren bekijkt. Waar het om gaat. Taco kent de
Marshallhulp? Het grote geld dat daarmee gemoeid is?
Amerikanen willen iets opbouwen. Al die woningnood,
daar hebben ze van gehoord. Dat kan voor eens en voor
altijd opgelost worden. Het is een idee van een paar architecten. Kent hij Oscar Niemeyer? Fantastische plannen,
die vent. Die kan in zijn eentje een stad ontwerpen, verdomd. Braziliaan, prachtige gebouwen. Blumenfeld heeft
ontwerpen, schetsen, maquettes gezien. Er zijn Amerikaanse journalisten en ambtenaren van Marshall meege-
komen en mensen van de banken.

Taco herinnert zich de voorfilm in Parijs, in dat bios-
coopje bij Odéon; achteloos vergeten op het beeld van zijn

broer na, hij weet alleen dat het over architectuur ging. Hij ziet dat die Marshallhulp-Amerikanen en die journalisten en fotografen en die Nederlandse speculanten en landmeters en kaartlezers en ambtenaren onder enthousiaste uitleg van Gerrit Hosse steeds gezelliger pauze gaan houden. Er staan jongens bij de schuur van Fedde, maar daar durft hij op dit moment niets van te zeggen. Iemand loopt met een stapel papieren rond en vraagt welk gebouw de Albronda-Staete is.

'Verdomd, Albronda-Staete. Ik zag die naam. Ik dacht, ik ken die naam. Jij bent Albronda. Is dat jouw huis?'

Hij brengt Taco in verlegenheid. Taco zegt dat hij er geboren is. Correct, vinkt Blumenfeld. Albronda-Staete. Hij wist het, hij wist het. En hij roept iets tegen een andere Amerikaan, driftig wijzend op Taco.

'Weet je wat zo schitterend wordt, Taco. Die combinatie van dat witte beton, dat overweldigend witte beton in die elegante vormen en dit landschap van groen en water. Prachtig, prachtig, prachtig gaat dat worden. Iedere stad, ieder dorp bij jullie moet bouwen. Overal is tekort. En in plaats van die versnippering één stad. Met Amerikaanse hulp, één stad, één Nieuw Manhattan. Daar gaat het om. Veel geld, veel investering. Voor Amerika is dat no problem. Prachtige plannen. Hé, boy, denk je eens in, een van de mooiste steden ter wereld gaat naast jouw deur gerealiseerd worden. Ik heb de maquettes gezien. Het groen had niet een fractie van de uitstraling die dit groen heeft, maar de kracht van dat witte beton, dat spiegelende glas en die graslanden was ogenblikkelijk overtuigend.'

Gerrit Hosse werpt zich op als gids voor het gezelschap uit de bus. Hij laat zich fotograferen en maakt journalisten aan het lachen met een verhaal dat voor anderen niet te volgen is.

'Die Niemeyer bouwt woonblokken, hoog en smal en

aan één zijde sterk gebogen en, verdomd, door de afwisseling van balkons en witte betonnen vlakken lijken het reusachtige scheepszeilen. Als je zo plat over die maquette kijkt. Uitstekend wonen, hoor. Dakterrassen, balkontuinen, mooi licht, brede ramen in horizontale banden met vrij uitzicht over de moerassen die in de glazen puien verderop weerkaatst worden.'

Taco kijkt om zich heen. Hij weet niet wat hij van dat enthousiasme van Blumenfeld moet denken. Staat Blumenfeld hem te belazeren?

'Glazen puien?'

'Ja, van de openbare gebouwen, die in een schuine dwarslijn staan. Zo en zo.' Blumenfeld kruist zijn gestrekte armen. 'Wit beton en glazen wanden. Zo ongelooflijk licht en luchtig. Pilotis, je weet wel. Alles lijkt te zweven boven water en gras. De gebouwen doen denken aan vleugels die over het water scheren, of aan schepen waarvan de boeg hoog uit het water oprijst. Veel langzaam oplopende vlakken met promenades en tuinen. Die wilde moerasgebieden tussen de bebouwing; die moerassen in de enorme glazen wanden weerspiegeld: verticale moerassen. Waar ter wereld kan je verticale moerassen zien, man? Die prachtige moerassen verticaal weerspiegeld tot in de hemel. Waar zie je dat?'

Taco luistert en voelt de scepsis groeien. 'Het is wel Holland, hoor,' gooit hij ertussendoor. Erwin Blumenfeld hoort hem niet.

'En dan, openbare gebouwen? Wat dacht je? Musea! Een museum dat geheel gewijd is aan Van Gogh. Ja, aan één schilder. Bij Van Gogh kan dat. Natuurlijk is dat niet gek. Een natuurhistorisch museum. Met een gigantisch hoge wandelbrug voor het uitzicht. Een museum voor fysica en geneeskunde van jullie wereldberoemde Boerhaave. Een luchtvaartmuseum, Fokker.'

Taco vindt het verontrustend dat rond de schuur nog steeds het groepje jongeren samenschuilt. Wat doen ze daar, die rotjongens? Blumenfeld kijkt hem met lachende ogen scherp aan. 'Jullie, Hollanders, interesseren zich niet voor iets bijzonders, hè. Zou jij dat niet wat vinden, zo'n stad?'

In de lucht staat een valkje te bidden. Iemand maakt zijn buurman daarop attent; die kijkt er duidelijk naast, knikt vaag en laat met een geringschattende opmerking over de geuren die over dit land hangen blijken dat dat hele valkje, dat scherpziende elegante roofvogelwonder, hem geen bal interesseert.

'Een ondergrondse hebben jullie niet nodig. Gewone verbindingen. O ja, surprise! Vanaf de stations zijn geraffineerde doorgangen gebouwd naar parken. Met oude kernen die fantastisch contrasteren. Hoe heet dat water verderop? Correct, Wijde Aa. Dat wordt een prachtig park. Central Park, zeg maar. In dat gebied worden grote boerenhoeven bewaard. Daarom zoeken ze naar die Albronda-Staete van jou. Het is te gek, man. Een Nieuw Babylon. Ze hebben ons langs een paar plekken gereden. My God, wat liggen hier juweeltjes. Verderop een haventje en een sluis. In zo'n dorp. Roelofarendsveen. Crazy, man. Gewoon Venetië. Gewoon een van die eilandjes bij Venetië.'

Taco zucht en lacht schaapachtig naar Blumenfeld.

'Goh, dat we elkaar hier moeten tegenkomen,' zegt hij en hij beseft hoe bleek die opmerking is naast de dolle gekte van zijn vroegere mentor.

Taco moet de tekeningen en de maquettes beslist zien. Blumenfeld zou niet weten wat er tegen is, de Amerikanen willen betalen en koppelen aan de Marshallhulp, maar er schijnen toch allerlei problemen te rijzen.

'Die Stikker van jullie.'

Verderop op de weg staan twee heren, in driedelig kostuum gestoken, tegen een bal te trappen, een lekke bal uit de sloot, waar hij neerkomt verliest hij meteen vaart en plopt neer. Verschillende anderen, de chauffeurs, de agenten, een paar Amerikanen, staan erbij te lachen.

'Kijk, jullie excellenties staan te voetballen. Het interesseert ze allemaal niet.

Die Stikker van jullie is een aardige vent en hij zal heus capabel zijn, maar kijk, die man heeft twee verschillende ogen. Dat ene oog, het rechter houdt hij wijd open en alles wat hij ziet slorpt hij naar binnen, verbaasd over wat er allemaal in de wereld gebeurt. Dat andere oog blijft half-gesloten. Daarmee kijkt hij naar binnen, naar een inwendige rekenmachine, naar een inwendig wetboek dat waarschuwt dat het er vreemd aan toegaat in de wereld en dat het eigenlijk allemaal hoort te zijn zoals het in Holland is. Kijk naar dat beleefde en tegelijk sarcastische trekje om zijn mond. Kijk naar die haren die plat, recht en nat als jullie grasland over zijn schedel liggen.'

'Ben je serieus of niet?' vraagt Taco plotseling. Blumenfelds oog glanst zo vol spot, dat Taco zijn vraag afzwakt: 'Geloof je er wel of niet in?'

'Ik geloof in de mogelijkheid, ik geloof in de fantastische ideeën.'

'Maar dat het werkelijkheid wordt?'

'Nee, ik geloof niet in de werkelijkheid. Het is te on-Nederlands. Alleen, ergens anders uitvoeren kan niet. Elders wordt het een spookstad. Jullie minister van Buitenlandse Zaken en die van Financiën die zich de hele dag door een select gezelschap laten voorlichten. Als je denkt dat ze dat doen omdat de plannen door moeten gaan, ik geloof er niets van. Ze doen dat allemaal omdat er groot geld mee gemoeid is. De Marshallhulp schept verplichtingen, zie je ze denken. Amerika is anders.'

Gerrit hield tegen het einde van de pauze eerst de deuren open van de zwarte auto's, wat bij de excellenties geen enkele verwondering wekte, en stuurde vervolgens de anderen de bus in. Het komieke mannetje met de bolhoed klom als laatste zelf naar binnen.

Terwijl het gezelschap uit het zicht verdween, leek het voornamelijk Gerrit die in de rol van nar het gezelschap van hoge heren uit Den Haag kenmerkte als de koninklijke gebieders, die beslisten over het wel en wee van de graslandmensen. Tegelijk maakte hij, staande voorin de bus met zijn malle bolhoed op zijn dikke, vierkante kop, het hele gezelschap tot een onrealistische spookverschijning, door hemzelf in verhalen opgeroepen en na afloop keurig weggebracht, de dijk op, langs de windmolen, een van de veerponten op die daar voeren, om te verdwijnen over het gladde water van de Hollandse plassen, die voor diegenen onder de graslandbewoners die er gevoelig voor waren, op heiige warme middagen de wijdte en de sfeer kregen van de Venetiaanse lagune en in de late doodstille uren de tover van de Petersburgse witte nachten.

Mét het gezelschap verdween ook Erwin Blumenfeld die Taco niet eens gedag zwaaide. Nu pas schoot het Taco te binnen dat hij geen moment naar Lisa Fonssagrives gevraagd had. Of Blumenfeld wist hoe het met haar afgelopen was.

Hij draaide zich om. De bus was verdwenen. De motoragenten en de zwarte auto's waren hard weggereden om de tijd in te halen. Blumenfeld leek er nooit geweest te zijn. Fedde liep verderop naar huis. Het valkje cirkelde naar een nieuwe plaats om te bidden en te loeren naar de kleinste beweging in het grasland.

In de bouwval teruggekeerd, merkte Taco Albronda dat zijn geliefde Pili Eguren nergens te vinden was. Noch in de boerderij zelf, noch in de aangrenzende schuurtjes, noch tussen de vleermuizen in het vierkante fabrieksgebouwtje.

~

Aanvankelijk had Taco gedacht dat Pili een wandeling maakte. Na een paar uur werd hij ongerust. Laat in de avond trok hij zijn colbertjasje aan en hij sommeerde Fedde die Chevrolet van hem tevoorschijn te halen: ze gingen Pili zoeken. Fedde weigerde, het was donker. Evenmin wilde Fedde de sleutels afgeven om Taco in zijn eentje te laten rondtoeren. Taco begreep dat een paar klappen dit keer niet zouden helpen. Hij trok alleen de nacht in, liep uren te zoeken en te roepen. Bij terugkeer hoopte Taco vurig dat ze thuis in de woonkeuken zou zitten, mokkend, onweerstaanbaar. Het was niet zo.

Hij haalde Fedde uit zijn bed, gillend dat hij haar miste. Om een uur of vier kreeg hij een aanval van grote woede. Hij schold Pili uit, schopte tegen de trap, mepte met een stok alle spinnenwebben van de balken.

Hij zocht naar een teken, een briefje en haalde de koffers overhoop. Hij vond een 30x45-foto van Pili. Het was een high-key foto op een stevig stuk karton geplakt; Pili tegen een achtergrond van een muur en een licht raam, genomen in gelukkig Bilbao. Pili stond naakt tegen de muur geleund, armen naar boven, in alle toenmalige Pili-rust, haar ogen gesloten, haar gezicht op driekwart gekeerd, haar huid bijna doorzichtig van jeugd, haar figuur optimaal zichtbaar. Nauwelijks had Fedde de foto gezien of hij zette hem op de schoorsteen en ging er vlak voor zitten. Toen Taco de foto een halfuur later verplaatste, trok hij zijn broer mee alsof die er met elastiek aan vastgebonden zat. Even later kwam Taco van een nieuwe speurtocht buiten terug. Fedde zat opnieuw voor de foto: de armen over elkaar, diepe frons tussen de ogen, oren zacht wuivend, haren als bij de Apache in avondkleur en voortplantingsdrift geschilderd.

Tegen de ochtend, in een van die woedende buien greep Taco de foto, rukte hem van de kartonnen ondergrond en scheurde de foto in tienduizend snippers, waarmee hij naar buiten liep, de brokstukjes als scherven van een kostbare urn in zijn bloedende hand geklemd. Na het begraven trof hij het malle tafereel aan van zijn broer die naar het karton zat te staren.

Het karton had achter de foto verschillende tinten aangenomen. De witte plekken van de foto hadden meer licht doorgelaten en daar was het karton veel sterker verdonkerd dan op de plaatsen waar de foto zwarter was. Zo had de foto van Pili een tweede, negatief portret geschetst op het karton, scherp, in licht- en donkerbruin, uiterst herkenbaar, gedetailleerd. En terwijl Taco tussen twee gekrulde, stroperige stroken vliegenvangers door naar de kartonnen naaktfoto van Pili keek, begreep hij dat zijn daad haar foto te verscheuren volslagen zinloos was geweest. Hij was ervan overtuigd, dat als hij het karton zou weghalen, zij in het geelgroene behang zou staan gebrand, identiek, positief, iets schever. Behang wegscheuren zou haar portret in het pleisterwerk tonen, dan in de bakstenen muur en zo verder. Onuitwisbaar.

5 Pili

De geelcrème BMW uit 1939, type 328, die bij een garage in Wassenaar was achtergelaten, had enkele dagen geleden voor enige opschudding gezorgd. De garage had zich keurig aan de afspraak gehouden en de gerepareerde auto afgeleverd bij het opgegeven adres, namelijk de voormalige Albronda-Staete.

Taco had hem de dag daarop ontdekt, was hem verontwaardigd gaan opeisen, maar hij had slechts een koffer veroverd. Die mensen dreigden met de politie; er zaten zes sterke kerels bij elkaar; hij zou die lui een proces aandoen. Hij geneerde zich voor zijn onmacht.

Pili liep naar het water van de Wijde Aa. Taco had gisteren geprobeerd zijn broer te verzuipen. Zijn drift had haar bang gemaakt. Tijdens dat gesprek dat Taco met de rechercheurs had gevoerd, was ze woedend naar buiten gegaan, maar ze was teruggekeerd. Gisteravond had ze beneden zitten piekeren terwijl Taco in bed lag. Nu was ze verder de weg op gelopen nadat Taco en Fedde met die Gerrit Hosse waren meegegaan.

Terwijl ze langs de weide liep (een prachtige meidag; overal schoot het geel en het wit omhoog; ze hoorde kikkers luidkeels hun behoefte aan vrouwtjes uitkwaken; soms vulde een gezoem haar hoofd) dacht ze aan Ernesto en Rosa en Elena die in Bilbao haar terugkomst zaten af te wachten. Van degenen die zij daar liefhad, was niemand driftig; van hen ging niemand zich zo te buiten.

Ineens stond ze voor de auto. Ze besloot het voertuig te veroveren. Ze wist hoe ze het huis moest binnendringen; in het werkhuis trof ze de bewoonster van de Albronda-Staete. Ze had het geluk dat die alleen thuis was. Dat de mannen ver weg op het land bezig waren bij de geriefbosjes en dat die niet een, twee, drie gewaarschuwd konden worden, want de kinderen zaten op school.

'De sleutel. Van auto. Snel,' zei Pili en ze gaf de vrouw een duw.

Pili had lessen genoeg gehad op het Virgen Real om te weten hoe ze haar zin kon krijgen. De jungle van de meidenschool had haar perfect gevormd. Om niet in het Hollands te hoeven schutteren, ging ze over op haar eigen taal. Terwijl de vrouw haar hoofd schudde en zich afvroeg hoelang het zou duren voor de mannen binnen zouden komen voor de schaft, knalde er bij Pili een donderende Spaanse volzin uit met alle gutturale en rollende klanken die erbij hoorden, uitgesproken met woede en wanhoop, omdat ze aan Ernesto en Rosa en Elena had lopen denken. De vrouw gooide haar doek in de gootsteen, liep met een driftpas naar een kast, haalde er een koffer uit en een bos sleutels. Pili zag hoeveel moeite de vrouw met de koffer had, probeerde niet eens het zware kreng op te tillen, rukte met één hand de sleutels uit de vingers van de Hollandse en met de andere hand greep ze de koffer bij het handvat. Pili trok de koffer krassend over de vloer achter zich aan, de drempel over en met een breed spoor over het grind naar de auto. Ze deed het portier open, slaagde erin de koffer op de leren zitting te kantelen en ging achter het stuur zitten. Met een kort gebed startte zij de motor en reed voorzichtig weg. Alle grutto's vlogen klapwiekend op, alle scholeksters applaudisseerden schreeuwend.

Bij de kruising reed ze meters door, omdat ze op het laatste moment de bocht niet durfde te maken. Ze probeerde de koffer naast haar beter neer te leggen en maakte hem open. Een geur die zij voor het laatst in Bilbao had geroken. Reukwater of scheerzeep: Alexander Rothweill. Ze snoof het parfum diep haar hersens in. Toen zij de koffer recht schoof, stootte zij tegen een metalen kist. Zij merkte dat de kist die onder de stoel vast hoorde te zitten, waarschijnlijk door de monteurs was losgemaakt en niet helemaal correct was teruggeplaatst. Zij trok de koffer weg en wrong net zolang tot zij de rechterstoel van de auto iets omhoog kon duwen. In de kist zaten pennen, lijm, potjes inkt en mesjes, brieven en een blauw etui. Het etui schoof van haar schoot en een deel van de papieren gleed de auto in, een ander deel op de weg en in het vochtige gras. Zij schrok want hij was vrij precies op zijn spullen. Zij schikte de papieren voorzichtig en in vermoedelijk de juiste volgorde toen zij het zegel zag en alles opnieuw uit haar handen glipte.

Het zegel van de Guardia Civil stond kleurig bovenaan de pagina. Kroon erboven; prachtig drukwerk; briefhoofd; Especial Terrorismo. Halverwege was de tekst afgebroken en veranderden de drukletters in een inktveeg, in een baldadige streep en in een ruw handschrift. Een volgend vel bevatte potloodstrepen, een bladindeling met krabbels en nauwkeurig getekende pijlpunten en het niet ingekleurde wapen van de Guardia Civil. Dat was het eerste stadium, in haar hand hield zij het tweede stadium en heel zeker wist zij dat zij het derde stadium onder ogen had gekregen, lang geleden in een kamer in Bilbao, waar zij geconfronteerd was met het bericht dat de Guardia Civil haar zocht voor de moord op Enrique Poza. Een vluchtige blik op de andere papieren leerde haar hoe bedreven Taco was in het namaken van zegels, documenten en officiële papieren.

Ze keek snel de correspondentie door. Ze vond wat ze vreesde: brieven gericht aan Enrique Poza. Vriendelijke, bijna onderdanige toon. Aantekeningen over vervalsingen om Poza te waarschuwen. De relatie was ongetwijfeld hecht geweest.

Zij wist dat Alexander vervalste. Het kon haar eigenlijk niet schelen. Dat hij waarschijnlijk heel goed en op grote schaal vervalste, vond ze alleen maar opwindend. Maar met zijn vervalsen was hij te dichtbij haar leven gekomen. Hij had zijn vervalsen in dienst gesteld van Poza en ongetwijfeld van anderen die haar jeugd omstreeks haar elfde jaar hadden geknakt en die haar ouders hadden vermoord. En ook dat had ze al vermoed; hier zag ze de bewijzen. Wilde ze niet alsnog een slachtoffer worden, wilde zij de baas blijven over haar eigen denken en haar eigen leven, dan moest ze nu in actie komen.

Zij trok drie brieven uit de stapel, legde die bij een blad met een onvoltooid zegel van de Guardia Civil en propte alle andere papieren terug. Ze gooide de metalen kist naast de auto, draaide de doppen van de flessen inkt en chemicaliën en goot de inhoud over de papieren. Ze keek naar de verkleuringen, schopte de koffer de sloot in en vouwde de drie brieven en het blad in haar handtas. Ze schakelde ruw in de achteruit.

Ondanks het gebrekkige chaufferen, kreeg Pili de auto tot in Wassenaar. Daar sukkelde zij een paar keer een verkeerde straat in, maar uiteindelijk bracht ze de wagen met een schok voor de garage tot stilstand. De garage was al gesloten. Zij bleef in de auto zitten en sliep af en toe in. De volgende ochtend maakte ze de verraste monteurs duidelijk dat ze de BMW-328 wenste te verkopen. Happig op de grote winst ging een van de monteurs akkoord, maar dan moest mevrouw wel de goede papieren bijleveren. Pili zei toe eerdaags met die papieren terug te komen, bedong een aanbetaling en liet de auto staan. Ze nam de tram naar het centrum van Leiden en trof daar Gerrit Hosse die haar luid kwakend op zijn kar terugbracht naar de woning van Fedde Albronda.

Op het moment dat Pili binnen kwam, sliep Taco. Hij lag op zijn rug. Toen ze de bak met het restant oud water boven hem omkeerde, produceerde hij onsmakelijke geluiden. Ze moest hem aanraken om zijn ogen open te krijgen. Met één uithalende klauw had hij de arm van Pili te pakken.

'Je bent er weer.' Hij vloekte. 'Jezus, je bent terug.' Hij keek haar met ogen vol paniek aan en toen veranderde zijn gezicht langzaam in het gezicht van een nog net niet huilende en misschien wel heel tevreden imbeciel.

'Kijk niet zo,' zei Pili.

Taco trok de pruik van zijn hoofd, wreef over zijn ogen en pakte opnieuw haar hand beet. 'Ik dacht dat ik je nooit meer zou zien,' zei hij zacht. 'Waar zat je?'

'Ik heb je auto weggehaald bij die mensen.'

'O.' Hij leek het niet helemaal te begrijpen.

'Ik ben naar Wassenaar gereden. Ik heb je auto bij de garage gebracht. Om te verkopen.'

'Waarom verkopen?'

'Ik zou iets van je stelen. Dat heb ik nu gedaan. Ik heb je auto gestolen.'

Taco kneep zijn oogleden even dicht. 'Ik herinner me dat je iets dergelijks van plan was. Welnu. Lastig, maar het had erger gekund.'

'Is dat alles?' vroeg Pili verontwaardigd. 'Over dat geld in de trein heb ik weken ingezeten.'

'Wat kan mij die auto nou schelen.'

Ze vroeg zich af of dit een streep door de rekening was.

'Je bent terug,' zei Taco eenvoudig.

Pili keek hem aan. Hij meende het. Hij was werkelijk gelukkig.

'Waarom lig je hier? Waarom slaap je?'

'Ik heb je de hele nacht gezocht.'

Pili antwoordde niet. Ze knipte haar tas open en haalde het vel met het halve zegel eruit. Ze reikte hem het bewijs van zijn vervalsingen aan. Hij schoof het papier een tijd van zijn ene hand naar de ander. Draaide het vel tussen zijn vingers.

'Ik denk dat je een knap vervalser bent. Compliment! Dat verhaal over de Guardia Civil? Helemaal verzonnen?'

'Niet waar. Ik word wel degelijk gezocht. Zelfs de politie hier...'

'Jij wel. Ik niet.'

'Wat moest ik dan? Alleen gaan? Jij bent trouwens uit jezelf meegegaan. Wat maakt het dan verder uit?'

Ze verzweeg zijn brieven aan Poza. Ze verzweeg het verwijt dat hij met zijn vervalsingen meegewerkt had aan het rotte, fascistische Poza-Spanje dat haar ouders had vermoord en haar jeugd had gebroken. Ze draaide tussen de spinnenwebben en liep de trap af. Taco, Taco, wat heb jij veel verpest, dacht ze bij zichzelf.

Pas beneden in de kamer realiseerde Pili zich, dat ze de hele tijd de ambtenarentas in haar hand had gedragen. Een eind voor de boerderij, ongeveer op de plaats waar zij zich door Gerrit Hosse had laten afzetten (die haar beloofd had voor haar klaar te staan; ze mocht altijd gratis meereizen op zijn wagen) had zij een tas gevonden. Tegen een paaltje, ooit in de slootkant geslagen om een plank over het stinkende water te kunnen leggen, had, weggezakt in een pol van de kruipende boterbloem, een aktetas gestaan. Zwaarwichtig, slordig, koninklijk.

Fedde kwam binnen, keek haar aan, liep om haar heen,

vroeg of ze bleef eten. Pili zette de aktetas op tafel. Fedde keek naar de tas, vroeg er niets over en kondigde aan dat hij een bijzondere maaltijd ging klaarmaken. Voor Pili en voor Taco. Die wel getreurd had, voegde hij eraan toe.

Op dat moment hoorden ze Taco de trap af komen. Pili had geen zin in scènes en maakte de tas open. Ze haalde voorzichtig een stapel mappen uit de tas, opende de mappen en bladerde de papieren door. Ze voelde dat Taco achter haar stond en meekeek wat voor papieren ze door haar handen liet gaan. Ze vond lijsten met percelen land, in veel gevallen de naam van de eigenaar erachter, lijsten met gebouwen die afgebroken moesten worden, berekeningen van onteigeningskosten, kaarten met geplande verbindingen en wegen, plus varianten. In een andere map vond Taco oude aanvragen voor bouwvergunningen in dit gebied: aanlegsteigers, boothuizen, schuren, boerderijen, een silo, een ophaalbrug, een recreatiehuis voor padvinders. Ze vonden schetsen en oude prenten van kasteeltjes en buitenhuizen. In één map zaten raadselachtige kaarten, randen van steden of dorpen op schaal van 1:10 000 en op schaal van 1:1000. De namen waren vervangen door kwadrantnummers. Over de kaarten was een patroon van rode lijnen getrokken.

Op elk papier stond een stempel met verschillende vakken, waar ingevuld kon worden wie de situatie had geschetst, voor welke ambtenaar het was gepasseerd en bij wie welke toestemming was gevraagd.

'Hoe kom je aan die tas?' vroeg Taco

Ze hoorde zijn verbazing. Ze beschreef waar ze de tas gevonden had. Of hij hiervan wist? Taco vertelde haar kort over het Marshallhulp-gezelschap, over Blumenfeld die hij volkomen onverwachts hier had aangetroffen. Misschien had Blumenfeld overdreven, misschien had Blumenfeld de idiote gebouwen van die Oscar Niemeyer ter plekke verzonnen, allemaal mogelijk, maar dat er plannen klaarlagen om met behulp van Amerikaans geld in dit gebied een groots bouwproject te beginnen, dat was zeker. En hier op tafel lag een belangrijke schakel van het hele plan.

'Hé dooie, kijk dan.'

Fedde had een stuk vlees bemachtigd, god mocht weten waarvandaan, en stond met een mes gebogen over de aanrecht. Hij reageerde niet.

'Hebben ze jou verteld wat er met dit gebied gaat gebeuren?'

'Ze gaan het toch volbouwen?'

'Ja, op een bijzondere manier. Gebouwen van beroemde architecten. Oscar Niemeyer.'

'Kan me niet schelen.'

'Dat ze het volbouwen?'

'Nee, welke architect.'

'Beter mooie huizen dan lelijke huizen.'

Fedde boog zich over het vlees. 'Willen jullie veel of weinig vlees?'

'Ik lust wel wat.' Taco bladerde opgewonden in de mappen. Officiële papieren, clandestien in handen gekregen: hij voelde zich duidelijk thuis.

'Dit moet de rand van de Wijde Aa zijn,' concludeerde Taco.

De stille, warme lentemiddag drong door de openstaande buitendeur de woonkeuken binnen. Pili zag Fedde staan, gebogen in volle concentratie, met langzame bewegingen het mes in het vlees stekend, het gesneden vlees eerlijk in drie porties verdelend. Zijn stugge haren en zijn malle oren. Het overhemd vol vlekken. Ook Taco's overhemd was niet meer schoon. Zijn vest liet hij al dagen uit; alleen op het middaguur, buiten, trok hij zijn colbertje aan, en dat gooide hij zodra hij binnen was, ergens over een stoel of hij hing het achteloos boven op zolder. De mouwen van zijn overhemd droeg hij omgeslagen, dan viel het niet zo op dat het overhemd allang gewassen had moeten worden. Zijn broekspijpen had hij in zijn sokken gestoken omdat er anders vuil bleef haken aan de broek en hij had de laatste dagen een paar makkelijke schoenen van zijn broer gepakt. Voor het eerst in zijn volwassen leven had hij last van een knellende boord. Hij droeg zijn pruik; iedereen wist dat het een pruik was.

'Dit zijn voorstellen,' zei Taco. 'Als ik het goed zie, passeren ze allerlei instanties, terwijl ze in wezen niet veranderen.'

Pili vroeg zich af wat Taco wilde. Fedde gaf met een brom te kennen dat hij het gehoord had, dat hij even met iets anders bezig was. Een stilte met het gekras van Feddes mes over de plank als enige geluid. Taco pakte een lijst en legde die opzij, terwijl hij op de plaats van die lijst in de map een leeg pakje Turmac legde. Fedde verdween en kwam terug met zijn handen vol aardappelen.

'Dit huis moet er ook aan geloven. Ze breken alles af op een paar huizen na.'

'Dat kan niet,' zei Fedde

'Waarom niet?'

'Het is mijn eigendom, de grond is mijn eigendom. Alles is vastgelegd.'

'Doe niet zo stom, man. Dan onteigenen ze toch gewoon?'

'Waarom zouden ze?'

'Algemeen belang. Op deze plaats komen woonhuizen.'

'Niks daarvan,' zei Fedde en hij ging aan het werk.

Op dat moment keek Taco Pili aan en zijn ogen vlamden alsof hij een geniale ingeving had gekregen.

'Pili, Pili, hier. De Albronda-Staete: kijk dan, kijk, kruisjes eromheen, kleine militaire graven. Wat betekent dat?

Hier: hij blijft behouden. Het ouderlijk huis blijft volgens deze kaart behouden. Het staat ook op een lijst, zag ik. Deze mappen bevatten het definitieve en uitgewerkte bouwplan. Dat moet wel. Belangrijke handtekeningen aan de zijkant, waarschijnlijk het enige exemplaar. Ik kan dit huis van Fedde ruilen voor de Albronda-Staete.'

Fedde was met het vuur bezig.

'In deze papieren bedoel ik. Ze hebben hier de beslissingen genoteerd. De Albronda-Staete blijft bewaard, de rest gaat tegen de grond. Ik kan de papieren veranderen. Dan blijft dit huis bewaard en gaat de Albronda-Staete eraan. 'Hé, Kornètbief,' riep hij naar Fedde, 'wat zeg jij daarvan?'

'Wat er met de Albronda-Staete gebeurt, kan me niet schelen. Van mijn huis blijven ze af.'

'Fedde, dat is niet zo. Ze blijven er niet van af.'

Het was de eerste keer dat hij zijn volwassen broer met Fedde aansprak. Het klonk onwennig uit zijn mond. Vals.

'Taco, wat ben je van plan?' vroeg Pili.

'Luister.' Taco straalde een enthousiasme uit dat Pili sinds Bilbao niet meer gezien had. 'Natuurlijk twijfel ik over deze bouwplannen. In de ministeriële wereld van Wederopbouw en Volkshuisvesting, verantwoordelijk zuinigheidschef mr. J. in 't Veld, lees ik hier, is het zo goed als onmogelijk, dat woeste of sierlijke plannen, al krijgen ze Amerikaanse steun, goedgekeurd en gerealiseerd zullen worden. Het gaat om iets anders. Ik loop in de graslanden rond de Wijde Aa. Ik zie ineens Blumenfeld. Met Blumenfeld is het allemaal begonnen. Al die Parijse jaren. Dat heeft me aan het denken gezet. Ik bedoel, als Fedde niet in de Staete wil wonen, maar hier met die vleermuizen, kan ik hem dat niet kwalijk nemen.'

Taco liep naar boven, gilde halverwege de trap: 'Broeder, ik ga je helpen,' en kwam terug met de pennen en inkten die hij tussen zijn kleren in een koffer had bewaard. Hij wees op de lichte plek bij de deur. Hij vroeg Pili te helpen met het verplaatsen van de tafel. Hij moest twee kaarten en drie lijsten kopiëren en veranderen. Hoelang kon hij doorwerken en hoe laat zouden ze de tas komen halen? Want dat er vroeg of laat een koerier zou komen, dat wist hij zeker. En zonder enige voorzichtigheid te betrachten (nutteloos geworden immers), begon Taco zijn vervalsingstechnieken openlijk te beoefenen. In het volle licht en terwijl Pili met wanhoop in het hart toekeek, kopieerde hij het zegel. Ondanks het feit dat Taco zich onmogelijk had gemaakt, voelde zij zich zwak worden. Terwijl ze naar Taco keek die zich Alexandergewijs inspande om de bouwval voor zijn broer te behouden, begreep ze heel goed dat hij daarbij aan haar dacht. Hij wist dat zij gesteld was op Fedde; hij wist dat zij belangstelling had voor die nachtvogeltjes. Als hij zijn geheime technieken zou inzetten om die twee te helpen, Fedde en zijn vleermuizen, zou het tussen hem en Pili wel weer goedkomen. Dat moest zijn argument zijn, wist ze.

Toen Fedde kwam kijken, viel zijn bek open. Taco had een zegel gekopieerd en de kopie uit het papier gesneden. Ter vergelijking had hij hem naast het origineel gelegd. Op een ander vel had hij de bovenste helft van een kaart gekopieerd, plus een deel van het stempel; straks zou de linkerhelft van het stempel over de valse zegel heen getekend worden. Hij werkte gebogen met zijn gezicht vlak boven een scharnierend metalen apparaatje: twee parallelle vlakken op vaste afstand van elkaar, het onderste, open en voorzien van een millimeterindeling, rustte op het papier, het bovenste bevatte een sterke loep. Zijn pen kraste in het onderste vlak.

'Waar hebben jullie dat geleerd?' vroeg Fedde die kennelijk dacht dat Taco en Pili elkaar aflosten.

'Oefening baart kunst,' zei Taco luchtig.

Fedde bleef kijken. Taco moest doorwerken. Hij had geen tijd zijn handigheid te maskeren.

'Mij maak je niet wijs dat dit een hobby van je is. Dat die pennen en die potjes voor de lol zijn.'

'Soms verdien ik er wat mee,' gaf Taco mompelend toe.

'Jij bent geen vriendje van de politie, vermoed ik.'

'Niet zeuren, broertje. Ik probeer je woning en je vleermuizen te redden.'

Fedde kneep zijn ogen toe, draaide zich om naar de keuken en ging verder met zijn werk. Taco trok rustig zijn lijnen en zette zijn kleuren vlakje voor vlakje op het papier. Pili verbaasde zich over deze Taco die alle eigenbelang opzijgezet leek te hebben. Hij zat de Albronda-Staete te vernietigen. Hij gaf opdracht tot afbraak van zijn ouderlijk huis en hij deed al ruim twee uur moeite deze bouwval van zijn broer en de schuur met vleermuizen voor sloop te behoeden.

Fedde liet het eten een moment in de steek.

'Heb jij dat bij de ondergrondse geleerd? Bij het verzet? Om joden te redden?'

Jezus, wat een vraag, dacht Pili. 'Zoiets,' zei Taco, op z'n vaagst. Hij stond op en liep weg.

'Minuutje pauze,' riep hij naar Fedde die op de papieren stond te kijken. Pili zag een jongen hard wegfietsen. Wat die nou moest? Het interesseerde haar even niet. Taco liep naar de waterbak en probeerde zijn schoenen af te spoelen. Hij dronk water en spoelde zijn mond.

'Ja doma,' zei Fedde. 'Russisch. Ik ben thuis.' Hij grijnsde. Toen Taco terugkwam: 'Dat lukt je.' Hij wees op het papier.

'Ik denk het.'

'Nu blijft deze boerderij dus bestaan en niet de Albronda-Staete?'

'Klopt.'

Fedde knikte en verdween in het huis dat donker leek van binnen.

Taco werkte een tijd door, tot het resultaat nauwelijks van de oorspronkelijke papieren te onderscheiden viel. Taco scheurde de bladen die in de mappen hadden gezeten, in kleine stukken en stak er de fik in. De nieuwe papieren gingen op de goede plaatsen de mappen in.

Fedde zette een schaal op tafel, zo vol vlees dat Pili bijna misselijk werd. Vervolgens een pan met aardappelen en drie flessen bier. Pili wou zeggen dat zij geen trek had, maar zij zag het gezicht van Fedde en hield zich in.

'Ik heb lekker eten gemaakt.' Fedde was duidelijk trots op zijn prestatie. 'Wel behage!' zei hij met de wens van vroeger.

Pili snoof de lucht op. Een zweem van vet, gemengd met gekookte groente. Vlees dat naar nieren rook, scherp en tegelijk wee, dat herinneringen opriep aan beslagen ramen en aan plattelandsmaaltijden die lang boven een vuur hadden geprutteld.

'Wat een geluk, dat Pili die tas gevonden heeft,' zei Fedde tevreden in het vooruitzicht van een smakelijk maal en verzekerd van het voortbestaan van zijn woning. 'En wat goed, dat Hosse ons naar die Amerikanen gestuurd heeft. Anders hadden we de inhoud van die tas niet begrepen. Kende je die Blumenfeld uit je Parijse jaren?'

Taco bromde.

'Toen je nog met Lisa was?'

Taco keek zijn broer strak aan. Fedde liet een lange pauze vallen.

'Je hebt hem gevraagd hoe het met Lisa afgelopen is?'

'Lisa?' vroeg Pili.

'Is dit lamsvlees?' vroeg Taco.

'Schaap,' zei Fedde. En herhalend, gutturaler: 'Schaap.' Taco schepte op, voorzichtig, op een wenk van Fedde wat royaler. Fedde: 'Hollands kampioensschaap. On-o-ver-troffn.'

'Hoe kom jij aan schaap? Houd jij schapen? In een van die schuren hiernaast?'

'Ik lok ze.'

Fedde was in staat schapen naderbij te lokken, ze mee te nemen naar zijn schuren, de beesten met de handen aan de horens de nek te breken, en vervolgens te slachten. Ook dat kon een reden zijn waarom hij zo door de buurt gehaat werd.

'Lisa?' vroeg Pili nog een keer. 'Wat is er met die Lisa?'

Stilte.

'We gaan niet over Lisa praten,' zei Taco.

'We gaan wél over Lisa praten,' zei Pili.

'Heb jij alles afgeluisterd?' vroeg Taco aan zijn broer.

'Niet afgeluisterd. Ik was in het kelderhuis en heb toevallig alles gehoord, ja.'

Taco schoof zijn stoel achteruit en stond op. Hij liep door de achterdeur naar buiten.

'Wat heb je gehoord?'

Fedde dacht na. 'Taco wil dat niet.'

'Wat niet?'

'Dat ik het vertel.'

'Luister Fedde. Het is niet goed dat Taco en ik geheim zijn voor elkaar.'

Fedde zat er hulpeloos bij. Hij bleef zwijgen. Pili stond op, liet Fedde een ogenblik alleen met zijn zorgvuldig bereide maaltijd en kwam terug met een foto in haar hand.

'De foto van Hanna en Pieke,' zei Fedde.

'Wil jij hem hebben?'

'Ik heb hem nooit gestolen. Ik heb hem opgeborgen. In het laatje-pudeur. Zoiets mocht niet rondslingeren. Dat is geen diefstal, als je iets voor iemand anders opbergt. Hij wist niet waar die foto was opgeborgen. Hij begon aan zijn

Wanderjahre; ik dacht, ik bewaar die foto voor Taco. En als vanzelf werden het Hanna en Pieke.'

'Jij mag die foto houden. Maar dan moet je over Lisa praten.'

Fedde vertelde alles over Lisa wat hij gehoord had. Hoe ze door Taco op handen gedragen werd. Hoe ze tot hoog in de Eiffeltoren klom. Hoe ze daarna een prachtige avond beleefde. Dat ze zwanger was. Heel merkwaardig was dat Fedde in zijn oude Groningse dialect verviel, in het dialect van heel lang geleden. Uit de tijd dat hij zijn moeder inlichtte hoe Taco door de andere jongens uit de polder getreiterd werd.

'...en toen viel ze op stroat, zwaar gewond, doarnoa was Taco der nait kepot van, hai liep weg zunder haar te verzörgen en woonde n tied ergens aanders.'

Ze liet het hem een paar keer vertellen. Ze wilde geen detail missen. Het was afgelopen, dacht Pili. Ze stond op. Ze liep langs Fedde en gaf hem een zoen op zijn wang. Fedde bleef doodstil zitten.

Al dat vervalsen kon haar eigenlijk niet zoveel schelen. Poza als vriend was een verschrikkelijke gedachte, maar zij was vrijwillig meegegaan. Ze deed mee. Ze had Poza in zekere zin post mortem als vriend aanvaard. Dat Taco die Lisa op straat had laten liggen, had hem eindelijk helder gemaakt voor haar. Ze keek dwars door hem heen.

Het enige van belang, en alleen dat hield haar bezig, was het besef dat Taco zo keihard kon zijn. Haar zou hij ook zo laten liggen. Daarom moest zij weg. De auto verkopen en met het geld dit land uit.

Ze liep naar boven. Aan de deurklink, half in de spinnenwebdraden, hing het gekreukte en stoffig gevlekte colbertjasje van Taco. Een van de panden was teruggevouwen en daardoor was de lichte voering met het ijle oranje en paarse ruitpatroon zichtbaar. Boven het Cifonelli-etiket stak zijn portefeuille. Terwijl zij een bijna onhoorbare melodie neuriede, beroofde Pili hem volledig van zijn identiteit. Ze trok de portefeuille te voorschijn en haalde uit een vak zowel het rijbewijs als de autopapieren als een smal boekje met stempels van een Zwitserse bank, alles op naam van Alexander Rothweill, zag ze tevreden. Op dat moment hoorde ze Taco de trap op komen. Ze pakte de koffer waar haar kleren in zaten en schoof de papieren onder haar jurken.

Ze rook Taco toen hij achter haar stond. Stil. Afwachtend. Ze draaide zich om en keek in zijn angstige ogen. Ze pakte hem beet en zoende hem. Ze voelde de opluchting bij Taco. Ze trok haar blouse uit. Hij haakte haar beha los. Zij rukte de broek van zijn lijf en half uitgekleed, hijgend, haastig, vielen ze op de matras onder de golvende, slingerende spinragbundels.

Terwijl zij voelde dat zij klaarkwam, zag ze een ijle Ernesto. Dwars door hem heen spookten de vuile zolderbalken. Ernesto zei dat het lang duurde voor ze terugkwam. Dat het een prachtige lente was in Bilbao, dat het strandje bij Plentzia druk gebruikt werd, dat de lepelaars het voorjaar weken geleden hadden aangekondigd en dat de bergeend weer broedde. Dwars door hem heen liep Elena die lachend vertelde dat ze verliefd was, dat ze vaak in de nacht naar de kamer van Pili sloop, dat ze soms in haar bed sliep, dat ze altijd de helft van het bed vrijhield. Toen het beeld van Taco die hard in de maag van de ander sloeg; Fedde die argeloos dubbel klapte. Het laatste beeld was dat van haar vader en moeder die in gezelschap van een onbekende door de voortuin liepen naar een klaarstaande auto.

Toen zij opstond, lag Taco uitgeput op de matras. Alsof hij al die beelden die zij flitsend voor zich had gezien, zelf had moeten verzinnen, samenstellen, tekenen, inkleuren. Hij was gevallen en niet meer van houding veranderd. Pili trok haar kleren aan en zei dat ze de auto ging ophalen.

'Nu?'

'Ja nu. Niet naar details vragen. Je krijgt je auto terug, maar dan moet ik nu even weg.' Ze hoorde Fedde beneden tegen iemand praten. 'Ik kom straks met de auto terug.'

Hij lag nog steeds op bed. Plat achterover. Hij keek of hij alles best vond.

'Hoe ga je er dan heen in godsnaam?'

'Met Hosse.'

'Hosse?'

Ze liep naar beneden waar het sterk naar lamsvlees rook. De borden stonden nog halfvol op tafel. Gerrit Hosse stak een volle vork in zijn mond.

6 Taco

Over de weg die langs de boerderij liep en die van de ene oneindigheid naar de andere oneindigheid voerde, kwam een motor aan. Taco was bij Fedde in de keuken komen zitten. Fedde had het schapenvlees opgewarmd ('het wordt er alleen niet beter van') en Taco zat nog wat met een vork te prikken. Van opluchting dat al die bekentenissen niet tot een slaande ruzie met Pili hadden geleid, kwam hij niet terug op Feddes stomme opmerkingen over Lisa. Terwijl ze aten, hoorden ze de rustige voetstappen van iemand die zich gesteund weet door een autoriteit. Door het bonken draaide de deur open.

'Dat ruikt goed, heren.'

'Zeg dat wel, officier.'

De koerier kwam 'namens Ministerie van Lieftinck. Of eigenlijk namens Wederopbouw en Volkshuisvesting, In 't Veld'; hij was gedetacheerd bij Financiën en de heren moesten aannemen dat het erg belangrijk was en dat ze daarom een koerier hadden genomen die toevallig beschikbaar was en dat hij hier...

'Waar gaat het om?'

Er was een tas kwijgeraakt. Gisteren was een gezelschap met de bus langsgekomen. Misschien hadden de heren toevallig in het meizonnetje gezeten en de bus gezien. Amerikanen. De Nederlandse overheid. Volgens informatie hadden ze in de omgeving het terrein bestudeerd, waarbij tas met een volledig uitgewerkt plan, plan *Manhattan ZH*, misschien in de berm was gezakt. Kortom, had iemand van u de tas gezien, dan zou het verstandig...

'Die tas soms?' Taco wees op de tas die naast de waterbak klaarstond.

Twee, drie grote stappen. Waar mijnheer die tas had gevonden? Had mijnheer de tas geopend? Was er een mogelijkheid dat er papieren uit waren verdwenen? Er moest proces-verbaal worden opgemaakt, maar tot nu toe was het een geweldige opluchting. Koerier kon vertellen dat hoge ambtenaren een onaangenaam moment beleefden toen ze in Den Haag merkten dat de tas niet in de bus stond en dat de lage ambtenaren dachten dat de tas bij de excellenties aanwezig was.

Of mijnheer een fles bier beliefde? Bij wijze van spraakwater?

Nee, dank u, weet u, de motor, en, weet u, in diensttijd. Nee dat kon koerier echt niet maken, al jeukten de handen van koerier om zo'n smakelijke pot in de schuimkraag te vatten.

Enfin, ze hadden wat zitten keuvelen en zo'n tien, twaalf minuten na de komst van de motorrijder pakte deze de tas en hij verzekerde nogmaals dat Den Haag zeer verheugd zou zijn, want het waren unieke documenten die deze streek een ander aanzien zouden geven.

Op het moment dat Taco de tas in de armen van de koerier zag en hij daarin de documenten wist die de prachtige Albronda-Staete zouden vernietigen en het huis van zijn broer zouden redden, (tegelijk de gedachte, dat er toch een goede kans in zat dat alle plannen doorgingen en dat die gekken het grasland zouden veranderen in één gore bouwput) hoorde hij de rennende voetstappen. Hij hief het hoofd en wilde iets zeggen over die rotjochies. Waarmee vijftien seconden voorbij waren.

De motoragent zei dat hij moest gaan; Taco en Fedde stonden op om de man naar de weg te brengen. Dan konden ze meteen zien of alles veilig was. Dat gebeurde in de volgende vijftien seconden. Ze bereikten de deur van de woonkeuken, dat wil zeggen dat ze zich van de schuur af bewogen.

Achteraf wist Taco zeker dat het een dubbele klap geweest was. Eerst het vallen van een zwaar voorwerp op steen. Taco sprak over een vat dat ergens vanaf rolde en op een tegelvloertje terechtkwam. Die bonk was te verwaarlozen bij het volgende geluid. Het was hoogst verwonderlijk dat Taco zich in een later gesprek met Fedde herinnerde dat aan de klap een rollend geluid was voorafgegaan.

De bom die afging ('Het moet een bom geweest zijn, Fedde, herinner jij je dat Gerrit Hosse het over een vliegtuigbom had? Het moet een oorlogsbom geweest zijn.') veroorzaakte geen fontein van omhoogspuitend stof en vuur, wat in het idee van Taco bommen meestal deden, eerder een regen van neerstortend puin en zand en gruis. De eerste seconden na de klap hadden ze er overigens totaal geen idee van wat er gebeurd was.

Eerst de houding van de koerier. Die stond precies op de dorpel, krom, de handen omhooggeheven, de tas half voor, half boven zijn hoofd. Een doodstil beeld van afwachting waar de volgende klap zou vallen. Dan vlak na het moment waarop Taco zich bewust werd dat hij zo naar de koerier keek, achter hem een brok steen dat viel. De klap klonk alsof er een nieuwe bom ontplofte. Terwijl Taco zich voorzichtig omkeerde, zag hij een stofmist in plaats van de woonkeuken. Een metalen leiding veerde boven een kastje en er spoot, als was daar een minivulkaan aan het werk, gruis uit een mondje op de plaats waar de leiding had vastgezeten. De maaltijd die door Fedde met liefde was klaargemaakt, was bedekt met puin. Naast de tafel stond een afgebroken balk rechtop die daar nooit had gestaan.

Fedde was de eerste die met een vloek zei dat de schuur kapot kon zijn. Ze stonden bij de deur en de kortste weg naar de schuur was dwars door het huis, maar op het moment dat Fedde de sprong wilde wagen, stortte als waarschuwing een plank naar beneden. Sierlijk, iets met een kromming en één uiteinde op de grond, opspringen en op het andere uiteinde, en als bij een gymnastiekoefening, beurtelings links, rechts, linkerbeen, rechterbeen, tot de plank stillag en na vier tellen (het uitstel deed denken aan een spookachtige regie) zeeg een wankel tafeltje ineen, wat de laatste klap bleek te zijn.

Ze zagen geen van tweeën de koerier terug. Ook achteraf wisten ze niet meer of die onverwijld en onbeschadigd vertrokken was of dat hij een tijd doelloos door de ravage gedwaald had. Ze liepen om de voormalige stal heen, langs de versperringen met de hekken en het vuilnis. Fedde was sneller, Taco struikelde bijna over een verminkt schaap. Vanaf de buik was de huid ingescheurd en weggeklapt. Bij de flanken waren stukken vlees weggeslagen en het duurde enige tijd voordat Taco in de gaten had dat dit schaap niet het slachtoffer was van de ontploffing, maar de leverancier van het smakelijke schapenvlees.

Van de schuur was niet veel over. Van links naar rechts hing ongeveer op de hoogte waar de vloer van de eerste verdieping had gerust, een ijzeren bint, geheel kromgebogen, in het niets van de avond te wijzen. Alleen een zijmuur was intact. Een vensterbank lazerde naar beneden. Van twee verdiepingen hoog. Eerst geluidloos en toen met een klap op de grond. Precies op dat moment vloog de eerste ontstelde vleermuis op.

Het was vóór hun tijd; wie zou het de dieren kwalijk nemen dat ze op deze avond wat van streek waren? Fedde begon te roepen en de ene na de andere vleermuis vloog

337

uit de ruïne. Alsof Fedde de dieren persoonlijk uitgeleide deed. Hij trok zich niets aan van waarschuwingen dat het vlakbij de brokken muur gevaarlijk was. Hij probeerde naar binnen te komen, maar gaf die poging op omdat de trap weg was. Taco keek naar de puinhoop die van het woonhuis over was. De boerderij was niets meer waard. Wat wegvloog was beter af dan wat bleef. Wat wegvloog moest zorgen voor een nieuw onderkomen, want dit zou nog lang stinken naar brand en naar ongastvrijheid en naar het uitdrijven van alles wat afweek van de gewone, Hollandse bewoner van deze streken.

~

De bestofte maar onbeschadigde Chevrolet pick-up JC 1939 reed naar het noorden. Taco verzekerde zijn broer dat die op hem kon rekenen. Fedde had kleren gehaald uit de slaapkamer die, het verst verwijderd van de gebombardeerde schuur, redelijk ongeschonden leek. Hij had wat boekjes en papieren bijeengebonden met een touw en zo enkele pakketten gemaakt die hij in de bak van de auto had gegooid. Taco maande zijn broer Pili op die rattenkar snel achterna te rijden. Waarop Fedde vroeg of Taco dan precies wist welke weg die Hosse genomen had. Bovendien had hij Pili allang afgezet bij de tramhalte. Eerst Pili zoeken en dan wegwezen, commandeerde Taco.

Fedde keek naar de lucht. Hij was de Weteringweg op gedraaid en bij Rijpwetering had hij de richting van de poelen gekozen.

'Heb jij je paspoort bij je?' vroeg Taco die met een probleem zat.

'Heb ik niet,' zei Fedde.

'Je hebt helemaal geen paspoort? Bedoel je dat?'

'Waar is dat voor nodig dan?'

'Wel je rijbewijs? En de papieren van de auto?'

'Nee niet bij me. Alles ligt onder het puin daar. Maak je niet ongerust. Ze controleren nooit. Ik rij altijd zonder papieren.'

Taco bedacht hoe anoniem ze waren: twee onbekende mannen in een auto die nooit geregistreerd was.

De weg maakte gebruik van een dijk. Soms kronkelde hij naar boven en keken ze uit over het stille water, soms schoot het lint van de dijk af en zagen ze alleen grasland. Bij een boerderij konden ze niet verder en Fedde moest de grote auto draaien. Het was nodig de wielen in het gras te duwen, anders haalde hij de bocht niet. Fedde had zijn aandacht nodig voor het voertuig, had bovendien last van zijn been en lette niet op de omgeving. Taco draaide als het ware in het landschap, blikte in een ruimte van lucht en water waar hij tot dat moment met zijn rug naartoe had gezeten en zag als eerste de grillig bewegende verschijning. Meteen daarop zag Fedde het dier.

'Dat is er een van mij,' riep hij.

Het logge voertuig dreigde van het dijkje te rijden. Het liefst wou Fedde de auto in een zigzag achter de vleermuis aan jagen om te zien waar het ontheemde dier heenging, maar hoe krijg je, als het van de weg geraakt is, zo'n onhandelbaar kreng los. Sommige kanten bestonden uit dras en riet, op een enkele plaats een paaltje om aan te geven tot waar volgens de overheid het water mocht komen en waar volgens diezelfde kenners de vaste grond begon; ogenblikkelijk viel te constateren dat het land zich niets aantrok van kaarten en landmeters. Fedde pakte bij de kruising een ander weggetje.

'Alles door die rotjongens,' zei Taco. 'Ik dacht laatst aan Dries, hoe heette die? En Jan Ramp. Ken jij Jan Ramp nog?'

'Dood,' zei Fedde.

'Is Jan Ramp dood?'

'Neergeschoten door de Duitsers.'

'Waarvoor?'

'Dat zou ik niet weten; waarschijnlijk niet omdat hij goed Duits sprak.'

Taco wees naar voren waar een tweede vleermuis fladderde.

'Had ik gezien, ja.'

'En de gebroeders Verlaat?'

'Geëmigreerd. Geen werk. Geëmigreerd.'

'Kom je eigenlijk bij een fatsoenlijke weg zo?'

'Denk ik. Je hebt overal wegen.'

Taco plukte aan zijn kleren. Verschrikkelijk zoals hij erbij zat. Zo kwam hij niet ver, zo maakte hij geen indruk. Hij haalde zijn broekspijpen uit zijn sokken en trok zijn schoenen uit. Er zat modder langs de rand en het leer was lelijk gevlekt.

'Heb jij een doek?'

Fedde wees op het dashboardkastje. Taco kreeg het niet open. Fedde boog opzij en gaf een klap op de rand met zijn vuist. Taco zat een tijd met een schoen in de ene hand en de doek in de andere hand, toen Fedde plotseling remde.

'Ik moet mijn lichten aandoen; ik weet niet hoe.'

'Weet je niet hoe je je lichten aan moet doen?' Kon die vent wel rijden, dacht Taco bij zichzelf.

Fedde stapte uit, keek, liep terug, tikte een knop in en keek weer. Hij frommelde bij het stuur en de helft van de weg werd belicht. Taco deed het portier open. Ze stonden langs het water. Het Spijkerboor. Of de Eymerspoel. Achter hen de weilanden, voor hen de weidsheid van het avondlijk water. Zwart, stil water dat aan de randen traag de planten in kroop, zodat de kant verschoof en zij in de nattigheid stonden. De overzijde was niet te zien. Aan de rand, langs het afgekalfde land lag rietaanslibsel. Links van hen in de verte brandde licht. Een tobberige, onzichtbare eend snaterde, het antwoord bleef uit. Er liepen lichten over het water.

'Een tijd terug zou ik gezworen hebben dat dit voor mij het beloofde land was. Weet je wat ik bedoel? Het beloofde land?'

'Dat is joods,' zei Fedde.

'Ik bedoel het land van je jeugd, van je herinneringen, dat je idealiseert. Eigenlijk bedoel ik het land van Hanna en Pieke.'

'Heb jij dat gedaan? Idealiseren?'

'Natuurlijk, dat doet iedereen.'

Fedde stond in de duisternis te turen. Het water glansde tussen de planten, loerend, dreigend. Taco was altijd bang geweest voor water. Hij had nooit leren zwemmen. Zolang hij een vaste bodem op niet meer dan anderhalve meter diepte wist, was er niets aan de hand. Dan lukte het hem met wilde armzwaaien de indruk te wekken dat hij een speciale zwemslag beheerste, crawl, en dat hij daarmee net zo snel kon zwemmen als de wereldrecordhoudster Nel van Vliet. Als hij zich overmoedig in een dieper deel waagde, raakte hij ogenblikkelijk in paniek.

'Ik viel zeker tegen?' vervolgde Fedde.

'Je was in elk geval heel anders.'

'Anders dan jij gedacht had of anders dan jij zelf bent?'

'Allebei.'

Stilte. Fedde zei dat van nu af het land waar Pili was, het beloofde land zou zijn. Daar had hij verdomd gelijk in, dacht Taco.

Fedde draaide zich om naar de auto, maar verstapte zich daarbij. Taco zag dat hij pijn had. Hij vroeg of het ging. Fedde bromde.

Op dat moment zagen ze allebei tegelijk de vleermuis

terug. Fedde floot, dat amechtige, achterstevoren fluitje van hem en een andere vleermuis dook vlak over hun hoofd. Een derde scheerde langs. Vleermuizen vlogen door de lichtbundel van de koplamp. Taco dacht dat het er honderd waren, Fedde zei wat professioneler dat het gewoon de hele kolonie was.

Ze buitelden over elkaar heen en zelfs Taco hoorde de schelle kreten alsof ze iets te melden hadden aan Fedde. Dat er iets gebeurd was. Dat er iets verwoest was. Dat de kraamkolonie grotendeels vernietigd was. Fedde begreep hun boodschap. Met zijn achterwaarts fluiten probeerde hij de dieren duidelijk te maken dat hij er was, dat ze niet moesten wanhopen, dat hij voor een nieuwe kolonieplaats zou zorgen, al wist hij bij god niet hoe.

Op datzelfde moment dat Fedde ten hemel had willen stijgen om zich bij zijn laatvliegers te voegen en samen met hen weg te zwenken naar een nieuwe of oude of eeuwige kolonieslaapplaats, kreeg Taco een visioen waarin Pili hem zo levensecht voor ogen kwam, dat hij begon te trillen en bijna over het nachtelijk water haar naam had geroepen, als zo'n wanhoopskreet niet al te zeer in tegenspraak was geweest met wat hem restte van Alexander Rothweill (ook al was dat restant verfrommeld en bespat met vlekken van een onduidelijk boerensoort en lelijk bekrast). Taco besefte dat hij Alexander Rothweill was verloren en tegelijk vreesde hij dat alleen Alexander Rothweill Pili terug kon krijgen.

De vleermuizen bleven in groten getale boven de pick-up cirkelen. Soms vlogen de dieren rechtdoor, terwijl het pad afboog, maar even later hadden ze zelf de bocht gemaakt en volgden ze opnieuw de auto.

De koplamp verlichtte de begroeiing aan de linkerkant. Als het pad een bocht maakte, draaide het licht rond over het dikke water. Op rechte trajecten werd riet belicht, warrige struiken en af en toe een wilg. Een enkele keer zag Taco een vleermuis in een luie houding, zijn vleugels ingeklapt, half onder zich, half vooruit, als een soort fauteuil gevouwen, over het water scheren.

In een onoverzichtelijke bocht waar de lichtblauwe pick-up van Fedde schuddebonkend en ronkend van energie door trok, zagen ze vlak voor zich een wagen opdoemen, hoog opgeladen en met één enkele rode lamp onderaan de kar. Een kar, zo schoot het door Taco heen, die in donkere nachten de lichamen van de vermisten naar de moerassen bracht en ze vervolgens in de diepte liet zinken. En de voorafbeelding van de rode lamp: hij in een vertraagde trein in Noord-Spanje achter Pili aan en zij in het laatste rijtuig terwijl de bielzen een voor een verdwenen in het licht van de rode lantaarn die aan de laatste wagon was opgehangen. Maar – 'Fedde, krijg nou wat!' – dit was de kar van Gerrit Hosse: aan de benedenbalk bungelden vijf, zes grote ratten, gevangen in klemmen en van opzij vlammend beschenen door de roodgelakte lamp. De ratten schommelden zo wild dat hun lijven bij de nek dreigden te scheuren. De op elkaar gestapelde dozen waren met touwen vastgemaakt. De bovenste laag was aanmerkelijk breder dan de onderste en telkens dreigde de hele lading weg te schuiven. Aan de onderkant werd de ponywagen verbreed door de zinken teilen, het Caltex-blik en de extra ruimte voor butagas. 'Falcon-Jassen, Rubber Laarzen, Stripmessen,' las Taco. 'De Fenix.'

'Erlangs,' gebood Taco, 'en dan Pili meenemen.'

Het pad werd iets breder en door vlak langs de zinken teil en de butagasstellage te sturen kon Fedde toeterend aan de rechterkant passeren. Precies op het moment dat ze gelijk lagen, klapte het leer van een zweep tegen de voorruit. Ze hoorden Gerrit Hosse schreeuwen. Taco keek opzij voor Fedde langs. Geen positie om in het bijna duister nauwkeurig waar te nemen, maar omdat Gerrit Hosse aan de voorzijde een witte lantaarn had hangen, zag Taco duidelijk genoeg wat er aan de hand was. Geen spoor van Pili en Gerrit Hosse was ladderzat. Hij zat met een fles in de hand, waar hij slokken uit nam, zodat zijn openhangende, slappe lippen glanzend nat waren en de drank zijn kleren in droop. Zijn lichaam zwaaide, hij uitte een onverstaanbare kreet, maakte een wegwerpbeweging met zijn arm. Zijn voeten steunden op een plank. Hij probeerde te gaan staan, hield het leidsel in zijn ene hand, steunde met zijn andere hand op het leidsel alsof het een leuning was en flikkerde terug op de bok waar hij zich net in evenwicht kon houden.

Vlak daarop (dit alles geschiedde in de seconden dat de ponywagen van Gerrit Hosse en de Chevrolet van Fedde precies op één lijn lagen en Fedde nog net niet vóór de kar met koopwaar geschoten was) gebeurde er iets met de waarneming van Taco die half over Fedde hing om naar de bijna gepasseerde Gerrit Hosse te kijken. Alsof iets in zijn hersens fermenteerde of uitkristalliseerde; alsof hij ineens een werkelijkheid waarnam buiten de fysieke. Gerrit Hosse groeide. In een angstwekkend tempo. Zijn kar groeide. De zinken teil vlak naast Fedde werd een bassin, de dozen met Falcon-jassen, leren jassen, met eau-de-cologne, kwamen scheef te staan en de dooskant die naar hen gekeerd was werd drie, vier keer zo groot. Glacé dameshandschoenen, zelfbinders, herenarmbandhorloges, wafeldoeken, standaardkousen, koffiesurrogaat, haring-in-tomatensaus, Riedel-prik, Castella-handzeep met een vrouwenkopje, Lodaline-flessen met stukjes legpuzzelplastic erin, Brillo, Erdal-schoensmeer, zeep van De Driehoekjes, Hunter- en North State- en Turmac 4-sigaretten: alle etiketten en alle artikelen kwamen, monsterlijk groot en in een onmogelijk perspectief, langs de ruiten van Feddes auto. De gekste vervorming toonde Gerrit Hosse zelf. Zijn dij en zijn bil kregen de ronding en de omvang van een zelfvoldaan varken. Zijn dikke, plompe lichaam stak hoog boven zijn achterwerk en zijn dij uit en nog hoger, klem tegen de pruisischblauwe hemel, school, onder een zwart aureool, wat ongetwijfeld de rand van zijn bowler hat was, zijn gezicht, nat, rood, ballonachtig opgeblazen, grijnzend alsof hij vanuit zijn bijna goddelijke positie tegen Taco in die speelgoedauto aan zijn voeten wilde zeggen dat ze konden proberen hem voorbij te schieten, maar dat hij, half-god Gerrit Hosse, toch altijd zelf bepaalde of zij voorbij mochten met hun zorgen en hun levensrestant. Hij pakte de fles, stak zijn vinger in het glazen oor dat aan de flessenhals gesmolten zat en goot een tiental liters in zijn keel en een even zotte hoeveelheid in zijn kleren en liet een boer die klonk als een klapband van een Fokker-vliegtuig.

De zinken teil tikte helder tegen de Chevrolet. Taco zag dat Fedde schrok. Die gaf een ruk aan het stuur, niet naar links waardoor hij wellicht vlak voor de ponywagen op de weg was terechtgekomen, maar naar rechts waardoor de pick-up van de weg raakte en aan een bocht begon die geen macht ter wereld meer kon terugdraaien. Taco voelde dat Fedde in de fout ging. Fedde deed wat hij nooit had mogen doen: hij gaf gas en vermeerderde de vaart van de auto aanzienlijk.

Het was onmogelijk te zeggen waar het land ophield en waar de drijftillenzoom begon. De auto hobbelde over het met pollen begroeide land, wat de rit ongemakkelijk maakte; maar levensgevaarlijk terrein, dat bleek nergens uit. Wellicht kon Fedde de krankzinnige richting van het voertuig herstellen en de weg bereiken, zo niet vóór Gerrit Hosse, dan in godsnaam daarachter.

Fedde haalde de weg niet. Hij liet de houtbegroeiing al

345

achter zich en hij probeerde de auto over de pluimzegge te laten rijden. En toen zag Taco het land golven. Het was de meest verontrustende dans die hij ooit gezien had. Door zijn gewicht drukte de auto de grond omlaag, kwam door zijn vaart toch vooruit, zodat in de dunne laag veen zich een kuil verplaatste. Die kuil stroomde vol met voortrollend water. Er ontstond een patroon van kantelende tillen, van opspringende pollen pluimzegge, van binnenlopend water. Wat verder om hem heen, die golfbeweging die steeds wilder werd. Niet dat dit allemaal in zo'n kalme opeenvolging geschiedde, dat Taco de kans kreeg alles rustig te bestuderen; alles verliep tegelijk en samengeperst in een scherp, helder brandglasogenblik van samengebalde tijd.

Toen bereikten ze (en dat was door de vaart van de auto op een flinke afstand van het harde pad) de plaats waar de drijftillen niet zo hecht waren aaneengeweven, niet door pluimzegge en helemaal niet door de jonge houtgewassen als grauwe wilg en zwarte els. Onvermijdelijk kwam het moment (klonk daar niet de schaterlach van de halfgod Gerrit Hosse? Vloog zijn pony niet met een slingerende neringkar achter zich aan omhoog, sterrenwaarts, in een baan langs de hovaardige Cassiopea en de geil ogende Andromeda?) dat de afstand tussen de drijftillen te groot werd voor de razende wielen van de auto, dat beide voorwielen door het water maalden. Tegelijk zakte de wagen en schroefde de grille zich de diepte in. De volgende til werd niet meer gehaald. Water en verborgen plantengroei remden de voorkant van de auto zo sterk af, dat de achterkant, die de wens koesterde snel over alle pollen te vliegen, die energie alleen kwijt kon door over de duikende voorzijde te springen, zodat de auto over de kop sloeg. ('God allemachtig, Fedde, wat doe je nu?') Zoals een humeurig, slecht opgevoed twaalfjarig schoolmeisje van het ene moment op het andere haar zinnen op totaal iets anders kon zetten en het kon verdommen langer door te gaan met waar ze tot dat moment zonder protest aan gewerkt had, zo sloeg de motor af en er heerste een oorverdovende stilte boven het moeras.

Terwijl De Lachende Pony hoger en hoger steeg, zakte de hemelsblauwe Chevrolet ondersteboven steeds dieper in het zwarte water.

Ik heb drie minuten, dacht Taco. Dat zeggen ze altijd: 'Auto te water, nog drie minuten, dus geen paniek.' Intussen probeerde hij de deur te openen; gedesoriënteerd door de salto, zat hij aan het dashboard te peuteren. Hij hoorde het water binnensijpelen. Hij bad dat de auto in ondiep water was terechtgekomen, zodat de grijze modder de wagen zou wiegen en dragen, de wielen naar boven gekeerd, in langzame nadraai, als een puppy dat uitgeput op zijn rug in je armen hangt.

Waar kwam de muziek vandaan die Taco binnen in zijn schedel hoorde? Klappen op een gespannen trommelvel, schrille tonen op metalen fluiten. Omdat hij eindelijk in de gaten had dat het dashboard niet de mogelijkheid bood de auto uit te komen, greep hij naar de andere kant, waar zijn handen het hoofd van zijn broer vonden. In blinde verwarring voelde hij over de stugge haren van zijn broer. Hij pakte de vlezige kop beet met de kraakbeenoren, de dikke neus en de rubberen lippen. De ongeschoren broederwangen. Terwijl hij besefte dat dit het hoofd van zijn broer was, dat dit de ogen waren die vroeger naar hem, de tekenende oudste, opgekeken hadden, de mond die hem om raad en bescherming had gevraagd, die hem ongetwijfeld had verzocht niet weg te gaan, te blijven om met hem, de kleine Fedde, de veel te grote koude boerderij te bewonen, was hij bezig zich een uitweg te verschaffen uit deze onderwaterpositie en hij probeerde het gezicht van zijn broer te openen in de hoop dat daar tussen neus en oren de kruk zat van het autoportier. Toen klonk de stem van Fedde door de autocabine, gezaghebbend, met alle kennis van de natuur en van de wetten van dit moeras, met de overtuiging van iemand die, zelf niet in paniek, weet dat hij zit of hangt naast iemand, die ondanks maatkostuums zich ontpopt, omdat hij in paniek geraakt is, als een gevaarlijke gek die moet worden geboeid, vastgesnoerd, bewusteloos geslagen. Fedde riep dat Taco moest blijven waar hij was; hij, Fedde, zou wel zorgen dat alles goed kwam. Taco moest naar het water kijken, meer niet.

Taco zakte opzij. Hij dacht: nog drie minuten heb ik. Drie. Ik heb nog drie minuten.

Toen sloten zich met een zuigend glop-geluid de modderige planten boven het laatste wiel en zakte de auto dwars door de modderlaag of veenlaag, verder naar beneden. Drie, vijf, tien of vijftien meter naar de diepte.

Boven bleven de vleermuizen enige tijd cirkelen, totdat zij een richting kozen, op weg naar een nieuwe vestigingsplaats.

~

In het idee van Taco zonk de auto dwars door alle waterlagen, alsof de plassen al waren uitgegraven tot een diepte van negenendertig meter. Toch kon Taco geen antwoord geven op de vraag of ze rechtstreeks naar de diepte zonken, of dat zij tengevolge van de oorspronkelijke snelheid van de auto enkele meters onder het oppervlak in horizontale richting over de modderlaag schoten. De koplamp belichtte de bladeren van het fonteinkruid, de wortelstokken van de plomp en de tentakels van de waterpest. Taco, met het voornemen wijzer te zijn dan zijn broer die als een overmoedige schooljongen deze brik het moeras had in gestuurd, zat als een vroedmeesterpad tegen de ruit van de Chevrolet geplakt. Tussen zijn handen hield hij zijn gezicht tegen de ruit gedrukt alsof hij er dwars doorheen wilde. Zijn pruik had met het stroeve glijden langs de autoruit een eigen wil gekregen en het ene moment was Taco zijn Rothweill-haren helemaal kwijt, het andere moment dansten ze in slierten voor zijn ogen en meende hij dat halfverrotte planten de auto waren binnengedrongen.

Alle fotografen bij wie Taco gevolontaird had, van Hansen in Leiden tot Blumenfeld in Parijs, hadden hem aan de ontwikkelbak gezet. Zijn halve leven had hij sliertige vlekken, die op planten leken en die in de rimpelende ontwikkelaar langzaam opkwamen, na enige tijd de vormen van gefotografeerde personen en gebouwen zien aannemen. Van bijna symbolische betekenis vond hij het ontwikkelen van verkeerd belicht papier. Het beeld kwam op, werd prachtig duidelijk en verdonkerde in hoog tempo, zodat hij een zwart gevlekt papier uit de ontwikkelaar viste. De personen waren opgedoemd uit het nietszeggende wit, ze hadden hem onder de vloeistof kort toegelachen, en ze waren razendsnel veranderd in een zwart gevlekte massa waar niets meer in te herkennen viel.

Taco ging in de wiegende bladeren van de fonteinkruiden personen herkennen. In snelle opeenvolging, omdat hij zelf snel associeerde; van de foto die hij in zijn jeugd als kostbare schat had gekoesterd naar een foto die hij op een heldere zomerochtend in Bilbao van Pili geschoten had.

Een vage, in slib verborgen vaderfiguur ontwikkelde en kreeg de zondagse zwartgrijze streepbroek aan, de ring aan zijn vinger met de platte kant waarop een Gronings wapentje prijkte. Zijn snor werd zichtbaar en het stugge haar dat hij aan Fedde, niet aan hem als erfenis had meegegeven. Zijn moeder school achter haar man. Zijn ouders, die op de dactylus van de stroom wiegden, knikten hem af-standelijk toe, alsof in hun hiernamaals berichten over hem doorsijpelden waar zij zich voor schaamden. Zij keken verwonderd naar zijn hoofd, plukten afkeurend naar het kostuum, omdat met zulke uitstekende kwaliteit zo slordig en nonchalant werd omgegaan.

Taco rukte met de hand die hij wat makkelijker kon bewegen de slierten plant voor zijn ogen weg en voelde zijn naakte kop. Fedde hing zwaar over hem heen, wat waarschijnlijk de reden was dat Taco tegen de ruit geplakt zat. Waarom Fedde niet op zijn plaats ging zitten, begreep Taco niet. Fedde maakte een draai en stootte tegen hem aan. Taco zag dat verderop uit de modderlaag van slib en plantenrotting, door de geleerden sapropelium genoemd, zich twee gestalten ontwikkelden, die op deze allertoeval-ligste plek de dood hadden gevonden en onvindbaar waren weggezakt, mogelijk op de vlucht voor de gebroeders Verlaat: Pieke de beloftevolle, Hanna de losbandige Virgo Intacta.

Dit alles ging razendsnel en de visioenen en herinneringen werden vermengd met flitsen uit allerlei jaren. Met weemoedige eerste momenten, met heilige beloftes die hol en verrot klonken als je ertegen tikte en met eden van trouw die als scharlakenrode zeepbellen ten hemel stegen. Met losse beelden (een verbrand miniatuuralcazar, een vervalst identiteitsbewijs van de Franse inspecteur van politie André Rieux, een onvergetelijke blik in de ogen van Elena bij zijn voorstel aan haar naakt te poseren, een muis die onder een Parijse koelkast Weense walsmuziek neuriede, La Tour d'Argent waar Pili drie vingers opstak en daarmee haar zijden slip verloor, een Zwitserse postzegel met Berner kruis). Met flarden gesprek tussen spoken en geesten. Zo zag hij Lisa Fonssagrives, die hem vroeg of hij in dat eerste jaar van die rampzalige oorlog in Parijs gebleven was. Want terwijl zij, door de Gestapo gearresteerd, in zo'n Duitse 'panier à salade' over de boulevard Magenta reed, had zij hem gezien, vrolijk in gesprek met een familie, te midden van koffers en duidelijk op weg naar het Gare de l'Est .

Die precieze herinneringen, beelden en verschijningen, die elkaar in grote vaart afwisselden, zouden zij van minuut tot minuut beleefd zijn, dan zouden zij een half leven vullen. Een half leven samengeperst in een halve minuut en dat alles speelt zich volledig af in mijn hoofd, dacht Taco, net zoals de pornografie van Fedde.

De auto stond half vol water. De tweede minuut van de drie liep ten einde. Pornografische Fedde trapte tegen de deur van de auto.

Taco kleefde tegen de ruit. Omdat zijn gezicht door de zwaarte van zijn eigen lichaam, waarop bovendien het lijf van de heftig bewegende Fedde lag, plat tegen het glas gedrukt werd, stond zijn neus pijnlijk scheef en drukte een wang zijn oog helemaal dicht. Zijn lip werd omhooggetrokken, zodat zijn boventanden chirurgisch bloot lagen en zijn mond open stond. Het water liep bij hem de mond in en uit. Zijn pruik zwom weg. Met het water was de kou in zijn kleren gedrongen; zijn huid papte als nat karton.

Zo probeerden zijn handen de maan te grijpen en telden zijn gedachten een paar flitsen bij elkaar op. Allereerst de glimp van Hanna tussen de bladstengels, in zijn idee zijn eerste geliefde (zuiver coïtaal incorrect). Dan een tweede flits: het soppen door de graslanden op natte voorjaarsdagen, ruim een kwarteeuw terug, de tijd dat hij zich verzekerd wist van het eeuwige leven. Vervolgens, derde flits: pornografische Fedde, die zijn zussen als lustdiertjes voor zijn choquant karretje had gespannen en die een schoolschriftje met incestueuze aantekeningen in zijn la verborg.

De vierde, laatste flits: Jan Ramp ('neergeschoten door de Duitsers'), schaamteloos zonder zwembroek, met zijn geslacht als een gerekt warm muizenlijk tussen twee naakte ineengerolde uilskuikens. Zo, quadrupel, kwam Taco onvermijdelijk uit bij de eerste beslissende scène van zijn leven.

'Fedde, Fedde,' riep Taco, wat in het water klonk als 'Wlebbe, Wwlwllebbe'. Hij bonkte tegen de ruit. Hij trapte in het wilde weg tegen het dashboard, tegen de stoel waar hij half boven zweefde. Die ABD-Fokker oproepen: daar ging het om. Anders een Hurricane, desnoods een Messerschmitt, het mocht van alles zijn, als het maar een wonder was.

'Fedde, het vliegtuig. Herinner je je dat vliegtuig? Van toen Hanna verkracht werd. De Fokker die overvloog. We moeten een vliegtuig oproepen.'

Fedde had echter van Dries een spreekverbod gekregen; nooit mocht hij iets zeggen over die middag; Fedde bleef doodstil. Fedde was er niet eens meer. Taco voelde dat zijn gezicht nat werd. Het laatste deel van de luchtbel werd weggespoeld door de binnenstromende watermassa. Taco knalde zijn voet tegen de ruiten; de vaart werd eruit gehaald omdat hij door het water moest schoppen.

'Een vliegtuig, alstublieft een vliegtuig,' mompelde Taco. (Een paard, een paard, zou Shakespeareaanse Fedde in zijn plaats gedacht hebben, hoewel diens koninkrijk jaren geleden was geruild.)

Taco lag op negenendertig meter diepte en boven was het holle nacht, maar het licht streek, door een of andere kanteling of spoeling of doordat in die wrakkige auto onverklaarbaar een contact totstandkwam waardoor beide lampen gingen schijnen, zo gul over de planten en de grauwe bodem dat het leek of de zon doorbrak. Tegelijk klonk een geluid dat het best te omschrijven valt als een

Puccinesk sviolinato. Het feestelijk zonlicht en de amati-violen benadrukten de komst van een nieuw wonder. Niet een Fokker F iv, nee, het nieuwe wonder was Pili Dolores Eguren.

Waar komt die in godsnaam vandaan, dacht Taco een fractie van een ogenblik en toen brieste zijn hart, want terwijl alle pijn door zijn lijf schoot en weer verdween, besefte hij dat in deze nacht-dag tijdens deze oorverdoven-de door Puccini georchestreerde stilte zijn liefste naast hem stond. Nu niet meer loslaten. Hoogstwaarschijnlijk zou Fedde van verdriet zijn hart opvreten, jammer, maar hij zou er met Pili vandoor gaan. Ze zouden samen de Spaanse grens overtrekken met zijn allerbeste paspoortver-valsing. Hij kon zich toch uitgeven voor een gemaquilleer-de en volledig geëpileerde dansmeester die met zijn won-derlijk mooie Pili hangend in zijn armen op alle spiegel-vloeren van de Gran Cafés tangotriomfen vierde. Anders was hij haar persoonlijke paellakok, kaal door het dragen van de 'toque blanche' (met een schepnet vol garnalen en mosselen over de schouder en haar als pluiskonijn liefko-zend in zijn armen).

Pili stond naast de autoruit. Haar pumps bovenop het rottingsslik. Curieus dat zij niet dieper in de veenlaag zakte; anderzijds, wat woog zijn lieveling nou? Pili was Spaanse en katholiek. Taco was antikerkelijk. Katholieken en antikerkelijken stonden elkaar in half Europa naar het leven. Op dit moment was hij (beroepsmatig bereid tot mimicry en veinzerij) in staat werkelijk te geloven in Pili de Pilaarheilige, in Pili de Klopgeest, in Pili de Schuts-vrouwe, in Pili de onsterfelijke Wonderdoenster. Haar op het glop-tak-tak-ritme van het water wiegende toverha-ren, haar donkere lampreiogen, de wonderlijke perfectie van haar neus en mond, haar huid doorschijnend als dia-faandrukwerk, haar hand verfijnder dan hij zich herinnerde. Taco wilde naar haar toe en draaide zich om. Hij voelde het water kolken en zag aan Feddes kant een opening. (Ergens een wonder, overal wonder!)

Hij kroop de auto uit; in diezelfde hardnekkige padhouding, op handen en voeten, schoof hij over de wielen en over het metalen gebobbelde vest op de buik van de verdronken wagen. Het wiel waar hij zich aan optrok, draaide, totdat een plant de as blokkeerde.

Een ogenblik schoot de paniek door hem heen: was Pili, net als de anderen, die uit de moerasgroeisels waren gevormd, een schim? Alleen werkelijkheid, voorzover zij een overpeinzing van hem was (zo pregnant dat die overpeinzing een gestalte kreeg buiten zijn hersens)? Hij verwierp die gedachte, want hij besefte, dat als de wonderlijke komst van Pili slechts een voorstelling in zijn hoofd zou zijn, hij er dan geweest was. En zij waarschijnlijk ook.

Pili moest, zoals ze daar op hem stond te wachten, de allerwerkelijkste werkelijkheid zijn. Dat hij in een maatkostuum van Brioni op de beslist niet schone en olievrije bodem van de Chevrolet lag, dat hij zijn John Lobb-schoenen klemzette tussen wiel en spatrand, wat het boxcalf onherstelbaar kon beschadigen, dat alles moest, net zoals Pili, realiteit zijn, want hoe konden zulke verwerpelijke gedragingen in godsnaam hersenspinsels van hem zijn? Hij zou daar uit zichzelf van zijn leven niet op zijn gekomen.

De auto lag tegen een wal begroeid met planten en wortelstokken. Vlak na die wal dook de bodem snel naar beneden. Vanaf zijn olieplatform keek hij een ravijn in. Keek, inderdaad! Terwijl hij, uit angst voor scherp water of stekelig kroos op zijn netvlies, of voor vlokreeftjes of poelslakjes, altijd meteen zijn ogen onder water krampachtig dichtkneep, liet hij dit keer het verschrikkelijk werkelijke water op zijn netvlies kriebelen en kon hij tot zijn intense opluchting zonder buitengewone inspanning door het heldere water kijken en zelfs op grote afstand details waarnemen. Hij voelde zich als een leerling die plotseling een diep inzicht in de wiskundige theorema's krijgt, als een modelbouwer die de laatste lastige schroef voelt pakken zodat de hele constructie in elkaar grijpt. Zijn hersens, zijn merg, zijn bloed, alles stroomde vol met het triomfantelijke gevoel dat hij het geflikt had. Verdomd, zoveel jaar na de Fokker had hij het opnieuw geflikt! Wonderlijke zaken kreeg een goed organisator voor elkaar. Dát kon hij: zijn leven vormgeven. Wie was dat, de Maker? Hij toch?

Taco Albronda, organisator en vormgever van zijn eigen leven, zag de diepte achter de wal. Omdat hij bovenop de auto lag, had hij een onbelemmerd uitzicht. Het licht speelde in het water en wierp grillig verspringende plekken op de sapropeliumbodem. Het grijze rottingsslik nam de kleur van olijf aan, zweemde verderop naar kopersulfaat en kreeg reseda schaduwplekken. Dit licht, deze kleurige vlekken namen de vorm aan van de Zijl die Rijnwaarts kronkelde, van Oud-Ade, Rijpwetering en, in de verte, Hoogmade. Voor hem lag het grasland van Zuid-Holland.

Zo diep en zo ver weg zien. Zo helder de wereld. Hij had dat één keer eerder meegemaakt. Lang geleden, bij een serie foto's voor *Vogue* bovenop de Eiffeltoren met Blumenfeld.

Het grasland was het meest betoverende landschap dat hij kende. Met de uil in de knotwilg en met het riet dat als je naderde, opvloog, een misthoorn nadeed en met een roerdompvleugelslag in paniek een goed heenkomen zocht. In het donker de rouwvlinders met hun bontstola en een enkel rood weeskind dat van de ene seconde op de andere op de schors van een wilg kon landen om volslagen onzichtbaar te worden. Het was zijn gelukkige jeugd die onverbrekelijk met dit landschap verbonden was.

Tegelijk zag hij dat alles veranderd was. Waar hij als kind gespeeld had, liepen sierlijke asfaltwegen. Woonwijk na woonwijk na woonwijk: één overweldigende stad. Het kleine dorp Zoetermeer van de gemoedelijke burgermeester Vernède was door de daadkracht van gemeentesecretarissen omgeven door wijde cirkels van woonwijken, die diep doordrongen in Zuid-Holland. Alphen (wat stelde Alphen voor?): eveneens uit elkaar gebarsten. De oude randsteden Leiden, Den Haag, Delft, Rotterdam, Gouda, stonden vol flikkerende gebouwen (de musea van Oscar Niemeyer? schoot het vragenderwijs door hem heen) en de tuinwijken waaierden alle kanten uit. Heel het land één grote, wijde stad. De graslanden hadden de vorm gekregen van nieuwe parken. De wederopbouw was voltooid.

Eigenlijk was dit alles één grote overwinning van de stad op het land. En bovendien bijna een parabel van de overwinning van organisatie op gejakker. Natuurlijk, wist Taco, je kan beter je leven zelf vormgeven en organiseren dan het op zijn eerlijke beloop laten. Eigenlijk was het een parabel van de overwinning van hem (paspoortenvervalser) op zijn broer (vleermuizenkweker).

'Zo, pruik kwijt?' vroeg Pili.

Hij greep naar zijn hoofd. Verdomd, pruik kwijt. Nou en?

'Waar is de bmw?' vroeg Taco, want hij wilde snel weg.

'Verderop. De motor snort. Hij loopt als saffraansoep.' (Spaanse uitdrukking? vroeg Taco zich af).

'Overigens ben ik blij dat je er bent,' zei Taco. Het klonk hem kil in de oren na die smachtende tangogedachten van zo-even. Hij greep haar hand. Hij wilde vertellen hoe de woning van Fedde... Zij was hem voor.

'We gaan naar Bilbao, Rothweill.' Pili wees hem op de

stad in de verte. 'Jij gaat vervalsen. Maar ik wil kwaliteit. Ik bedoel, ik wil een leven op redelijk niveau. Jij zorgt voor succes en verder mag je alles en iedereen belazeren. Daar ben je goed in.'

'Verdomd goed,' gaf Taco toe.

In Bilbao zag hij de Norte-treinen stipt op tijd binnen komen. In de straten van de nieuwe en de oude stad ontbraken de vreesachtigen, de hoereerders, de doodslagers en de afgodendienaren en allen die lichtvaardig oordeelden. Op het hooggelegen kerkhof van Begoña verging het gebeente van de gruwelijke Poza. De rivier bevatte zuiver water, klaar als kristal. Het Gran Café Boulevard had alle deuren openstaan, men ontmoette elkaar, op borden van jaspis werden pinchos callendes verkocht. Een jonge directie had de cafés Iruña en Boulevard overgenomen en organiseerde on-Spaanse, populaire feesten als Halloween. Over de rivier lag een nieuwe brug, een teer gebogen constructie van strengen zonlicht. Een glanzend gebouw stak naast de rivier zijn zilveren gebogen daken omhoog, daken als de exotische hoofd- en borstversierselen van een bruid. Het gebouw werd bewaakt door een jonge hond van tien meter hoog die uit talloze potten bloemen was opgebouwd. Een hond van bloemen in de stad van de ijzergieterijen Altos Hornos.

Ze liepen door het water. Hij liet zich door haar meevoeren. Fedde werd vergeten. Fedde zou opnieuw achterblijven. Taco dacht aan wat Pili over dat belazeren gezegd had.

'Je houdt toch nog van me?' vroeg hij en hij dacht eraan dat hij snel de contacten in Milaan en Turijn moest herstellen.

'Heel veel,' zei Pili en het klonk niet eens zo verschrikkelijk vals.

Ander werk van Tomas Lieske

De ijsgeneraals (gedichten, 1987)
Een hoofd in de toendra (essays, 1989)
Een tijger onderweg (gedichten, 1989)
Oorlogstuinen (verhalen, 1992) Geertjan
Lubberhuizenprijs 1993
Grondheer (gedichten, 1993)
Nachtkwartier (roman, 1995)
Gods eigen kleinzoon (verhalen, 1996)
De achterste kamer (verhalen en beschouwingen, 1997)
Franklin (roman, 2000) Libris Literatuur Prijs 2001
Stripping & andere sterke verhalen (gedichten, 2002)